W0298269

Hohenlohe, Baden-Württemberg, 1953: Die kleinen Holzfiguren ihres stummen Großvaters erinnern Marianne an glücklichere Tage: Als ihr Vater noch lebte und die Familienschreinerei in vollem Glanz erstrahlte. Mittlerweile halten sich Marianne und ihre Familie mit Näharbeiten gerade so über Wasser. Da kommt Marianne eine Idee: Warum nicht ihre Leidenschaft für Holz nutzen und selbst einen Neuanfang wagen? Der Weg wird steinig und sie wird erfindungsreich sein müssen. Ihr guter Ruf wird alles sein. Marianne will es wagen. Doch dann begegnet sie dem im Ort verrufenen Kriegsheimkehrer Alexandre, der direkt in ihr Herz schauen kann. Wird Marianne ihren Traum von einem Neubeginn verwirklichen können?

Drei Frauen kämpfen um Selbstbestimmung und die Liebe: Die Lindenhof-Saga.

Band 1: Ein Neuanfang für uns

Band 2: Zusammen können wir träumen

Band 3: Gemeinsam der Zukunft entgegen

Andrea Bottlinger und *Claudia Hornung* schreiben gemeinsam als Katharina Oswald. Beide sind in Baden-Württemberg geboren und lieben es, sich in Frauenschicksale verschiedener Jahrzehnte hineinzudenken. Sie kennen sich schon lange und ergänzen sich beim Schreiben perfekt: Andrea achtet immer auf die Struktur der Geschichte und Claudia vertieft sich ganz in die Details und Emotionen. Zusammen haben sie eine mitreißende Familiensaga geschaffen.

Weitere Informationen finden Sie auf www.fischerverlage.de

KATHARINA OSWALD

Die Frauen vom Lindenhof

Ein Neuanfang für uns

ROMAN

FISCHER Taschenbuch

Aus Verantwortung für die Umwelt hat sich der S. Fischer Verlag zu einer nachhaltigen Buchproduktion verpflichtet. Der bewusste Umgang mit unseren Ressourcen, der Schutz unseres Klimas und der Natur gehören zu unseren obersten Unternehmenszielen.

Gemeinsam mit unseren Partnern und Lieferanten setzen wir uns für eine klimaneutrale Buchproduktion ein, die den Erwerb von Klimazertifikaten zur Kompensation des CO_2-Ausstoßes einschließt.

Weitere Informationen finden Sie unter:
www.klimaneutralerverlag.de

Alle Figuren, Begebenheiten und Organisationen in diesem Roman sind rein fiktiv. Jede Ähnlichkeit mit real existierenden Personen und Organisationen ist rein zufällig.

Eine Auflistung möglicher Trigger finden Sie am Ende des Buches.

MIX
Papier aus verantwortungsvollen Quellen
FSC® C014496

Originalausgabe

Erschienen bei FISCHER Taschenbuch
Frankfurt am Main, Februar 2023
© 2023 S. Fischer Verlag GmbH,
Hedderichstr. 114, D-60596 Frankfurt am Main

Satz: Dörlemann Satz, Lemförde
Druck und Bindung: GGP Media GmbH, Pößneck
Printed in Germany
ISBN 978-3-596-70652-5

KAPITEL 1

Hohenlohe, im Advent 1953

Marianne stand vor dem Haus und hob den Kopf.

In der kalten Winterluft war ihr, als könnte sie aus dem nahen Wald die vertrauten Geräusche hören: Das Kreischen der Säge, die lauten Stimmen der Männer, während sie die schweren Stämme mit purer Muskelkraft über den Platz vor dem Holzlager wuchteten, um sie anschließend zu entrinden und in stabile Bretter zu zerlegen. Dazu die Geräusche aus der Schreinerei des Vaters – das stetige Bohren, Hämmern, Fräsen und Schleifen, und das Lachen des Großvaters, der den Hobel weglegte und sie in die Arme nahm, wenn sie voller Neugier hereinlugte. Sie meinte den unvergleichlichen Geruch von Sägespänen und frischem Holz wahrzunehmen; ein Geruch, den Marianne mit Erinnerungen an unbeschwerte Kindheitstage verband.

Doch heute roch es vor allem nach Schnee.

Im Dach der Schreinerei klaffte ein Loch, dort arbeitete schon seit Jahren niemand mehr.

Marianne atmete tief ein, riss sich von ihren Erinnerungen los und lud den Korb mit Wäsche auf den Leiterwagen. Die Gartenbank unter der Linde im Hof war mit Raureif überzogen. Schwere Wolken hingen über den Waldenburger Bergen und kündigten den Winter an. Noch fielen keine Flocken. Wenn sie sich sputete, würde sie vor Einbruch der Dunkelheit wieder zurück sein.

»Marianne?« Die Mutter tauchte im Türrahmen auf. Fröstelnd verschränkte sie die Arme vor der Brust. »Vergiss nicht, nach neuen Aufträgen zu fragen.«

»Natürlich nicht.«

Marianne nickte der Mutter zu, bevor sie den Handwagen packte und mit raschen Schritten den Hof verließ.

Als sie am Weiher und der alten Sägemühle vorbeiging, knirschte der gefrorene Boden unter ihren Sohlen. Das Geräusch hallte weit durch die Stille, die das ehemals geschäftige Treiben ersetzt hatte.

Auf dem Wasser bildeten sich erste zarte Eiskristalle. Bestimmt war auch der nahe gelegene Neumühlsee bald zugefroren. Ihr Vater hatte das Eis immer getestet, bevor sie und die Kinder aus dem Dorf es hatten betreten dürfen. Auch während des Krieges hatte er so ein wenig Freude in die düstere Zeit gebracht. Erst 1944 hatte man ihn eingezogen, als die Wehrmacht auch jene Männer an die Front schickte, deren Arbeit bis dahin als kriegswichtig galt. Er war nicht lebend heimgekehrt.

Marianne fror, sie zog die Schultern hoch und stapfte weiter. Vielleicht sollte sie, sobald es kalt genug war, Lottchen mit zum Weiher nehmen. Ihre jüngste Schwester hatte die Nachmittage auf dem See nie erlebt. Sie war in dem Jahr geboren, in dem ihr Vater gestorben war. Vielleicht hätte sie Freude daran über das Eis zu schlittern. Und vielleicht würde ihr Jauchzen die Stille für einen Moment vertreiben.

Ein Eichhörnchen huschte vor Marianne über den Weg. Flink und geschickt erklomm es den Baum, unter dem es wohl seine Vorräte für den Winter vergraben hatte. Keckernd beschwerte es sich über die Störung.

Marianne blieb stehen. »Komm wieder runter«, lockte sie. »Ich tu dir nichts.«

Das hübsche Tier mit dem dichten, rotbraun glänzenden Fell dachte gar nicht daran. Es musterte sie nur aus seinen dunklen Knopfaugen und schien zu warten, dass sie weiterging.

Mariannes Blick wanderte vom Eichhörnchen über den Baum wieder zur Schreinerei. Auch wenn der Lärm des Betriebs die Wildtiere verscheucht hatte, wünschte sie sich die Vergangenheit zurück.

Noch gehörte die brachliegende Werkstatt ihrer Familie. Weil der Lindenhof am Weiher ein Stück abseits des Dorfes lag und die Zufahrtswege schlecht waren, schien er in Vergessenheit geraten zu sein. Unkraut wucherte über weite Teile des Geländes, und hinter dem offenen Tor des Holzlagers klaffte eine ebensolche leere Dunkelheit wie unter dem Loch im Dach.

Marianne presste die Lippen zusammen.

Sie sollte den Blick lieber in die Zukunft richten, auch wenn die Bilder aus der Vergangenheit sie immer wieder einholten.

An das brennende Waldenburg im April 1945 würde Marianne sich ewig erinnern. Bis weit über die Hohenloher Ebene hinweg hatte man die Rauchschwaden ziehen sehen und das Artilleriefeuer gehört. Niemand in der Gegend hatte mit diesem Ausmaß an Zerstörung gerechnet, zumal der Ort bis dahin fast verschont geblieben war. Doch dann hatte der sinnlose, schreckliche Krieg noch mit voller Wucht zugeschlagen.

Marianne hatte zusammen mit ihrer Mutter, dem wenige Monate alten Lottchen und der sechsjährigen Henni im Kohlenkeller gekauert und die Einschläge am ganzen Körper gespürt.

Mittlerweile waren jedoch genug Jahre vergangen, dass die Wunden heilen und die Menschen anpacken konnten, um das Land und ihr Leben wieder aufzubauen.

Marianne wünschte, auch ihre Familie hätte das Geld dafür.

Sie wünschte, sie könnte etwas von bleibendem Wert schaffen, anstatt nur Botengänge zu erledigen und im Haushalt zu helfen.

Sogar mitten auf dem Weg zum Lindenhof stand das Unkraut hoch. Vorsichtig zog Marianne ihren Leiterwagen an den mit Reif überzogenen Disteln vorbei.

Sie war nicht weiter zur Schule gegangen, weil die Mutter sie daheim brauchte. Aber würde sie nicht viel mehr für ihre Familie tun können, wenn sie einen richtigen Beruf erlernte? Jetzt da es an arbeitsfähigen Männern mangelte, taten das viele Frauen. Und mit dem Familienbetrieb könnte sie auch all die glücklichen Momente ihrer Kindheit wieder aufleben lassen.

Vielleicht irgendwann einmal. Bald.

Marianne würde die Hoffnung nicht aufgeben.

Der Dezemberwind biss ihr in die Augen, und ihre Hände, die den Wagen zogen, wurden vor Kälte taub. Sie schob den wollenen Schal ein Stück höher und verbarg ihr Gesicht darin. Als sie die ersten Häuser des Dorfes erreichte, atmete sie auf.

Von der Bäuerin, der sie das ausgebesserte Jäckchen und die festliche Bluse lieferte, wurde sie herzlich empfangen. »Sag deiner Mutter besten Dank. So feine Spitzenkragen kriegt man nicht einmal in Hall!«

»Ich werd's ausrichten.« Marianne wusste, dass ihre Mutter sich über das Lob freuen würde. »Ich soll außerdem fragen, ob es noch etwas zu nähen gibt?«

Die Bäuerin schüttelte den Kopf. »Vorerst brauche ich nichts mehr. Ich fürchte, es wird im Dorf auch sonst niemand Arbeit für dich haben. Du weißt ja, über den Winter gibt's auf den Äckern und im Garten wenig zu tun, da sitzen die Frauen dann abends am Kamin und nähen oder stricken selbst.« Sie drückte Marianne einige Münzen in die Hand.

Die verstaute das Geld sorgfältig im Beutel.

»Das sind fünfzig Pfennig mehr, als wir ausgemacht hatten«, erklärte die Bäuerin. »Außerdem ist hier noch Mehl und Rübenzucker. Wenn ihr sonst noch was braucht, komm ruhig vorbei. Hungern soll in unserm Dorf keiner müssen.«

»Wir hungern nicht.« Die Antwort kam schnell und ein bisschen zu heftig über Mariannes Lippen.

»Na, an dir und deinen Schwestern ist aber nichts dran!« Die Bäuerin lachte. Dann wurde sie wieder ernst. »Schon gut. Ich weiß, dass ihr's nicht leicht habt da draußen.«

»Wir kommen zurecht«, beharrte Marianne leise. Wie gut oder schlecht sie das taten, ging niemanden etwas an.

Vielleicht war das der Grund, warum Henriette sich vor den Botengängen immer drückte; das Gefühl, der Freundlichkeit und dem Wohlwollen anderer ausgeliefert zu sein. Marianne versuchte das Unbehagen abzuschütteln, als sie weiter über die Dorfstraße stapfte und einem Haufen Pferdeäpfel auswich.

Leider behielt die Bäuerin recht. Egal, wo Marianne auch klopfte und fragte, es gab derzeit nichts zu nähen. Auf sämtlichen Höfen war man ausreichend mit Unterkleidern, Blusen, Kittelschürzen oder Bettwäsche versorgt.

Am Ende der Dorfstraße, kurz bevor der holprig steile Weg zum nächsten Weiler abzweigte, lag der Milchhof. Dort war Lisbeth, die Schwiegertochter des Milchbauern, gerade dabei Mist aus dem Kuhstall zu schaufeln.

»Hallo«, rief sie und winkte.

Eine vorwitzige Strähne hatte sich aus ihrem blonden Zopf gelöst, und die klobigen Schuhe starrten vor Dreck. Dennoch war sie die ansehnlichste Frau, die Marianne kannte. Netter als die meisten im Dorf war Lisbeth obendrein.

»Wie geht's deinem Großvater?«, erkundigte sie sich. »Hustet er noch?«

»Langsam wird's besser.« Marianne blieb vor der offenen Stalltür stehen. »Der Zwiebelsaft hilft.«

Lisbeth nickte. »Bei meinen beiden Rackern hat der Saft sich auch schon oft bewährt.«

Während sie sich unterhielten, genoss Marianne die dampfige Wärme, die aus dem Innern des Stalls drang. In den Sommermonaten half sie gelegentlich, die Milchkühe auf die Waldweide zu treiben, denn Lisbeths Zwillingsbuben waren dafür noch zu klein. Beim Heuwenden hatte sie auch mitangepackt, manchmal sogar beim Flachsrupfen. Warum sollte sie daheim herumsitzen, wenn sie bei der Ernte helfen und so etwas dazuverdienen konnte?

»Magst du kurz reinkommen und dich aufwärmen?«, fragte Lisbeth. »Wie wär's mit einer Tasse heißer Milch mit Honig?«

»Ich muss gleich weiter«, wehrte Marianne ab. Immer wenn sie länger keine Milch gekauft hatte, bot Lisbeth ihr so welche an, damit sie sie annehmen konnte, ohne sich in ihrem Stolz verletzt zu fühlen. Marianne war Lisbeth dafür sehr dankbar, und manchmal, wenn der Hunger zu groß war, nahm Marianne Lottchen auf ihrem Rundgang mit.

Von Lisbeth würde sie die Milch auch umsonst bekommen, das wusste sie. Aber da war Marianne ganz wie ihre Mutter; es war ihr unangenehm, solche Großzügigkeit anzunehmen, lieber tauschte sie ihre Arbeitskraft gegen die Milch ein. Oder sie sammelte Nüsse, Pilze, Kräuter oder Brombeeren, irgendetwas fand sich immer, das man anbieten konnte, um niemandem etwas schuldig bleiben zu müssen.

»Na gut. Aber du hast noch genug Zeit, dass ich dir ein Geschenk für Karl-Otto mitgeben kann, oder nicht?«

»Ein Geschenk?« Marianne war neugierig, und für ihren Großvater nahm sie gerne etwas entgegen.

Lisbeth nickte. »Meine Schwiegermutter macht doch manchmal Käse. Und sie sagt, früher hat der Karl-Otto ihren Walnusskäse so gern gegessen.«

Bevor Marianne Einspruch gegen ein so edles Geschenk erheben konnte, lehnte Lisbeth die Mistgabel an die Stallwand und eilte ins Haus. »Ich bin gleich wieder da!«

Marianne wartete, bis die Milchbäuerin mit einem in Stoff gewickelten Päckchen wiederkam. »Vielleicht freut er sich darüber.«

Marianne schluckte gegen einen plötzlichen Kloß in ihrem Hals an, während sie den Käse entgegennahm. Ihr Großvater hatte nicht mehr gesprochen, seit sein Sohn gefallen war. Sie bezweifelte, dass er sich überhaupt noch über etwas freuen konnte.

»Vielleicht«, sagte sie dennoch.

Lisbeth blickte sie voller Mitgefühl an. Sie griff mit ihren stämmigen Armen wieder nach der Mistgabel. »Ein Elend ist's mit diesem Krieg. So viele Junge hat er sich geholt und die Alten kaputtgemacht im Kopf. Und was aus den Frauen wird? An die denkt keiner.«

»Müssen wir eben selbst an uns denken«, sagte Marianne. Der Wunsch, diese Worte in Taten umzusetzen, wuchs seit einiger Zeit beständig in ihr.

Sie verabschiedete sich mit dem Versprechen, dass Lottchen am nächsten Tag zum *Anklopfa* kommen würde. Wie es Brauch war, zogen die Kinder jedes Jahr im Advent mit Säckchen von Haus zu Haus, sagten Verse auf und bekamen dafür Äpfel oder Weihnachtsgebäck geschenkt.

Während Marianne zügig ausschritt, um den nächstgelegenen Weiler zu erreichen, konnte sie wieder den Schnee in der klaren Luft riechen. Es würde bestimmt bald schneien. Sie liebte den Winter, wenn er sich von seinen schönen Seiten zeigte: Lottchens Strahlen an jedem Adventsmorgen, wenn sie einen Strohhalm in die kleine Krippe legen durfte, damit das geschnitzte Jesuskind bis zum Heiligabend weich darin lag und der Duft von Bratäpfeln oder frisch gebackenen Springerle aus dem Ofen. Die weniger schöne Seite am Winter aber war, dass es mehr Zeit zum Grübeln gab …

Der Weg wurde steiler, der Wagen rumpelte hinter Marianne her und zog schwer an ihren Armen.

Bald darauf hatte sie den Weiler auf halber Höhe nach Waldenburg erreicht. Dort lieferte sie das Hemd ab, das ihre Mutter nicht nur genäht, sondern vor dem Einpacken auch noch sorgfältig gebügelt hatte.

Die Bäuerin bedankte sich hocherfreut. »Das lege ich meinem Hermann unter den Weihnachtsbaum. Na, der wird Augen machen.« Das Geld, das sie Marianne aushändigte, hatte sie heimlich abgezweigt. »Um ihn zu überraschen. Weil er immer sagt, dass ich zwei linke Hände hab, wenn's ums Handarbeiten geht.« Sie schmunzelte. »Dafür kann ich aber besser kochen als seine Mutter, sagt er.«

Ja, das sah man dem Hermann inzwischen an, dass er gut bekocht wurde. Marianne freute sich ebenfalls über die Dosen mit eingemachter Wurst, die sie zusätzlich bekam. Die aß sogar ihr Großvater gern. Seine Suppe wurde öfter kalt, weil er sich beim Essen in Gedanken verlor, aber wenn es Wurst gab, war sein Teller schneller leer als Mariannes. Sie war jedes Mal froh, wenn er mit Appetit aß, hieß das doch, dass trotz seines Schweigens noch immer ein Lebenswille in ihm steckte.

Aber es gab auch hier keinen neuen Auftrag.

Marianne marschierte weiter bergauf, um das allerletzte Päckchen auszuliefern. Im Wagen lag noch ein Wintermantel, an dem die Mutter lange gesessen hatte. Sogar ein Stück Pelz zierte den Kragen. Die Frau des Schuhmachers hatte das teure Kleidungsstück bestellt und das Material dafür selbst besorgt. Sie gab Marianne das abgezählte Geld und dazu ein großes Glas eingemachter Birnen. Als Marianne ihr erzählte, dass ihrer Mutter mehrere Nähnadeln in dem schweren Stoff abgebrochen waren, lief sie, um einige aus ihrem Nähkästchen zu holen. »Nimm die ruhig mit, ich benutze sie fast nie.«

Dankbar nahm Marianne die Nadeln entgegen. So waren wieder ein paar Groschen gespart.

Marianne warf einen prüfenden Blick zum Himmel und beschloss, noch an den anderen Türen zu klopfen und nach Aufträgen für ihre Mutter zu fragen. Leider vergeblich. Überall, wo sie vorsprach, erhielt sie abschlägige Antworten.

Ihre Schritte verlangsamten sich unwillkürlich, als sie sich dem letzten Haus einer Straße näherte. Es war größer und schöner als die Nachbarhäuser. Ein Fachwerkgiebel zierte den zweigeschossigen Bau, der Bauerngarten war umrahmt von einem Steinmäuerchen, über das im Sommer prächtige Wicken rankten. Jetzt waren davon natürlich nur ein paar verdorrte braune Triebe zu erkennen. Aber Marianne wusste, wie farbenfroh es hier aussah, wenn alles in voller Blüte stand.

Sie war oft hier gewesen. Früher. Der Holzhändler Hartmann war der wichtigste Geschäftspartner ihres Vaters gewesen und sein Sohn Fritz viele Jahre ihr bester Freund.

Mit mulmigem Gefühl näherte sie sich dem Grundstück. Nur der Gedanke an einen Winter voller Hunger trieb sie weiter.

»Grüß Gott«, rief sie dem alten Hartmann zu, der gerade Brennholz hackte. Er musterte Marianne unfreundlich, ehe er sich wortlos abwandte und krachend das nächste Scheit in zwei Hälften hieb.

Eine Frau trat mit einer Schüssel Hühnerfutter in den Hof.

Bei Mariannes Anblick erstarrte sie. »Was hast du hier zu suchen?«, fragte sie barsch.

Marianne holte tief Luft. »Meine Mutter lässt fragen, ob …«

Weiter kam sie nicht. Mit einer herrischen Geste scheuchte die Frau sie davon. »Verschwinde! Gegen die Barbara haben wir nichts, die trifft ja keine Schuld. Aber dich wollen wir hier nie mehr sehen.«

Marianne spürte eine Mischung aus Trauer und Zorn in sich aufsteigen. »Bitte, ich …« Sie schluckte gegen den Kloß in ihrer Kehle an.

»Scher dich fort, verfluchtes Wagnermädel! Du kommst ganz nach deinem Großvater. Der hat, als er jünger war, auch nichts als Ärger bedeutet.«

»Mein Großvater?« Marianne spürte, wie Wut in ihr aufwallte, wo der doch seit Jahren nichts anderes tat, als schweigend vor dem Kamin zu sitzen. Aber ihr Protest ging im Gackern der Hühner unter.

Die Frau wies mit dem Finger auf Marianne. »Ich war Fritz' Dote, glaub bloß nicht, dass ich dir jemals verzeihe, was du ihm angetan hast.«

»Ich habe gar nichts getan! Der Fritz hat …«

»Schweig!«, fuhr ihr die Frau über den Mund. »Der Herrgott wird dich strafen dafür! Der lässt sich von einer wie dir nichts vormachen.« Sie spuckte verächtlich vor Marianne aus.

Das war zu viel. Das musste sie sich nicht bieten lassen. Nicht von dieser scheinheiligen alten Hexe! Aber bevor Marianne ein böses Wort herausrutschte, presste sie die Lippen fest zusammen. Es würde ihr doch nur noch mehr Ärger einbringen.

»Gut«, murmelte sie. »Ich geh schon …«

Aber gar nichts war gut.

In ihren Augen brannten Tränen, als sie weiterging und den

Wagen ruckartig hinter sich herzog. Das Glas mit den Birnen klirrte, als es gegen den Rand schlug. Wenn sie nicht achtgab, würde sie nur klebrige Scherben nach Hause bringen, doch für den Moment war ihr das egal. Sie wollte nicht mehr an den Fritz denken, wollte die diffuse Mischung aus Schuld und Wut nicht spüren, die jeder Gedanke an ihn auslöste. Es war nicht ihre Schuld gewesen! Und doch fühlte es sich so an. Auch weil manche sie nicht vergessen ließen.

»Schluss damit.« Marianne wischte sich übers Gesicht, beschleunigte ihre Schritte und blies Atemwolken in die Luft. Die aufgewühlten Gefühle begrub sie tief in ihrem Inneren.

Durchgefroren erreichte sie endlich ihr Heimatdorf. Aus den Fenstern leuchtete heimeliger Kerzenschein, die Familien saßen in ihren warmen Küchen am Abendbrottisch.

Als Marianne in die Zufahrt zum Lindenhof einbog, fielen einzelne Flocken vom Himmel. Sie blieb stehen, schloss die Augen und legte den Kopf in den Nacken. Wartete, bis die erste Schneeflocke auf ihrer erhitzten Wange landete. Ein Kuss des Winters!

Trotz erfüllte sie bis in die Zehenspitzen.

Mochte dieser Winter auch hart werden, Marianne war fest entschlossen, das Beste daraus zu machen. Und im Neuen Jahr würde sie ihr Leben ganz neu anpacken!

Sie streckte die Arme aus und drehte sich im Kreis wie ein Kind, bis ihr schwindelig wurde. Immer dichter fielen die Flocken. Tanzten um die kahlen Äste der Linde, tupften weiße Stellen auf die Haselhecke und den Holunder.

»Lottchen, Henni! Kommt raus, es schneit!«

KAPITEL 2

Banat, Rumänien, Juni 1951

Schreie gellten durch die Nacht.

Alexandres Hand zog das Messer, noch ehe er richtig wach war. Vorsichtig kroch er durch die Dunkelheit der Scheune, um durch eine Ritze im Tor nach draußen zu spähen.

Vom Mondlicht beleuchtete Schemen rannten über den Hof, näherten sich dem Wohnhaus und brachen die Tür auf. Florins Frau kreischte, als die Soldaten sie an den Haaren nach draußen zerrten, eines der Kinder weinte.

Alexandres Herz hämmerte. Sein Atem ging stoßweise. Wo war Florin? Hatten sie ihn umgebracht?

Jetzt knallte ein Schuss. Aber es war nur der Anführer der Truppe, der sich damit Gehör verschaffte. Zornig brüllte er Befehle. Zwei Soldaten kamen auf die Scheune zu.

Alexandre schob sich in seinem Versteck blitzschnell nach hinten. Packte das Bündel mit seinen wenigen Habseligkeiten und riss die Stiefel an sich. Ohne sie würde er auf der Flucht nicht weit kommen.

Über den Heuboden robbte er zur Rückseite der Scheune. Dort gab es eine Stelle mit lockeren Brettern. Vielleicht suchten sie nicht gründlich genug, und es reichte, wenn er sich eine Weile ganz still verhielt. Schließlich wusste niemand, dass er hier war. Bei einer Deportation von allen Bewohnern des Dorfes würde sein Fehlen nicht auffallen.

Mit derben Tritten stießen die Milizen das Scheunentor auf. Alexandre verharrte mitten in der Bewegung. Unverständliche rumänische Wortfetzen drangen an sein Ohr. Er hörte ein klatschendes Geräusch und das Weinen des Kindes draußen verstummte abrupt.

Alexandre biss die Zähne zusammen. Er konnte nichts tun. Wenn sie ihn fanden, wäre das sein Ende.

Warum verfolgte ihn der Tod nur überallhin?

Krieg. Vertreibungen. Plünderungen. Gewalt. Die Wiederholung von sinnlosen Gräueltaten.

Würde es denn niemals aufhören?

Florin hatte ihn gewarnt und fortgeschickt, als er die ersten Gerüchte gehört hatte. »Sie nennen es Umsiedlung. Aber die Bărăgan-Steppe ist kein Ort zum Leben. Verschwinde, solange du noch kannst, Vagabund. Dich hält hier nichts.«

»Ich dachte, wir sind Freunde?«

Florins Antwort war ein Schnauben gewesen. »Genau deshalb sage ich dir: Geh! Oder sehnst du dich zurück nach dem Lager?«

Nein, das tat er ganz sicher nicht.

»Geh nach Hause«, hatte Florin gesagt. »Schließ dich einer Gruppe Wanderarbeiter oder fahrender Händler an und kehr in deine Heimat zurück. Auch wenn du dort keine Familie hast, die auf dich wartet, dein Platz ist nicht hier.«

Das war vorgestern gewesen.

Alexandre hätte auf ihn hören sollen. Nun war es zu spät.

»Eh!« Der scharfe Ruf galt ihm.

Sie hatten seinen Schlafplatz entdeckt. Das zerdrückte Heu verriet trotz der Finsternis seine Anwesenheit.

Alexandre schnellte hoch und warf sich mit seinem ganzen Gewicht gegen die morschen Bretter der Rückwand. Krachend splitterten sie und gaben den Weg frei.

Flüche erklangen in seinem Rücken. Wieder knallte ein Schuss. Die Soldaten riefen Verstärkung herbei. Vielleicht weil sie nicht wussten, mit wem sie es zu tun hatten. Nicht ahnen konnten, dass er außer dem Messer keine Waffe besaß.

Im Lauf zog Alexandre ungelenk seine Stiefel an. Beinahe wäre er dabei gestürzt. Gerade noch rechtzeitig fing er sich und hetzte durch den Obstgarten hinter Florins Haus.

Wenigstens kannte er die Gegend. Fast ein Jahr hatte er im Banat verbracht. Nun streckten der Krieg und seine Häscher auch hier ihre gierigen Krallen nach ihm aus.

Dass er Florin im Stich lassen musste, konnte er nur schwer ertragen. Aber man hatte ihn bereits in der Vergangenheit für einen Spion der Deutschen gehalten. Wenn er jetzt blieb und sich zu erkennen gab, würde er die Situation für Florins Familie nur noch verschlimmern. Das war das Letzte, was er wollte.

Also blieb Alexandre nichts als die Flucht. Er musste sich irgendwie nach Jugoslawien durchschlagen. Weg hier!

An den schweren Schritten und lauten Stimmen erkannte er, dass ihm gleich mehrere Milizen auf den Fersen waren. Wieder wurde geschossen. Etwas streifte Alexandres Ohr.

Er stolperte panisch, bis er begriff, dass es nur ein Ast gewesen war.

Motorengeräusch näherte sich. Scheinwerfer leuchteten die Umgebung ab. In der Ferne hörte Alexandre Hundegebell.

Verdammt! Damit hatte er nicht gerechnet. Hatten sie das ganze Dorf umzingelt und Straßensperren errichtet?

Blindlings schlug er einen Haken und wandte sich dann nach rechts, dem Ufer der Bega zu. Allein sein Instinkt trieb ihn weiter. Wenn er den alten Kahn erreichte, mit dem Florins Nachbar manchmal zum Fischen fuhr, hatte er vielleicht noch eine Chance zu entkommen.

Inzwischen zweifelte er nicht mehr daran, dass die Soldaten ihn erschießen würden, wenn sie ihn zu fassen bekamen. Florin war derjenige, der geschickt verhandeln konnte, nicht Alexandre. Und jetzt war er auf sich allein gestellt.

Der feuchte Dunst des Flusses stieg ihm in die Nase. Er hob kurz den Kopf, um sich zu orientieren.

Wieder peitschten Schüsse durch die Nacht.

Etwas warf ihn nach vorn. In seiner Schulter loderte Schmerz auf. Mit Mühe unterdrückte er einen Aufschrei. Das Bündel glitt aus seinen kraftlosen Fingern, als er über die Uferböschung rutschte. Ein paar Stockenten stoben aus dem Schilf auf. Ihr lautes Flattern und Quaken mischte sich mit den Rufen der Milizen. Wenigstens lenkte das die Hunde ab.

Alexandre keuchte.

Er hielt den Kopf gesenkt und presste sich gegen den Boden. Aus der Schulter, wo ihn die Kugel getroffen hatte, sickerte Blut und verklebte das schweißfeuchte Hemd.

Dann hörte er das Plätschern. Direkt vor ihm hob sich ein dunkler Schatten vom Wasser ab.

Der alte Kahn!

Jetzt erspähte Alexandre auch die Menschen darin. Radu, der halbwüchsige Sohn des Nachbarn kämpfte mit einem Ruder, das sich im Uferschlick verfangen hatte. Neben ihm kauerte ein Mädchen, das Alexandre nicht kannte. Sie war leichenblass und zitterte. Vielleicht Radus heimliche Freundin?

Für Fragen blieb keine Zeit. Für Überlegungen auch nicht.

Schon war Alexandre im Wasser. Mit aller Kraft stemmte er sich gegen den Kahn und richtete den Bug zur Flussmitte aus.

Vielleicht konnte er wenigstens diesen beiden helfen. Zwei Menschenleben zu retten war besser, als gar nichts zu tun.

»Alexandru«, wisperte Radu.

Er streckte die Hand aus und versuchte, ihn mit ins Boot zu hieven. Alexandre wehrte ab.

»Lass! Ich bin zu schwer.«

Er wollte nicht riskieren, den Kahn zum Kentern zu bringen. Mit dem verletzten Arm klammerte er sich am Heck fest. Schob das Boot vom Ufer weg. Seine Schulter pulsierte vor Schmerz. Beinahe wurde ihm schwarz vor Augen.

Noch nicht, dachte er verzweifelt. Noch nicht!

Erst wollte er die beiden in Sicherheit wissen. Die Stadt war nicht weit. Selbst mit nur einem Ruder ließ sie sich noch vor Sonnenaufgang erreichen.

Während Radu den Kahn stumm durch die Nacht lenkte, kniete das Mädchen hinter ihm. Sie sah auf Alexandre hinunter und ihre Lippen bewegten sich unablässig, als flüstere sie ein Gebet.

Endlich gelangten sie in tieferes Wasser. Die Strömung der Bega erfasste den Kahn, nahm ihn mit sich. Mit beiden Beinen machte Alexandre Schwimmstöße unter Wasser, bis seine Kräfte erlahmten. Seine Glieder waren schwer wie Blei.

Plötzlich schmeckte die Luft nach Rauch. Hinter ihnen färbte Feuerschein den Nachthimmel rußig rot. Die Miliz fackelte die leeren Häuser ab.

Radu stammelte Verwünschungen. Seine Stimme bebte. Aber er hörte nicht auf zu rudern – weg von der Gefahr in ihrem Rücken.

Alexandre spürte den Sog der Tiefe. Seine nasse Kleidung und die schweren Stiefel zogen ihn nach unten. Er bräuchte nur loszulassen und alles wäre vorbei.

Schmerzkaskaden jagten durch seine Schulter.

Radu raunte dem Mädchen etwas zu, und sie legte ihre schmale Hand auf seine. Hielt ihn fest.

»Halt durch, Alexandru!«

Er schloss die Augen. Jeder Atemzug war eine Qual. Seine Finger, die sich um das Holz krampften, spürte er schon gar nicht mehr. Nur die behutsame Berührung des Mädchens. Sanft wie ein Pinselstrich auf seiner Haut.

Durchhalten.

Wenn ihm bloß nicht so kalt wäre …

Mehr tot als lebendig zogen sie ihn später aus dem Wasser. Im ersten fahlen Licht des heraufdämmernden Morgens blickte er in Radus erschöpfte Augen. Das Mädchen rannte mit wehendem Haar auf die nahegelegenen Häuser zu.

»Sie holt Hilfe«, versprach Radu. »Du schaffst es!«

Alexandre stöhnte leise. Ja. Er wusste, dass er es schaffen würde. Es war offensichtlich, dass der Tod ihn nicht wollte. Heute Nacht hatte er ihn ein weiteres Mal zurück in die Welt gestoßen.

Stellte sich nur die Frage, warum.

KAPITEL 3

Hohenlohe, 1953

Manchmal, wenn sie etwas Zeit zum Nachdenken brauchte, nahm Marianne den langen Weg zurück nach Hause. Er führte ein Stück über Felder, die jetzt, wenige Tage vor Weihnachten, unter einer weißen Decke lagen. Marianne genoss es, über den unberührten Schnee zu laufen und in der Landschaft ihre Spur zu hinterlassen.

Sie folgte dem schmalen Pfad bis zur Kirche. Normalerweise war es dort außerhalb des Gottesdienstes angenehm ruhig. Doch nun stand die Witwe Weingärtner im Eingangstor des Kirchhofs und redete sichtlich erbost auf den Pfarrer ein.

In den Armen hielt sie ein Bündel Tannenreisig, wohl um die Gräber ihrer Angehörigen abzudecken. Bei jedem Wort, das sie ausspuckte, wippten die Zweige, wie um ihr beizupflichten.

»Das ist doch nicht richtig! Wer bitte denkt sich so ein Gesetz aus? Jetzt soll es also Entschädigungen geben, für die Opfer des Nationalsozialismus, und jeder dahergelaufene Lump kann behaupten, er wär eins gewesen? Uns haben die Amerikaner sämtliche Häuser zerschossen, aber können wir einen Antrag stellen? Nein. Wer entschädigt uns? Niemand!«

Sie schnaubte vor Empörung, die Zweige bebten.

Marianne verzog das Gesicht. Früher, als der Großvater noch nicht verstummt war, hatte er gegen solche verbohrten Leute wie die Weingärtners gewettert. »Die sind der Tod aller Menschlichkeit«, hatte er gesagt. Marianne vermisste seine Stimme und seine klare, unbeugsame Haltung so sehr.

»Das dürfen Sie nicht vergleichen, Frau Weingärtner«, sagte der Pfarrer geduldig. »Im dritten Reich ist vielen Menschen durch die Nationalsozialisten Unrecht geschehen. Wenn sich die Politik jetzt bemüht, das mit Geld wiedergutzumachen, kann ich daran nichts Schlechtes finden.«

»Eine Unverschämtheit ist das«, grollte die Witwe. »Viele, die damals im Gefängnis saßen, hatten es verdient. Mörder, Diebe und Unruhestifter – von denen gab es früher genau so viele wie heutzutage. Ich verstehe wirklich nicht, warum die jetzt entschädigt werden sollen.«

Der Pfarrer runzelte bei ihren Worten die Stirn, legte ihr aber beschwichtigend die Hand auf den Arm. Augenblicklich verstummte sie. Pfarrer Laurenz kannte seine Schäfchen gut und wusste mit ihnen umzugehen. Eine zeternde Frau Weingärtner brachte ihn jedenfalls nicht aus der Ruhe. Marianne bewunderte ihn dafür. Sie musste schwer an einem bösen Kommentar schlucken, der ihr auf der Zunge lag. Aber es brachte nichts, sich mit ihr anzulegen. Die Witwe hatte Einfluss im Dorf, kannte alles und jeden, und arm war sie auch nicht.

Jetzt wurde sie Mariannes Anwesenheit gewahr. »Ach, sieh an, das Wagnermädel. Willst du auch auf den Friedhof?«

Marianne verneinte. Vielleicht sollte sie einfach weitergehen, aber sie wollte auch nicht unhöflich wirken.

Die Augen der Witwe wurden schmal. »Neulich habe ich deine Schwester getroffen. Wie alt ist die Henriette jetzt?«

Irgendetwas an der Art, wie die Weingärtner sie anguckte, sorgte dafür, dass Marianne sich wie bei einem Verhör fühlte. Sie antwortete knapp. »Vierzehn. Im Mai wird sie fünfzehn.«

»Dann ist sie ja bald mit der Schule fertig. Und feiert sie im Frühjahr dann Konfirmation?«

Marianne nickte und fragte sich gleichzeitig, worauf Frau Weingärtner hinauswollte.

»Ihr solltet auf sie achtgeben. Sie ist hübsch.« So wie die Witwe das betonte, klang es eher nach einem Vorwurf als nach einem Kompliment. »Die hübschesten Mädchen haben schnell die größten Flausen im Kopf, stimmt's?«

Marianne presste die Lippen aufeinander. Sie würde gewiss nicht über Henriette herziehen, auch wenn sie daheim nicht immer einer Meinung waren. »Meine Schwester ist ein anständiges Mädchen. Ich weiß nicht, was Sie meinen.«

Die Augen von Frau Weingärtner verengten sich noch weiter. »Ich meine nur, so viel Bewunderung von den jungen Männern kann einem schnell zu Kopfe steigen.«

Nun reichte es aber wirklich! Sonst würde die Weingärtner als Nächstes noch so weit gehen und behaupten, es dauere nicht lange, bis Henriette mit einem dicken Bauch heimkäme. »Woher wollen Sie das wissen, Frau Weingärtner? Ich glaube nicht, dass Sie diese Sorge jemals haben mussten.«

Es dauerte einen Moment, dann schnappte die Weingärtner empört nach Luft. »Also … Also, solche Frechheiten muss ich mir nun wirklich nicht anhören!« Sie wandte sich betont würdevoll dem Pfarrer zu. »Einen schönen Tag noch, Herr Pfarrer.« Dann reckte sie das Kinn und rauschte in Richtung der Gräber davon.

Mit tadelnd erhobenem Zeigefinger wandte sich der Pfarrer an Marianne. »Das war nicht allzu freundlich.«

»Sie war ja auch nicht allzu freundlich«, gab Marianne zurück.

»Das mag sein, aber Gleiches mit Gleichem zu vergelten ist

eine Sache des Alten Testaments, nicht des Neuen. Sei freundlich zu deinen Mitmenschen, auch wenn sie diese Freundlichkeit nicht erwidern.«

Ohne wirklich zu bereuen, was sie gesagt hatte, senkte Marianne den Kopf. »Es tut mir leid.«

Der Pfarrer lächelte sie nachsichtig an. »Die Kirche könnte übrigens ein neues Altartuch gebrauchen, falls deine Mutter Zeit dafür hat.«

Das war ein Hoffnungsschimmer, denn seit Mariannes letztem Rundgang waren keine neuen Aufträge hereingekommen. Stickarbeiten waren außerdem aufwendig und kosteten Zeit. Dafür gab es sicher guten Lohn, zumal der Pfarrer nicht mit Naturalien bezahlen würde. Mit dem Geld könnten sie diesen Winter überstehen.

»Sag, kann ich deinen Großvater auch zur Messe erwarten? Vielleicht an Weihnachten zu Lottchens Krippenspiel? Das wäre doch ein schöner Anlass.«

Verlegen scharrte Marianne mit der Schuhspitze. Seit dem Tod ihres Vaters hatte ihr Großvater keinen Fuß ins Dorf gesetzt und schon gar nicht in die Kirche.

»Er kann nicht …« Wie sollte sie das ausdrücken? Marianne suchte nach den richtigen Worten. »Die meiste Zeit ist er im Kopf ganz weit weg. Irgendwo anders. Er reagiert kaum, wenn man ihn anspricht. Ich versuche immer wieder, mit ihm zu reden, aber er antwortet nie, auch wenn ich denke, dass er mich hört. Es tut mir leid.«

Pfarrer Laurenz nickte. »Gott kann warten«, sagte er und reichte Marianne mit gütiger Miene die Hand. »Und wenn Gott das kann, kann ich es auch.«

Marianne rang sich ein Lächeln ab. Warten würden sowohl Gott als auch der Pfarrer da vermutlich lange müssen.

Am Abend half Marianne ihrer Mutter, den Tisch zu decken. Während sie die Teller abzählte, schaute sie sich suchend um. »Kommt Großvater zum Essen?«

Er wollte sich nicht immer dazusetzen. Manchmal musste man ihm einen Teller Suppe auf sein Zimmer bringen und hoffen, dass er zumindest ein paar Löffel davon schlürfte.

Die Mutter hob die Schultern. »Magst du ihn fragen gehen? Ich glaube, er ist schon wieder drüben.«

Marianne nickte und stellte die Teller ab. Eilig schlüpfte sie in den Mantel und trat ein weiteres Mal an diesem Tag in die Kälte hinaus.

Drüben – das war die Schreinerei. Marianne stapfte über den verschneiten Waldweg und schon bald ragte das verwahrloste Gebäude dunkel vor ihr auf. Sie wusste nicht, was den Großvater daran immer wieder anzog. Auf sie wirkte all die Zerstörung furchtbar trostlos. Wie gern hätte sie irgendetwas getan, um die Schreinerei wieder instand zu setzen! Dann wäre es anders.

Die Tür knarrte in den rostigen Angeln, als Marianne sie aufschob. Das schwache Licht des Winterabends fiel durch das Loch im Dach, ringsum lagen geborstene Balken und Ziegelscherben.

Und inmitten all der Zerstörung saß der Großvater, im warmen Schein einer Laterne, auf einem Hocker vor der alten Werkbank.

»Kommst du zum Essen?«, rief Marianne ihm zu.

Er hob nicht einmal den Kopf.

Marianne seufzte. Sie wollte nicht noch lauter rufen, also ging sie hinüber und setzte sich neben ihn. Für eine Weile schwiegen sie beide. Ihn noch einmal aufzufordern, zum Essen zu kommen, würde nichts nützen. Stattdessen suchte sie nach einem Anfang für ein Gespräch.

»Der Pfarrer hat nach dir gefragt«, sagte sie schließlich.

Ihr Großvater gab nicht zu erkennen, ob er sie gehört hatte oder nicht. Stattdessen drehte er die Holzscheibe in den Händen. Marianne hatte ihn in den letzten Tagen oft damit gesehen und sich gewundert, was er damit anfangen wollte. Sonst schnitzte er aus dem Holz der alten Linde meist nur kleinere Figuren. Inzwischen hatte er die Ränder der Scheibe sorgfältig geschliffen. Erst nach einem Moment bemerkte Marianne die vier kleinen Löcher auf der Unterseite. Ihr Großvater nahm einen dünnen Stab, hielt ihn mit einem Ende gegen das Loch. Er passte. Er steckte ihn hinein.

Marianne sah ihm dabei interessiert zu. Holzarbeiten hatte sie schon immer spannend gefunden. Gerne hatte sie sich als Kind in die Schreinerei geschlichen. Die große Säge dort machte aus Baumstämmen glatte Bretter, mit Hilfe von Maschinen wurden Schranktüren gebaut und Stuhlbeine gedrechselt. Sie liebte es, dem Fallen der Späne zuzusehen und zu beobachten, wie sich langsam die Dinge aus dem Holz formten.

»Wird das ein Tisch?«

Die Schultern des Großvaters wirkten entspannter als vorhin noch. Und lag da nicht ein leichtes Lächeln auf seinem Gesicht? Marianne fasste das als zustimmende Antwort auf.

»Ich wünschte, du könntest mir so etwas beibringen«, fuhr sie fort. Vor allem, um die Stille zu füllen. »Weißt du noch, wie ich als Kind immer in den Schuppen mit den Holzresten geschlichen bin, um mir dort ein Stück zu holen? Und dann habe ich mir ein Küchenmesser von Mutter genommen und versucht, etwas zu schnitzen.«

Die Muskeln im Gesicht des Großvaters zuckten. Schmunzelte er? Marianne war sich nicht sicher.

»Ich weiß«, sagte sie. »Das Ergebnis war nicht besonders ansehnlich, und ich hab mich geschnitten. Vater ist böse geworden, als er meinen blutenden Finger und die krummen Tierchen entdeckt hat, die ich für Fritz' Geburtstag geschnitzt hatte.«

Das war damals gewesen, als sie und Fritz einfach nur Freunde gewesen waren, als noch niemand von Heirat gesprochen hatte, um die Schreinerei und die Holzhandlung des Dorfes zusammenzubringen.

Ein schnelles Ausstoßen der Luft durch die Nase hätte man beinahe als missbilligendes Schnaufen des Großvaters verstehen können. Er hatte den Stab für das Tischbein wieder aus dem Loch gezogen, glatt poliert und schnitzte nun vorsichtig mit einem richtigen Schnitzmesser Rillen und Kerben hinein. Wie bei einem besonders edlen Esstisch.

»Der wird sicher schön«, sagte Marianne.

Der Großvater hielt inne. Er drehte das Messer, hielt es mit dem Griff voran in ihre Richtung. Dann auch den Stab.

Abwehrend hob sie beide Hände. »Ich würde es nur ruinieren.« Das hatte ihr Vater gesagt, als er die Holztiere gesehen hatte. Sie habe gutes Holz ruiniert.

Ihr Großvater hielt ihr einfach beides weiter hin.

Schließlich seufzte Marianne, griff erst nach dem Schnitzmesser, dann nach dem Lindenholz. Sie hielt den Stab so, wie sie es zuvor bei ihrem Großvater gesehen hatte und setzte die Schneide des Messers ganz vorsichtig dort an, wo er aufgehört hatte zu schnitzen.

Hoffentlich machte sie nichts kaputt. Ihre Hände waren klamm von der Kälte, und sie hatte keinerlei Übung.

Sie schabte ein klein wenig Holz ab. Nicht viel. Dann schabte sie noch einmal, gab mehr Druck auf das Messer, und die leicht geschwungene Form des Tischbeins gewann an Tiefe. Ein Stück Späne fiel zu Boden, und plötzlich hatte Marianne wieder den überwältigenden Holzgeruch in der Nase, der diesen Raum früher ständig erfüllt hatte.

Sie wurde ein wenig mutiger, drehte den Stab ein wenig und versuchte, den Bogen gleichmäßiger zu formen. Mehr Späne fielen. Sie war sich nicht sicher, ob sie es richtig machte, aber mit dem Schnitzmesser ging es viel besser als mit dem stibitzten Küchenmesser von damals.

Es war, als könnten ihre Finger die Form ertasten, die das Holz annehmen sollte.

»Das macht Spaß«, sagte sie.

Ihr Großvater lächelte.

KAPITEL 4

Am Morgen des Heiligen Abends blühten Eisblumen am Fenster der Kammer unter dem Dach, die Marianne sich mit Henriette teilte. Von der Schwester war nur ein Büschel Haare zu sehen, so tief hatte sie sich in ihrem Federbett vergraben. Früher war sie in klaren Winternächten manchmal zu Marianne unter die Decke geschlüpft und hatte ihr die eiskalten Zehen in die Waden gebohrt.

»Erzähl mir eine Geschichte«, hatte sie dann schlaftrunken gemurmelt. Während Marianne in den Nachthimmel geschaut und flüsternd das Märchen von Schneeweißchen und Rosenrot oder von den sechs Schwänen erzählt hatte, war Henriette wieder eingeschlafen.

Das schien eine Ewigkeit her.

Marianne schob die Füße in die Holzpantinen, die vor dem Bett standen. Die Kälte kroch sofort aus dem eisigen Holz unter ihre Haut.

Henriette schlief so fest, dass sie gar nicht merkte, wie Marianne die Dachkammer verließ.

In der Küche fachte sie als Erstes die Glut im Ofen an. Im Winter achteten sie darauf, das Feuer nie ganz ausgehen zu lassen, auch wenn sie ansonsten sparsam mit dem Vorrat an Kohle und Briketts umgingen. Die Asche kam in den Eimer, damit streute sie den Weg zum Abort und zum Holzschuppen, damit niemand bei Glatteis ausrutschte. Im Sommer nutzten sie die Asche als Dünger im Gemüsegarten oder auf dem Kartoffelacker.

Während das Wasser im Kessel auf dem Herd heiß wurde, wusch Marianne sich flink und flocht den zerzausten Zopf neu, ehe sie das Brot in Scheiben schnitt und das Gsälz auf den Tisch stellte. Für Lottchen erwärmte sie Milch, für alle anderen goss sie Tee auf. Etliche Kräuter wie Minze, Melisse, Salbei oder die Kamillenblüten hatte sie selbst gesammelt und getrocknet; die Natur war überaus freigiebig mit ihren Schätzen, wenn man wusste, wo sie zu finden waren. Und sie kosteten nichts.

Ein kleiner Wirbelwind fegte zur Tür herein. »Guten Morgen. Huch!« Lottchens Umarmung fiel stürmisch aus, weil sie an der Schwelle über den Saum des geblümten Nachthemdes stolperte, das ihr zu lang war – sie hatte es erst kürzlich von Henriette geerbt.

Lachend fing Marianne sie auf. »Du bist ja früh wach!«

»Heut ist doch Weihnachten«, erinnerte Lottchen.

»Wirklich? Nein, so was! Das hätte ich fast vergessen.«

Marianne drückte die zappelnde kleine Schwester an sich. Lottchen wand sich flugs wieder aus der Umarmung und legte den Kopf schief. »Bist du sehr traurig?«, fragte sie.

»Warum sollte ich denn traurig sein?«

»Na, weil das Christkind nur den Kindern Geschenke bringt.«

»Ach, Süße!« Marianne fuhr ihr liebevoll durchs Haar. »Das ist schon richtig so.«

Sie hoffte, Lottchen bekäme nicht mit, dass es in manchen Familien im Dorf durchaus üblich war, sich gegenseitig zu Weihnachten zu beschenken, auch unter den Erwachsenen. Auf dem Lindenhof war dafür kein Geld übrig.

»Hilfst du mir schnell die Hühner zu füttern? Danach wecken wir die anderen, hm?«

»Ja.« Lottchen hopste aus der Küche, aufgekratzt und voller

Erwartungen an dieses Weihnachtsfest, auf das sie den ganzen Advent über hingefiebert hatte.

In Gummistiefeln und dicken Jacken stapften sie über den Hof zum Hühnerstall, um die Hühner zu versorgen. Mit fünf frisch gelegten Eiern wurden sie belohnt.

»Frühstück«, rief Lottchen, als sie mit geröteten Wangen wieder das Haus betraten. »Aufwachen, es gibt Frühstück!«

Zum Krippenspiel am Nachmittag in der Dorfkirche fanden sich vor allem jene Familien ein, für die der Weg zur Christmette um Mitternacht zu weit oder zu beschwerlich war. Bis auf den letzten Platz waren die Kirchenbänke belegt.

Hell leuchteten die Kerzen auf dem Altar, neben dem fleißige Helfer eine provisorische Krippe errichtet hatten. Pfarrer Laurenz begrüßte die Anwesenden, lediglich unterbrochen vom üblichen Husten, Schniefen und Füßescharren. Lottchen reckte stolz ihren Stab mit dem Goldpapierstern in die Höhe. Sie spielte einen Engel, der den Hirten auf dem Feld die frohe Botschaft von der Geburt Jesu überbrachte. Als sie an die Reihe kam, sagte sie fehlerfrei und ohne zu stocken ihren Vers auf. Schade nur, dass der Großvater ihren Auftritt verpasste.

Beim feierlichen Singen der Gemeinde spürte Marianne, wie ihr Herz weit wurde. Neben ihr erklang Hennis klare Stimme, dahinter der Sopran der Mutter, die immer zu leise sang, als ob sie ihrer Treffsicherheit bei den hohen Tönen misstraute. Nach der kurzen Weihnachtsansprache segnete Pfarrer Laurenz die Anwesenden, ehe er sie hinaus in die frostige Dämmerung entließ.

»Macht ho-och die Tü-hür, die To-hor macht weit …« Lottchen sang und hüpfte den ganzen Weg nach Hause, ihren Sternenstab wie eine Trophäe erhoben.

Hin und wieder stäubte Schnee auf ihre Köpfe, wenn der Wind über die weiß beladenen Wipfel der Bäume strich. Henriette grummelte vor sich hin, während sie die Flocken von ihrer Sonntagskleidung klopfte. Sie hatte lange auf hochwertigen Stoff gespart und die Mutter überredet, ihr einen Mantel nach der aktuellen Mode zu schneidern. Sorgsam achtete sie seitdem darauf, dass kein Krümel Dreck daran kam.

Marianne dagegen wartete, bis Lottchen in ihre Richtung schaute, und schüttelte sich dann wie ein Hund. Flocken stoben in alle Richtungen. Ihre kleine Schwester lachte und machte es ihr sofort nach. Henriette warf ihnen entrüstete Blicke zu und hielt ausreichend Abstand.

Wieder daheim bereitete Marianne den Kartoffelsalat zu, während ihre Mutter sich um den Braten kümmerte, den sie aus einer großen Menge Nüsse und Gemüse und einer kleinen Menge Fleisch gemacht hatte. Henriette deckte währenddessen den Tisch in der Stube. Dort aßen sie sonst nur sonntags oder die seltenen Male, wenn Besuch kam. Dann wurde das gute Porzellan benutzt und Servietten durch die hölzernen Ringe gesteckt. Einiges davon hatte in den Kriegszeiten gelitten, es gab nicht mehr genügend passende Gläser zu den Tellern. Dennoch wirkte es insgesamt sehr festlich.

Heute stand außerdem das Tannenbäumchen auf dem Nähtisch, in dem sich Barbaras Maschine praktischerweise versenken ließ. Sie hatten es mit Strohsternen geschmückt, eine kunstvoll mit Borte verzierte Schleife diente als Christbaumspitze.

»Oh, sieht das fein aus!« Lottchen klatschte vor Freude in die Hände. Dann rückte sie die hölzernen Tierfiguren gerade, die um die kleine Krippe standen. Dabei hatte sie Ochs und Esel bestimmt schon zehn Mal ordentlich aufgereiht. »Ob das Christkind wohl bald kommt, was meint ihr?«

»Solange du ihm hier auflauerst, bestimmt nicht. Husch, raus mit dir aus der Stube!« Henriette scheuchte sie hinaus.

Lottchen ließ sich nicht entmutigen. Gleich darauf spähte sie aus dem Küchenfenster nach draußen in die Dunkelheit und drückte ihre Nase an der Scheibe platt, um einen heimlichen Blick auf das Christkind zu erhaschen. »Warum dauert das Warten bloß soooooo lange?«

Am Ende erklang das Glöckchen, ohne dass sie auch nur einen Flügelhauch entdeckt hätte. Sie flitzte zurück in die Stube, wo nun ein großes Päckchen unter dem Baum lag und die Kerzen brannten, aber Henni wollte nichts bemerkt haben. Der Großvater am Kachelofen war ohnehin wieder in seiner eigenen Welt versunken.

»Ihr müsst das Christkind doch gesehen haben«, rief Lottchen.

»Weihnachtszauber«, behauptete Marianne und lächelte Henni zu. Wenn es darum ging, ihrer kleinen Schwester den Kinderglauben zu lassen, waren sie sich ausnahmsweise einig.

Wenig später saßen alle um den festlich geschmückten Tisch und ließen sich nach einem Dankgebet das Weihnachtsessen schmecken. Der Braten duftete himmlisch und dunkle Soße gab es reichlich dazu. In den schönen Gläsern sah der Most beinahe wie edler Wein aus.

Als Nachtisch hatte Marianne die Porzellanschale mit Gutsle und Quittenbrot gefüllt, doch heute war Lottchen mehr an dem geheimnisvollen Geschenk unter dem Tannenbaum als an den süßen Leckereien interessiert. Als sie vor Neugier kaum noch still sitzen konnte, erlaubte die Mutter ihr, es auszupacken.

»Schaut nur!« Jubelnd befreite Lottchen eine Stoffpuppe aus

dem knisternden Packpapier, das mit ausgeschnittenen Sternen beklebt war. »Wie wunderschön sie ist.«

Marianne gab ihr recht. Sie kannte die Puppe ja bereits, die ihre Mutter spät abends genäht, ausgestopft und eingekleidet hatte. Damit sie Lottchen ähnlich sah, hatte sie ihr sogar braune Zöpfe aus Wollfäden geflochten. »Nenn sie doch Liesel, dann heißt sie fast so wie du.«

»Wie ich?« Lottchen zog die Nase kraus. Außer dem Lehrer in der Dorfschule nannte sie eigentlich niemand Lieselotte, wie sie in Wirklichkeit hieß. Doch die Vorstellung, ihren Namen mit der Puppe zu teilen, gefiel ihr offensichtlich. »Ja, das mach ich. So soll sie heißen.«

Auch Henni bewunderte Liesel gebührend, ehe sie das Buch mit dem abgegriffenen Einband von der Anrichte holte. »Liest du uns noch die Weihnachtsgeschichte vor, Mama?« Auch wenn sie in ihrer schicken Kleidung schon recht erwachsen wirkte, war Henriette doch noch ein Kind.

Bei den letzten Weihnachtsfesten hatte Barbara Wagner das Vorlesen übernommen, doch heute schüttelte sie den Kopf. »Meine Augen sind müde, lass das Marianne machen.«

»Oh ja, bitte.« Erwartungsvoll schmiegte Lottchen die Wange an die Schulter ihrer Schwester. »Lies du vor.«

Marianne nahm das Buch. Ein weiterer Schritt, den sie in den Kreis der Erwachsenen tat. Während der Großvater sich den Rücken am Kachelofen wärmte, hielt er wie so oft sein Schnitzmesser in der Hand. Beständig rieselten die Späne vor seinen Füßen zu Boden. Er arbeitete an dem Tisch, den er vor ein paar Tagen begonnen hatte. Eines der Beine war ein bisschen unregelmäßig. Aber er wirkte zufrieden damit, nicht so, als hätte Marianne seine Arbeit ruiniert.

Eine friedvolle Stimmung lag über der beheizten Stube, und

Marianne fühlte sich beschenkt, hier zu Hause zu sein, dazu zu gehören, auch wenn ihre Familie seit dem Tod des Vaters schmerzhaft unvollständig war.

Aber der Krieg war Vergangenheit. Inzwischen waren bessere Zeiten angebrochen, Jahre des Aufbaus und Neubeginns. Es lag eine Zukunft vor ihnen, in der es galt, beherzt die Chancen zu ergreifen, die sich darboten. Sie musste nur die richtige Chance finden.

Wieder blickte sie zu dem kleinen Tisch in den Händen ihres Großvaters, gerade groß genug, dass Liesel daran würde sitzen können. So wie ihr Großvater mit Holz zu arbeiten, das war ihr Traum! Und vielleicht konnte sie sich den ja doch erfüllen. Zumindest wollte sie es versuchen.

Marianne wandte sich an ihre Mutter. »Ich finde, wir sollten den Betrieb wieder aufbauen.«

»Was?«, fragte Barbara überrascht.

»Unsere Schreinerei. Es ist doch schade, wenn drüben alles verrottet. Warum versuchen wir nicht, den Betrieb wieder in Gang zu bringen?«

»Wie stellst du dir das denn vor?« Barbara runzelte die Stirn. Ihre hageren Hände verknoteten sich ineinander. »Es ist ja kaum mehr was da, sie haben doch fast alles geplündert. Und es gibt eh keinen Schreiner mehr auf dem Hof.«

»Was ist mit Großvater?« Marianne deutete mit dem Kinn zu ihm hinüber. Er war zwar kein gelernter Schreiner, wie es ihr Vater gewesen war, aber er kannte sich mit Holz aus, schließlich hatte er Jahrzehnte in der Sägemühle und der angrenzenden Werkstatt mitgearbeitet. »Er schnitzt jeden Tag. Die Arbeit mit Holz bedeutet ihm viel.«

Manchmal dachte sie, dass es nur die kleinen Holzfiguren waren, die ihn am Leben erhielten. An kaum etwas anderem zeigte er Interesse. Vielleicht konnte man ihn mit einer Aufgabe wieder ins Leben zurückholen. Vielleicht war es genau das, was ihm fehlte? Etwas, das seiner kranken Seele helfen konnte, wieder gesund zu werden.

»Ich könnte es von ihm lernen.« Kaum hatte Marianne die Worte ausgesprochen, überfielen sie Zweifel. Wieder hörte sie ihren Vater sagen, sie habe gutes Holz ruiniert.

Ihre Mutter lächelte nachsichtig. »Dann können wir ja über deine Pläne reden, wenn du es gelernt hast.«

Das war kein Nein, aber auch keine große Hilfe. Vielleicht klang sogar milder Spott in den Worten mit. Denn wie sollte Marianne das Handwerk lernen, wenn sie kaum Werkzeug zur Verfügung hatte und die Schreinerei in Trümmern lag?

Entmutigt blickte sie zu ihrem Großvater. Wenn er doch nur sprechen und ihr beipflichten könnte!

Soeben schlüpfte Lottchen neben ihn auf die Ofenbank und sah treuherzig zu ihm auf. Während sie die Puppe über sein Knie wandern ließ, fragte sie, ob er nicht ein Puppenbettchen für ihre Liesel bauen könnte.

»Das würde ihr gefallen«, versicherte sie. »Dann braucht sie keine Angst zu haben, dass ihr schönes Kleid zerdrückt wird, weil sie mit mir in einem Bett schlafen muss.«

Karl-Otto hielt einen Moment lang inne. Seine Züge schienen weicher zu werden, als er seine jüngste Enkelin betrachtete. Aber auf ihre Bitte ging er nicht ein.

Barbara räusperte sich. »Du könntest versuchen, ein paar von seinen Schnitzfiguren zu verkaufen.«

»Ja, vielleicht.« Aber das war nicht das, was Marianne sich vorgestellt hatte. Sie konnte allerdings noch nicht in Worte fassen, was es stattdessen war.

»Ich denke darüber nach.«

Kurz vor Mitternacht lauschten sie den Kirchenglocken, die zur Christmette läuteten, dann räumte Barbara die leeren Mostgläser vom Tisch in der Stube. Lottchen gähnte. Vor Müdigkeit konnte sie kaum noch die Augen offen halten.

»Komm, es ist allerhöchste Zeit für dich.« Marianne hob sie hoch, um sie ins Bett zu tragen.

Der Großvater schlurfte davon, während Henriette das letzte Quittenbrot naschte und dann der Mutter half, die Kerzen in der Stube zu löschen.

»Träum schön, Liesel«, sagte Lottchen schläfrig zu ihrer Puppe. »Und denk dran, alles, was du in der Weihnachtsnacht träumst, geht im Neuen Jahr in Erfüllung.«

Marianne hoffte, das galt nicht nur für Puppenträume.

Erst jetzt fiel Marianne auf, wie viel Zeit ihr Großvater in der Schreinerei verbrachte. Immer, wenn sie nach ihm suchte, fand sie ihn dort. Der Tisch war längst fertig, nun schnitzte er an einem anderen Stück. Fasziniert schaute Marianne ihm dabei zu, selbst wenn das bedeutete, stundenlang in der Kälte zu sitzen. Sie machte es sich zur Gewohnheit, bei solchen Gelegenheiten eine Kanne heißen Tees mitzubringen, so dass sie sich beide aufwärmen konnten.

Es dauerte nicht lange, bis Marianne erkannte, was aus dem schmalen Holzteil in Karl-Ottos Hand werden sollte.

»Das wird ein Pfosten für Liesels Bett, richtig?«

Der Großvater antwortete nicht, arbeitete nur ruhig weiter. Aber Marianne war sich sicher. Die Größe der anderen Teile, die vor ihm auf der Werkbank lagen, stimmte genau. Die Puppe würde dort sehr gut hineinpassen.

»Vielleicht kann ich das Bettzeug dafür machen.« Ihre Nähkünste reichten lange nicht an die ihrer Mutter heran, aber dafür würde es reichen. Und für Lottchens Puppenbett war Marianne sogar bereit zu nähen. Auch wenn sie noch viel lieber beim Schnitzen geholfen hätte.

Als selbst der Tee sie nicht mehr warmhielt, stand Marianne auf, um sich zu bewegen.

Am Ende der Werkhalle erhob sich der Aufbau mit der großen Kreissäge. Ihr Vater hatte das Sägewerk selbst konstruiert und nach seinen Bedürfnissen anfertigen lassen; der vordere Teil war so breit, dass ganze Baumstämme zerteilt werden konnten. Der hintere Teil diente dazu, um Bretter, Türen oder Möbelteile zuzusägen.

Als Kind hatte Marianne immer großen Ärger bekommen, wenn sie sich in die Nähe der Kreissäge verirrt hatte, und sie konnte auch verstehen, warum. Wenn man dem rotierenden Sägeblatt zu nahe kam, riskierte man schnell, seine Finger einzubüßen oder sogar mehr.

Nun rostete das Ungeheuer vor sich hin, seine Zähne hatten ihre Schärfe verloren, der Holzaufbau wirkte morsch. Dieses Ungetüm würde sich womöglich nicht so einfach reparieren lassen. Selbst wenn es ihr irgendwie gelang, das Dach abdichten zu lassen, um in den Räumen der Schreinerei arbeiten zu können, würde sie vorerst wohl darauf verzichten müssen, die große Kreissäge wieder in Betrieb zu nehmen. Sie würde also nur kleinere Teile mit der Hand zusägen können, keine wuchtigen Bretter für Tische und Schränke, für Betten und …

Marianne hielt inne.

Sie drehte sich zum Großvater um, der selbstvergessen im Lichtkreis seiner Laterne saß. Eine Insel der Wärme und des Lebens in diesem toten Raum.

Wer sagte denn, dass sie große Tische, Schränke und Betten herstellen musste?

»Puppenmöbel!«

Ihre Mutter zuckte zusammen, als Marianne in die Küche stürmte. Sie ließ beinahe die Kartoffel fallen, die sie gerade schälte. »Wie bitte?«

»Wir könnten in der Schreinerei Puppenmöbel herstellen!«

Je öfter Marianne es aussprach, desto mehr hoffte sie, dass ihre Mutter begreifen würde, wie gut ihre Idee war. Sie sah in ihrer Fantasie schon alles genau vor sich: Die kleinen Schränke, Bettchen und Wiegen, das komplette Inventar für Puppenhäuser und Puppenstuben.

Ihre Mutter ließ das Schälmesser sinken. »Hast du diese fixe Idee noch immer nicht aufgegeben?«

»Es ist keine fixe Idee«, protestierte Marianne. »Steht auf dem Dachboden nicht noch das halbfertige Puppenhaus von Vater?« Er hatte es angefangen, bevor er damals an die Front geschickt worden war. Henriette hatte nie damit spielen wollen, deshalb hatten sie es weggeräumt. »Vielleicht kann ich das Puppenhaus fertig bauen. Seine Arbeit fortführen.«

Zwar würde sie ihrem Vater nie beweisen können, was in ihr steckte, und er würde sie nie dafür loben, egal wie sehr sie sich anstrengte. Aber vielleicht wüsste er es dennoch zu schätzen.

Barbara blickte sie lange und nachdenklich an. »Du meinst es wirklich ernst, hm?«

Marianne nickte entschlossen. Auch die tiefe Stirnfalte ihrer Mutter änderte daran nichts. Sie würde so lange üben, bis die Werkstücke, die sie schnitzte, nicht unregelmäßiger waren als die aus der Hand ihres Großvaters. Und was hatte sie schon zu verlieren? Sie konnten nicht ewig von den Näharbeiten ihrer Mutter leben, und für Marianne kam das auch gar nicht in Frage.

»So würde Vaters Erbe nicht länger brachliegen. Es ist doch viel zu schade drum! Bestimmt müsste man einiges reparieren oder neu anschaffen, aber …«

»Wir haben kein Geld für solche Träumereien«, unterbrach ihre Mutter sie.

»Aber wir könnten doch …«

»Marianne, hör auf! Niemand wird dir oder mir zutrauen, die Schreinerei zu führen. Wir haben keinerlei Erfahrung damit.«

»Um Erfahrungen zu sammeln, müssten wir es ja auch erst mal probieren«, begehrte Marianne auf. »Lass es mich doch wagen! Wie schwer kann das schon sein, dass ich es nicht lernen könnte?«

Die Miene der Mutter wurde verständnisvoller. »Hängt dein Herz denn so sehr an unserer Schreinerei?«

»Ja! Ich will arbeiten, aber ich will dafür nicht weggehen. Wir müssen nur irgendwie das Dach reparieren.« Sie seufzte. »Ich weiß, das wird teuer. Aber vielleicht zahlen sie bald auch Entschädigungen für Gefallene. Für die überlebenden Opfer des Nationalsozialismus tun sie das ja schon.«

»Sie tun … was?« Aus irgendeinem Grund wirkte ihre Mutter plötzlich sehr aufgeregt.

»Ich habe die Witwe Weingärtner darüber reden hören«, sagte Marianne. »Wieso, stimmt etwas nicht?«

»Schließ bitte die Tür.«

Verwirrt folgte Marianne der Aufforderung. Die Mutter legte Kartoffel und Messer beiseite und wischte sich die Hände an der Schürze ab.

»Erinnerst du dich, wie wir euch während des Krieges erzählt haben, dass Großvater nach Amerika gegangen sei?«

»Ja.« Marianne hatte ihn damals beneidet und wäre gerne mit ihm auf die Reise gegangen. »Aber was hat das mit …?«

Ihre Mutter hob die Hand. »Er war nie in Amerika. Er ist verhaftet worden und war lange Zeit in Buchenwald.«

»Im KZ Buchenwald?« Davon hatte Marianne in der Schule gehört. Sie wusste, dass den Menschen dort schreckliche Dinge widerfahren waren, aber es hatte sich nie ganz real angefühlt. Nun betraf es ihren Großvater.

Jetzt ergab auch so vieles andere einen Sinn. Kurz vor der Erntezeit 1944 war er damals auf den Lindenhof zurückgekehrt, schweigsam und hohlwangig. Sie hatte ihn beinahe nicht wiedererkannt mit seinem grauen Bartgestrüpp, den hängenden Schultern und dem ausgezehrten Körper. Den Bart hatte er gleich am ersten Tag abrasiert, der Rest war geblieben. Er hatte nicht ausgesehen wie einer, der dem Krieg nach Amerika entkommen war.

»Redet er deshalb nicht mehr? Nicht nur wegen Papas Tod?«

Die Mutter hob die Schultern. »Er hat nie über diese Zeit gesprochen.«

Mariannes Gedanken jagten im Kreis. Auch die Frage, weswegen der Großvater damals verhaftet worden war, schoss ihr durch den Kopf. Aber dann verstand sie plötzlich, worauf ihre Mutter hinauswollte.

»Also steht ihm auch eine Entschädigung zu.«

Barbara Wagner nickte. »Die könnte ihm vielleicht sogar helfen. Das Unrecht, das ihm widerfahren ist, hat er nie verwunden. Aber wenn er eine Entschädigung bekommt …«

»Denkst du, wir können sie für ihn beantragen? Selber wird er das ja sicher nicht tun.«

»Ich weiß es nicht.« Die Mutter sah sie ernst an. »Warum findest du es nicht heraus?«

Wilde Entschlossenheit packte Marianne. Endlich konnte sie etwas Sinnvolles tun. Eifrig nickte sie.

»Das werde ich!«

»Aber vergiss nicht, dass dein Großvater derjenige ist, dem die Entschädigung zusteht. Falls er tatsächlich für das, was er erlitten hat, Geld bekommt, werden wir ohne seine Erlaubnis keinen Groschen davon anrühren. Er allein wird über das Geld verfügen und entscheiden, wofür es verwendet wird.«

»Natürlich.«

»Ich bin von deiner Träumerei noch lange nicht überzeugt«, sagte ihre Mutter. »Aber mit der Entschädigung könntest du wirklich etwas Hilfreiches für deinen Großvater tun. Danach sehen wir weiter.«

Marianne stimmte zu.

Sie wusste zwar nicht, wie sie Großvaters Erlaubnis bekommen sollte, solange er nicht sprach, aber sie war sich absolut sicher, dass ihre Idee mit den Puppenmöbeln seine Zustimmung finden würde.

Sie musste nur irgendwie zu ihm durchdringen. Er saß doch nicht grundlos so oft in der Schreinerei – bestimmt dachte er dort an früher und vermisste die rege Betriebsamkeit genauso sehr wie sie.

»Mach dir nicht zu viele Hoffnungen, Marianne«, mahnte die Mutter.

Nun, dafür war es schon zu spät.

KAPITEL 5

Hohenlohe, Ende Januar 1954

Der Wagen von Hermann Jakobs rumpelte durch die Straßen von Schwäbisch Hall. Die Flüche des stämmigen Mannes, die er ausstieß, während er seinen Ochsen durch das Gewimmel an Fußgängern, Karren und Automobilen lenkte, gingen gänzlich im Lärm der Stadt unter.

Dieser Lärm sorgte auch dafür, dass Marianne der Kopf schwirrte. Sie musste husten, als ein Postbus dicht an ihnen vorbeifuhr und ihnen seine Abgase ins Gesicht blies. Sie packte die Tasche mit ihrem Proviant und all den Ausweispapieren, die ihre Mutter ihr mitgegeben hatte, fester. Wie man inmitten dieser anonymen Hektik leben konnte, erschloss sich ihr gar nicht, auch wenn sie die Stadt für einen Tagesbesuch durchaus interessant fand.

Henriette dagegen lehnte sich weit über den Rand der Ladefläche des Wagens, eingequetscht zwischen einem Sack Kartoffeln und einer Kiste mit Winteräpfeln. Ihre Augen leuchteten. »Was es hier alles gibt!«

Modegeschäfte und Kurzwaren, Porzellan und Geschenkartikel, eine Apotheke, daneben ein Uhrmacher und eine Konditorei mit feinen Törtchen in der Auslage. Die filigranen Stücke im Schaufenster des Uhrmachers faszinierten auch Marianne. Allerdings liefen so viele Menschen daran vorbei, dass sie nur einen kurzen Blick darauf erhaschen konnte.

»Schau mal!« Henni deutete auf zwei Damen, die gerade in das Schaufenster eines Buchladens spähten. Die Kragen ihrer Mäntel waren mit Pelz besetzt, und ihre Stiefel hatten Absätze, auf denen Marianne mit Sicherheit nach zwei Schritten umgeknickt wäre. Sie trugen zierliche Hüte mit Schleifen und kleinen Aufbauten aus Tüll.

Henni war ganz hibbelig. »Das«, verkündete sie im Brustton der Überzeugung, »das bin ich irgendwann.«

Nie war Marianne so deutlich geworden, dass sie in völlig unterschiedlichen Welten lebten, wie in diesem Moment. »Du möchtest im Winter frieren?«, fragte sie. »Schau mal, wie der Wind unter ihre Röcke fegt. Und die tragen bestimmt keine dicken Socken in diesen zierlichen Stiefelchen.«

»Mit so einem Ensemble stapft man ja auch nicht stundenlang durch den Schnee«, protestierte Henni.

Marianne fragte sich, woher sie das Wort »Ensemble« kannte. Es klang sehr hochgestochen.

»Nein, mit solchen Schuhen fällt man nach einem Schritt in den Schnee«, neckte sie ihre Schwester.

Henni stieß sie mit dem Ellenbogen an. »Ich meine es ernst. Ich bin bald mit der Schule fertig, und danach sitze ich bestimmt nicht rum und warte, bis irgendein Bauer mich heiraten will.«

Marianne konnte das nachfühlen. Nach Heiraten war ihr auch nicht zumute. Sie fand es auch viel reizvoller, ihren eigenen Weg zu gehen, selbst etwas auf die Beine zu stellen. Allerdings wollte sie das lieber zu Hause tun, dort, wo sie sich heimisch fühlte.

»Du willst wirklich in die Stadt?«, fragte sie.

Henriette nickte begeistert. »Ich könnte bei Tante Käthe im Laden arbeiten. Ich werde sie nachher gleich fragen!«

Eines der Bündel, das neben ihnen auf der Ladefläche lag, enthielt einen kunstvoll bestickten Schal als Geschenk für die

Tante. Wenn sie schon in der Stadt waren, so hatte Mariannes Mutter gemeint, dann dürfe ein Besuch bei der Verwandtschaft nicht fehlen.

»Selbst wenn Tante Käthe deine Hilfe brauchen kann, solltest du erst mit Mutter reden.« Marianne kam sich ein wenig vor wie eine Spielverderberin, aber es schien ihr nur vernünftig und richtig, derlei Dinge zunächst in der Familie zu besprechen.

Henni war anderer Meinung. »Mutter kann mir nicht verbieten, in die Stadt zu gehen. Dich lässt sie doch auch machen, was du willst.«

Der letzte Satz kam für Marianne unerwartet. Sie blinzelte. »Ich kann nicht einfach machen, was ich …«

»Tu doch nicht so! Ich weiß genau, dass ihr heimlich etwas ausgemacht habt und dass du alle möglichen wichtigen Unterlagen dabeihast. Und ich wette, es hat irgendwas mit der Schreinerei zu tun.«

Jetzt ergab es wohl keinen Sinn mehr, den Plan vor Henni weiter geheim zu halten. »Ja, ich will unsere Schreinerei wieder aufbauen. Aber …«

»Eben«, fuhr Henni auf. »Also werde ich ja wohl in die Stadt ziehen dürfen.«

Dagegen ließ sich wenig einwenden. Langsam nickte Marianne. »Ich möchte dich gar nicht davon abhalten zu tun, was dich glücklich macht. Du kannst ja bei Tante Käthe schon mal vorhorchen, wie es mit einer Beschäftigung aussähe. Aber dann solltest du mit Mutter darüber reden.«

Nun lächelte Henni wieder. »Natürlich, ich wollte mich ja nicht bei Nacht und Nebel davonschleichen.«

Doch einen schalen Beigeschmack behielt der Frieden. Die Dinge, die Henni ihr an den Kopf geworfen hatte, konnte Marianne nicht so schnell vergessen.

Wenig später kam der Wagen rumpelnd zum Stehen. »Dort ist das Rathaus«, brummte Hermann Jakobs. »Ich fahr heut Abend um fünf wieder heim. Seid dann hier, sonst müsst ihr bis zum nächsten Markttag warten, dass ich euch wieder mitnehmen kann.«

»Danke.« Mariannes Beine protestierten schmerzend, als sie von der Ladefläche kletterte. Vom langen Sitzen in der Januarkälte waren sie steif geworden.

Henriette schien das nicht zu stören. Sie hüpfte vom Wagen, schnappte das Päckchen für Tante Käthe und sah sich begierig um. »Du brauchst mich doch nicht bei dem ganzen Papierkram, von dem ich ja eh nichts wissen soll, oder?«

Das war wohl zu erwarten gewesen. »Gib acht, wenn du dich hier umsiehst«, ermahnte Marianne sie. »Bleib in der Innenstadt, in der Nähe der Michaelskirche. Geh nicht in die äußeren Viertel.«

»Ich weiß, ich weiß. Du klingst schon wie Mutter.«

»Ich kriege ja auch den Ärger, wenn du in Schwierigkeiten gerätst.«

Henriette verdrehte die Augen, nickte aber. »Ich pass schon auf.«

Marianne sah ihrer Schwester nach, wie sie beschwingten Schrittes davoneilte.

Den Rest des Tages verbrachte Marianne mit Formularen. Sie wurde von einer Abteilung in die nächste geschickt, um Fragen zu Karl-Ottos Vergangenheit zu beantworten, und musste all ihre Papiere und Nachweise mehr als nur einmal vorzeigen. Als sie Punkt fünf wieder beim nun leeren Wagen von Hermann Jakobs erschien, fühlte sie sich so erschöpft, als hätte sie den ganzen Nachmittag schwere Feldarbeit geleistet.

Von Henriette keine Spur.

Der Bauer hievte sich auf den Kutschbock. Kein einfaches Unterfangen bei seiner mittlerweile beachtlichen Leibesfülle. Suchend blickte er sich um. »Wo ist denn die Kleine?«

»Sie kommt sicher gleich.« Marianne ließ den Blick unruhig über den Platz schweifen. Wo steckte ihre Schwester bloß?

»Hätte vorhin doch was sagen sollen«, brummte der Bauer. »Die ist inzwischen einfach zu hübsch, um sie alleine hier herumlaufen zu lassen.«

Der Gedanke behagte Marianne gar nicht. »Sie ist bestimmt gleich hier«, gab sie schärfer zurück als beabsichtigt. Gleichzeitig krampfte sich ihr Magen zusammen.

»Marianne!«

Beim Klang der Stimme ihrer Schwester fiel Marianne ein Stein vom Herzen. Sie drehte sich um und sah Henni auf sich zulaufen. Ihre Wangen waren gerötet von der Kälte, aber sie strahlte vor Glück. »Tante Käthe sagt, ich kann bei ihr im Laden anfangen! Gleich nach dem Schulabschluss. Ich kann bei ihr wohnen und essen, und ich verdiene jeden Monat zwanzig Mark!«

Wie ein Spielkreisel tanzte sie um Marianne herum. »Sag, ist das nicht großartig? Oh, ich freue mich so sehr!«

Sie waren schon immer verschieden gewesen. Mit einem Mal packte Marianne die Gewissheit, dass sie schon bald in vollkommen unterschiedliche Richtungen aufbrechen würden.

Ihre gemeinsame Zeit ging dem Ende zu.

Es war schon fast Frühling, als Marianne einen offiziell aussehenden Brief aus dem Briefkasten vorne am Eingang zum Lindenhof zog. Er war an Karl-Otto adressiert. Mit angehaltenem Atem trug sie ihn in die Stube, wo ihre Mutter über eine Näharbeit gebeugt saß.

»Ich glaube, Großvater hat Antwort bekommen.«

Sie hatte die Worte nicht laut gesprochen, aber die Mutter blickte sofort auf. Hoffnung leuchtete schwach auf ihrem müden Gesicht. »Haben sie ihm die Entschädigung bewilligt? Hat es geklappt?«

Langsam öffnete Marianne den Brief. Es war nur ein Stück Papier darin. Ein Scheck, und die Anzahl der Nullen am Ende der Summe sorgte dafür, dass ihr schwindelig wurde.

Ihr Herz schlug schneller, dann brach sich ein erleichtertes Lachen Bahn. »Ja, es hat geklappt.«

Beide sahen jetzt hinüber zum Großvater. Er saß am Kachelofen, wie so oft, und starrte ins Nichts.

»Du wirst es nicht verwenden, ohne dass er einverstanden ist«, sagte die Mutter. »So haben wir es ausgemacht. Wenn er dir nicht ausdrücklich sein Einverständnis gibt, kaufen wir davon nächsten Winter lieber neue Mäntel und Schuhe für alle und genug zu essen, damit niemand hungern muss.«

Marianne nickte. Ihr Großvater hatte für dieses Geld gelitten. Selbstverständlich musste er bestimmen, was damit geschah. Und vielleicht würde er so auch endlich wieder gesund.

»Großvater?« Marianne trat näher an den Ofen. »Darf ich dein Geld verwenden, um den Familienbetrieb wieder aufzubauen?«

Er starrte auf einen Fleck irgendwo jenseits ihres rechten Ohrs. Dass sie ihn etwas gefragt hatte, schien gar nicht zu ihm durchzudringen.

Marianne seufzte. Damit war zu rechnen gewesen. Aber so schnell würde sie nicht aufgeben.

»Ich versuche es einfach weiter«, sagte sie. »Mir fällt schon etwas ein.«

KAPITEL 6

Veszprém, Ungarn, Herbst 1952

Die Zirkusmusiker spielten einen Tusch. Gebannte Stille trat ein. Alexandre spürte die Blicke des Publikums auf sich, als er einen großen Schluck aus der Flasche nahm. Der Geschmack des Petroleums war widerlich, daran würde er sich nie gewöhnen.

Ein Raunen ging durch die Menge, als er die Fackel hob und eine gewaltige Stichflamme in die Luft spuckte.

Applaus brandete auf. Alexandre verneigte sich.

Er fand, es gab Spektakuläreres als seine Feuernummer, aber als Pausenfüller in der Show des kleinen Wanderzirkus kam sie gut an. Mit dem dunklen Haar und der sonnengebräunten Haut sah Alexandre fast genauso aus wie die anderen Männer vom Balkan, er war nur weniger muskulös.

Es hatte lange gedauert, bis die Schusswunde an seiner Schulter verheilt war. Inzwischen erinnerte nur noch eine Narbe daran.

Wo und wie er sich die Kugel eingefangen hatte, darüber redete er nicht. Jeder hier hatte Geheimnisse, da störte sein Schweigen niemanden. Die Geschichten aus der Vergangenheit waren für viele der Artisten tabu.

Nach wie vor stand Alexandre ungern im Rampenlicht. Eigentlich hatte er als Helfer hinter den Kulissen angeheuert, aber zwischen den Auftritten der Akrobaten mussten alle einspringen. Zum Glück war die Saison fast vorüber. In das bevorstehende Winterlager würde er nicht mitkommen, er hatte es den anderen bloß noch nicht gesagt.

Als er die Manege verließ, wartete Dimitri aufgeregt hinter dem Vorhang auf ihn. »Du musst noch mal raus.«

»Was?«

»Carlos ist betrunken.« Dimitri gestikulierte in Richtung der Artistenwagen, wo sich Carlos sicher irgendwo aufhielt. »Dieser Bastard! Ich kann nicht zulassen, dass er seine Messer auf Ana wirft. Am Ende bringt er sie noch um!«

Alexandre traute seinen Ohren nicht. »Du willst, dass ich Carlos' Nummer übernehme? Jetzt?«

»Ja! Im Programm steht ein Messerwerfer, also kriegt das Publikum einen Messerwerfer.«

»Aber wieso ich?«

»Wer sonst? Du bist der Einzige, der fast so gut wirft wie Carlos. Beim Zielen auf das Rad hast du ihn sogar einmal übertroffen.« Er schnaubte. »Du hast mich damals hundert Dinar gekostet, weil ich natürlich auf ihn gewettet hatte!«

»Das war doch nur ein Spiel …« Alexandre verstummte, weil Dimitri ihn bereits mit sich zog.

Minuten später fand er sich im Kostüm des Messerwerfers vor dem Eingang zur Manege wieder. Dort tollten die Clowns auf den struppigen Ponys herum. Lachsalven ertönten.

Ana lächelte. »Schneidig siehst du aus.« Der Wortwitz war typisch, sie hatte eine scharfe Zunge und war sicher nicht ganz unschuldig daran, dass Carlos betrunken im Wagen lag.

»Ich kann das nicht«, sagte Alexandre heiser.

»Aber klar doch! Wenn sogar ein Versager wie Carlos es kann.« Ana zog verächtlich die stark geschminkten Augenlider hoch. »Stell dich nicht so an, Leonardo.«

Er zuckte zusammen. Dass er ihr von seinen künstlerischen

Ambitionen erzählt hatte, war ein Fehler gewesen. Nachdem sie ihn dazu gedrängt hatte, sie zu malen, fühlte sie sich vom Ergebnis beleidigt.

»Ich sehe aus wie ein Gespenst«, hatte sie gewütet und seine Zeichnung in Fetzen gerissen.

Er hätte es wissen müssen. Alle seine Versuche zu malen waren schon zuvor gescheitert. Sein Kopf war voller Gespenster, Gewalt und Blut, und sobald er einen Pinsel oder Kohlestift in die Hand nahm, quoll die Düsternis ungefiltert aus ihm heraus. Er verstand, warum sein Porträt Ana erbost hatte, das sie mit eingefallenen Wangen und toten Augen zeigte.

Er konnte nur nichts an seinem Unvermögen ändern. So leid es ihm tat, er schaffte es nicht, seine Bilder zu beschönigen. Und Anas Augen waren tatsächlich tot, ihr Feuer nur gespielt. Was auch immer sie gesehen hatte, es hatte sie genauso gezeichnet wie seine Erlebnisse ihn.

»Wir sind dran. Los!« Ana gab ihm einen Schubs.

Alexandre stolperte an ihrer Seite ins Rampenlicht. Die Clowns schoben das Podest in die Mitte der Manege. Grazil knickste Ana in alle Richtungen, ehe sie die drei Stufen erklomm und sich vor der gerahmten Wand postierte. Von dort warf sie den Zuschauern reihum Kusshände zu. Das einstudierte Lächeln war ihr geradezu ins hübsche Gesicht gemeißelt.

Alexandre fühlte sich wie in einem Albtraum gefangen.

Er sollte nicht hier stehen. Es war falsch.

Die Musik ließ seinen Puls in die Höhe schnellen. Im Licht der Scheinwerfer trat ihm der Schweiß auf die Stirn. Sein Herz schlug einen Trommelwirbel, als er das erste Messer aus dem Korb nahm. Die Klinge war scharf.

Der Boden schien unter ihm zu schwanken, als er nervös auf den Fersen wippte und zielte.

Bist du verrückt?, schrie sein Verstand.

Tu es einfach, flüsterte eine andere Stimme. Vertrau dir!

Er hob den Arm und schleuderte das Messer. Zack! Dicht neben Anas Hüfte schlug es ein.

Sie rollte mit den Augen. »Höher!«

Zack! Das nächste Messer landete fast auf Höhe ihres Kinns, allerdings weit außen am Rand.

Er sah Zorn in ihren Augen flackern, der fast die Leere dahinter verbarg. »Feigling«, formten ihre Lippen.

Alexandre wandte sich ab. Er durfte sich nicht provozieren lassen, egal was Ana tat.

»Den Pazifisten nimmt dir niemand ab.« Ihre gezischten Worte waren laut genug, dass nur er sie hören konnte, für das Publikum gingen sie im Lärm der Musik unter. »Willst du leugnen, dass du im Krieg genauso gemordet hast wie alle anderen Männer? Ihr Deutschen seid alle gleich!«

Alexandre konnte die Gefühle, die in ihm hochkochten, nicht einmal benennen, aber sie überwältigten ihn.

Das dritte Messer warf er genau dann, als Ana verächtlich den Kopf schüttelte. Sirrend sauste die Klinge durch die Luft und nagelte eine ihrer Locken an der Wand fest.

Das Publikum schrie auf.

Das war es, was sie gewollt hatte, nicht wahr? Plötzliche Wut stieg in ihm auf. Warum nur zwangen immer wieder Menschen Waffen in seine Hände? Er verabscheute Gewalt.

In rascher Folge schleuderte Alexandre die letzten beiden Messer dicht neben Anas Gesicht. Sie wurde bleich, hielt aber vollkommen still.

Dann war es vorbei.

Erschöpft sackte Alexandre in sich zusammen. Er fühlte sich, als wäre er einen Marathon gerannt. Das begeisterte Klatschen und Pfeifen nahm er wie durch Watte wahr. Er musste sich zwingen, zu Anas Podest hinüberzugehen und ihr den Arm zu reichen. Elfengleich tänzelte sie neben ihm aus der Manege.

Sobald der Vorhang hinter ihnen gefallen war, verwandelte sie sich in eine Furie. »Du hättest mich beinahe skalpiert, du Idiot«, fauchte sie.

Übelkeit stieg in ihm auf. Erst jetzt wurde Alexandre wirklich bewusst, was er getan hatte.

»Du kannst beruhigt sein, Ana«, versprach er. »Es wird nicht wieder vorkommen.«

Noch am selben Abend teilte er Dimitri mit, dass er den Zirkus verlassen würde.

KAPITEL 7

Schwäbisch Hall, Sommer 1954

»Schön, dass du da bist!« Henriette fiel ihrer Schwester um den Hals, kaum dass Marianne den Laden betreten hatte.

Außer ihr war an diesem Samstag kurz vor Ladenschluss nur noch eine einzige Kundin da, die sich gerade über die Theke beugte und von Tante Käthe bedient wurde.

»Hast du mich vermisst?«, fragte Marianne erfreut.

Seit Henriette fortgegangen war, hatten sie einander nicht mehr gesehen. Nur die Mutter hatte Henni zweimal in der Stadt besucht, hauptsächlich um sich zu vergewissern, dass ihre Tochter ordentlich arbeitete und Tante Käthe nicht auf der Nase herumtanzte.

»Nicht direkt.« Henriette zwinkerte schelmisch. »Hier ist so viel los, das kannst du dir nicht vorstellen. Aber ich freue mich so, dass wir nachher zusammen auf den Jakobimarkt gehen. Ein toller Rummel wird das!«

Marianne betrachtete die hohen Regale. Sie waren bis zum Rand gefüllt mit Konservendosen und Waschpulverschachteln, es gab Säcke mit Mehl, Zucker und Reis, Körbe voller Obst, eine Kühlvitrine mit Quark, Jogurt, Käse und einem Rest Aufschnitt, dazu große Schraubgläser mit Bonbons und bunten Zuckerstangen, einen Zeitungsständer und Zigaretten. Die Sonderangebote wurden an einer Tafel angepriesen.

»Komm, ich zeig dir oben mein Zimmer. Da kannst du auch

deinen Koffer abstellen.« Ungeduldig zerrte Henni an Mariannes Ärmel.

»Darfst du denn einfach weg?«

»Klar, im Moment ist es doch ruhig.« Sie wandte sich zur Theke um. »Wir sind gleich zurück, in Ordnung, Käthe?«

»Sicher, geht nur.« Die Tante füllte eine Kelle Grieß in die Waagschale und nickte freundlich. »Ich schließe dann eh ab. Wenn ich dich beim Putzen brauche, rufe ich.«

Henni zog Marianne durch eine Tür im hinteren Bereich des Ladens, auf der »Privat« stand, und sie stapften eine enge Treppe mit knarzenden Stufen empor.

Die Wohnung über Käthes Geschäft war nicht groß, der Flur düster, doch als Henni die Tür zu ihrem Zimmer am Ende des Ganges öffnete, flutete warmes Sonnenlicht durch die weit geöffneten Fensterläden.

»Das ist mein Reich«, erklärte sie, und Marianne hörte Stolz in ihrer Stimme.

»Gemütlich hast du's hier.«

»Ja, und ich kann hinunter auf die Gassen gucken. Es ist, als ob mir die Stadt zu Füßen liegt.« Sie lachte. »Allerdings herrscht dort nicht immer so ein Gewusel wie heute wegen dem Fest.«

»Das dachte ich mir schon.« Marianne lächelte. Die Unbeschwertheit ihrer Schwester tat gut.

Sie bückte sich und kramte eine braune Papiertüte aus dem Koffer. »Vorsicht, die sind ein bisschen zerdrückt. Mama wollte mir unbedingt Kirschen für dich mitgeben, die ersten dieses Jahr.«

Hennis Augen funkelten begierig.

»Sag bloß, es gibt in Hall keine Kirschen?«

»Klar gibt es die. Hier gibt's alles.« Henni angelte sich ein saftiges rotes Pärchen heraus. »Aber die von unserem Baum schmecken nun mal am besten. Genau wie unsere Äpfel und Zwetschgen.«

»Auf die musst du noch eine Weile warten.«

Unauffällig beäugte Marianne Hennis Frisur. Der kecke Pferdeschwanz stand ihr gut. Sie sah aus wie eine der modernen jungen Frauen von den Reklameschildern im Laden. Nur der biedere Verkaufskittel störte. Ihre Fingernägel waren in einem blassrosa Farbton lackiert.

»Guck nicht so. Das trägt man heutzutage so.«

Beschwichtigend hob Marianne die Hände. »Es sieht schick aus.«

Sie sah sich weiter um. Henni hatte die Wände mit ausgeschnittenen Filmstarfotos dekoriert, und auf dem Wandbord lag ein Stapel Modezeitschriften.

Daneben saß eine altmodische Porzellanpuppe mit Hut, die früher bestimmt Tante Käthe gehört hatte. Auf Hennis Waschtisch, neben einem hübschen Krug, stand ein winziger Flakon.

»Du benutzt Parfüm?«, fragte Marianne überrascht.

»Ja, das duftet wundervoll.« Henni griff danach und zog den Glasstöpsel heraus. »Hier, riech mal!« Sie hielt es ihr unter die Nase. »Phantastisch, oder? Das ist was anderes als Mamas 4711.«

Vorsichtig sog Marianne den Duft ein. Er hatte eine blumige Note und war tatsächlich sehr angenehm. Wirklich ganz anders als das Duftwasser ihrer Mutter. »Wo hast du das her?«

»Von meiner Freundin Jutta. Sie wohnt nebenan.«

Marianne machte große Augen. »Was hast du denn für reiche Freundinnen, die sich französische Parfüms kaufen, die sie dann nicht einmal selbst benutzen?«

»Quatsch!« Henni stöpselte den Flakon wieder zu. »Jutta hat es von einem Verehrer geschenkt bekommen, aber sie findet, der Duft passt nicht zu ihr. Die amerikanischen GIs sind großzügig und geben ihren Sold oft für die *Froileins* aus, wenn sie ihnen gefallen.« Sie zwinkerte belustigt. »Für ihre Dollars können sie ja in ihren eigenen Geschäften einkaufen. Da kosten zum Beispiel Nylonstrümpfe viel weniger als bei uns. Guck, ich habe auch welche!«

Marianne blieb der Mund offen stehen, als sie die schwarzen Nähte auf Hennis Waden entdeckte. Der Stoff war so fein, dass er wie eine zweite Haut anlag und ihren Beinen einen zarten Glanz verlieh. »Du führst hier ja ein richtiges Luxusleben.«

»Na ja, dafür lässt Tante Käthe mich auch ordentlich schuften.« Henni setzte sich aufs Bett und klopfte einladend mit der Handfläche neben sich. »Erzähl mir von zu Hause. Wie macht Lottchen sich in der Schule? Kommt sie jetzt mit dem strengen Uhu besser zurecht? Der ist gewiss nur Lehrer geworden, damit er immer ordentlich schimpfen und Tatzen verteilen kann. Was bin ich froh, dass ich den alten Griesgram nicht mehr sehen muss.«

Marianne musste lachen. Den Spitznamen für Herrn Uhland, den Lehrer, kannte sie noch aus ihrer eigenen Schulzeit.

Sie berichtete, was es auf dem Lindenhof Neues gab. Einsilbig wurde sie, als Henriette nach der Schreinerei fragte. »Großvater reagiert bisher leider überhaupt nicht auf meine Pläne.« Auch wenn sie glaubte, dass er manchmal lächelte, wenn sie sich neben ihn setzte. Sie sah ihm mittlerweile oft beim Schnitzen zu. »Und solange er sein Einverständnis nicht gibt, rühren wir das Geld nicht an. Es ist seines. Er muss darüber bestimmen.«

Sie unterhielten sich, bis Tante Käthe nach Henni rief, um den Laden aufzuräumen und durchzuwischen.

»Soll ich dir helfen?«

»Da sag ich nicht nein.« Henriette eilte im Laufschritt die Treppe hinunter. »Je eher wir fertig sind, umso eher können wir uns ins Vergnügen stürzen. Der Markt auf dem Haalplatz wird dir gefallen. Am Kocherufer stehen die Fahrgeschäfte, und am Abend gibt's Musik und Tanz.«

Henni hatte nicht zu viel versprochen. Auf dem Markt hätte Marianne den ganzen Nachmittag verbringen können. Gemächlich bummelte sie an Krämerständen mit Stoffen, Lederwaren oder Zierrat vorbei, dann an einem Wagen mit duftenden Gewürzen. Zwar fehlte ihr das Geld, um etwas zu kaufen, aber vor allem die Auslagen der Kunsthandwerker betrachtete sie mit großem Interesse. Deren Können hatte sie schon immer fasziniert.

Einer der Händler bot Spielzeug an – zwar überwiegend aus Blech, aber es gab auch einen Holzlastwagen mit glattpolierter Ladefläche, die man kippen konnte. Ein etwa dreijähriger Knirps bettelte seine Mutter an, ihm den Wagen zu kaufen. Aber leider ließ die sich nicht erweichen.

»Nein, heute suchen wir dir kein Geschenk aus, sondern eins für die Rosi. Du hast erst nächstes Jahr wieder Geburtstag.«

»Dann schenken wir den Wagen eben der Rosi«, schlug er vor.

Darauf ließ die Frau sich nicht ein. Unbeirrt zog sie den Jungen weiter. Marianne schmunzelte. Am Stand gab es tatsächlich kein schönes Spielzeug für Mädchen. Dabei hätte eine Puppenstube gut neben den Lastwagen gepasst.

Sie malte sich einen träumerischen Moment lang aus, wie es wäre, wenn sie hier ihre Puppenmöbel anbieten könnte. Wie die staunenden Kinder davor stehen bleiben und ihre Eltern bestürmen würden, ihnen etwas davon zu kaufen. Die Zukunft schien ihr plötzlich so verheißungsvoll und zum Greifen nah, dass Marianne ganz warm ums Herz wurde.

Henriette stieß sie mit dem Ellenbogen an. »Komm weiter,

so spannend ist es hier doch nicht. Jutta wartet an der Milchbar auf uns.«

Jutta entpuppte sich als schlanke Rothaarige, die leuchtend roten Lippenstift und Rouge auf den Wangen trug. Marianne wollte wissen, ob das etwa auch Geschenke von den GIs waren, und Jutta bejahte.

»Los, wir gehen zum Kettenkarussell. Und dann zum Tanzboden.« Henni war voller Vorfreude. »Kommst du mit, Marianne?«

Marianne war etwas nervös angesichts der vielen Leute auf dem Fest, wollte Henni aber den Spaß nicht verderben. Also ließ sie sich mitziehen, sah den zahlreichen Tanzpaaren in den festlich beleuchteten Ackeranlagen jedoch lieber von weitem zu.

Es dauerte nicht lange, bis Henni aufgefordert wurde. Bald wirbelte sie im Arm eines großen blonden Mannes umher, der ihr offenbar ausnehmend gut gefiel. Mit in den Nacken gelegtem Kopf schmachtete sie ihn an.

Eine Gruppe GIs in Mariannes Nähe beobachtete das Treiben auf der Tanzfläche ebenfalls. Die schlaksigen jungen Männer neben dem Bratwurstgrill waren höchstens zwanzig Jahre alt. Sie rauchten und wippten gelegentlich mit den Füßen. Einer trommelte lachend mit unsichtbaren Stöcken im Takt.

»Have you Tschewinggum?«, wagte es ein sommersprossiger Junge ihn anzusprechen.

Der GI grinste amüsiert. Er stoppte seine Trommelei und zog das begehrte Kaugummipäckchen aus der Hosentasche. Marianne sah die Silberfolie blitzen, als er zwei Streifen herausnahm.

»Thank you.« Triumphierend zog der Junge wieder Richtung Autoscooter ab, wo seine Freunde warteten.

Marianne fragte sich, woher er Englisch konnte. Ob er einige

Brocken auf der Straße aufgeschnappt hatte? Vielleicht war die Sprache gar nicht so schwierig.

Henriette tanzte immer noch mit dem Blonden. Zwischendurch winkte sie kurz herüber. Ihre Lippen formten: »Hab ich nicht ein Glück?« Marianne war sich nicht sicher, was sie davon halten sollte. Der Mann schien deutlich älter zu sein als Henni.

»Hey, would you like to dance?«

Sie fuhr herum.

»Froilein?« Der GI mit den Kaugummis streckte auffordernd die Hand aus. Sein offenes Lächeln wirkte sympathisch, und es galt zweifellos ihr. Marianne hatte zwar keine Ahnung, was er gesagt hatte, aber die Geste war eindeutig.

»Tja, also ...« Ihr erster Impuls war, ihn zurückzuweisen – sie kannte ihn ja nicht. Auf den Festen in Waldenburg wusste man immer, mit wem man es zu tun hatte. Aber er war nett zu dem fremden Jungen gewesen, und Henni schien auf der Tanzfläche Spaß zu haben. Vielleicht war es einen Versuch wert. »Aber nur einen Tanz, ja?«

Es wurden dann doch zwei, obwohl sie im Gegensatz zu Henni zwei linke Füße hatte. Aber es war einfach schön, in der lauen Abendluft unter freiem Himmel herumgewirbelt zu werden.

»Lemonade?«, fragte der GI nach dem zweiten Tanz. Er deutete dabei auf einen Erfrischungsstand, so dass Marianne klar wurde, was er meinte. Sie schüttelte den Kopf und machte sich lieber auf die Suche nach Henni. Die hatte inzwischen eine Tanzpause eingelegt und plauderte mit dem Unbekannten, der ihr ein Getränk spendiert hatte. Die kleine Flasche, in der ein Strohhalm steckte, war bereits leer.

»Darf es noch etwas sein?«, erkundigte er sich gerade. Aus der Nähe sah man, dass sein blondes Haar sich am Ansatz bereits lichtete, er war wirklich deutlich älter als Henriette. Aber immerhin schien er sich anständig zu benehmen.

»Da bist du ja, Henni«, ging Marianne möglichst unbefangen dazwischen. Sie wollte sich gar nicht ausmalen, welche Vorhaltungen Mutter ihr machen würde, wenn sie nicht gut auf die kleine Schwester aufpasste.

Henni sah aus, als wäre sie über die Unterbrechung nicht allzu erfreut. »Das ist Theodor«, stellte sie ihren Begleiter vor.

»Werwinkel«, ergänzte er rasch. »Theodor Werwinkel.« Er deutete eine Verbeugung an, wohl um zu beweisen, dass er über tadellose Manieren verfügte.

Im Laufe des weiteren Abends gab er sich in jeder Hinsicht Mühe, Marianne für sich einzunehmen. Bereitwillig erzählte er von dem Fuhrunternehmen, das er leitete, und dass er ansonsten sehr an Kunst interessiert sei.

Er behandelte Henni höflich und ignorierte alle anderen Frauen, die ihn beim Vorbeiflanieren mit interessierten Blicken streiften. Wäre er ein paar Jahre jünger gewesen, hätte Marianne sich sehr für ihre kleine Schwester gefreut. So blieb sie skeptisch.

Henni dagegen himmelte ihn unverhohlen an. Sie nahm kaum einmal den Blick von Theodor, selbst wenn sie mit Marianne redete. Wo Jutta steckte, war ihr egal, und dass es später und später wurde, ebenso. Sie machte keine Anstalten, sich von Theodors Seite zu lösen. Unruhig blickte Marianne zur nahen Kirchturmuhr.

»Ich denke, wir sollten gehen«, meinte sie. »Tante Käthe macht sich bestimmt schon Sorgen.«

»Macht sie nicht«, widersprach Henni. »Tante Käthe liegt längst im Bett! Oft nimmt sie sogar ein Schlafmittel. Die merkt nicht, wann wir zurückkommen. Wir müssen bloß leise sein, wegen der Treppe.«

Was sollte sie sagen? Ihre kleine Schwester wohnte nicht mehr daheim, sie verdiente ihr eigenes Geld und konnte im Grunde machen, was sie wollte. Aber sie durfte doch nicht bis spät in die Nacht mit einem Mann schäkern, den sie an diesem Tag gerade erst kennengelernt hatte. Marianne musste an die Worte der Witwe Weingärtner denken, die Henni als leichtes Mädchen hingestellt hatte, nur weil sie hübsch war. Wenn man in der Stadt anfing, über Henni zu tratschen, würde sie ihres Lebens nicht mehr froh werden.

»Na gut, eine halbe Stunde noch«, lenkte sie schließlich ein. »Aber dann gehen wir. Tante Käthe erwartet von mir, dass ich auf dich aufpasse.« Sie blickte dabei den blonden Begleiter ihrer Schwester an. Hatte Henni ihm verraten, dass sie erst fünfzehn war? Vielleicht hielt er sie ja für älter.

Er lächelte. »Das klingt vernünftig.« Dann wandte er sich an Henni. »Schließlich liegt mir nichts ferner, als dich in Verruf zu bringen.«

Erleichtert atmete Marianne auf. Es war gut, ihn auf ihrer Seite zu wissen.

Trotzdem immer noch ein wenig beunruhigt ließ sie wenig später Henriette ziehen, die mit seligem Lächeln an Theodors Arm zurück zum Tanzboden strebte. Hoffentlich sah ihre Schwester beim Tanzen von größeren Dummheiten ab.

Am nächsten Morgen, beim gemütlichen Sonntagsfrühstück mit Tante Käthe, die echten Bohnenkaffee servierte, schwärmte Henni unentwegt von Theodor.

»Findest du nicht auch, dass er gut aussieht? Es war einfach wunderbar, mit ihm zu tanzen.«

»Hm«, machte Marianne und nippte an ihrer Tasse. Sie war mit ihren Gedanken wieder beim Verkaufsstand mit dem Spielzeug. Dass es dort kaum schöne Sachen für Mädchen gegeben hatte, schien ihr eine verheißungsvolle Marktlücke und beschäftigte sie mehr als Theodor Werwinkel. Der war trotz seines Charmes nicht ganz ihr Fall, auch wenn es im Grunde nichts an ihm auszusetzen gab.

»Er ist so aufmerksam, ein echter Kavalier! Hoffentlich sehe ich ihn bald wieder.«

»Habt ihr euch verabredet?«, fragte Marianne.

»Nein, wie denn?« Henni klang beleidigt. »Du hast mir ja kaum Zeit gelassen, noch mal mit ihm zu tanzen. Bestimmt hätte er mich sonst nach einem Wiedersehen gefragt.«

Sie plapperte den ganzen Sonntag immerfort von Theodor und verstieg sich irgendwann sogar in Heiratsträume. »Wär das nicht großartig? Stell dir das mal vor! Ich meine, er ist so vornehm … Und reich, er könnte uns sicher das Geld für die Schreinerei geben.«

»Wie kommst du denn jetzt darauf?« Auf das Geld eines Mannes zu spekulieren, mit dem man einen Abend lang getanzt hatte, ging Marianne nun wirklich zu weit.

Doch Henni war völlig in ihrer Schwärmerei gefangen. »Er kennt unseren Betrieb sogar noch von früher, also mit der Sägemühle.«

»Hat er das gesagt?«

»Ja«, triumphierte Henni. »Er hat das Fuhrgeschäft doch von seinem Vater geerbt. Der war ständig überall in der Gegend unterwegs und hat ihn manchmal mitgenommen.«

Marianne sträubte sich gegen die Vorstellung, irgendjemanden von außerhalb der Familie in ihre Pläne für die Schreinerei einzubeziehen. Sie war es, die die Idee mit den Puppenmöbeln gehabt hatte, sie wollte auch diejenige sein, die das Ganze umsetzte und bestimmte. Erst recht, seit sie gestern auf dem Markt vor dem Spielzeugstand eine so strahlende Vision ihrer Zukunft vor Augen gehabt hatte. Sobald ein Mann ins Spiel kam, bestand die Gefahr, dass sie bloß daneben sitzen und zusehen musste, wie er ihr das Geschäft aus der Hand nahm.

»Du kennst diesen Theodor doch kaum. Und nur weil du ein paarmal mit ihm getanzt hast, musst du nicht gleich ans Heiraten denken!«

»Ach, du bist ja nur neidisch«, grollte Henni. »Nur weil es mit dir und dem Fritz so schlimm ausgegangen ist …«

Marianne zuckte zusammen. Den bösen Tratsch im Dorf war sie ja gewohnt, aber dass nun ihre eigene Schwester diese Geschichte gegen sie verwendete, tat weh.

»Was soll das heißen? Du denkst also auch, dass ich schuld bin an seinem Tod?«

Sofort wurde Hennis Miene ernst und schuldbewusst. »Nein, das … das meinte ich nicht«, stammelte sie.

Für einen Moment saßen sie schweigend voreinander. Marianne wartete, aber von Henriette kam keine Entschuldigung. Schmollend starrte sie auf ihre Füße.

Schließlich seufzte Marianne und wandte sich ab. Es war sinnlos zu diskutieren. Sie fürchtete, dass dieser Konflikt noch lange nicht ausgestanden war. Hall war keine große Stadt und vermutlich lief Henni dem Herrn Fuhrunternehmer bald wieder über den Weg. Blieb lediglich die Hoffnung, dass sie einen so viel älteren Mann doch rasch langweilig fand. Ansonsten gab es wohl nur zwei Möglichkeiten: Entweder er heiratete sie, oder er brach ihr das Herz.

Am Nachmittag verabschiedete sich Marianne von ihrer Schwester und Tante Käthe und machte sich auf den Heimweg, das Köfferchen gefüllt mit buttriger Pastete und anderen Leckereien aus dem Laden.

Sie hatte versprochen, bald wieder zu Besuch zu kommen. Vielleicht hatte Henni bis dahin ja einen neuen, jüngeren Mann kennengelernt, von dem sie schwärmen konnte.

KAPITEL 8

»Großvater?« Marianne ließ sich neben ihm auf der alten Gartenbank unter der Linde nieder. Wie immer zu dieser Jahreszeit verströmten die Blüten einen herrlichen, honigartigen Duft. Jetzt, da es an den Abenden lange hell blieb, saß Karl-Otto lieber hier draußen statt in der Schreinerei. Er zog den ruhigen Platz im Hof auch der engen Küche oder der stickigen Wohnstube vor, wo die Nähmaschine ratterte. Marianne legte den Kopf in den Nacken. Auch sie liebte diesen Baum mit seiner ausladenden Krone und den zarten, herzförmigen Blättern.

Großvaters Blick zuckte kurz zu ihr herüber. Als er sie erkannte, glättete sich seine Miene.

»Was schnitzt du?«, fragte sie.

Die Frage schien ihn zu verwirren. Er drehte das Holzstück zwischen den Fingern, aber noch war nicht zu erkennen, was daraus einmal werden sollte. Ein Pferdchen? Ein Hund? Seine Hand begann zu zittern.

»Schon gut.« Marianne legte ihm beruhigend die Hand auf den Arm. »Ich wollte dich nicht unterbrechen, tut mir leid.«

Aber sie brauchte endlich eine Antwort. Jetzt, da er die Entschädigungszahlung erhalten hatte, tat es ihr in der Seele weh, wenn der Zustand der Schreinerei unverändert blieb. Beim letzten Gewitter hatte es so heftig durch das Loch im Dach geregnet, dass überall Pfützen auf dem Boden standen.

»Ich würde gerne von dir lernen. Richtig mit Holz zu arbeiten, meine ich. Zeigst du mir, wie es geht?«

Allein nur vom Zuschauen lernte sie das Handwerk gewiss nicht, das war ihr bewusst. Sie musste selbst spüren, wie sie das Messer am besten ansetzte und bewegte, damit das Holz nachgab und sich nicht sträubte.

Außerdem war Schnitzen höchstens ein Anfang. Das Puppenbett für Liesel hatte der Großvater aus fein gesägten Holzteilen gefertigt und sorgfältig zusammengeleimt. All das wollte sie auch lernen und sie war überzeugt, dass sie es konnte. Wenn sie ihn nur überzeugen könnte, sie anzuleiten!

Als Erstes hatte sie sich ein eigenes Schnitzmesser besorgt. Lisbeths Bruder Ludwig war Zimmermann gewesen, ehe er kriegsversehrt zurückgekommen war. Ihre Bitte hatte ihn zwar überrascht, aber am Ende hatte er ihr achselzuckend das Gewünschte ausgehändigt.

»Der Großvater zeigt mir, wie's geht«, hatte sie erklärt.

Lisbeth hatte gelacht. »Dir ist alles zuzutrauen.«

Jetzt saß Marianne Abend für Abend neben Karl-Otto, nahm sich ein Stück Lindenholz aus dem Korb und betrachtete es prüfend, ehe sie versuchte, die Bewegungen ihres Großvaters nachzuahmen.

Es war schwieriger, als sie gedacht hatte, aber nach den ersten Fehlversuchen gelang es ihr besser.

Lottchen amüsierte sich morgens über die krummen Tierchen auf der Fensterbank. Aber sie unterstützte Mariannes Pläne voller Begeisterung. Sie half mit, das unfertige Puppenhaus vom Dachboden zu holen und von Spinnweben zu befreien. In ihrer Phantasie richtete sie es bereits ein, ebenso wie Marianne, deren Idee mit den Puppenmöbeln sie nicht mehr losließ.

In jeder freien Minute dachte sie darüber nach, und abends vor dem Einschlafen spukten ihr unzählige Details im Kopf herum. Sie sah die schönsten Puppenmöbel bereits vor sich: Kommoden mit winzigen Schubladen, die man herausziehen konnte, Schränkchen mit Zierknäufen oder Himmelbetten, in denen jede Puppe zur Prinzessin wurde. Ein Esstisch mit vier Stühlchen, an dem die Puppenstubenfamilie ihre Mahlzeiten einnehmen konnte, eine hübsche Vitrine mit Aufsatz für das Puppengeschirr, eine Standuhr mit aufgemaltem Zifferblatt – sie hatte so viele Einfälle, dass sie schwer Ruhe fand. Ihr Gedankenkarussell drehte ständig weitere Runden.

Mittags, wenn sie Gemüse putzte und nebenbei Lottchen beim Schönschreiben beaufsichtigte oder ihr bei den Hausaufgaben half, kritzelte sie rasch ein paar Ideen auf die Rückseite von Kalenderblättern oder an den Rand der Zeitungsseiten.

»Was machst du?«, hatte Lottchen sie einmal verwundert gefragt. »Das Papier brauchen wir doch für den Herd.«

»Zum Anzünden ist noch genug da«, hatte Marianne erwidert und den Zettel rasch in der Schürzentasche verschwinden lassen. »Und das Puppenhaus bleibt unser Geheimnis, ja?«

Sie hatte nicht gewollt, dass Lottchen sich in der Schule oder bei den Nachbarn im Dorf verplapperte. Womöglich hielt man sie dann für verrückt. Seit der Sache mit Fritz war sie ein gebranntes Kind, was bösartigen Klatsch und giftige Blicke anging, da wollte sie den Tratschweibern kein neues Futter liefern.

»Aber …?«

»Achte lieber auf deine Buchstaben«, hatte Marianne gemahnt und ihr einen Stups auf die Nase gegeben. »Schau, die Tinte beim W ist ganz verschmiert.«

Tränen waren in Lottchens Augen getreten. Sie hasste Schönschreiben. Zuerst war sie froh gewesen, statt des Griffels und der blöden Schiefertafel, auf der alles verwischte, wenn man nicht aufpasste, ein Schreibheft zu bekommen. Aber mit der Tinte stand sie erst recht auf Kriegsfuß.

»Du lernst es schon noch«, hatte Marianne tröstend gesagt. »Bald klappt es ohne Kleckse. Und glaub mir, Schnitzen ist auch nicht leichter.«

Sie hatte die gelben Rüben zu den Kartoffeln in den Topf geworfen und ein bisschen Majoran darüber gestreut, um der Suppe Geschmack zu verleihen. Während Lottchen schmollend den Rest ihrer Schulaufgaben erledigt hatte, hatte Marianne sich bereits wieder ihren Zukunftsträumen zugewandt.

Gab es etwas Anspornenderes als Träume?

Jeder steile Weg begann mit dem ersten Schritt, keinen Berg erklomm man ohne Anstrengung und Mühe. Und es ging ja voran. Langsam zwar, aber jeden Tag ein Stückchen mehr.

Inzwischen nickte der Großvater ihr zu, wenn sie sich neben ihn setzte. Gelegentlich fasste er sogar nach ihrem Handgelenk, drehte es und zeigte ihr, wie sie das Holz besser zu fassen bekam. Worauf sie achten musste, wenn sie das Messer ansetzte.

Als sie ihm von Lottchens Wunsch nach einem Puppenschrank für Liesel erzählte, sägten sie die Teile gemeinsam zurecht, schliffen sie ab und setzten sie zusammen.

Einmal sah sie ihn sogar herzlich schmunzeln – ausgerechnet dann, als sie am liebsten geheult hätte, weil ihr die kleinen Kleiderbügel völlig missraten waren.

Der Großvater nahm ihr die krummen Stücke aus der Hand und warf sie beiseite. Dann suchte er anderes Holz für die Bügel aus, eines, das nicht so leicht splitterte.

Allmählich begriff Marianne immer besser, worauf es ankam. Jedes Holz war anders – härter oder weicher, leichter oder schwerer, glatt oder rau, hell, dunkel oder gemasert – und jede Holzsorte eignete sich somit für unterschiedliche Vorhaben.

Schon bei der Auswahl galt es daher, zu wissen, worauf es ankam und das Passende zu wählen.

Während die Sommerhitze sich über das Land legte und das Korn heranreifte, waren Mariannes Tage ausgefüllt wie nie. Sie half fleißig bei der Feldarbeit mit, schwitzte gebückt unter der Sonne, die ihr den Nacken und die Arme verbrannte, und setzte sich dennoch jeden Abend mit schmerzendem Rücken zu ihrem Großvater unter die Linde. Inzwischen schien er sie zu erwarten, denn meist saß er tagsüber nur ruhig da und begann erst zu schnitzen, wenn sie auftauchte.

Sie erzählte ihm von ihren Besuchen bei Henriette in Hall und überhaupt von allem, was sie beschäftigte. Theodor Werwinkel war nach wie vor das Gesprächsthema Nummer eins bei Henni, dicht gefolgt von ihren Kinobesuchen mit Jutta. Die Schwärmerei für einen Filmstar wäre Marianne fast lieber gewesen als die Schwärmerei für den Fuhrunternehmer.

»Ich weiß gar nicht, warum Henni glaubt, ohne einen Mann im Leben nichts erreichen zu können«, sagte sie eines Abends. »Es gibt doch so viele Möglichkeiten heutzutage!«

Marianne hielt an ihrer Idee und der Hoffnung, den Familienbetrieb auch ohne den Vater wieder zum Leben zu erwecken, fest. »Neulich bin ich Ludwig beim Milchholen begegnet und habe ihm von meinen Fortschritten beim Schnitzen erzählt.« Die Worte waren ihr herausgerutscht, obwohl sie doch eigentlich noch nicht davon hatte erzählen wollen. Lisbeths Bruder war zuerst belustigt, dann aber beeindruckt von ihren Plänen gewesen, aus der brachliegenden Schreinerei eine Puppenmöbelwerkstatt zu machen.

»Er findet ja keine Anstellung mehr als Zimmermann, weil er nur noch einen Arm hat seit dem Krieg«, sagte sie. »Trotzdem hat er mir angeboten, zu helfen. Ich glaube, er kommt sich ohne Beschäftigung nutzlos vor, und hier gibt es ja sonst keine Arbeit für ihn. Aber wenn wir …«

Sie spürte den nachdenklichen Blick ihres Großvaters und hob den Kopf. Der Wind strich leise durch die Blätter. »Ich weiß, dass ich es schaffen kann. Aber es kann eben nur richtig vorangehen, wenn das Dach repariert wird.«

Sie hatte das Gefühl, dass er verstand, worum sie ihn bat, noch ehe sie die Frage ausgesprochen hatte. »Wäre das auch in deinem Sinne? Würdest du mir dabei helfen, unsere Schreinerei wieder aufzubauen? Ich brauche deine Unterstützung dafür.«

Er nickte. Langsam und bedächtig.

Marianne zögerte. Hatte er wirklich begriffen, worum sie ihn bat? »Es wird viel Geld kosten«, fügte sie hinzu.

Als er darauf nicht reagierte, fragte sie: »Darf ich deine Entschädigung, die du im Frühjahr bekommen hast, dafür verwenden? Um alles herzurichten und das Dach abzudichten, ehe der nächste Winter kommt? Dann könnten wir dort Puppenmöbel zum Verkaufen herstellen.«

Der Großvater ließ das Schnitzmesser in den Schoß sinken.

Marianne wagte kaum zu atmen, als er seine faltige Hand auf ihre legte. Endlose Sekunden vergingen.

Dann nickte er ein weiteres Mal.

KAPITEL 9

Südböhmen, im Februar 1954

»Brr!«, rief Alexandre.

Die kleine braune Stute, die seinem Freund Stani gehörte, blieb brav stehen, um ihn absteigen zu lassen. Schnaubend schüttelte sie die struppige Mähne und wandte ihm dann erwartungsvoll den Kopf zu.

»Wenn wir zurück sind, bekommst du einen Apfel«, versprach er und zeigte ihr seine leeren Taschen.

Enttäuscht wandte sie sich ab.

Alexandre blies in seine froststarren Hände. Es wäre klüger gewesen, auf Stanis Rat zu hören und Handschuhe mitzunehmen. Aber er hatte es so eilig gehabt wegzukommen, endlich wieder hinauszureiten, nach dem langen düsteren Winter in der Enge des Städtchens, das so vielen Menschen als Winterquartier diente.

Jetzt lag ein erster spürbarer Hauch von Tauwetter in der Luft. Auch wenn auf dem Wasser der Moldau noch Eisschollen trieben und der Winter das Land scheinbar weiterhin fest im Griff hatte – Alexandre fühlte, dass sich etwas veränderte.

Und was war mit ihm? War er noch derselbe?

Oder würde mit dem nahenden Frühling auch endlich in seinem Leben etwas Neues beginnen? Würde es ihm gelingen, wieder zu malen, hier im quirligen Krumau, dessen Fassaden schon Egon Schiele einst zu zahlreichen Bildern inspiriert hatten?

Er trat näher ans Ufer heran und schob den Ast einer Weide beiseite. Schnee rieselte in seinen Kragen. Alexandre zuckte kurz zusammen, als der Schnee in seinem Nacken schmolz, dann lächelte er. Vielleicht würden auf ähnliche Weise auch seine dunklen Erinnerungen schwinden …

Das letzte Stück des Weges wollte er zu Fuß gehen, daher nahm er die Stute am Zügel. So hatte er noch ein bisschen mehr Zeit zum Nachdenken. In Krumau, zwischen den vielen Menschen, gelang ihm das selten. In den verwinkelten Gassen pulsierte das Leben, vor allem abends, wenn alle sich in den Kellerlokalen drängten, wo es deftige Eintöpfe, Rotwein und Musikanten gab, die einem jede düstere Winterstimmung aus den Knochen fiedelten.

So beschrieb es zumindest Stani, der Musik und Tanz liebte, und wie Alexandre den Beginn des Frühlings herbeisehnte. Sobald die Landstraßen wieder passierbar wären, wollte er mit seinem Pferdewagen losziehen. Der Kesselflicker mit dem Schnurrbart war für Alexandre zu einem vertrauten Freund geworden. Gestern erst hatte Stani ihn gefragt, ob er nicht mitreisen wollte mit dem Tross seiner Sippe.

»Wohin? Richtung Deutschland?«

Stani hatte genickt. »Ja. Du bist doch Deutscher, oder? Und es ist schön dort. Wir machen gute Geschäfte.«

»Von euren Geschäften verstehe ich nicht viel.«

»Genug, um uns zu begleiten, gadžo. Du hast doch inzwischen gelernt, die Zinken zu lesen, und weißt, worauf es ankommt. Also, bist du dabei?«

Alexandre war ihm die Antwort bisher schuldig geblieben. Er hätte jedes andere Ziel bevorzugt. Österreich. Italien. Vielleicht sogar Frankreich.

Bloß nicht Deutschland.

Er konnte natürlich auch hier bleiben, in Krumau. Aber wenn es ihm nicht gelang zu malen, welche Perspektive hatte er dann? Ohne Stanis Unterstützung würde er bestimmt keine Arbeit finden. Es gab ein wunderbares Barock-Theater hier, die Kulissen und Bühnenanlagen faszinierten ihn sehr, aber es war eher unwahrscheinlich, dass man ihn dort stundenweise als Helfer beschäftigen würde.

Eine von Stanis zahlreichen Cousinen hatte ihm angeboten, ihm aus der Hand zu lesen. Wie so viele Frauen vom fahrenden Volk gab sie vor, in die Zukunft blicken zu können. Aber Alexandre hielt nichts von Prophezeiungen. Das Mädchen mit den schwarz umrandeten Augen und dem roten Fransentuch, an dem Münzen klimperten, hatte ihn ausgelacht. »Fürchtest du dich etwa vor dem, was ich dir weissagen könnte?«

»Nein«, hatte er behauptet – und bisher bereute er es nicht, ihr Angebot abgelehnt zu haben. Welchen Sinn machte es, die eigene Zukunft zu kennen, wenn man ihr doch nicht ausweichen konnte? Wäre irgendetwas in seinem Leben anders verlaufen, wenn er gewusst hätte, was ihn erwartete?

Konnte man seinem Schicksal entkommen?

Nachdenklich betrachtete er den Fluss. In der Ferne, wo die Moldau eine Schleife bildete, erhob sich die Silhouette des Krumauer Schlosses. Alexandre wollte den Anblick in einem Bild einfangen.

Doch allein der Gedanke an den Versuch, ließ seine Schritte langsamer werden. War es nicht besser, Stani zu begleiten und sich mit echter Arbeit abzulenken? Irgendetwas zu tun fand sich unterwegs immer – überall herrschte Bedarf an Männern, die fest anpacken konnten.

Und er musste ja nicht in Deutschland bleiben, konnte zusammen mit den anderen nur durchfahren und dann weiterziehen.

Alexandre zog den Skizzenblock aus der Satteltasche. Dünn war der Block geworden, auch wenn er nichts vorzuweisen hatte, was all das verschwendete Papier rechtfertigte. Doch wenn er es erneut versuchen wollte, musste er sich beeilen.

Bald würde die Dämmerung aufziehen. Dann war das Licht zu schwach zum Zeichnen.

Die kleine Stute schnaubte.

»Ja, ich weiß, du willst zurück in deinen Stall.« Alexandre strich ihr über das zottige Fell. Eisklümpchen hingen in ihren Wimpern, als sie ihn fragend ansah, doch sie schien es kaum zu bemerken. Als Zugpferd des fahrenden Volkes war sie wohl einiges gewohnt. Sie waren bei fast jedem Wetter unterwegs. »Gib mir nur ein paar Minuten. Dann gehen wir.«

Mit dem Kohlestift warf er rasch einige Umrisse aufs Papier. Seine kalten Finger bewegten sich flink, fast instinktiv. Er hatte seine Fähigkeiten nicht eingebüßt, daran lag es nicht. Langsam öffnete er sich der Schönheit des Ortes, wagte es, mehr von seinen Emotionen in das Bild hineinfließen zu lassen.

Er atmete tief, die kalte Luft war frisch in seinen Lungen. Seine Gedanken schweiften ab.

Der Turm des Krumauer Schlosses wirkte verspielt mit seinen vielen kleinen Erkern und Säulen. Doch das Gebäude darunter, das war trutzig, mehr wie eine Burg. Diese Mauern konnten sicher gut Feinde abwehren, die Lage war strategisch klug, direkt an einer Felswand.

Die großen Fenster stellten natürlich Schwachstellen dar. Alexandre glaubte zu sehen, wie sie unter Granaten splitterten. Man würde gut zielen müssen, aber dann konnte man weitere durch die kaputten Fenster hineinfeuern …

So viele würden sterben. Männer, die die Granatwerfer bedienten, beharkt vom Sperrfeuer aus der Burg. Er sah sie fallen, hörte sie schreien …

Alexandre schnappte nach Luft, der Kohlestift fiel ihm aus den Fingern in den Schnee. Nirgendwo prasselte Geschützfeuer, nur eine Taube gurrte in der Ferne. Er atmete tief durch.

Er musste gar nicht erst auf das Bild schauen, um zu wissen, dass es ruiniert war. Er tat es trotzdem. Die Spitzen des Schlossturms stießen bedrohlich in einen wolkenverhangenen Himmel, die Fenster wirkten wie gesplitterte Augenhöhlen. Die Eisschollen im Fluss sahen aus wie Körper, die mit den Gesichtern nach unten durch die Fluten trieben.

Wer sollte so ein Bild kaufen? Niemand.

Lange starrte Alexandre auf die begonnene Skizze in seinen Händen. Innerlich fühlte er sich wie versteinert. Als sei ihm die beißende Kälte bis tief in die Knochen gekrochen.

Dann zerriss er mit einem wütenden Aufschrei das Blatt. Zur Hölle, es war aussichtslos!

Er stampfte. Fluchte. Tobte herum und schrie seinen ganzen Frust heraus. Mit dem Stiefelabsatz trat er den Rest seines Skizzenblocks in den Schnee. Erst das erschreckte Wiehern der Stute holte ihn zurück in die Wirklichkeit.

»Verzeih mir … Aber das musste sein.«

Beschämt streichelte er ihren Hals. Von der Zärtlichkeit seiner Hände ließ sie sich schließlich besänftigen.

Bevor er sich wieder auf ihren Rücken schwang, warf er mit einer weit ausholenden Bewegung seine Zeichenkohle in die Moldau.

Vorbei! Es war an der Zeit, seine künstlerischen Ambitionen zu begraben und ein neues Kapitel aufzuschlagen. Er würde mit den anderen nach Deutschland reisen. Zumindest Stani würde sich über die Entscheidung freuen.

Alexandre dagegen sah seiner Zukunft mit sehr gemischten Gefühlen entgegen.

KAPITEL 10

Hohenlohe, September 1954

»Na, was meinst du? Wie schätzt du die Lage ein?« Marianne versuchte Ludwigs Blick zu deuten.

Seine Miene blieb skeptisch. »Tja, ich denke, wenn du das Gebäude der Schreinerei retten willst, statt es abzureißen, muss unbedingt vor dem Winter noch was passieren.«

»Ich weiß. Das Dach muss repariert werden.«

»Mit dem Dach allein ist es nicht getan, schau her.«

Ludwig wies mit der linken Hand auf einen der beschädigten Stützpfeiler. Weil ihm der rechte Arm fehlte, hatte er den leeren Hemdsärmel hochgebunden.

Marianne achtete stets darauf, Ludwigs rechte Seite nicht anzustarren. Sie wusste von Lisbeth, wie sehr ihr Bruder immer noch darunter litt, seinen Arm im Krieg verloren zu haben. Statt nach der erfolgreichen Zimmermannslehre mit den anderen Gesellen fröhlich auf die Walz zu gehen, hatte man ihn zur Front abkommandiert.

Manchmal fragte Marianne sich, ob den gleichaltrigen Fritz ein ähnliches Schicksal getroffen hätte, wenn nicht …

»Sag mal, hörst du mir überhaupt zu?«

»Ja, sicher«, entgegnete sie. »Ähm, der … der Pfeiler muss ersetzt werden.«

»Nicht nur der eine«, erklärte Ludwig. »Die anderen am besten auch. Oder du entscheidest, den Raum zu teilen und eine stützende Wand einzuziehen. Hier zum Beispiel.« Er schritt eine unsichtbare Linie auf dem Boden ab. »Damit könntest du auch die Sägearbeiten, die Lärm und Dreck verursachen, von den feineren Drechselarbeiten trennen. Das halte ich bei der Herstellung deiner Puppenmöbel für sinnvoll. Und eine Mauer wär eh stabiler. Das Holz ist durch die Feuchtigkeit so stark verwittert, wenn man da zu viel Gewicht draufpackt, stürzt dir am Ende der komplette Aufbau mitsamt dem neuen Dach ein.«

»Ach, herrje …« Marianne seufzte. Damit hatte sie nicht gerechnet. Überhaupt hatte sie sich das alles einfacher vorgestellt, jetzt, nachdem der Großvater endlich zugestimmt hatte, dass sie sein Geld verwenden durfte. Aber schon um das Geld von der Bank abzuheben, hatte sie Hilfe von ihrer Mutter gebraucht, denn nur der Großvater oder eben Barbara durften über das Familienkonto verfügen, das früher ihr Vater allein geführt hatte.

Sie blickte zum Dach der Schreinerei empor. Durch das Loch konnte sie Wolkenfetzen und ein Stück blauen Himmel sehen. Der Sommerwind strich durch das kaputte Mauerwerk, über ihre nackten Arme und den Schutt, der auf dem Boden lag.

»Willst du dir das wirklich aufbürden?«

Sie nickte. »Unbedingt. Ja!«

Ludwig grinste schief. »Gut, ich bin dabei.«

»Danke.« Sie lächelte zurück.

»Aber allein werde ich dir keine große Hilfe sein. Du brauchst mindestens noch zwei, drei Männer, sonst dauert das zu lange.« Er legte die Stirn in Falten. »Ich hör mich mal in Waldenburg um, wo gerade noch gebaut wird. Vielleicht helfen ja ein paar der dort beschäftigten Handwerker stundenweise bei dir mit.«

»Das wäre toll.« Marianne fiel ein Stein vom Herzen. Sie hatte gehofft, dass Ludwig noch Kontakt zu einigen anderen Handwerkern hatte. Ihn würde sicher niemand übers Ohr hauen oder einen überzogenen Preis von ihm fordern. Außerdem besaß Ludwig einen untadeligen Ruf; wenn er bei den Arbeitern anfragte, würde man ihm nicht gleich einen Korb geben. Was sie selbst betraf, war sie da weniger sicher. Bei manchen Familien im Dorf hatte sie immer noch einen schweren Stand, und sicher nicht jeder würde ihr ehrgeiziges Vorhaben mit Wohlwollen betrachten, geschweige denn, sie tatkräftig unterstützen.

»Was ist eigentlich mit Strom?« Ludwig stapfte hinüber zu dem gewaltigen Aufbau mit der Kreissäge. »Hat dein Vater das Ding nicht früher schon elektrisch betrieben?«

»Doch.« Sie nickte. »Aber frag mich nicht, wo die Leitungen liegen oder ob sie noch intakt sind.«

Von den alten Kabeln ragte nur noch ein zerrupfter Strang aus der Wand. Für den Rest hatte irgendein Plünderer Verwendung gefunden.

»Dann lass das als Erstes prüfen«, schlug Ludwig vor. »Denn wenn du hier draußen Licht hättest, könnten die Männer auch noch nach Feierabend für dich arbeiten.«

Das war eine gute Idee. Noch war es abends lange hell, aber es würde auch wieder Herbst werden, und das schränkte die Arbeitszeiten ein. Wenn sie für Licht sorgen konnte, wäre sie unabhängiger. Dass der Betrieb der Schreinerei wieder anlief, war ohne Strom eh nicht denkbar – selbst wenn sie vorerst ausschließlich Puppenmöbel in der Werkstatt herstellen wollte und für die riesige Kreissäge gar keinen Bedarf sah.

Trotzdem würde sie das roststarrende Ungetüm behalten. Es war gewissermaßen das Herzstück der Schreinerei ihres Vaters gewesen und ließ sich hoffentlich wieder instand setzen, sollte sie es eines Tages doch noch brauchen.

Aber zuallererst galt es, die Berge an Schutt zu entfernen und den gröbsten Schmutz hinauszukehren. Damit konnte sie auch gleich heute noch anfangen. Sobald Ludwig gegangen war, krempelte Marianne die Ärmel hoch und legte los.

Während sie gesplitterte Ziegelreste, marode Bretter und Unrat nach draußen schleppte, kam sie rasch ins Schwitzen. Aber es fühlte sich gut an. Besser als alles, was sie jemals getan hatte. Mit der Kraft ihrer Hände etwas Neues und Eigenes aufzubauen war eine Genugtuung.

Irgendwann wurde sie von Lottchen aus der Arbeit gerissen.

»Mama schickt mich. Ich soll fragen, ob du die Zubereitung des Abendessens vergessen hast.« Sie spähte voller Neugier in eine Ecke und nieste prompt. »Puh, ist das dreckig!«

»Du hättest sehen sollen, wie es vorher aussah.« Marianne stützte sich auf dem Besen ab. »Außerdem bin ich noch lange nicht fertig.«

Aber für heute würde sie Schluss machen. Einiges hatte sie ja schon geschafft und morgen war auch noch ein Tag.

Lottchen legte den Kopf schräg. Aus ihren Augen blitzte der Schalk. »Ich glaube, du musst mit deinen Sachen baden.«

»Was? Oh.« Lachend blickte Marianne an sich hinunter. »Da hast du wohl recht.«

Wie gut, dass es so warm war. Und noch besser, dass der Neumühlsee nicht weit entfernt lag. Da konnte sie tatsächlich gleich mitsamt ihrer Kleidung ins Wasser springen, nachdem sie die Schuhe abgestreift hatte. Und das tat sie dann auch.

Lottchen kreischte vor Vergnügen. »Wenn dich jemand sieht!«

»Ist doch keiner da.«

»Aber wenn einer kommt?«

»Es kommt keiner. Los, rein mit dir, das macht Spaß!«

Marianne erwischte den Schürzenzipfel ihrer Schwester und zerrte sie zu sich heran. Prustend landete Lottchen im Wasser und zappelte sofort wild mit Armen und Beinen.

»Ich kann doch noch gar nicht schwimmen!«

»Dann wird es höchste Zeit, dass du es lernst«, rief Marianne.

Aber mit der nassen Kleidung, die sie beide nach unten zog, war ans Schwimmenlernen natürlich nicht zu denken. Lottchen paddelte also nur im flachen Wasser ein bisschen herum und Marianne rieb den gröbsten Schmutz aus ihren Sachen. Dann machten sie sich kichernd und triefend auf den Heimweg.

Barbara empfing ihre Älteste mit ungläubigem Kopfschütteln. »Und ich dachte, du wirst allmählich erwachsen!«

In den nächsten Tagen wartete Marianne ungeduldig auf neue Nachrichten von Ludwig. Sie hatte die Aufräumarbeiten soweit erledigt und den Schutt im Hof aufgetürmt, damit er demnächst abtransportiert werden konnte.

Auch das nebenan liegende Holzlager hatte sie leergeräumt. Dort war das Dach intakt, der Raum konnte also genutzt werden, um wichtiges Baumaterial trocken zu lagern. Wenn es nach Marianne ging, konnten die Dachdecker nun schnellstmöglich beginnen.

Die lauen Spätsommerabende verbrachte sie weiterhin an Großvaters Seite, um zu lernen. Sie freute sich, wenn er sie auf der Gartenbank unter der Linde zu erwarten schien, auch wenn sie natürlich nicht sicher sein konnte, dass es wirklich so war. Noch immer sprach er kein Wort. Er quittierte ihre Fortschritte höchstens mit beifälligem Nicken, und er hörte ihr stets zu, wenn sie von neuen Ideen erzählte. Sie zeigte ihm ihre hingekritzelten Entwürfe und verwarf sie wieder, wenn er die Stirn krauszog. Er zeigte ihr spezielle Schleif- und Hobeltechniken, mit denen sie ihre Ergebnisse verfeinern konnte, und lehrte sie, Fehler auszugleichen.

Wenn das Küchenfenster offenstand, zog häufig der Geruch

frisch gekochter Marmelade über den Hof, und Lottchens leises Geplapper war zu vernehmen. Sie hatte den Platz ihrer beiden älteren Schwestern eingenommen und half der Mutter, bis es Zeit für sie wurde, ins Bett zu gehen.

Marianne war dankbar, dass ihre Mutter ihr keinen Vorwurf machte, die Pflichten im Haushalt zu vernachlässigen, die sie früher ohne Murren übernommen hatte. Sie hatte mit mehr Widerstand gerechnet, aber es war, als gäbe es in der Familie eine stillschweigende Übereinkunft, ihre Pläne zu akzeptieren. Jeder trug seinen Teil dazu bei, damit sie sich auf die Zukunft der Schreinerei konzentrieren konnte.

Eines Morgens beim Milchholen drückte ihr Lisbeth ein mit Zeitungspapier umwickeltes Päckchen in die Hand. »Das soll ich dir von Ludwig geben.«

»Wo steckt er denn?«, fragte Marianne.

»Auf dem Feld«, erwiderte Lisbeth. »Den neuen Traktor kann er nämlich auch mit nur einem Arm lenken, seitdem spannen sie ihn tüchtig mit ein.« Sie zwinkerte ihr verschwörerisch zu. »Aber er hat dich nicht vergessen.«

Das wurde Marianne klar, sobald sie das Päckchen geöffnet hatte. Es war ein altes Lehrbuch für angehende Tischler.

Ein Jauchzen entfuhr ihr. »Wo hat er das denn aufgetrieben?«

»Bei einem Trödler gegen Tabak eingetauscht, glaub ich.«

Mit angehaltenem Atem blätterte Marianne durch die Seiten. Das Lehrbuch war nicht sonderlich gut erhalten, der Rücken brüchig, der Einband fleckig. Aber für sie zählte allein der Inhalt, und der war in ihren Augen ein wahrer Schatz. Nun konnte sie alles nachlesen, was Holzhandwerker während der Ausbildung lernten, und jedes Detail anhand von Abbildungen und exakten Berechnungen nachvollziehen.

Sie drückte das Buch an ihre Brust und wollte schon beglückt damit nach Hause stürmen.

»Warte«, rief die Freundin ihr nach. »Hast du nicht etwas Wichtiges vergessen?«

Marianne blickte auf die volle Milchkanne und lachte. Dann winkte sie mit dem Buch. »Das Wichtigste hab ich hier.«

»Ich bezweifle, dass Barbara das auch so sieht«, erwiderte Lisbeth schmunzelnd.

Marianne bat sie, ihrem Bruder auszurichten, wie dankbar sie für das Lehrbuch war, und dass er unbedingt bald hinaus zum Lindenhof kommen solle. »Vielleicht am Samstag?«

»Ich sag's ihm«, versprach Lisbeth.

Zu Hause vertiefte Marianne sich sogleich in das Lehrbuch und war den restlichen Tag über kaum ansprechbar. Die Kartoffeln verschmorten in der Pfanne, und die Milch für Lottchen kochte beinahe über, weil sie so abgelenkt war.

Sie begriff schnell, was ihr alles noch fehlte – nicht nur an theoretischem Wissen oder an praktischen Fertigkeiten, sondern auch an speziellem Werkzeug. Ihr Großvater besaß kaum etwas davon, ihm genügte sein geliebtes Schnitzmesser.

»Ich fürchte, die Ausstattung der Schreinerei wird uns mehr Geld kosten, als ich eingeplant hatte«, gestand sie beim Abendessen. »Ich dachte, ich könnte zügig loslegen, sobald das Dach fertig ist. Aber das wird wohl nichts.«

Ihre Mutter legte die Gabel weg. Sie wirkte immer noch skeptisch, wenn Marianne ihre Pläne erwähnte, aber die Entscheidung des Großvaters, sie zu unterstützen, schien sie zu respektieren. »Hast du beim Aufräumen drüben nichts retten können?«

»Nein. Außer ein paar rostigen Schraubzwingen, nichts. Und wir werden auch mehr als nur eine Hobelbank brauchen …«

»Schreib eine Liste, was unverzichtbar ist, um anzufangen«, unterbrach sie ihre Mutter. »Der Rest muss warten.«

Aber woher sollte sie genau wissen, welches Werkzeug sie unbedingt benötigte und welches nicht?

Barbara seufzte. »Da kann ich dir leider nicht helfen. Nur … anders wird es eben nicht gehen. Verstehst du, das ist wie bei mir mit dem Nähen. Das kann ich mit Nadel und Faden, aber ohne die Nähmaschine lohnt sich das Geschäft nicht. Ein richtiger Schneider hält im Gegensatz zu mir für seine Kunden noch eine viel größere Auswahl an Stoffen vor, er benutzt Modellpuppen, exklusive Schnitte und vieles mehr. Auf all das kann ich verzichten und trotzdem Geld verdienen. Also überleg dir genau, was du für die Puppenmöbelwerkstatt wirklich brauchst und was nicht.«

Marianne nickte. Ja, das leuchtete ihr ein. Wenn Ludwig am Samstag kam, würde sie ihn fragen. Als Zimmermann konnte er ihr doch bestimmt zu den notwendigen Anschaffungen Auskunft geben. Mit dem Großvater würde sie ebenfalls sprechen. Wenn er doch nur antworten würde! Sie dachte oft, dass es um so vieles leichter wäre, wenn er reden würde.

Aber den Gefallen tat er ihr nicht. Ein Nicken, mitunter der Anflug eines Lächelns, aber mehr zeigte er nicht.

Sie wünschte, sie könnte ihn besser verstehen. Seine Gründe, warum er nicht mehr sprach, nicht einmal mit seiner Familie. Das war doch bestimmt keine bewusste Entscheidung gewesen, die er während des Kriegs getroffen hatte.

Konnte man einfach vergessen, wie das ging – reden?

Und falls ja, konnte sie seine Erinnerung wecken?

Am Samstagvormittag hörte sie Ludwigs Pfeifen, noch ehe er den Hof betrat. »Marianne?«

Sie schubste mit dem Ellenbogen das Küchenfenster auf und streckte ihre mehlbestäubte Nase hinaus. »Lottchen und ich backen gerade einen Kuchen. Willst du reinkommen?«

Er schüttelte den Kopf. »Ich warte lieber draußen.« Lachend wies er auf Lisbeths Zwillinge, die auf der Waldwiese einen Stoffball hin und her kickten. »Meine Schwester hat Waschtag, und ich hab versprochen, ein Auge auf die beiden zu haben.«

»Sind die immer noch so fußballverrückt?«

Seit dem unerwarteten Gewinn der Weltmeisterschaft im Juni redeten die Jungen von nichts anderem mehr, als ebenfalls Fußballer werden zu wollen. Sogar Lottchen konnte sämtliche Namen der deutschen Spieler samt der Trikotnummern aufsagen, die sie beim Sieg im Endspiel gegen Ungarn getragen hatten.

»Keine Ahnung, ob das Fußballfieber irgendwann nachlässt.« Ludwig kratzte sich die sonnenverbrannte Nase. »Aber solange sie Fußball spielen, stellen sie wenigstens nichts anderes an, fallen nicht von Bäumen oder in den Bach …«

»Da hast du auch wieder recht«, stimmte Marianne zu.

Sie beeilte sich mit dem Teig, während Lottchen beim Schälen der Äpfel half, und schärfte ihr anschließend ein, den Kuchen genau nach einer dreiviertel Stunde aus dem Ofen zu holen. Morgen hatte die Mutter Geburtstag, und sie wollten ihr damit eine Freude machen.

Ehe Marianne nach draußen zu Ludwig eilte, säuberte sie noch flugs die Teigschüssel.

»Und?«, rief sie ihm schließlich erwartungsvoll entgegen.

»Ich denke, du hast Glück.« Er grinste. »Ich hab erfahren, dass in der Nähe ein Kinderdorf gebaut wird.«

»Ein Kinderdorf?«

»So was Ähnliches wie ein Kinderheim. Nur größer. Sie bauen mehrere Häuser, gar nicht weit von hier.«

Sie wunderte sich. »Pfarrer Laurenz hat davon bisher nie etwas erwähnt.«

»Soweit ich weiß, hat er damit auch nichts zu tun«, meinte Ludwig. »Das Kinderdorf soll keine kirchliche Einrichtung werden. Sagt dir der Name Ruth Hofbauer was?«

Marianne überlegte. »Hm, ich glaube nicht.«

»Macht nichts. Diese Ruth Hofbauer kümmert sich schon länger um die Waisenkinder in unserer Gegend.«

Ludwigs Worten zufolge sammelte sie Geld und Kleiderspenden für die Heimatlosen und Vertriebenen, sie sorgte für Essen oder über das Rote Kreuz auch für die notwendigste medizinische Versorgung.

»Aber die Verhältnisse, in denen die Kinder untergebracht sind, sind oft erbärmlich, und weil das Rote Kreuz ja viele Aufgaben hat, soll jetzt hier eine ganz neue Einrichtung mit mehreren Häusern entstehen. Damit die jüngeren Kinder dort in familienähnlichen Gruppen wohnen können.«

Für Marianne klang das nach einem schönen Konzept. »Aber was hat das mit mir und der Schreinerei zu tun?«

»Na ja, einige der Männer, die auf der Baustelle arbeiten, konnte ich überreden, bei dir mitzuhelfen. Dort sind gerade erst die Fundamente dran, da braucht es folglich noch keine Dachdecker.«

Marianne strahlte ihn an. »Das heißt, ich bekomme mein Dach noch vor dem Winter? Das ist ja großartig!«

Ludwig nickte. »Ja, ich habe ihnen auch gesagt, dass du auf schriftliche Zeugnisse keinen Wert legst oder darauf, woher jemand kommt. Ist doch richtig, oder? Ich meine, Hilfskräfte aus dem Osten sind im Allgemeinen billiger zu bekommen. Und ich dachte, wenn du hier einen Krüppel wie mich gebrauchen kannst … « Verlegen brach er ab.

Marianne blickte ihn einen Moment wortlos an. Dachte er so schlecht von sich?

»Solange ich mich darauf verlassen kann, dass ordentlich gearbeitet wird, ist es mir egal, woher jemand stammt oder ob er noch alle Gliedmaßen hat«, sagte sie dann entschlossen. »Also wann kann es losgehen?«

Das Johlen und Schimpfen von Lisbeths Zwillingen schallte zu ihnen herüber, einer der beiden hatte den Ball in den Walnussbaum geschossen, wo er nun zwischen den Zweigen festhing.

»Tja, also …« Ludwig räusperte sich. »Wir könnten im Lauf der nächsten Woche anfangen, denke ich. Nach der Heuernte. Ich gebe den Männern Bescheid, wenn du willst.«

»Mach das«, sagte sie. »Und jetzt sieh zu, dass du den Ball deiner Neffen befreist, bevor sie alle unsere Walnüsse vom Baum holen!«

Zu Barbaras Geburtstag am Sonntag saßen sie gerade um den Kaffeetisch, und Marianne goss den Kaffee ein, als von der Zufahrt Motorengeräusch zu hören war.

»Ein Auto?« Verwundert hob sie den Kopf.

Sonst kam höchstens einmal ein Traktor oder Unimog auf der schmalen Straße zum Dorf vorbeigerumpelt, anderen Verkehr gab es hier eigentlich nicht.

»Wer kann das sein?«, fragte ihre Mutter.

Zur allseitigen Überraschung klackerte wenig später Henriette auf hübschen neuen Absatzschuhen herein.

»Herzlichen Glückwunsch zum Geburtstag, Mama«, rief sie und fiel der Mutter um den Hals. Sie hatte eine große Schachtel Pralinen als Geschenk dabei, das teuerste Konfekt, das es in Tante Käthes Laden gab.

Auch Marianne und Lottchen bekamen Küsse, der Großvater eine innige Umarmung. »Schöne Grüße soll ich euch bestellen, hat Tante Käthe mir aufgetragen.«

»Wo kommst du denn so plötzlich her, Kind?« Barbara konnte es immer noch nicht fassen. »Hol noch ein Gedeck für deine Schwester, Marianne.«

»Ich mach das.« Lottchen sprang auf und holte einen Teller und eine Kaffeetasse für Henriette aus dem Buffet.

Die berichtete indessen mit glänzenden Augen, dass Theodor Werwinkel ihr angeboten hatte, sie mit seinem Wagen hierher zu fahren, damit sie ihrer Mutter persönlich zum Geburtstag gratulieren konnte. »Ist das nicht nett von ihm? Ach, er ist so ein wunderbarer Mann. Der Mercedes ist ganz neu, und es fühlt sich sagenhaft an, darin zu fahren!«

»Du kennst jemanden, der dich mit einem Mercedes umherfährt?« Lottchen stellte das Geschirr so ehrfürchtig vor Henriette ab, als hätte sie plötzlich eine Prinzessin zur Schwester.

»Das ist wirklich eine großzügige Geste.« Barbara schien nicht so recht zu wissen, was sie davon halten sollte. »Ich freue mich sehr, dass du da bist. Aber wollte Herr Werwinkel nicht mit hereinkommen? Er wartet doch nicht etwa draußen im Wagen auf dich?«

Henni hielt Marianne den Teller hin und ließ sich ein Stück Apfelkuchen darauflegen. Er war oben ein kleines bisschen verbrannt, weil Lottchen die Zeit beim Spielen dann doch vergessen hatte. Aber er schmeckte sehr gut, und dank der feinen Puderzuckerschicht, die Marianne daraufgestäubt hatte, bemerkte man den Makel kaum.

»Nein, er hat gesagt, er will sich die Beine vertreten«, verkündete Henni. »Und einen Blick in unsere Schreinerei werfen. Ich hab ihm gesagt, da gibt's gar nichts zu sehen, aber ...«

Er stiefelte einfach so in ihrer Schreinerei herum? Mit einem Mal hatte Marianne das dringende Bedürfnis, hinauszulaufen und nachzusehen, was der Mann dort tat. »Er hat auf der Baustelle nichts zu suchen!«

»Streitet euch nicht«, ging ihre Mutter dazwischen, bevor Henni zurückfauchen konnte. »Wir haben so lange nicht zusammengesessen, da werdet ihr doch wohl eine Stunde friedlich miteinander auskommen.«

Marianne verbiss sich eine weitere Bemerkung, aber in ihr schwelte das Unbehagen über das anmaßende Verhalten Theodors. Wenn er sie vorher gefragt hätte, hätte sie ihm gerne alles gezeigt, aber dass er sich eigenmächtig dort umschaute, passte ihr gar nicht. Es fühlte sich an, als würde er ohne Erlaubnis in ihren persönlichen Sachen wühlen, und sie konnte ihn noch nicht einmal davon abhalten. Bald hielt Marianne es kaum noch aus. Sie musste nachsehen, was Hennis Verehrer in der Schreinerei trieb. Wortlos schlang sie ihr Stück Kuchen hinunter, aber sobald sie sich erhob, sprang Henni ebenfalls auf. »Wo willst du hin?«

»Zur Schreinerei.«

»Ich komme mit!«

»Und ich«, rief Lottchen sofort. Den Mann mit dem Mercedes wollte sie unbedingt kennenlernen.

»Nein, du hilfst mir beim Tischabräumen«, sagte ihre Mutter. »An meinem Geburtstag will ich nicht allein den Abwasch machen.«

Lottchen zog eine Schnute.

Henriette tröstete sie mit dem Versprechen: »Bevor ich mich nachher verabschiede, darfst du Herrn Werwinkel guten Tag sagen. Einverstanden?«

»Na gut.« Murrend fügte sich Lottchen und trottete in die Küche zum Spülen.

Marianne schenkte dem Mercedes, der am Rande der Zufahrt geparkt war, kaum einen Blick. Unter anderen Umständen hätte sie das Auto durchaus genauer betrachtet, aber dass ein Fremder sich in der Schreinerei aufhielt, ließ ihr keine Ruhe.

»Was soll das?«, beschwerte sich Henni. »Warum führst du dich so auf?« Mit ihren Absatzschuhen konnte sie auf dem holprigen Waldweg kaum folgen.

Marianne beschleunigte ihre Schritte. Sie wollte nicht mit ihrer Schwester streiten.

»Warte auf mich«, schimpfte Henni. »Die Schreinerei ist doch nur eine Ruine. Aber du benimmst dich, als wäre es dein Allerheiligstes!«

Nur eine Ruine? – Die Schreinerei war ihre Zukunft! Die Erfüllung eines Traums, von dem Marianne schon geglaubt hatte, er würde nie Wirklichkeit werden. Aber wie sollte sie das Henni begreiflich machen? Das Leben ihrer Schwester ging in eine komplett andere Richtung.

»Er hätte vorher fragen müssen, statt einfach allein hier herumzuspazieren.«

»Was ist eigentlich dein Problem?« Außer Atem holte Henni zu ihr auf. »Vielleicht geht es dir gar nicht um die Schreinerei, vielleicht ist es wegen Theodor, weil du neidisch auf mich bist? Weil ich mein Glück bereits gefunden habe und du nicht?«

Diese Theorie war so absurd, dass Marianne ihre Schritte abrupt verlangsamte. »Herrgott, im Leben dreht sich doch nicht alles nur darum, einen Mann zu finden«, entfuhr es ihr.

Dann war sie schleunigst still, weil sie Theodor auf dem Gelände der Schreinerei erblickte.

Er trat aus dem beschädigten Gebäude und begrüßte sie erfreut. »Ein herrlicher Tag für einen Besuch auf dem Land, nicht wahr?«

Marianne besann sich auf ihre gute Erziehung und reichte ihm die Hand. »Auf dem Land, ja, aber die Schreinerei ist eine Baustelle.« Sie bemühte sich um ein Lächeln. »Es ist nicht ratsam, sich darin allein aufzuhalten.«

Theodor reagierte amüsiert. »Oh, es bestand keine Gefahr, ich kann bestens auf mich aufpassen.«

Darum ging es ihr nicht, aber wahrscheinlich würde er ihre Gefühle genauso wenig verstehen wie Henni. Marianne presste die Lippen aufeinander.

»So traurig hatte ich mir den Anblick allerdings nicht vorgestellt.« Er machte eine abwertende Handbewegung in Richtung des Gebäudes. »Ehrlich gesagt, ist der Zustand geradezu erbärmlich. Darum hätte sich schon viel früher jemand kümmern müssen.«

»Bitte?« Marianne runzelte die Stirn. Wie konnte er es wagen, sich ihr gegenüber so beleidigend zu äußern?

»Da klafft ein gewaltiges Loch im Dach, und wenn vor dem Herbst nichts mehr passiert …«

»Nächste Woche fangen wir mit den Arbeiten an.«

»Ach ja?« Skeptisch zog er die Brauen hoch. »Wer ist wir, wenn ich fragen darf?«

»Ich und Ludwig und … ein paar andere Arbeiter.«

»Lisbeths Bruder?« Henni schaute verdutzt drein. »Der hat doch bloß einen Arm. Wie kann der dir helfen?«

Theodor musterte sie prüfend. »Also stimmt es, dass du die Leitung übernimmst? Traust du dir das wirklich zu?«

Stolz straffte Marianne die Schultern an. »Ja.«

»Das nenne ich entschlossen.« Er schmunzelte, als würde ihn der Gedanke belustigen. Nahm er sie nicht ernst? Nun, er würde noch früh genug merken, dass sie tatsächlich vorhatte, ihre Pläne durchzuziehen.

»Hör zu, bei geschäftlichen Belangen stehe ich dir gerne jederzeit mit Rat zur Seite«, fuhr er fort. »Handwerker pflegen im Allgemeinen raue Umgangsformen und können leicht weibliche Befindlichkeiten verletzen. Erst recht, wenn du dir keine Fachleute leisten kannst, sondern auf Hilfskräfte ohne Erfahrung zurückgreifen musst. Falls du hier also eine starke Hand benötigst, unterstütze ich dich gerne.«

Wahrscheinlich war das Angebot nett gemeint, aber die Wortwahl stieß Marianne bitter auf. Was dachte Theodor, wo und wie sie aufgewachsen war? Sie war von Handwerkern und Holzarbeitern umgeben gewesen, solange sie denken konnte.

»Ich denke, ich und meine weiblichen Befindlichkeiten werden schon zurechtkommen.«

Er überging ihre spitze Bemerkung. »Ich könnte dich auch finanziell unterstützen.« Er nickte Henriette zu. »Es bleibt ja in der Familie. Wenn du also Geld brauchst, könnte ich mich an der Schreinerei beteiligen und …«

Es blieb in der Familie? Dachten die beiden etwa schon übers Heiraten nach?

»Nein«, sagte sie schroff.

»Marianne!«, rief Henni schockiert. »Sei nicht so unhöflich. Theodor hat dir doch nur seine Hilfe angeboten.«

»Und ich habe sie abgelehnt«, gab Marianne zurück.

Auf die Bevormundung durch einen reichen Fuhrunternehmer, der zufällig gerade ein Auge auf ihre Schwester geworfen hatte, konnte sie gut verzichten.

»Lass gut sein.« Theodor ergriff Hennis Hand. »Mein Angebot steht, aber ich kann natürlich niemanden dazu zwingen, es anzunehmen. Wie wäre es, wenn du mir jetzt den Rest deiner Familie vorstellst? Ich freue mich, alle kennenzulernen.«

Für den Rest des Tages hielt Marianne sich im Hintergrund, während Lottchen sich begeistert den Mercedes zeigen ließ und selbst Barbara sich später beim Abendessen wohlwollend über Theodor äußerte. Sie war anfangs zurückhaltend gewesen, weil er aus einer so vermögenden Familie stammte, aber mit seinem galanten Auftreten hatte er sie für sich eingenommen.

»Er geht sehr respektvoll mit Henriette um, findest du nicht auch, Marianne?«

Er war jedenfalls nicht respektvoll mit Mariannes Traum von einer Puppenmöbelwerkstatt umgegangen, aber sie konnte nicht richtig in Worte fassen, was genau an seinem Verhalten sie am Nachmittag so sehr gestört hatte.

»Er ist halt viel älter«, sagte sie stattdessen nur.

»Das ist wahr«, stimmte ihre Mutter zu, »aber das muss nichts Schlechtes sein. Das bedeutet immerhin auch, dass er sich die Hörner schon abgestoßen hat und nicht mehr so übermütig ist wie die jungen Burschen.«

Marianne gab ein paar unbestimmte Laute von sich, die alles oder nichts bedeuten konnten, und überließ ihrer Mutter und Lottchen das weitere Tischgespräch.

In dieser Nacht konnte sie lange nicht einschlafen. Zweifel plagten sie. War es ein Fehler gewesen, Theodor so harsch zurückzuweisen? Hatte er vielleicht doch nur ihr Bestes im Sinn gehabt? Seine Warnung schien durchaus berechtigt. Wie sollte sie Konflikte lösen, wenn die Arbeiter sie gar nicht ernst nahmen, weil sie eine Frau war?

Aber Theodor hatte sich ihr gegenüber so herablassend verhalten, dass sie sich einfach nicht hatte vorstellen können, die Verantwortung für ihr Erbe mit ihm zu teilen.

Zukünftig Puppenmöbel herzustellen war ihre Idee gewesen, und sie brannte darauf, alles selbst in die Tat umzusetzen.

Doch auch ihr Vater hatte zu seinen Lebzeiten immer gewollt, dass sie die Verantwortung für die Schreinerei irgendwann durch Heirat an einen Mann weitergab. Er hatte sich so sehr auf Fritz als seinen Nachfolger gefreut. Wieder hörte sie ihn sagen, sie habe gutes Holz ruiniert mit ihren Versuchen, selbst etwas zu schnitzen.

Doch dann sah sie den Großvater wieder vor sich, wie er ihr Holz und Schnitzmesser ruhig hinhielt. Er führte ihre Hände stets geduldig, und er lächelte immer häufiger, wenn sie ihm die Ergebnisse ihrer Arbeit zeigte.

Er glaubte an sie und ihr Talent, ansonsten hätte er ihr nicht die Erlaubnis erteilt, sein Geld zu verwenden.

Marianne kühlte ihr erhitztes Gesicht mit einem Waschlappen und blieb eine Weile am Fenster ihrer Kammer stehen, um den Mond über dem Wald zu betrachten.

Sie würde allen beweisen, dass sie es auch als Frau allein schaffen konnte.

KAPITEL 11

Schwäbisch Hall, Herbst 1954

Henriette strebte mit flinken Schritten auf das neugebaute Gloria Filmtheater am Kocherufer zu, vor dem Theodor sie bereits ungeduldig erwartete. Ziemlich außer Atem eilte sie ihm entgegen. Hoffentlich war ihr Make-up nicht verschmiert, sie hatte kaum Zeit gehabt, sich zurechtzumachen.

»Da bist du ja endlich.« Mit leichter Missbilligung zog er die Brauen hoch. »Ich dachte schon, ich hätte die Kinokarten umsonst gekauft.«

»Tut mir leid«, beteuerte sie. »Ich wollte dich wirklich nicht warten lassen.«

Henni wusste, dass er Unpünktlichkeit hasste. Aber für die Verspätung konnte sie wenig. Im Laden war viel zu tun gewesen, und Tante Käthe hatte sich nicht gescheut, sie voll einzuspannen und dabei lang und breit über das rechte Maß von Arbeit und Vergnügen zu dozieren.

Sicher war Letzteres Marianne zu verdanken. Bestimmt hatte ihre Schwester nach der Auseinandersetzung neulich Tante Käthe gehörig aufgestachelt, dass die ein waches Auge auf Hennis Treiben haben sollte. Erst seit Neuestem nämlich beurteilte Käthe ihre abendlichen Verabredungen kritisch und mahnte Henni zur Zurückhaltung. Kein Mädchen dürfe so töricht sein und sich einem Mann an den Hals werfen, ehe es mit der Ausbildung fertig sei und so weiter und so weiter …

»Du glaubst gar nicht, was ich mir deswegen alles anhören muss. Nur weil ich in meinem Leben ein bisschen Spaß haben will.« Sie verdrehte die Augen. »Als ob jedes Vergnügen etwas Schlimmes wäre!«

»Nimm es deiner Tante nicht übel.«

»Dass sie mich schikaniert?«

Theodor schmunzelte. »Sie sorgt sich eben um dich«, raunte er ihr ins Ohr. Als sein Atem ihren Hals streifte, überlief Henni ein wohliger Schauer. »Oder um deine Tugend.«

»Ich wüsste nicht, warum.« Sie bemühte sich um das kecke Blinzeln, das sie sich bei Jutta abgeschaut hatte, die im Flirten weitaus geübter war als sie. Leider errötete sie dabei, was den Erfolg zunichtemachte und Theodors Schmunzeln nur noch vertiefte.

Allerdings wusste sie inzwischen auch, dass es genau diese mädchenhafte Unerfahrenheit war, die er an ihr schätzte. Das gab ihm die Möglichkeit, sich so jovial und weltgewandt zu zeigen. Es gefiel ihm, wenn Henni zu ihm aufsah oder er ihr Dinge erklären konnte, von denen sie bislang keine Ahnung gehabt hatte.

Und wenn sie ehrlich war, gefiel es ihr auch, auf diese Weise hofiert zu werden – von einem Mann wie Theodor, der zwar wesentlich älter war, aber unbestreitbar attraktiv und vermögend. Er gehörte zu den begehrten Junggesellen in Hall, wie ihre Tante selbst bestätigt hatte. Die Werwinkels waren keine Unbekannten, und da Käthes Laden seit jeher nicht nur ein Umschlagplatz für Waren aller Art war, sondern auch für Klatsch und Tratsch, wusste sie natürlich stets genau über alles Bescheid, was für die Haller von Interesse war.

Theodor nahm Hennis Arm und dirigierte sie auf den Eingang des Kinos zu. »Beeilen wir uns, sonst lassen sie uns nicht mehr rein. Ich musste den Kartenabreißer schon bestechen.« Er winkte dem Mann kurz zu, der ihnen die Tür öffnete, und sie huschten hindurch.

Der Kinosaal war abgedunkelt. Auf der Leinwand flimmerte bereits der Vorfilm. Geduckt quetschten sie sich zu ihren Plätzen in der Mitte durch und ignorierten das Murren aus den hinteren Sitzreihen. »Hinsetzen!«, rief einer aus dem Dunkel.

Endlich sank Henni aufatmend in das Polster. Es war warm im Saal, daher zog sie ihr Jäckchen aus und legte es in ihren Schoß. Ihr Herz klopfte heftig vor Aufregung, als die Titelmelodie erklang. Jutta hatte ihr von »Ein Herz und eine Krone« vorgeschwärmt, seit die hübsche Audrey Hepburn im Frühjahr den Oscar für ihre Rolle bekommen hatte. Wie sich herausstellte, hatte die Freundin nicht zu viel versprochen – es war eine wunderbare Romanze, die im sommerlichen Rom spielte. Der perfekte Film, um sich aus dem Alltag fortzuträumen.

Während der weibliche Teil des Kinopublikums Gregory Peck anschmachtete, lehnte Henni sich wie zufällig gegen Theodors Schulter. Ihre Haut kribbelte vor Aufregung. Würde er ihre Hand nehmen? Oder fand er Händchenhalten kindisch?

Zu ihrer Freude schlossen sich seine Finger tatsächlich fest um ihre. Es war aufregend, ihm so nahe zu sein. Verstohlen atmete sie im Dunkeln den herben Duft seines Rasierwassers ein und malte sich aus, sie wären irgendwo allein …

Leider raschelte oder hustete dauernd irgendjemand im Saal, so dass Hennis süße Phantasie immer wieder unterbrochen wurde. Es war trotzdem großartig, neben dem Mann ihrer Träume zu sitzen und sich an ihn zu kuscheln.

Als sie nach der Vorstellung aus dem Gloria traten, nieselte es. Hastig wurden einzelne Schirme aufgespannt, aber die Mehrzahl der Besucher hatte keinen Regenschutz dabei. Kichernd hielten einige Mädchen ihre schicken Handtaschen über die sorgfältig frisierten Haare.

Henriette drängte sich an Theodors Arm. »Wie schade, ich hatte gehofft, wir könnten noch ein paar Schritte spazieren gehen«, murmelte sie.

»Ich habe eine bessere Idee.« Er lächelte. »Wann musst du zurück sein?«

»In einer halben Stunde. Tante Käthe hat mir Ausgang bis zehn Uhr erlaubt.«

Sie fand es schrecklich, wie sich das anhörte. Als sei sie noch ein Kind, dem man etwas verbieten konnte.

Jutta war nur zwei Jahre älter und musste nie jemanden um Erlaubnis fragen – wenn die Freundin ausgehen wollte, tat sie es einfach. Aber Jutta war in der Stadt groß geworden, bei ihr daheim galten andere Sitten.

Theodor störte sich zu Hennis Erleichterung nicht daran. Ihm schien die Rolle als älterer Beschützer zu gefallen.

»Mein Wagen steht nicht weit entfernt. Wir könnten die Zeit nutzen, um noch ein bisschen herumzufahren.«

»Wohin denn?«

»Ohne bestimmtes Ziel. Nur damit du nicht nass wirst.«

Sie lachte. »So was Verrücktes hab ich ja noch nie gehört.«

Ihre Absätze rutschten über das Kopfsteinpflaster, das vom Regen ganz glatt war. Wie schön es war, sich an Theodors Arm festklammern zu können!

Er hatte nicht gelogen, der Mercedes tauchte gleich hinter der nächsten Ecke am Straßenrand auf. Tropfen perlten über die Windschutzscheibe, als Theodor ihr die Tür öffnete und Henni auf den Sitz glitt.

Gleich darauf ließ er den Motor an – und fast sofort hörte es auf zu regnen.

»Jetzt hätten wir doch zu Fuß gehen können.«

»Ist doch egal«, meinte er. »Dem Wagen tut es gut, wenn er ein bisschen bewegt wird. Zum Herumstehen ist er doch viel zu schade, oder?«

Ja, das fand sie auch. Wobei sie in der Dunkelheit und bei dieser Witterung leider von kaum jemandem gesehen wurden. Dabei hätte Henni es amüsant gefunden, ein paar neidische Blicke zu ernten. Nicht alle Stadtmädchen waren so nett zu ihr wie Jutta.

Theodor lenkte den Wagen ruhig durch die leeren Straßen. Hin und wieder holperte der Mercedes durch eine Kuhle in der Fahrbahn oder ein Schlagloch. Dann spritzte Pfützenwasser hoch.

Völlig unvermittelt brachte er das Gespräch auf Marianne. »Wie kommt es eigentlich, dass du so ganz anders bist als deine Schwester?«

Henni stutzte. »Wer bitte will schon wie Marianne sein?« Sie strich sich eine regenfeuchte Strähne aus der Stirn. »Ich meine, sie lehnt alles ab, was Spaß macht. Sie interessiert sich weder für Mode noch für sonstige Dinge, die gerade angesagt sind. Marianne ist es egal, wie sie aussieht oder was andere von ihr halten. Aber so war sie schon immer. Wir sind grundverschieden.« Sie zuckte die Achseln. »Vielleicht hätte Marianne lieber ein Junge werden sollen.«

»Sie ist aber eine Frau«, sagte Theodor. »Daran kann deine Schwester nichts ändern, so wenig es ihr vielleicht passt. Und zu glauben, dass sie als Frau eine Schreinerei führen kann, das ist doch lächerlich!«

Henni nickte. Ach, darum ging es also wieder. Das brauchte er nicht ständig zu betonen, da war sie völlig einer Meinung mit ihm.

Leider ließ ihn das Thema nicht los. Die Zurückweisung schien seinen Stolz gekränkt zu haben. »Ich verstehe nicht, warum deine Schwester meine Unterstützung abgelehnt hat.« Ärger schwang in seiner Stimme mit.

Henni hätte ihm gern beschwichtigend die Hand auf den Arm gelegt, aber da er fuhr, traute sie sich nicht. »Vielleicht überlegt sie es sich noch anders, wenn sie erst mal in Ruhe darüber nachgedacht hat. Sie will eben manchmal mit dem Kopf durch die Wand.«

Aber im Grunde konnte sie Mariannes rüde Ablehnung nicht verstehen. Es war unvernünftig, Theodors Unterstützung auszuschlagen. Wenn Marianne der Familienbetrieb so wichtig war, müsste sie doch froh sein, dass ein Mann wie Theodor ihr bei der Wiederaufnahme des Geschäfts behilflich sein wollte.

»Sie täuscht sich, wenn sie glaubt, dass sie als Frau allein ein Unternehmen führen kann«, meinte Theodor. »Auch wenn es heutzutage in vielen Bereichen Frauen gibt, die arbeiten, so hat deine Schwester doch keinerlei Erfahrung. Ihr fehlen wichtige Kontakte in der Holzbranche und überhaupt alles, worauf es ankommt. Niemand wird sie ernst nehmen! Sie wird das bisschen Geld, das deine Familie zur Verfügung hat, in den Sand setzen und im schlimmsten Fall nicht nur ihrem, sondern auch deinem Ruf schaden.«

Es rührte Henni, dass Theodor um sie besorgt war, und sie konnte seine Frustration verstehen. Aber sie hatte genug davon, dass sich das Gespräch nur um die Pläne ihrer Schwester drehte. Das fehlte noch, dass Mariannes Sturheit ihr die wenigen gemeinsamen Minuten vor dem Abschied verdarb. Deshalb legte sie nun doch die Hand auf seine Schulter. »Um mich mache ich mir keine Sorgen. Du passt ja auf mich auf.«

Seine Miene wurde weicher bei ihren Worten, und endlich ließ er das leidige Thema fallen.

Nicht lange, und Theodor bog in die Gasse von Käthes Wohnung ein und bremste vor dem Laden. »So, wir sind pünktlich. Deine Tante wird nichts zu beanstanden haben.«

Er stieg aus, ging um den Mercedes herum und öffnete ihr die Beifahrertür.

»Ich danke dir.« Henni schob sich so dicht an ihm vorbei, dass ihm ihr unwiderstehliches Parfüm in die Nase steigen musste. Doch mehr sollte auch nicht sein, denn nach einem kurzen Blick nach oben, blieb Henni nichts anderes als zu seufzen.

Theodor klappte die Wagentür zu. »Weißt du, ich …«

Sie schenkte ihm ihr bezauberndstes Lächeln. »Tut mir leid, aber wenn ich nicht sofort ins Haus gehe, fällt Tante Käthe aus dem Fenster.«

Theodor blickte zur Wohnung über dem Laden empor. Hinter der Gardine war eindeutig ein Schatten zu sehen.

»Ich hoffe, ich darf dich trotzdem bald wiedersehen?«

»Sicher.« Henni nickte. »So schlimm ist Tante Käthe ja gar nicht. Marianne als Aufpasserin wäre eindeutig schlimmer.«

»Dann bin ich froh, dass es nicht von ihr abhängt, wann wir uns treffen dürfen.«

»Ja, ich auch.«

Sie hätte sich gewünscht, dass er sie zum Abschied auf die Wange küsste, wie er es beim letzten Mal getan hatte, aber angesichts von Käthes Schatten unterließ er es.

Egal, dachte sie trotzig. Mit jedem Tag, jedem Monat wurde sie älter und wenn ihre Beziehung zu Theodor erst verbindlicher wäre, dann würde sie sich von niemandem mehr etwas vorschreiben lassen. Dann konnte er sie jederzeit küssen!

»Gute Nacht, Henriette«, sagte er liebevoll.

»Gute Nacht«, erwiderte sie.

Ihr Herz klopfte, während sie auf die Haustür zuging und den Schlüssel aus der Tasche kramte. Sie glaubte, Theodors Blick zu spüren – im Nacken und auf ihren bestrumpften Beinen. Es fühlte sich fast ein bisschen überwältigend an.

Aber zweifellos gut.

KAPITEL 12

Marianne trat kräftig in die Pedale.

Sie half in dieser Woche bei der Weinlese mit und hatte sich Lisbeths Fahrrad ausgeliehen, um schneller zum Weinberg zu kommen. Der Tag versprach wieder sonnig und warm zu werden – noch weigerte sich der Herbst, das Hohenloher Land in Besitz zu nehmen.

Im Osten färbte sich der Himmel blassrosa. Marianne wich einem Schlagloch aus und strampelte in flottem Tempo weiter. So früh am Morgen war der Fahrtwind angenehm frisch.

Am späten Nachmittag war sie mit Ludwig verabredet. Auf der Baustelle des künftigen Kinderdorfes hatte er mehrere Männer angeworben, mit denen sie die notwendigen Arbeiten an der Schreinerei besprechen und die Bezahlung aushandeln wollten. Endlich ging es voran mit ihren Plänen!

Sie war froh über Ludwigs Unterstützung. Er erwies sich immer mehr als treuer Begleiter, fast so, als wäre er ihr eigener älterer Bruder und nicht Lisbeths. Dass er keine schwärmerischen Gefühle für sie hegte, machte es ihr leicht, mit ihm umzugehen. Seit der Geschichte mit Fritz war sie auf der Hut: Falsche Hoffnungen wollte sie nie wieder wecken – egal, um wen oder was es ging.

Marianne hielt den Lenker fester, als das Fahrrad über den geschotterten Weg holperte, der am Fuß des steilen Südhangs endete. Dort stand der Karren, von dem die Tragekörbe an die wartenden Helfer verteilt wurden.

Viele Gesichter kannte Marianne, nur wenige waren ihr fremd. Eilig stellte sie das Fahrrad ab und grüßte freundlich in die Runde. Da sie keine Einweisung mehr brauchte, bekam sie gleich einen Korb ausgehändigt und eine Rebenreihe zugewiesen.

»Vesper gibt's um zwölf«, verkündete der stämmige Weinbauer.

Sie nickte. »Ja, ich weiß Bescheid.«

Unverzüglich machte sie sich an die Arbeit. Sorgfältig wählte sie die reifen, unversehrten Traubenbündel aus und trennte sie vom Rebstock. Die Luft roch herrlich, süß und trocken, nach fruchtbarer Erde und Spätsommer.

Ein Duft, der zum Träumen einlud.

Die allgemeine Stimmung war heiter, scherzhafte Bemerkungen flogen zwischen den Rebenreihen hin und her. Männer lachten, ein paar der Frauen sangen. Marianne summte leise mit, wenn sie die Melodie erkannte.

Bald schnitten die Riemen tiefer in ihre Schultern. Je mehr Trauben sie in den Korb füllte, umso mehr Gewicht lastete auf ihrem Rücken. Aber noch war es auszuhalten.

Gegen Mittag wurde es zunehmend heiß. Die Sonne brannte ihr im Nacken, Mücken umschwirrten ihr verschwitztes Gesicht. Sie scheuchte die Quälgeister weg und richtete sich für einen Moment auf, um den Rücken zu entlasten. Allmählich wurde das ständige Bücken zur Qual.

Der Mann neben ihr war deutlich weiter vorangekommen. Wie ein Tänzer stieg er den Hang empor. Die Anstrengung schien ihm kaum etwas auszumachen, obwohl er nicht so kräftig und breitschultrig war wie die meisten Männer.

Unauffällig musterte sie seine harmonischen Bewegungen. Er hatte einen guten Blick dafür, wo er den Schnitt am besten ansetzte, die Arbeit ging ihm leicht von der Hand. Das Hemd trug er aufgekrempelt, die sonnengebräunten Arme und sein dunkles Haar bildeten einen starken Kontrast zu dem hellen, ausgeblichenen Stoff.

Marianne war sicher, dass sie ihn im letzten Jahr nicht bei der Weinlese gesehen hatte. Woher er wohl kam?

Er wandte sich um. »Ja?«

»Ähm, nichts.« Es war ihr peinlich, dass er sie ertappt hatte, wie sie ihn anstarrte.

Zum Glück erlöste sie der Glockenschlag vom nahen Kirchturm im Ort. »Mittagspause!« Seite an Seite kletterten sie mit den anderen Helfern und Körben voller Trauben hangabwärts und kippten ihre Ernte in die großen Bottiche auf dem Wagen.

Die Frau des Weinbauern schnitt frisches Brot ab und reichte jedem ein Stück geräucherte Wurst dazu. Aus großen Kannen wurde Most ausgeschenkt.

Marianne setzte sich in den Schatten und verzehrte ihr Vesper mit Appetit. Anschließend holte sie noch einen Apfel aus ihrem Fahrradkorb.

»He, Alexej!«

Sie horchte auf, als sie bemerkte, dass der Fremde aus der Rebenreihe neben ihr gemeint war. Der Dunkelhaarige schritt auf eine Gruppe Wanderarbeiter zu, die ihm fröhlich auf die Schultern klopften und über irgendetwas ausfragten.

Marianne spitzte die Ohren, schnappte jedoch nur Wortfetzen auf. Es ging anscheinend um eine Hochzeit, die er verpasst hatte. »Stani hat gesagt, sobald es ums Feiern geht, nimmst du Reißaus, Aljoscha.«

Er wies den Vorwurf amüsiert zurück. Im Gegensatz zu dem der anderen war sein Deutsch fehlerfrei, er sprach lediglich mit einem leichten Akzent, den Marianne nicht zuordnen konnte.

Wieder fragte sie sich, woher er wohl stammte.

Etwas an ihm faszinierte sie. Nicht nur die Art, wie er beim Reden gestikulierte und die anderen zum Lachen brachte, sondern vor allem der warme Tonfall seiner Stimme. Bisher hatte sie immer den Eindruck gehabt, dass Männer entweder sympathisch oder attraktiv waren – er war auf verwirrende Weise beides.

»So, Ende der Pause. Weiter geht's!« Der Weinbauer klatschte in die Hände und schickte die Helfer zurück an den Hang.

»Sollen wir die Reihen tauschen?« Unvermittelt tauchte der Mann neben Marianne auf. Seine Augen schimmerten so dunkel wie sein Haar, und sein wacher Blick versetzte Mariannes Herz auf eine Weise in Aufruhr, wie sie es nicht kannte.

»Du gibst den Vorsprung freiwillig auf?«

»Warum nicht?« Er lächelte. »Ich werde nicht besser bezahlt, wenn ich als Erster fertig bin.«

Marianne dachte an ihr Treffen mit Ludwig und zögerte nicht lange. »Danke.«

Fast hätte sie sich gewünscht, er würde die Unterhaltung mit ihr fortsetzen, aber er versank wie zuvor in Schweigen und ging einfach seiner Arbeit nach. Da er nun hinter ihr die Reben schnitt, konnte sie ihn nicht einmal mehr beobachten.

Marianne schalt sich im Stillen selbst. Was war heute bloß in sie gefahren? Für Tändeleien und Torheiten war Henriette zuständig, sie hatte wichtigere Dinge im Kopf!

Aber es gelang ihr nicht, seine Anwesenheit in ihrem Rücken zu vergessen, sosehr sie sich auch darum bemühte.

Im Laufe des Nachmittags holte er sie erneut ein. Am Ende waren sie fast gleichzeitig fertig.

»Geschafft.« Marianne wischte sich über die Stirn.

»Das wird ein guter Wein.«

»Ich kenne mich damit leider gar nicht aus.«

»Nein? Wie schade. Wo du doch hier lebst …«

Als er sie anlächelte, war es, als durchzucke sie von Kopf bis Fuß ein Stromstoß. Sie konnte keinen klaren Gedanken mehr fassen.

Stumm folgte sie ihm, als er den gefüllten Korb geschickt den Steilhang hinab balancierte. Im Sonnenlicht glänzte sein Haar wie frisch geöltes Tropenholz – eines von der edlen Sorte, wie man es für wertvolle Intarsien verwendete.

Doch inmitten der Menschen vor dem Karren verlor sie ihn aus den Augen, und nachdem sie ihren Lohn erhalten hatte, gab es keinen Grund, noch länger herumzutrödeln.

Also schwang Marianne sich aufs Rad und fuhr davon. Sie konnte es aber nicht lassen, noch einmal einen Blick über die Schulter zu werfen. Leider konnte sie seinen Haarschopf in der Menge nirgendwo mehr erspähen.

Das Baugelände des Kinderdorfs grenzte unmittelbar an einige Streuobstwiesen. Marianne keuchte den steilen Wiesenweg hinauf. Oben angekommen stieß sie die Luft aus.

Mehrere Fundamente zeigten, wo die Häuser stehen würden. Ein größeres Gebäude in der Mitte existierte bereits als Rohbau, von dort erklangen hämmernde Geräusche.

Zu ihrer Überraschung entdeckte sie Ludwig etwas abseits im Gespräch mit einer Frau. Das rötlichbraune Haar fiel ihr in lockeren Wellen über die Schultern, dazu trug sie Hosen und praktische Schuhe. Ihr Kinn hatte energische Züge, auch die Stimme war klar und deutlich vernehmbar. Offenbar war sie es gewohnt, sich durchzusetzen.

Marianne lehnte das Fahrrad gegen den knorrigen Stamm eines Birnbaums und ging zögernd auf die beiden zu. Aus der Nähe kam ihr irgendetwas an der Frau vertraut vor.

»Marianne!« Die Augen blitzten sie schelmisch an. »Du hast dich ja kaum verändert seit damals.«

Sie schlug die Hand vor den Mund. »Ruth?«, fragte sie ungläubig.

»Wie ich sehe, ist der Groschen gefallen.« Ruth lachte. So, wie sie es als Kind getan hatte. Auch wenn die zahlreichen Fältchen, die sich in ihr Gesicht gegraben hatten, sicher nicht vom Lachen herrührten, sondern vom Leben und zu vielen Sorgen. Sie breitete die Arme aus und drückte Marianne kurz und fest an sich. »Wie schön, dass es mir vergönnt ist, dich wiederzusehen.«

»Also kennst du Frau Hofbauer doch?« Ludwig blinzelte sie verwirrt an.

»Ja. Nein. Ich meine, nicht unter diesem Namen …« Marianne war noch ganz überwältigt.

Mit der etwas älteren Tochter des Apothekers aus Hall hatte sie am liebsten gespielt, wenn sie bei Tante Käthe zu Besuch gewesen war. Die beiden Mädchen hatte eine enge Freundschaft verbunden, bis Ruths Vater gestorben und sie mit ihrer Mutter plötzlich weggezogen war, ohne Marianne eine Adresse zu hinterlassen.

»Wo bist du bloß gewesen?«

»Das ist eine lange Geschichte.«

»Ich konnte es nicht fassen, dass du verschwunden warst.« Die Erinnerungen stiegen auf einmal in Marianne auf, sie sprudelte geradezu über vor Fragen. »Ich habe Tante Käthe gelöchert, die Nachbarn, aber niemand wusste Genaueres …«

»Wusste es nicht oder wollte es nicht wissen.« Ruths Züge verhärteten sich. »Ja, so war das damals.«

»Aber wo warst du denn wirklich?«

»Nicht in einem Lager, wie so viele andere. Wir haben es in die Schweiz geschafft. Aber ich wollte immer zurück. Wieder hier leben, wo ich meine Wurzeln habe und mich zu Hause fühle.« Sie verschränkte die Arme. »Jetzt können die Nazis mir schließlich nichts mehr vorschreiben.«

Marianne blickte sie forschend an. »Du meinst …?«

»Oh nein. Falls überhaupt, dann reden wir darüber ein anderes Mal.« Ruth winkte energisch ab. »Ich habe gleich ein sehr wichtiges Gespräch mit dem Bauleiter. Und du willst mir ein paar Arbeiter abspenstig machen, habe ich gehört?«

Marianne lief rot an. »So ist es nicht«, begann sie. »Ich wollte nur …«

»Schon in Ordnung«, beschwichtigte Ruth. »Was die Männer in ihrer Freizeit machen, ist mir schnurzpiepegal. Hauptsache, sie kommen beim Bau des Kinderdorfs weiterhin gut voran. Je eher wir die Einrichtung eröffnen können, umso besser.« Sie fasste Marianne am Ellenbogen. »Ich freue mich, dass wir uns begegnet sind.«

»Ich mich auch.«

»Wir müssen uns unbedingt bald wiedersehen! Dann erzählst du mir von deinen Plänen für die Schreinerei, und ich dir alles, was es über mich zu wissen gibt, einverstanden?«

Marianne nickte eifrig.

»Gut. Ich bin oft auf der Baustelle, um nach dem Rechten zu sehen.«

»Wohnst du wieder in Hall?«

»Ja.« Ruth erspähte den Bauleiter. »Ah, da ist er ja.« Sie winkte ihm zu. »Ich komme sofort!«

»Bis bald.« Marianne trat beiseite, sie wollte die ehemalige Freundin nicht aufhalten. Erstaunlich, wie sehr Ruth sich gemausert hatte. Als Mädchen war sie klug, aber vom Wesen her schüchtern und zurückhaltend gewesen. Nun strahlte sie eine beeindruckende Durchsetzungskraft und Stärke aus.

Mit weit ausholenden Schritten stapfte sie über das Gras zum Rohbau hinüber.

Ein anerkennendes Schmunzeln zuckte um Ludwigs Mundwinkel. »Tja, die weiß, wo der Barthel den Most holt. Sobald die auftaucht, kuschen hier alle. Schau dir davon ruhig was ab, Marianne.«

»Das muss ich wohl erst noch üben.«

»Es kann jedenfalls nicht schaden.« Er grinste. »Warte kurz, ich trommle die Männer zusammen, und dann können wir los.«

Nachdem er ihr alle vorgestellt hatte, folgten sie ihr zum Lindenhof, um den Zustand der Schreinerei zu begutachten. Hans war ein brummiger, älterer Dachdecker, laut Ludwigs Auskunft der Erfahrenste der Truppe. Rudi und Georg schufteten als Maurergehilfen, waren sich aber für keine Tätigkeit zu schade und konnten überall mit anpacken. Der kettenrauchende Roland kannte sich mit der Elektrik aus und würde sich um die zu verlegenden Leitungen kümmern. Er beäugte Marianne skeptisch, sagte aber nichts dazu, dass sie die Arbeiten beaufsichtigen würde.

Im abnehmenden Licht des Tages inspizierten sie gemeinsam die zu behebenden Schäden.

Beim Anblick der Kreissäge zuckte Georg zurück. »Was für ein Koloss! Mein Onkel im Allgäu ist auch Schreiner, dem fehlen mehrere Finger, hier und hier …«

»Halt die Klappe.« Rudi verpasste ihm eine Kopfnuss. »So genau will das keiner wissen.«

Marianne erklärte, dass sie fürs Erste nicht vorhatte, die alte Kreissäge wieder in Betrieb zu nehmen. »Zur Fertigung von Puppenmöbeln brauche ich sie nicht. Aber sie hat meinem Vater gehört und deshalb …«

»Deshalb behält das Sägemonster seinen Platz«, ergänzte

Ludwig den Satz. »Wir ziehen davor eine neue Wand ein.« Er deutete auf den Kreidestrich am Boden. »Ungefähr hier.«

Hans nickte. »Sinnvoll, ja.«

Der Handwerker rechnete die benötigte Menge an Dachlatten und Ziegeln aus und gab Tipps, woher Marianne das Material möglichst rasch beziehen konnte. »Ich kann für Sie Angebote einholen, wenn Sie wollen?«

»Danke, ja, das wäre sehr nett.« Sie überschlug die Kosten und wandte sich um, als draußen weitere Schritte und Stimmen ertönten.

»Erwarten wir noch jemanden?«

»Das werden Tomasz und Szymon sein«, erklärte Ludwig. »Zwei Brüder aus Polen. Sie haben mir bei der Ernte geholfen und schlafen im Moment in unserer Scheune am Dorfrand, weil sie keine feste Bleibe haben. Sie sind fleißig und zuverlässig, und ich dachte, es könnte von Vorteil sein, wenn sie bei dir mitarbeiten und du sie hier unterbringst.«

Marianne begriff. »Dann wäre immer jemand in der Nähe, der ein Auge auf Material und Werkzeug hat.«

»Genau.«

Sie überlegte. »Vielleicht könnten sie im Schuppen neben dem Holzlager unterkommen. Der steht im Moment eh leer …« Sie verstummte jäh, als die Neuankömmlinge eintraten.

Die beiden Polen schätzte sie auf höchstens siebzehn oder achtzehn Jahre. Doch sie waren nicht allein. Hinter ihnen tauchte noch ein Mann auf. Sein überraschtes Lächeln verriet ihr, dass er sie ebenfalls sofort erkannt hatte.

Ludwig begrüßte die Brüder mit Handschlag. »Habt ihr noch jemanden aufgetrieben, der Arbeit sucht?«

»Ja, das ist …«

»Alexandre«, sagte ihr dunkelhaariger Begleiter.

Marianne stutzte. »Alexandre? Ich dachte …«

»Bitte?«

»Ach, nichts.« Sie schluckte den Rest ihres Widerspruchs hinunter. Sie musste ihn nicht mit der Nase darauf stoßen, dass sie ihn mittags am Weinberg belauscht hatte. Trotzdem war sie sicher, dass die Gruppe von Wanderarbeitern ihn anders genannt hatte.

Tomasz und Szymon versicherten, dass Alexandre der Freund eines Freundes sei, und Ludwig schien keinen Grund zu sehen, den beiden nicht zu vertrauen. Also gab auch Marianne sich einen Ruck und reichte ihm die Hand.

Seine Finger umschlossen kurz die ihren – warm und fest. Es war ein Händedruck, der Selbstsicherheit ausstrahlte. Trotz der Schwielen an den Fingerkuppen fühlte seine Haut sich angenehm weich an.

»Fräulein Wagner?« Hans, der Dachdecker, rief nach ihr.

Marianne zog ihre Hand aus seinem Griff und zwang sich mit aller Macht, sich wieder auf das Wesentliche zu konzentrieren, auf das gewaltige Loch im Dach der Schreinerei, das es zu flicken galt.

In den folgenden Tagen ging es auf dem Gelände am Waldrand fast wieder so lebhaft und geschäftig zu wie in früheren Zeiten. Marianne musste häufig zugegen sein, um Lieferungen anzunehmen. Schon bald stapelten sich Dachsparren, Latten und Balken, Mauer- und Ziegelsteine, Mörtelsäcke und anderes Baumaterial im Hof.

Was Tomasz und Szymon betraf, so hatte Ludwig nicht zu viel versprochen. Die beiden erwiesen sich als gelehrige Helfer, die den Anweisungen von Rudi oder Georg folgten und fleißig mit anpackten, wo immer sie gerade gebraucht wurden.

Alexandre gab ihr weitaus mehr Rätsel auf. Er tüftelte mit Roland ein neues System zum Verlegen der Elektrokabel aus und turnte zwischendurch schwindelfrei auf dem maroden Dach herum, was Hans weidlich ausnutzte und von unten nur Befehle hinaufbrüllte.

»Aus dem Weg!« Krachend fiel ein Stück Holz von oben herunter und zersplitterte vor Hans' Füßen.

»Willst du mich umbringen, Bursche?«

»Natürlich nicht. Tut mir leid.«

»Die Entschuldigung kannst du dir sparen.« Hans knirschte mit den Zähnen. »Wofür hält der Kerl sich? Glaubt der, er wäre ein Akrobat im Zirkus?«

»Ich beneide ihn jedenfalls.« Sehnsüchtig sah Ludwig nach oben, und Marianne ahnte, wie sehr er sich wünschte, seinen Arm nicht verloren zu haben. Ein Zimmermann wie er gehörte aufs Dach. Stattdessen musste er zuschauen, wie ein anderer seinen Platz einnahm.

»Würde ich an deiner Stelle nicht tun. Da gibt es nichts zu beneiden, wenn du mich fragst.« Hans spähte noch immer aus zusammengekniffenen Augen zu Alexandre hoch. »Der benimmt sich ein bisschen zu unvorsichtig. Ist nie ein gutes Zeichen.«

Verwirrt runzelte Marianne die Stirn. »Was meinen Sie damit?«

Auch Ludwig hatte sich nun ganz Hans zugewandt.

Der Dachdecker hob die Schultern. »Ich will nicht sagen, dass es unbedingt so sein muss, aber ich war ja eine Weile an der Front. Wir haben Schützengräben ausgehoben. Da hat man so ein Verhalten öfter gesehen. Das sind Leute, die nichts mehr zu verlieren haben. Denen ist es egal, ob sie leben oder sterben.«

»Du meinst, Alexandre war auch an der Front?«, fragte Ludwig.

»Denke schon«, brummte Hans. »Er hat manchmal diesen Blick. Achtet mal drauf, wenn er in Gedanken versunken ist. Den Blick kenn ich gut. Solche Leute haben meist üble Dinge gesehen. Oder selbst erlebt. Also richtig üble Dinge …«

»Und das könnte ein Problem werden?« Marianne blinzelte erneut zu Alexandre hinauf.

Er sprang mit einer Leichtigkeit von Dachbalken zu Dachbalken, die wirklich riskant aussah. Aber irgendwie reizte sie das nur noch mehr, Genaueres über ihn zu erfahren.

Mit einem Mal fiel ihr siedend heiß ein, dass sie schon etwas über ihn wusste. »Neulich habe ich gehört, wie ihn jemand Alexej genannt hat. Denkt ihr, er ist gar nicht der, der er behauptet zu sein?«

Hans brummte nachdenklich.

»Der Name klingt russisch«, sagte Ludwig.

»Hm …«, machte Hans wieder. »Wenn er wirklich an der Front war, dann war er vielleicht russischer Soldat und ist hier untergetaucht.«

»Ein russischer Soldat? Dafür spricht er doch viel zu gut Deutsch«, wandte Marianne ein.

»Das muss ja nichts heißen.« Hans blieb bei seiner Meinung. »Spione werden extra dafür ausgebildet, fremde Sprachen zu sprechen. Damit sie nicht auffallen.«

Marianne lachte. »Ein russischer Spion würde sich aber ein interessanteres Ziel suchen als unser Dorf oder den Lindenhof.«

Sie konnte sich nicht vorstellen, dass Alexandre gefährlich war. Er hatte von Anfang an nett auf sie gewirkt.

»Lassen wir ihn in Ruhe«, sagte Hans schließlich. »Er tut doch nichts. Und er arbeitet gut.«

»Wahrscheinlich will er einfach nur seinen Frieden«, stimmte Ludwig zu.

Erleichtert nickte Marianne. Ja, das klang vernünftig. »In Ordnung. Ich denke, ihr habt recht.«

Alexandre hatte Marianne darum gebeten, mit den polnischen Brüdern im Schuppen Quartier beziehen zu dürfen. Außer einem Rucksack besaß er nichts, und sie brachte nur in Erfahrung, dass er zuletzt mit einem Kesselflicker vom fahrenden Volk herumgezogen war. Falls seine Aussage stimmte.

Die drei richteten sich den Schuppen einigermaßen wohnlich ein – mit selbstgebauten Pritschen und Pferdedecken sowie ein paar Obstkisten als Sitzgelegenheit. Zugige Wände besserten sie aus. Alexandre gelang es sogar, einen Heizlüfter aufzutreiben, der nur noch auf Rolands Stromanschluss wartete. »Dann wird sich rausstellen, ob er funktioniert.«

Roland weigerte sich zunächst. »Und wenn nicht?«

»Dann reparierst du das Ding.«

»Damit ich schuld bin, wenn ihr eure Hütte abfackelt?« Aber am Ende lenkte Roland ein. »Gib schon her. Ich werd' sehen, was ich tun kann.«

Noch waren die Herbstnächte frostfrei, und die drei hockten abends oft lange am Lagerfeuer, kochten Suppe oder brieten Kartoffeln, während die anderen zu ihren Familien heimgekehrt waren. Manchmal setzten Ludwig und Marianne sich eine Weile dazu, auch wenn ihre Mutter das nicht gerne sah. Sie sorgte sich vor möglichem Gerede im Dorf.

»Was ist mit dir?«, fragte Alexandre.

»Ich scher mich nicht darum«, sagte Marianne. »Die Leute reden immer.«

»Aber wenn …«

»Glaub mir, wenn man ihnen keinen Grund gibt, denken sie sich einen aus. Das ist noch schlimmer.«

Er lächelte auf diese versonnene Weise, wie er es oft tat. Sein Blick folgte dem Spiel der Flammen. Marianne schob die Hände zwischen die Knie.

Das Feuer knackte und knisterte. Tomasz umwickelte die Enden von langen Ästen mit Teig. Heute Abend gab es Stockbrot. Irgendwann zog Szymon eine Mundharmonika aus der Hosentasche.

»Ich habe geübt«, verkündete er stolz.

»Ja, und es klang wie …« Sein Bruder verzog das Gesicht und tat so, als sei er eine Katze, der gerade jemand auf den Schwanz trat.

Alle lachten. Szymon rupfte ein Stück Brot ab und schnippte es in Tomasz' Richtung. »Hör auf! Das stimmt nicht.«

»Doch.«

Während Alexandre sich als Streitschlichter betätigte, schob Ludwig Marianne einen gefalteten Zettel zu. »Hier, den hätte ich beinahe vergessen.«

»Was ist das?«

»Hat mir Ruth Hofbauer gegeben.«

Hastig überflog sie die Nachricht. Es waren nur ein paar Zeilen, aber die Aussicht auf ein baldiges Treffen mit der ehemaligen Freundin ließ Marianne strahlen.

»Gute Nachrichten?« Alexandre bot ihr ein Stockbrot an.

»Ja. Danke.«

Er fragte nicht weiter. Das tat er nie. Es war typisch für ihn – so gesellig er wirkte, tiefer gehenden Gesprächen wich er meistens aus. Dabei hätte sie wirklich gern mehr über ihn gewusst.

Marianne pustete auf das heiße Brot, biss dann vorsichtig ein Stück ab.

»Schmeckt es?«, fragte Tomasz.

»Ganz wunderbar!«

Winzige Funken stoben auf, als Tomasz in der Glut stocherte. Verträumt sah Marianne den glimmenden Lichtpünktchen nach.

»Feuer hat etwas Magisches, nicht wahr?«

Sie spürte, dass Alexandre neben ihr lächelte.

»Ja«, erwiderte sie leise.

Obwohl sie ihn nicht anblickte, fühlte sie sich plötzlich auf geheimnisvolle Weise mit ihm verbunden. Vielleicht gab es Nähe ohne Worte.

Anders war ihr Herzklopfen nicht zu erklären.

KAPITEL 13

Marianne holte tief Luft. Das letzte Mal, als sie vor dem zweistöckigen Haus mit dem schönen Fachwerkgiebel gestanden hatte, war sie weggejagt worden.

Doch sie musste unbedingt persönlich mit Fritz' Vater sprechen. Für den Bau war es in Ordnung gewesen, das Material aus den Nachbarorten zu beschaffen. Sie hatten bereits vorgeschnittene Latten und Bretter aus dem Bestand der Händler verwendet. Das Holz, mit dem Marianne aber zukünftig in der Schreinerei arbeiten wollte, wollte sie lieber von Hartmann beziehen. Auch, weil die Lieferkosten auf das Endprodukt umgeschlagen werden mussten und deshalb so gering wie möglich sein sollten.

Diesmal hackte der alte Hartmann draußen kein Holz, und auch seine Schwester, Fritz' Patentante und Ziehmutter, fütterte nicht die Hühner, die im Hof herumscharrten. Marianne ging auf das Haus zu. Erinnerungen stürmten auf sie ein.

Sie war fünf oder sechs gewesen, und neben ihr hatte sich Fritz damit abgemüht, den Eimer Hühnerfutter zu schleppen, den seine Tante ihm in die Hand gedrückt hatte. Er hatte Marianne angelächelt. »Los, wirf ihnen was hin!«

Das musste sie sich nicht zweimal sagen lassen. Zu Hause auf dem Lindenhof hatten sie damals noch keine eigenen Hühner gehalten, und so war es für sie jedes Mal eine große Freude, wenn die Tiere sich um sie scharten, sobald sie ihnen Futter hinwarf. Beherzt griff Marianne in den Eimer und streute die eingeweichten Körner aus. Sie lachte angesichts der gackernden Schar zu ihren Füßen.

Hinter ihnen, beim Haus, waren die Stimmen der Erwachsenen zu hören gewesen. »Ja, sie sind schon niedlich zusammen, die beiden.« Das war Fritz' Tante.

Marianne hatte nicht verstanden, was daran, dass sie mit Fritz zusammen die Hühner fütterte, niedlich war, aber die Erwachsenen redeten öfter solches Zeug daher. Sie hatte wieder in den Eimer gegriffen.

Jetzt nahm Marianne die Schultern zurück, tat einen weiteren Schritt. Einige der Hühner liefen auf sie zu, sicher in der Hoffnung, dass sie Futter hatte.

Als Kind hatte sie es immer sehr gemocht, hier mit Fritz Zeit zu verbringen. Sie hatten in dem großen Garten gespielt oder sich heimlich ins Holzlager von Fritz' Vater geschlichen. Dort hatte es wunderbar gerochen, und auf den geschichteten Stapeln hatten sie prima herumklettern können.

Was Marianne nicht gemocht hatte, waren die ständigen Bemerkungen darüber, was für ein reizendes kleines Paar sie waren. Fritz war ihr bester Freund. Sie spielte gerne mit ihm, kletterte gerne mit ihm auf Baumstämmen herum. Und auch als sie älter geworden war, hatte sich daran nichts geändert. Fritz war ihr Freund, aber sicher nicht der Mann, den sie einmal heiraten wollte.

Auch wenn eine solche Verbindung die Versorgung der Schreinerei mit Holz sichergestellt hätte. Denn Fritz' Vater war nicht nur Holzhändler, sondern besaß auch große Teile des örtlichen Walds und hatte somit das Recht, Bäume zu fällen.

Genau deshalb war sie nun hier.

Der Weg zur Tür des Hauses kam ihr unendlich lang vor, und ihre Handflächen waren feucht, als sie schließlich davor stand.

Noch einmal holte sie tief Luft. Sie war geschäftlich hier, Fritz' Vater musste sie nicht mögen, um Geschäfte mit ihr zu machen. Er würde wohl einsehen, dass es zu ihrer beider Vorteil wäre, redete Marianne sich ein.

Sie wünschte, sie könnte das wirklich glauben. Aber egal wie, sie musste es versuchen. Also klopfte sie an die Tür.

Während sie Schritte im Inneren des Hauses hörte, rieb Marianne sich die Handflächen an ihrem Rock trocken. Hoffentlich war es nicht Margarete Hartmann, Fritz' Patentante, die sich da näherte.

Die Tür öffnete sich, und, wie konnte es anders sein, vor ihr stand die Frau, die sie beim letzten Mal verjagt hatte. Natürlich war es Fritz' Dote. Ihre Miene wurde düster, als sie Marianne erblickte. »Was willst du?«

Marianne unterdrückte den Impuls, einen Schritt nach hinten zu machen. »Ich bin geschäftlich hier. Ich möchte …«

»Etwa mit meinem Bruder sprechen? Das kannst du vergessen!« Ihr Gegenüber schnaubte verächtlich. »Wir haben schon von deinen Geschäften gehört. Von wem hast du denn das Geld dafür gestohlen, na?«

Marianne schnappte nach Luft bei dieser Unterstellung. »Mein Großvater hat es mir gegeben.«

»Ach, und woher soll der rote Karl plötzlich Geld haben?«

Marianne runzelte die Stirn. Worauf wollte sie hinaus?

»Wir machen keine Geschäfte mehr mit euch«, wetterte sie. »Und wir wollen ganz sicher nicht euer dreckiges Geld haben! Verschwinde!«

Nun wich Marianne doch einen Schritt zurück. Aber so leicht wollte sie nicht aufgeben. Sie brauchte das Holz. »Ich denke nicht, dass Sie diese Entscheidung zu treffen haben. Ich möchte mit Herrn Hartmann sprechen.«

Für einen Moment blieb Fritz' Tante tatsächlich der Mund offen stehen. So hartnäckigen Widerspruch war sie offensichtlich nicht gewohnt.

»Du unverschämte Brut«, brachte sie schließlich heraus. »Was glaubst du überhaupt, wer du bist? Geschäftlich!« Das letzte Wort stieß sie voller Verachtung aus. »Als könntest du allein den Betrieb deines Vaters wieder aufbauen. Da kannst du dein Geld gleich verbrennen. Was für eine Verschwendung! Eine dumme, hochmütige Träumerin bist du, nichts weiter!«

Jedes einzelne Wort traf. Marianne ballte ihre Hände zu Fäusten. Sie würde dieser alten Hexe beweisen, dass sie das Geld ihres Großvaters nicht einfach so zum Fenster hinauswarf. Gleichzeitig spürte sie, wie die vertrauten Zweifel an ihr nagten. Was, wenn sie scheiterte? Dann würden Leute wie diese Frau hier bereitstehen, um ihr zu sagen, dass sie es doch gleich gewusst hatten. Marianne straffte ihre Schultern. Das durfte einfach nicht sein.

»Margarete, was ist denn los?« Die tiefe Stimme aus dem Haus unterbrach die Schimpftirade. Schon lange nicht mehr hatte Marianne sich so gefreut, Fritz' Vater zu sehen. Das war ihre Gelegenheit, und sie hatte nur diese eine.

»Ich bin hier, um übers Geschäft zu reden«, sagte sie schnell, während die ältere Frau vor ihr noch Luft holte. Die Worte kamen Marianne nicht ganz so selbstbewusst über die Lippen, wie sie sich das gewünscht hätte, aber hoffentlich laut genug.

»Ich habe ihr gesagt, dass hier niemand mit ihr reden will. Aber sie will nicht gehen.« Fritz' Tante stemmte die Hände in die Hüften.

Marianne überging die Bemerkung. Es gab nur eine Person, die sie überzeugen musste. »Ich kann einen Teil im Voraus bezahlen«, sagte sie.

Für einen Moment musterte der alte Hartmann sie, eine tiefe Falte zwischen den Brauen.

»Ich sage es noch einmal«, keifte Margarete, »niemand hier will dein …«

»Komm nach hinten«, unterbrach er sie, blickte dabei Marianne an. »Wir treffen uns im Holzlager.«

Erleichterung durchflutete Marianne. Sie hatte das Richtige gesagt.

Wieder stand der Frau der Mund offen. »Das ist doch wohl nicht dein Ernst?«

Er zuckte nur mit den Schultern. »Sie zahlt im Voraus.«

Ohne ein weiteres Wort drehte er sich um und verschwand nach hinten ins Haus.

Marianne schenkte Fritz' Tante das freundlichste Lächeln, zu dem sie sich aufraffen konnte. »Ich wünsche Ihnen noch einen schönen Tag, Frau Hartmann.«

Bevor Fritz' Tante noch etwas erwidern konnte, machte Marianne sich auf den Weg ums Haus herum. Noch bis sie um die Ecke des Gebäudes bog, fühlte sie Margaretes Blick stechend in ihrem Nacken.

Der vertraute harzige Geruch stieg Marianne in die Nase, als sie sich dem offenen Tor des Holzlagers näherte. Fritz' Vater trat ihr entgegen. Sein Blick war unfreundlich. »Wie viel Holz brauchst du und welches?«

Auf ein freundliches Schwätzchen brauchte sie hier nicht zu hoffen. Aber das sollte Marianne recht sein, solange sie ihr Holz bekam.

»Hauptsächlich Buche«, sagte sie. »Je nach Preis würde ich auch eine kleine Menge an Erle, Birke oder Ahorn bestellen.« Eiche wäre zu teuer, das wusste sie. »Und probeweise vielleicht einmal Kiefernholz?« Kiefer mochte besonders harzig sein, dafür aber auch leichter zu bearbeiten. Das wusste sie aus dem Lehrbuch für Tischler. Außerdem wuchsen Kiefern viel schneller als Laubbäume, was ihr Holz billiger machte. »Wir brauchen sauberes, gut getrocknetes Schnittholz ohne größere Astlöcher.« Als der alte Hartmann die Stirn runzelte, fügte sie hinzu: »Wir machen Puppenmöbel.«

»Also unnützes Zeug«, brummte er. »Dein Vater würde sich schämen.«

Die Worte fühlten sich an wie ein Schlag in die Magengrube. Von seiner Schwester hätte sie so etwas erwartet, da wäre sie darauf gefasst gewesen. Aber er war ruhiger, weniger schnell mit beißenden Bemerkungen, deshalb trafen sie seine Worte unerwartet und besonders hart.

Marianne wollte schon den Mund öffnen, um zu protestieren, als ihr einfiel, was Ludwig über Ruth gesagt hatte und dass Marianne sich ein Vorbild an ihr nehmen sollte.

Was würde ihre alte Freundin in dieser Situation tun?

Marianne stellte sich vor, wie sie dem Holzhändler aufrecht und stolz gegenüberstand. Wie von selbst wurde ihre eigene Haltung gerader. »Wir sollten nur über das rein Geschäftliche sprechen. Was meinen Sie, können Sie mir das Holz liefern, das ich brauche?«

»Das kommt darauf an, ob du bezahlen kannst.«

Die nun folgende Verhandlung wurde hart. Zum Glück hatte Marianne aufgrund der Beschaffung des Baumaterials schon einen Überblick über die aktuellen Holzpreise. Ansonsten hätte sie wohl gut das Doppelte von dem gezahlt, was derzeit üblich war.

»Hören Sie«, sagte sie schließlich, »wenn ich mir das Holz billiger aus Crailsheim oder Heilbronn liefern lassen kann, dann muss ich es nicht bei Ihnen kaufen.«

Das sorgte endlich dafür, dass er mit dem Preis runterging. Schließlich einigten sie sich auf eine Summe, die zwar immer noch unverschämt hoch war, aber niedriger als jeder andere Preis, den sie woanders kriegen würde.

Der alte Hartmann hielt ihr nicht die Hand zum Einschlagen hin. Stattdessen nickte er nur. »Abgemacht. Ich liefere einmal im Monat, immer am Monatsende.«

Marianne schob die Hand, die sie fast ausgestreckt hätte, beschämt in ihre Tasche. »Ich lasse Ihnen meine Bestellung dann jeweils zum Monatsanfang zukommen.«

»Gut. Wenn sie nicht rechtzeitig kommt, musst du bis zum nächsten Monat warten.«

Marianne presste die Lippen aufeinander. Kein anderer Geschäftspartner wäre so behandelt worden. Aber zumindest bekam sie, was sie wollte.

»Sie hören von mir.« Auf einen höflichen Abschied würde sie wohl vergeblich warten, also drehte sie sich einfach um und marschierte davon. Ihre Knie zitterten, erst jetzt wurde sie sich der Anspannung bewusst, unter der sie gestanden hatte. Sie atmete tief aus.

Es war geschafft.

KAPITEL 14

Henriette legte die Illustrierte auf das Tischchen neben der Tür. Der Geruch von Kernseife und Desinfektionsmittel biss ihr in der Nase. Ungeduldig wartete sie auf Juttas Rückkehr. Dass die Freundin sie gebeten hatte, mit zum Arzt zu kommen, dazu noch in dessen Sprechstunde für private Patienten, fand sie beunruhigend.

Ob Jutta ernsthaft krank war?

Die Einrichtung der Praxis war altmodisch und gediegen. Seit Jutta von dem Fräulein in Schwesterntracht und Haube gerufen worden war, saß Henriette allein im Wartezimmer.

Seufzend betrachtete sie das Mohnblumenbild an der Wand. Die roten Blüten leuchteten wie Blutstropfen.

Herrje, was dachte sie da bloß?

Hastig wandte Henriette den Blick ab und griff wieder nach den Zeitschriften. Vielleicht versteckte sich im Stapel noch ein Mode-Magazin. Aber sie fand nur ein dünnes Heft mit Kirchennachrichten. Nicht sehr erbaulich …

Endlich öffnete sich die Tür. Henriette sprang auf.

»Wir können gehen.« Jutta strahlte über beide Wangen. Die ungewohnte Blässe, die sie vorhin noch gezeigt hatte, war verschwunden.

»Alles in Ordnung?«

»Ja.« Jutta schnappte ihren Arm und hakte sie unter. »Wir gehen jetzt ins Café. Ich lade dich ein.«

Verwirrt ließ Henriette sich mitziehen.

Erst eine Viertelstunde später, als sie jede eine Tasse Kaffee und ein Stück Zwetschgenkuchen mit Sahne vor sich hatten, erfuhr sie, worum es bei der Untersuchung gegangen war.

»Ich dachte, ich hätte ein Problem«, raunte Jutta. »Ich war längst überfällig, verstehst du?«

»Du warst ... oh.«

»Kein Grund, mich so bestürzt anzusehen.« Jutta spießte ein Streuselstück auf. »Der Arzt meinte, es liegt vermutlich an meiner Diät. Kein Verkehrsunfall also.« Kichernd schob sie die volle Gabel in den Mund.

Henriette nippte an ihrem Kaffee. Im Grunde schmeckte ihr das bittere Zeug nicht, sie mochte es lieber süß. Aber es wirkte erwachsener, wenn sie Kaffee bestellte statt Milch oder heiße Schokolade. Neben Jutta fühlte sie sich sowieso schon oft wie ein Kind, auch wenn die Freundin sie nie so behandelte.

»Sag mal ...« Entschlossen stellte sie die Tasse ab. »Du hast doch Erfahrung mit Männern.«

Jutta prustete los. »Bitte? Ist das eine ernsthafte Frage?«

»Meinst du, Theodor liebt mich?«

»Wie kommst du denn jetzt darauf?«

»Na ja, ich ...« Henriette wusste nicht, wie sie es erklären sollte. »Theodor ist wirklich sehr nett zu mir. Er macht mir Komplimente, wenn wir ausgehen, sagt, dass er mich hübsch findet und alles, aber ...«

»Aber?«

»Aber mehr eben nicht«, gestand sie kläglich.

Jutta legte ihre Kuchengabel weg und beugte sich über den Tisch. Ihre Augen funkelten amüsiert. »Henni Wagner, willst du dich gerade ernsthaft beklagen, dass dein werter Verehrer dich wie eine Dame behandelt statt wie ein Flittchen?«

»Nein! Natürlich nicht.«

»Es klang aber so.«

Jetzt musste Henriette auch lachen. »Hm, vielleicht hast du recht.«

»Natürlich hab ich recht! Ehrlich, ich finde, du solltest es zu schätzen wissen, dass er sich ehrenhaft benimmt. Mein Vater wäre froh, ich hätte einen solchen Verehrer. Die Kerle, die sich für mich interessieren, brauche ich ihm gar nicht erst vorzustellen. Die würde er in hohem Bogen aus dem Haus werfen.«

»Aber …«

»Glaub bloß nicht, dass du was verpasst. Denn das tust du nicht.« Sie fuchtelte dramatisch mit den Händen. »Siehst du hier einen Ring? Nein? Eben.«

»Theodor hat mir auch noch keinen Ring geschenkt.«

»Früher oder später wird er es tun. Verwechsle Spaß und ein bisschen Vergnügen nicht mit wahrer Liebe.«

Besänftigt aß Henriette ihren Kuchen. Juttas Worte hatten ihre heimlichen Sorgen ausgeräumt. Denn Theodor hielt sich, was Zärtlichkeiten anging, auffallend zurück. Wenn gerade das aber bewies, dass er ernsthafte Absichten hegte, konnte sie es wohl gar nicht besser treffen.

»Henni?«

»Ja?«

»Sei froh, dass du ihn hast. Du bist noch jung, es besteht kein Grund zur Eile. Du wirst die körperliche Liebe schon noch kennenlernen.« Jutta zwinkerte keck. »Und bevor es so weit ist, wende dich vertrauensvoll an mich. Ich verrate dir dann gerne ein paar Tricks.«

»Tricks?« Henni verschluckte sich fast.

»Du kannst natürlich auch deinen Theodor zu mir schicken, falls sich herausstellt, dass er derjenige ist, der ein paar Nachhilfestunden braucht, um dich bei der Liebe glücklich zu machen. Charmant und attraktiv ist er ja …«

Henriette warf lachend die Serviette nach ihr. »Ach, du bist unmöglich! Das würde ich niemals tun.«

Aber es war wunderbar, eine Freundin zu haben, mit der sie über solche Dinge reden konnte. Eine Freundin, die sie ernst nahm und verstand. Mit Marianne wäre so ein Gespräch niemals möglich gewesen.

»Kann ich bitte zahlen?« Jutta winkte der Bedienung.

Henriette dankte ihr für die Einladung.

Bei nächster Gelegenheit würde sie sich bei der Freundin mit einer Schachtel Konfekt aus Tante Käthes Laden revanchieren. Von der teuren Schokolade verkauften sie nie alle Packungen, bevor sie weiß anlief. Käthe bestellte sie trotzdem regelmäßig nach, weil das edle Konfekt in der Auslage angeblich Kundschaft anlockte.

»Das macht was her«, behauptete sie.

Ehe Henriette an Juttas Arm das Café verließ, musterte sie kurz und zufrieden ihr Spiegelbild an der Garderobe neben dem Eingang. Ihre adrette Erscheinung machte zweifellos auch etwas her.

Am Samstagnachmittag wirbelte sie durch Käthes Küche und füllte einen Picknickkorb: Kartoffelsalat, zwei gekochte Eier, ein Schüsselchen mit Brombeeren. Den gemopsten Piccolo hatte sie ganz weit nach unten in den Korb geschmuggelt.

Im Radio lief flotte Musik. Gutgelaunt trällerte sie mit und schwenkte dabei die Hüften. »Life could be a dream, sh-boom, sh-boom …«

»Was hast du denn da für einen Sender eingestellt?« Tante Käthe betrachtete sie mit gerunzelter Stirn. »Überhaupt, bist du nicht viel zu luftig angezogen für einen Ausflug mit Herrn Werwinkel?«

»Ich nehme die Strickjacke mit.«

Das Wetter war sonnig und Henriette hatte ihr Lieblingskleid angezogen, dazu die feinen Strümpfe und die schicken Schuhe. Vielleicht war heute die letzte Gelegenheit in diesem Jahr, sie draußen zu tragen. Wenn im Herbst die Wege verschlammt und mit Pfützen übersät waren, würde sie darauf verzichten müssen. Die Schuhe waren viel zu schade, um sie schmutzig zu machen.

»Komm nicht so spät nach Hause. Wenn es dunkel wird, soll er dich heimbringen!«

»Ja, ja.« Henni schlug ein kariertes Küchentuch über den Korb und steckte es sorgfältig fest. »Kein Grund, dir Sorgen zu machen, liebes Tantchen.«

»Das hoffe ich«, sagte Käthe spitz.

Pünktlich zur verabredeten Zeit bog Theodors Wagen in die Straße ein. Henriette erspähte ihn vom Küchenfenster aus und sauste die Treppenstufen hinunter, so schnell ihre Absätze es erlaubten.

»Hallo!«

Es war schwer, ihm gesittet entgegenzugehen, wo sie doch am liebsten vor Freude gehüpft wäre. Der Mercedes blinkte im Sonnenlicht, der Lack sah aus wie frisch poliert.

»Wo fahren wir hin?«

Lächelnd nahm Theodor ihr den Picknickkorb ab.

»Lass dich überraschen.« Er öffnete ihr die Tür und ließ sie einsteigen. Dann lud er den Korb auf die Rückbank.

»Oh, bitte, verrat es mir doch«, bettelte sie.

»Ins Blaue.« Er nahm hinter dem Steuer Platz. »Und dann ins Grüne.«

»Darf ich mir die Farbe aussuchen?«

»Nein, wir machen beides.« Theodor ließ den Motor an. »Eine kleine Ausfahrt über Land, und anschließend picknicken wir bei mir zu Hause im Garten. Du hast mich noch nie auf meinem Anwesen besucht.«

Henriettes Herz begann zu rasen.

»Ich dachte, heute passt es gut. Meine Mutter hat hinter dem Haus einst einen Gartenpavillon errichten lassen, der eignet sich perfekt für unser Picknick.«

»Ja, das … würde mir gefallen.«

Sie kniff sich vor Freude in den Arm und hoffte, dass Theodor ihre Aufregung nicht bemerkte.

Zum Glück galt seine Aufmerksamkeit der Straße. Bald waren sie aus Hall hinaus und folgten einer kurvenreichen Route durch die Umgebung.

Die meisten Felder waren abgeerntet, am Rand eines Wäldchens trotteten Kinder zum Pilzesammeln. Kühe und Schafe grasten auf den Weiden. Vor manchen Gehöften in den Dörfern hingen Schilder am Zaun, auf denen Kartoffeln, Äpfel oder frische Eier zum Verkauf angeboten wurden.

Der Himmel über ihnen war strahlend blau. Als Henriette das Fenster einen Spalt weit öffnete, zupfte der Wind an ihrem Haar. Der beschwingte Rhythmus aus Käthes Radio untermalte in ihrem Kopf die spätsommerliche Szenerie.

Leise summte sie die Melodie. »Ich glaube, ich habe einen Ohrwurm.«

»Ach ja?«

»Willst du's hören?« Sie lachte. »Frag mich nicht, wovon das Lied handelt, aber es klingt wirklich nett.«

»Na, dann sing es mir vor.«

»Nur wenn du versprichst, dich nicht über mich lustig zu machen.« Sie richtete den Blick auf das wolkenlose Blau des Himmels und hob an: »Life could be a dream …«

Theodor mäkelte weder an ihrem Gesang noch an ihrem Englisch herum, wie sie es befürchtet hatte. Stattdessen legte er ihr plötzlich die Hand aufs Knie.

»Meine Mutter hat auch immer gern gesungen.« Seine Stimme klang rau. »Du erinnerst mich manchmal an sie.«

Irgendwie wirkte er heute anders als sonst.

Liebevoller, ihr zugewandter.

»Wie hieß deine Mutter?«

»Sophie.«

Für einen Moment konnte Henriette hinter die glatte Schale des erfolgreichen Geschäftsmannes sehen. Im Grunde besaß er so vieles, wonach andere strebten – ein attraktives Äußeres, ein Unternehmen, das Geld einbrachte, Haus und Grundbesitz. Was er nicht hatte, war eine Familie. Sie wusste, dass sein Vater bei Kriegsende im Feuer von Waldenburg umgekommen war, aber seine Mutter erwähnte er selten.

»Wann ist sie gestorben?«

»Als ich sieben war. Bald nach meiner Einschulung. Sie war auch davor schon monatelang weg, zur Kur. Sie litt an einer schweren Lungenkrankheit, die Ärzte waren machtlos.«

»Das tut mir leid.« Sanft berührte sie seine Hand, die immer noch auf ihrem Knie lag.

»Sie liebte Musik. Und Kunst. Fast alle Gemälde in unserem Haus hat sie aufgehängt, auch die, die meinem Vater nicht gefielen.«

»Teilte er ihren Geschmack nicht?«

»Nein.«

Für eine Weile herrschte Schweigen zwischen ihnen.

Theodor hing seinen Gedanken nach, und Henriette grübelte, ob er deshalb oft so zurückhaltend mit ihr umging, weil er sie für ebenso zart und kränklich hielt wie seine Mutter. Dabei verfügte sie über eine robuste Gesundheit.

Andererseits war nichts falsch daran, wenn er die positiven Eigenschaften seiner Mutter in ihr sah. Denn mit den Damen der besseren Gesellschaft konnte ein einfaches Ladenmädchen wie sie niemals mithalten. Wenn es jedoch zwischen Sophie und ihr irgendwelche Ähnlichkeiten gab, die Theodor schätzte, hatte sie allen anderen Frauen etwas voraus.

Dann sollte es ihr recht sein.

Dichtbelaubte Kastanienbäume säumten die breite Zufahrt zu Theodors Anwesen. Er parkte im Hof, vor den beiden großen Fahrzeughallen, deren Tore jetzt am Wochenende geschlossen waren. In einer Ecke waren Reifen aufgestapelt.

Henriette spähte neugierig aus dem Wagenfenster.

Zu ihrer Enttäuschung sah es wie ein Fuhrbetrieb aus. Auch das Wohnhaus wirkte bei weitem nicht so herrschaftlich und nobel, wie sie sich das vorgestellt hatte.

»Mein Urgroßvater besaß mehrere Pferdefuhrwerke, damit hat alles angefangen.« Theodor half ihr aus dem Mercedes. »Die Kutsche, die er für Hochzeiten benutzt hat, gibt es noch. Damals roch es hier nach Pferdemist, heute stinkt es nach Benzin und Motoröl.«

Er zeigte ihr den ersten Magirus, den sein Vater angeschafft hatte. Aber für Lastwagen interessierte sie sich nur mäßig, und den Hundezwinger, in dem die Werwinkels früher scharfe Schäferhunde gehalten hatten, fand sie gruselig. Zum Glück stand der Zwinger jetzt leer.

»Ich habe sie weggegeben«, sagte Theodor. »Gleich nach dem Tod meines Vaters. Ich mochte seine Kettenhunde nie.«

Das hohe Haus mit den zahlreichen Fenstern und Dachgauben bot ausreichend Platz für eine große Familie. Soweit sie wusste, wohnte außer Theodor darin jedoch nur die betagte Haushälterin, die für ihn kochte und saubermachte.

»Wie hast du es geschafft, dass nach Ende des Krieges keine Flüchtlinge bei dir einquartiert wurden?«

»Beziehungen«, erwiderte er knapp.

Leider schlug er nun den direkten Weg in den Garten ein – offenbar war sein Vorschlag mit dem Picknick im Pavillon ernstgemeint gewesen und er hatte nicht vor, ihr das Innere des Hauses zu zeigen.

Henriette biss sich auf die Lippe. Schade, sie hätte sich gerne drinnen umgesehen. Vielleicht konnte sie Theodor später austricksen, indem sie vorgab, auf die Toilette zu müssen? Nein, das wäre peinlich. Besser sie geduldete sich, bis er sie von sich aus einlud.

»Brauchen wir noch etwas? Gläser, Besteck?«

»Ich habe alles mitgebracht.« Sie breitete Käthes Küchentuch über das schmiedeeiserne Gartentischchen mit den zierlichen, verschnörkelten Füßen.

Der weitläufige Garten war typisch für reiche Leute – keine Beerensträucher, Gemüse- und Kräuterbeete, sondern nur eine ordentlich gestutzte Rasenfläche.

Immerhin rankten neben dem Pavillon Wildrosen hoch. Leider waren sie längst verblüht.

»Meine Mutter hat die Rosen gepflanzt. Dieser Ort war immer ihr Lieblingsplatz.«

»Sitzt du oft hier draußen?«

»Eigentlich nie.«

»Ich würde es tun.« Wieder pochte ihr Herz schneller. »Wenn ich hier wohnen würde, meine ich …«

Leider ging er auf ihr Geplänkel nicht ein.

Manchmal fiel es Henni schwer zu verstehen, was in Theodor vorging. Vielleicht beherrschte sie die Kunst des Flirtens auch nicht gut genug. Im Zubereiten von Kartoffelsalat war sie anscheinend wesentlich besser, den verspeiste er jedenfalls mit Genuss.

Während sie im Schein der untergehenden Abendsonne den Piccolo teilten, versuchte sie, ihm weitere Erinnerungen an seine Mutter zu entlocken.

Er erzählte, dass sie oft Klaviersonaten gespielt hatte und ein Porträt von ihr über seinem Schreibtisch hing.

»Jetzt haben wir aber genug über mich geredet. Wie wär's, wenn du mir etwas von deiner Familie erzählst?«

»Du kennst meine Familie doch schon.«

»Na ja, manches würde ich trotzdem gern noch wissen.«

Sie schaute ihn verständnislos an. Was war an ihrer Familie so interessant? »Was denn?«

»Zum Beispiel, woher deine Schwester das Geld für den Wiederaufbau der Schreinerei hat.«

Henni fühlte einen schmerzhaften Stich. Warum nur kam er ständig darauf zu sprechen? Sie wünschte, Theodor würde weniger Interesse an Mariannes Plänen zeigen – und mehr an ihr. Schmollend versuchte sie, ihn vom Thema abzubringen. Doch er ließ sich nicht ablenken.

»Der Bauunternehmer, mit dem ich neulich ein Bier getrunken habe, hat mir erzählt, was sie an Material bestellt hat. Und die Handwerker, die sie angeheuert hat, arbeiten ja auch nicht umsonst. Angeblich weiß keiner, wo Marianne das Geld herhat. Es gibt sogar Gerüchte, dass sie in zwielichtige Geschäfte verwickelt ist.« Sein Blick wurde bohrend. »Was ist ihr Geheimnis?«

»Es gibt keins.« Als er nicht lockerließ, wiederholte sie die Aussage trotzig. »Marianne hat kein Geheimnis!«

»Woher stammt dann das Geld?« Mit einem Mal wurde seine Miene weicher, und Henni glaubte Sorge darin zu sehen. »Bitte, ich möchte nur sichergehen, dass sie nichts tut, was auch auf dich zurückfallen könnte.«

Gerührt gab Henni nach. »Sie hat das Geld von Karl-Otto. Er hat es ihr gegeben.«

»Von eurem Großvater? Der nie ein Wort sagt?«

Er zog die Augenbrauen zusammen. Henriette fand, es sprach nichts dagegen, Theodor zu verraten, was sie über das Geld wusste. Seine ehrliche Sorge um sie sprach für seine Vertrauenswürdigkeit. Außerdem konnten sie sich dann vielleicht endlich schöneren Themen zuwenden.

»Großvater hat eine Entschädigung bekommen, eine ziemlich hohe Summe. Dafür, dass er im Lager war.«

»Im Lager?«

»Ja.« Sie zuckte die Achseln. »Die Nazis hatten ihn dort zu Unrecht eingesperrt, Genaueres weiß ich nicht. Marianne hat ihm geholfen, den Antrag zu stellen, und daraufhin wurde ihm die Entschädigung bewilligt. Er hat das ganze Geld Marianne überlassen. Für die Schreinerei.«

Ihre Hoffnung erfüllte sich, Theodor stellte keine weiteren Fragen mehr.

Er blickte nur eine Weile nachdenklich zu Boden, während die Dämmerung sich über den Garten senkte. Als er bemerkte, dass Henni fröstelte, rührte er sich.

»Ist dir kalt? Hast du keine Jacke dabei?«

Sie rieb sich über die Oberarme. »Doch, aber die liegt in deinem Mercedes.«

Er reichte ihr sein Jackett, das er über die Lehne des Gartenstuhls gehängt hatte, und sie schlüpfte hinein. Sein Duft hing darin, nach Tabak und Rasierwasser.

»Komm her.« Fürsorglich zog er sie auf den Schoß und schloss die Arme um sie.

Henni fühlte sich schwindelig vor Verliebtheit.

»Schade, dass meine Mutter dich nicht mehr kennenlernen konnte«, flüsterte er ihr ins Ohr. »Ich bin sicher, sie hätte dich sehr gern gehabt.«

Sie schmiegte sich an ihn und lächelte, als sie seine Lippen auf ihrem Haar spürte. »Hauptsache, du hast mich gern.«

Am Ende des Abends durfte sie dann doch noch den ersehnten Blick ins Innere seines Hauses werfen. Bei einem kurzen Rundgang zeigte Theodor ihr die salonartigen Räume im Erdgeschoss und Henni staunte über die zahlreichen Gemälde. Besonders das Landschaftsbild über dem Kamin gefiel ihr. Eine elegant geschwungene Treppe führte ins Obergeschoss. Doch statt die mit Teppich belegten Stufen nach oben zu gehen, wo sein Schlafzimmer lag, zog Theodor es vor, Henni nach Hause zu bringen. Das war zweifellos das, was ein wahrer Gentleman tun sollte, aber ein bisschen enttäuscht war Henni dennoch. Gerne hätte sie seine privatesten Räume gesehen.

KAPITEL 15

»Lottchen?«, rief Marianne die Stiege hinauf. »Kommst du bitte mal und hilfst mir mit dem Puppenhaus?«

Mit fliegenden Zöpfen sprang ihre kleine Schwester herbei. »Wo willst du denn damit hin?«

»Wir bringen es in die Schreinerei.«

Gemeinsam trugen sie das halbfertige Puppenhaus zur Haustür hinaus und hoben es vorsichtig auf den Leiterwagen, über den Marianne ein breites Brett gelegt hatte.

»Ich ziehe, und du gehst hinter dem Wagen und passt auf, dass es nicht herunterrutscht, ja?«

»Baust du es endlich fertig?«, fragte Lottchen neugierig.

Marianne lächelte. »Ja, bald. Versprochen! Aber erst einmal brauche ich es, um die Größe meiner Puppenmöbel abschätzen zu können.« Sie verließ sich darauf, dass ihr Vater die Höhe und Breite des Puppenhauses genau durchdacht hatte, bevor er mit dem Bau begonnen hatte. Sie wollte ihre Puppenmöbel an seine Maße anpassen – vorläufig zumindest.

»Ist das Dach schon repariert?« Lottchen stolperte über eine Wurzel und schlug sich das Knie am Wagen an. »Au!«

»Achte auf den Weg«, mahnte Marianne.

»Tu ich doch!«

Sie schafften es ohne Unfall bis zur Schreinerei, wo emsig gearbeitet wurde.

Mit großen Augen bestaunte Lottchen das Treiben. Marianne beobachtete, wie sie sich an Ludwigs Fersen heftete, weil sie genau wusste, dass er sie niemals wegscheuchen, sondern geduldig alle ihre Fragen beantworten würde. Wie liebevoll Ludwig mit Kindern umging, bewies er ja auch stets bei seinen beiden Neffen.

Marianne blickte in die Höhe. Ein Mann mit freiem Oberkörper balancierte über die Dachbalken. Sein helles Hemd hatte er lässig über einen Nagel geworfen.

Alexandre. Wer sonst!

Sie musterte das dunkle Haar und den sehnigen Rücken. An der rechten Schulter zierte eine Narbe seine Haut. Bei der Form musste Marianne unwillkürlich an eine Schussverletzung denken. Ob er im Krieg verwundet worden war? Oder verbarg sich eine andere Geschichte dahinter?

Sie würde es vermutlich nie erfahren. Alexandre war im Allgemeinen eher wortkarg, wenn es um Persönliches ging – trotz der Freundlichkeit, die er ausstrahlte, und mit der er die meisten Menschen rasch für sich einnahm. Ihre Gespräche drehten sich hauptsächlich um die Arbeit.

»Halloooo!« Lottchen hatte ihn ebenfalls entdeckt. Die Hände zu einem Trichter geformt, rief sie einen Gruß nach oben.

Alexandre winkte ihr kurz zu.

»Lenk ihn nicht ab«, warnte Marianne. »Sonst stürzt er am Ende noch herunter.«

»Der? Nie im Leben.« Ludwig schüttelte den Kopf. »Den hab ich keinen einzigen falschen Tritt machen sehen, seit ich ihn kenne. Du könntest ihm die Augen verbinden, und er würde den Dachstuhl immer noch sicher durchqueren. Wollen wir wetten?«

»Darauf wette ich lieber nicht.«

»Ich weiß. War nur ein Witz.« Er grinste. »Aber verlass dich drauf, der fällt nirgends runter.«

Lottchen zupfte an seinem losen Ärmel. »Wie ist er überhaupt dort hochgekommen? Mit einer Leiter?«

»Komm mit, ich zeig's dir. Aber du bleibst am Boden, klar? Für Kinder sind Dacharbeiten verboten.«

»Och.« Lottchen klang enttäuscht. »Das wusste ich nicht.«

»Jetzt weißt du's.«

Belustigt ließ Marianne die beiden ziehen und machte sich daran, das Puppenhaus ihres Vaters ins Holzlager nebenan zu schaffen. Solange, bis die Schreinerei renoviert war, würde sie sich hier eine freie Ecke einrichten.

Sie brannte darauf, mit der ersten Holzlieferung von Fritz' Vater einzelne Modelle anzufertigen und auszuprobieren, ob ihre Entwürfe, die sie auf Papier gemacht hatte, sich überhaupt umsetzen ließen. Das nötige Werkzeug, um anzufangen, besaß sie inzwischen. Ludwig hatte von irgendwoher eine Hobelbank aufgetrieben, außerdem einen Putzhobel, Handsägen und verschiedene Beitel, dazu Tischlerwinkel und -zirkel, Bohrer und Klüpfel. Sobald Roland für das nötige Licht gesorgt hätte, konnte sie loslegen.

Überrascht stellte sie fest, dass jemand seit ihrem letzten Besuch hier gewesen war. Neben der Hobelbank stand jetzt ein großflächiger Arbeitstisch, daneben ein hohes Regal. Auf dem unteren Regalbrett erkannte sie einen Topf Holzleim.

»Danke«, flüsterte sie gerührt, obwohl Ludwig sie gar nicht hören konnte. Aber außer ihm konnte es niemand gewesen sein.

Marianne hievte das alte Puppenhaus vom Leiterwagen auf den Tisch. Die Blätter, auf denen sie ihre Möbelideen skizziert hatte, legte sie daneben und beschwerte den Papierstapel mit einer Schraubzwinge. So lief sie nicht Gefahr, dass der Wind ihre Ideen versehentlich zur offenen Tür des Lagers hinauswehte.

Sie schob die Schublade der Hobelbank auf und strich mit den Fingerspitzen über die Werkzeuge. Alle waren gebraucht und abgenutzt, aber Marianne wusste, dass das nichts Schlechtes war. Viele Handwerker nutzten ihr Werkzeug von der Lehrzeit bis zum Ende ihres Berufslebens oder vererbten hochwertige Stücke sogar weiter. Sie würde schon damit zurechtkommen. Es juckte sie gewaltig in den Fingern, endlich anzufangen …

In den folgenden Tagen stahl sie sich in jeder freien Minute davon, um an der Werkbank zu stehen. Mehr als einmal geriet sie dabei in Verzweiflung. Ihre Sägeschnitte wurden krumm und ungenau, die Ecken unsauber. Häufig verkantete sich die Säge und steckte fest, es war nicht zum Aushalten!

»Ach, du bist hier.« Roland stapfte herein, eine Zigarette im Mundwinkel.

»Hast du mich schimpfen gehört?«

»Allerdings.«

Sie machte scheuchende Handbewegungen in seine Richtung. »Hier drinnen wird nicht geraucht, das weißt du!«

Er stieß eine Rauchwolke aus und verzog sich murrend, um die Kippe draußen zu Ende zu rauchen. Marianne schenkte seinem Protest kein Gehör. Im noch fast leeren Holzlager würde ein glühender Tabakfunke zwar kaum Schaden anrichten, aber sie achtete bereits jetzt darauf, dass ihre Regeln strikt eingehalten wurden. Später konnte jeder Brand, verursacht durch Unachtsamkeit, verheerend sein.

Als Roland zurückkam, kämpfte sie mit der Handsäge. »Wieso verklemmt das dumme Ding sich dauernd?«

»Na ja, irgendwas wirst du wohl falsch machen.« Er musterte sie aus zusammengekniffenen Augen. »Und wahrscheinlich fehlt dir die Kraft. Hat schon seine Gründe, warum normalerweise keine jungen Weiber diese Arbeit machen.«

So eine Bemerkung fehlte ihr gerade noch. »Willst du sagen, ich bin dafür nicht geeignet?«

»Solange du mich bezahlst, will ich gar nichts sagen.«

Das war dann wohl ein Ja. Resigniert zerrte Marianne am Griff, aber die Zähnchen der Säge hatten sich eisern ins Holz verbissen und wenn sie noch fester zog, würde das Sägeblatt kaputtgehen.

Während Roland Kabel verlegte, damit sie nicht länger auf Tageslicht angewiesen waren, suchte Marianne nach Ludwig.

Es frustrierte sie, ihn so oft um Rat und Hilfe bitten zu müssen, aber ihr Großvater hatte bislang auf den Vorschlag, sie tagsüber zu begleiten, keine Reaktion gezeigt. Die vielen fremden Menschen, die sich hier tummelten, schienen ihn abzuschrecken. Sie hoffte, dass es ihr gelang, ihn zu überreden, sobald die Dacharbeiten abgeschlossen und die neuen Räume in der Schreinerei bezugsfertig waren.

Ludwig besänftigte ihre Ungeduld. »Du brauchst einfach nur mehr Übung, das ist alles«, erklärte er und zeigte ihr, wie sie die Säge lösen konnte. »Das geht am Anfang jedem Lehrling so, dass vieles misslingt. Der Kopf weiß zwar schon, worauf er achten muss, aber die ausführende Hand besitzt noch kein Gefühl dafür. Das kommt erst mit der Zeit.«

Seufzend setzte Marianne die Säge erneut an. Hoffentlich konnte sie die Kerbe, die entstanden war, begradigen und am Ende entstand doch noch das Schränkchen, das sie in Gedanken vor sich sah.

»Wenn nicht … habe ich wenigstens geübt.«

»Das ist die richtige Einstellung.« Ludwig ließ sie wieder alleine weiterarbeiten.

Wenig später tauchte Lottchen auf, die mit den Schulaufgaben fertig war und die Gelegenheit genutzt hatte, der Mutter zu entwischen. Das verriet ihre schuldbewusste Miene.

»Drückst du dich etwa vor der Hausarbeit?«

»Die Wäsche läuft nicht weg.« Entrüstet baute sie sich vor Marianne auf. »Das kann ich auch später noch erledigen.«

»Na gut, dann bleib eine Weile hier.« Marianne verzichtete darauf, sie zurechtzuweisen oder wegzuschicken. Sie selbst hätte sich als Kind von ihrem Vater auch gewünscht, dass er ihr Interesse ernster genommen hätte. Wobei Lottchen sich nicht wirklich für Holzarbeiten begeisterte, sondern mehr für die allgemeinen Veränderungen in der Schreinerei – oder für die amerikanische Schokolade, die Georg gelegentlich in der Tasche hatte und großzügig verteilte.

»Was ist das?« Sie griff nach einem Stechbeitel.

Marianne erklärte ihr dessen Funktion. »Den braucht man, um Ecken auszustemmen. Schau, so.«

»Darf ich dir damit helfen?«

»Nimm lieber die.« Sie drückte Lottchen eine Feile in die Hand und bat sie, die Kanten der zuletzt ausgesägten Teile behutsam zu glätten.

Aber allzu viel Geduld bewies ihre kleine Schwester nicht. Als ihr ein Spreißel im Daumen steckte, verkündete sie, dass sie die Feilerei eh doof fand. »Noch viel doofer als Mutters Wäsche!«

Roland feixte, als sie schimpfend an ihm vorbei hinausstürmte. »Die Kleine gehört eindeutig zur Familie.«

Bald merkte Marianne, dass sie mit der Zeit und mehr Übung tatsächlich Fortschritte machte. Sie hatte das missratene Schränkchen vorerst beiseitegelegt und sich zunächst auf schlichtere Entwürfe mit geraden Kanten konzentriert.

Die gelangen ihr zunehmend besser. Im Regal standen mittlerweile zwei schöne Einzelbetten sowie ein Etagenbett für zwei Puppenstubenkinder.

Roland hatte ihr eine Lampe angeschlossen, die neben der Hobelbank stand und die es ihr erlaubte, auch nach Einbruch der Dämmerung an neuen Modellen zu werkeln.

Heute schliff sie gerade das geschwungene Kopfteil für ein weiteres Bett zurecht, als sie Schritte vernahm.

»Arbeitest du jetzt auch nachts?« Sie erkannte Alexandres Stimme.

»Nein, ich … Ist es etwa schon so spät?«

Sie hörte ihn leise lachen, als er näherkam. »Alle anderen sind jedenfalls längst weg. Willst du mit uns essen? Es gibt Bigos.«

Sie schnupperte. Er brachte einen würzigen Duft mit, und so wie sie Tomasz und Szymon kannte, würde der Krauteintopf sicher schmecken. »Klingt verlockend.«

»Ich wollte dich aber nicht stören. Falls du lieber in Ruhe weiterarbeiten willst …?«

»Nein, ich habe nur die Zeit völlig vergessen. Passiert mir oft, wenn ich konzentriert bin.« Sie richtete sich auf, um die verspannten Muskeln zu entlasten. Ihr Rücken schmerzte. Beim Dehnen und Strecken spürte sie deutlich, dass sie zu lange vornübergebeugt an der Werkbank gestanden hatte.

»Darf ich mal sehen?«, fragte Alexandre.

Marianne zögerte. »Sicher, warum nicht?«, meinte sie dann und reichte ihm das Werkstück.

»Wird das ein Himmelbett?« Interessiert betrachtete er das flache Holzteil von allen Seiten. »Die Form gefällt mir.«

»Es ist ein erster Versuch.«

»Ja, aber man erkennt, was es werden soll.«

»Immerhin.« Sie strich sich seufzend eine Strähne aus der

Stirn. »Ich würde auch gern noch eine Wiege anfertigen oder ein Kinderbettchen mit Stäben, aber das ist so kompliziert. Es gibt so vieles, was ich noch lernen muss …«

»Na und?« Er lächelte. »Kein Grund, dass du dich entmutigen lässt. Ich finde es beeindruckend, was du hier versuchst, auf die Beine zu stellen.«

Marianne errötete. »Danke.«

Sie hatte nicht damit gerechnet, dass er ihre Bemühungen wertschätzte. Zu oft hatte sie skeptische Blicke oder lautstark geäußerte Zweifel geerntet, wenn es um ihre Zukunftspläne ging. Wenn sie zum Beispiel an Fritz' Vater dachte oder an Theodor Werwinkel, die trauten ihr beide überhaupt nichts zu. Auch ihre Mutter nörgelte in letzter Zeit wieder häufiger an ihr herum. Wahrscheinlich, weil sie so selten zu Hause war und dort weniger mithalf.

»Du hältst mich also nicht für vermessen?«

»Ganz und gar nicht.«

Er verglich den geschwungenen Rand des Holzteils mit ihrer Skizze auf dem Tisch. »Du verfügst über eine erstaunliche Vorstellungskraft. Warum solltest du deine Gabe nicht nutzen, um Spielsachen herzustellen?«

»Vielleicht, weil meine handwerklichen Fähigkeiten da leider nicht mithalten können? Ludwig hat mir beispielsweise diese Rahmeneckverbindung erklärt, aber ich scheitere jedes Mal daran.« Sie deutete auf das aufgeschlagene Lehrbuch neben sich.

»Du musst bedenken, dass deine Puppenmöbel viel kleiner sind als das, was Tischler im Allgemeinen herstellen.«

»Na ja, aber was im Großen funktioniert, müsste doch auch im Kleinen klappen?«

»Sicher, es ist nur bedeutend schwieriger.« Er reichte ihr das Teil des Himmelbetts zurück. »Bei normalen Möbeln kannst du einen Fehler leichter ausbessern, ohne dass man es hinterher bemerkt. Wenn du bei den Puppenmöbeln etwas falsch zusägst oder abschleifst, kannst du das Teil verbrennen und von vorn anfangen.«

»Stimmt! Frag mich jetzt bitte nicht, wie oft mir das schon passiert ist …«

»Ich kann's mir denken.« Zu ihrer Erleichterung klang er kein bisschen herablassend. Eher so, als könne er ihr Scheitern nachempfinden.

Sie räumte das Werkzeug weg und fegte Späne und Holzstaub zusammen, ehe sie Alexandre nach draußen folgte.

Tomasz rührte im Topf über der Feuerstelle. Sein Bruder goss währenddessen Wasser in ein seltsames Metallgefäß. Mit Stolz präsentierte er es Marianne.

»Was macht man damit? Tee kochen?« So etwas hatte sie noch nie gesehen.

»Das ist ein Samowar«, erklärte Alexandre. »Szymon hat ihn einem der Wanderarbeiter abgeschwatzt.«

Später, nach dem Essen bemerkte sie, dass er gleichermaßen geschickt wie Szymon mit dem Gerät hantierte. Die Bedienung eines Samowars schien ihm nicht fremd zu sein. Ob an dem Gerücht, er wäre ein russischer Spion gewesen, doch etwas Wahres dran war?

»Möchtest du Tee?«, fragte er und hielt ihr einen Becher hin, aus dem Dampf aufstieg.

Sie nickte. »Ja, gern. Danke.«

Aber danach würde sie schleunigst aufbrechen müssen. Auf eine weitere Standpauke ihrer Mutter, dass es sich nicht ziemte, abends so lange wegzubleiben, hatte sie keine Lust. Solche und ähnliche Vorhaltungen hatte sie sich in der letzten Zeit zur Genüge angehört.

Alexandre legte den Kopf in den Nacken. Der Feuerschein warf zuckende Schatten auf sein Gesicht.

»Worüber denkst du nach?«, fragte sie.

»Mir ist da vorhin eine Idee gekommen …«

Seltsam, er wirkte nicht so, als würde er unbedingt darüber reden wollen. »Ja?«, bohrte sie nach.

»Hast du schon einmal darüber nachgedacht, deine Puppenmöbel zu bemalen?«

»Nein«, erwiderte Marianne überrascht. Sie stellte den heißen Teebecher ab. »Aber jetzt, wo du es sagst …«

»Als ich vorhin die Formen deiner Entwürfe gesehen habe, dachte ich, mit etwas Farbe ließen sich ihre Besonderheiten noch besser hervorheben. Den Schwung des Kopfteils vom Himmelbett könntest du beispielsweise mit einem Muster verzieren. Oder mit einer Rosette oder Blüte betonen. Möglich wären auch ein stilisiertes M oder W, die Initialen deines Namens.«

Die Idee gefiel ihr sofort. »Es geht also nicht darum, die Möbel komplett farbig zu machen?«

»Nein, sie sollen ja nicht wie bunte Bauklötze aussehen. Es gilt, Akzente zu setzen, das Auge des Betrachters zu lenken. Verstehst du, was ich meine?«

»Ich glaube schon.«

Während Alexandre redete, rief Marianne sich ihre Skizzen in Erinnerung. Was er vorschlug, fachte ihre Fantasie an, aber sie befürchtete, seine Ideen noch weniger umsetzen zu können als ihre eigenen Vorstellungen. »Ich bezweifle nur, dass ich das hinkriege.«

Wieder zögerte er sichtlich. Als würde es ihn Überwindung kosten, weiterzusprechen.

»Du könntest es mich versuchen lassen.«

Sie starrte ihn an. »Du willst …?«

»Haha«, rief Szymon vergnügt. »Die Katze ist aus der Kiste!«

»Aus dem Sack heißt das«, korrigierte Tomasz.

Marianne ließ Alexandre nicht aus den Augen. »Heißt das, du kannst malen?«

»Na ja, erst einmal müsste ich Farben auftreiben und …«

»Kein Problem, ich beschaffe dir welche«, rief Szymon. »Wir können alles besorgen, was du brauchst. Stimmt's?«

Tomasz nickte.

Marianne konnte Alexandres leicht gequälten Gesichtsausdruck schlecht deuten. Bereute er sein Angebot schon?

»Es hat keine Eile«, beschwichtigte sie. »Vorläufig stehen im Regal der Schreinerei ja nur ein paar Puppenbetten. Bis ich einen Schrank oder weitere Möbel fertig habe, dauert es noch.« Sie trank ihren Tee aus. »Aber es wäre toll, wenn du mir dann zeigst, wie du sie bemalen würdest.«

»Einverstanden.«

Als sie sich erhob und bei den Brüdern für das Essen und den Tee bedankte, stand Alexandre ebenfalls auf, um sie bis zur Haustür zu begleiten. Obwohl Marianne den kurzen Waldweg im Dunkeln nicht fürchtete, fand sie das nett.

Alexandre mochte Geheimnisse haben, aber sie schätzte seine freundliche Art und seine Gesellschaft mehr, als er ahnte.

Vielleicht sogar mehr, als ihr lieb war.

»Gute Nacht«, wandte sie sich ihm zu, als sie den Lindenhof erreichten.

»Schlaf gut, Marianne«, erwiderte er und verschwand nahezu lautlos zwischen den Bäumen.

KAPITEL 16

Alexandre drehte das kleine Himmelbett vorsichtig in den Händen. Im Schein der Lampe, die Roland in Mariannes Werkstatt installiert hatte, trat jede Unebenheit deutlich hervor. Eine der Kanten war etwas zu weit abgeschliffen, an einer anderen Stelle klaffte eine Kerbe, wahrscheinlich das Überbleibsel eines Sägefehlers.

Dennoch war es ein solides Werk, und je mehr Alexandres Finger über die Unebenheiten des Puppenbettchens strichen, desto mehr fand er, sie gaben dem kleinen Möbelstück einen ganz eigenen Charme. Es hatte Fehler, aber diese waren mit Sorgfalt so gut wie möglich ausgebessert worden. Man merkte dem Stück das Herzblut an, das hineingeflossen war.

Die Pinsel und Farbtuben, die Tomasz und Szymon ihm besorgt hatten, lagen zwischen ein paar flockigen Holzspänen auf der Werkbank. Marianne hatte sich vorhin endlich von ihrer Arbeit gelöst und war hinüber zum Hof gegangen, so dass Alexandre es nun wagen konnte, seinen eigenen Versuch zu starten, ohne dass ihn jemand dabei beobachtete.

Aber was, wenn er selbst diesem unschuldigen Puppenbett eine düstere Note gab? Er könnte es sich nie verzeihen, Mariannes Werk auf diese Weise zu ruinieren.

Andererseits hatte er ihr versprochen, es zu versuchen. Er konnte nun auch nicht Nichts vorweisen.

Vorsichtig stellte er das Himmelbett ab und griff nach dem dunklen Grün. Er würde klein anfangen. Ein Blättermuster an den Bettpfosten. Ein Blatt nach dem anderen. Dabei konnte er nichts falsch machen, oder?

Er drückte ein wenig Farbe auf ein Stück Verschnitt von einem Brett, mischte es mit weißer Farbe heller und tunkte den Pinsel hinein. Das Puppenbett war so zierlich, er würde mit vorsichtigen Tupfern arbeiten müssen. Ein tropfenförmiger grüner Klecks, und schon war die Basis für ein Blatt gelegt. Zart und herzförmig, wie die Blätter der schönen alten Linde vor Mariannes Elternhaus. Alexandre suchte einen noch feineren Pinsel aus und tunkte ihn in Gelb. Mit hauchdünnen Strichen malte er die Adern auf das Blatt, setzte Schatten und Lichtpunkte.

Erst nach einem Moment merkte er, dass er die Luft angehalten hatte. Er atmete tief aus, betrachtete sein Werk. Ein Blatt. Einfach nur ein Blatt. Es hatte nicht plötzlich Dornen bekommen, es versteckten sich keine Leichen darunter.

Vor seinem inneren Auge entstand ein Bild. Er dachte daran, was Marianne wohl mögen würde. Nichts zu Kitschiges, eher etwas Schlichtes, Natürliches, wie die Rebstöcke, an denen sie gemeinsam Weintrauben geerntet hatten.

Er lächelte, als er an diesen Tag zurückdachte. Sie hatten nicht viel geredet, aber er hatte ihre stille Gegenwart genossen, den spielerischen Wettstreit, wer schneller war.

Bevor er sich bewusst wurde, was er tat, hatte er mit dem feinsten Pinsel bereits eine andere Form skizziert. Ranken, die sich um die Bettpfosten wanden.

Er mischte mehrere Farbnuancen an, verschiedene Schattierungen von Grün, um das Spiel der Sonnenstrahlen auf den Blättern an diesem Tag einzufangen. Beinahe glaubte er, das frische Gras wieder riechen zu können, den süßen Duft der gerade erst geernteten Trauben.

Als er schließlich erneut tief einatmete und das Himmelbett wieder vor sich abstellte, hatte er keine Ahnung, wie viel Zeit inzwischen vergangen war. Er hatte einfach nur gemalt, still und selbstvergessen.

Das grelle Licht der Lampe brachte alle Fehler zutage, die er gemacht hatte. Hier sah man den Strich des Pinsels etwas zu deutlich, dort war ein Schatten ein wenig zu tief. Aber was er sah, erinnerte ihn an einen Spätsommertag in den Weinbergen. Da war keine verborgene Düsternis, kein Krieg, kein Tod.

Noch einmal atmete Alexandre tief ein und wieder aus. Er hatte es geschafft. Es war keine große Kunst, aber er hatte etwas gemalt, das nicht an die Schrecken erinnerte, die er im Verlauf des Krieges durchlitten hatte.

Nun fühlte er sich ausgelaugt, als hätte das Malen der Ranken ihn viel mehr Kraft gekostet, als es das eigentlich sollte.

Doch gleichzeitig empfand er auch eine Ruhe, wie er sie lange nicht mehr empfunden hatte. Vielleicht konnte er in dieser Nacht schlafen, ohne dass ihn die Schreie der Verfolgten und Sterbenden im Traum heimsuchten.

Am nächsten Tag überraschte er Marianne dabei, wie sie das Himmelbett beinahe ehrfurchtsvoll in ihren Händen hielt.

»Das ist wunderschön!«

Sie drehte es hin und her, strahlte auf eine Art, die Alexandres Herz erwärmte. »Dieses Zusammenspiel aus den Blättern und dem natürlichen Holz darunter … Es ist noch besser geworden, als ich es mir vorgestellt habe.«

Die Worte waren eine Wohltat. Es war schon so lange her, dass jemand Alexandres Kunst gelobt hatte, dass er sich kaum mehr daran erinnerte. Auch wenn ein paar gepinselte Blätter natürlich kaum als Kunst bezeichnet werden konnten. Doch dieses Lob, insbesondere weil es von Marianne kam, erfreute ihn sehr.

»Ich wollte dir außerdem noch ein paar Ideen zeigen.« Er legte ihr den Skizzenblock vor, auf den er mit Bleistift kleine Bilder gezeichnet hatte. Es waren vor allem Tiermotive oder Details aus der Natur: Ein Schwarm Vögel am Himmel, ein Schmetterling, perlende Wassertropfen, verschiedene Blüten.

»Wenn dir ein Motiv gefällt, übertrage ich es gern auf eines deiner Möbelstücke.«

Ihre Augen leuchteten, während sie die Miniaturen betrachtete. »Sie gefallen mir alle sehr gut.«

Sie tippte auf die Korn- und Mohnblumen. »In Farbe auf den Türen eines Schränkchens kommen sie bestimmt toll zur Geltung. Oder auf einem Küchenbuffet. Da würden sie ebenfalls als Verzierung passen.«

Er nickte.

»Dieses Buchstabenmotiv mit M und W mag ich auch«, sagte sie und deutete auf den allerletzten Entwurf in der Reihe. »Als Möbelschmuck kann ich es mir nicht vorstellen, aber als Erkennungszeichen für den Betrieb. Könnte man das vielleicht auf den Boden der Puppenmöbel eingravieren?«

»Denkst du an Brandmalerei?« Er zögerte. »Vorstellen kann ich es mir. Erfahrung habe ich allerdings keine damit.«

Marianne störte sich nicht daran. »Falls das zu viel Aufwand verursacht, könnte ich es später auch auf die Verpackungen drucken lassen.«

»Wenn du deine Möbel in Schachteln verschickst?« Er lachte. »Du denkst weit voraus.«

»Manchmal zu weit, fürchte ich.« Sie rieb sich die Stirn. »Zwischendurch überfallen mich immer wieder Zweifel, ob ich mir nicht zu viel vorgenommen habe. Alles geht so unendlich langsam voran und kostet so viel Geld.«

»Erfolg verlangt Geduld«, meinte er. »Und einen Plan. Beides hast du. Selbstvertrauen kannst du dir leider nicht kaufen, das entwickelt sich mit der Zeit.«

»Glaubst du?«

»Glaube ich«, bestätigte er.

Obwohl er nun wahrlich kein Experte war, was das betraf. Sein eigenes Leben bewies eher das Gegenteil – viel zu oft war er in Selbstzweifel versunken oder hatte mit sich gehadert. Aber hier ging es nicht um ihn und seine künstlerischen Träume, sondern um Marianne.

Alexandre wünschte sich, dass sie an sich glaubte.

»Je klarer du dein Ziel vor dir siehst, umso eher wirst du es erreichen. Die Idee mit der Verpackung ist gut.« Ihm fiel ein, was er im Frühjahr, als er in Nürnberg gewesen war, gesehen hatte. »Vielleicht hast du schon von der großen Spielzeugmesse gehört, die jedes Jahr stattfindet? Überall in Nürnberg werden dann Plakate aufgehängt. Die Stadt ist voller Menschen, und es gibt viele Zeitungsberichte über die Aussteller.«

Marianne horchte auf. »Eine Spielzeugmesse?«

»Ja.« Er durchforstete sein Gedächtnis, was ihm noch in Erinnerung geblieben war. »Dort präsentieren Hersteller ihre Neuheiten an Modelleisenbahnen, Steckbaukästen …«

»Puppen auch?«

»Ach, alles an Spielsachen, was du dir denken kannst. Diese Messe ist ein wichtiges Ereignis für die Branche.«

Auf Mariannes Gesicht spiegelten sich ihre widerstreitenden Gefühle, eine Mischung aus träumerischer Verzagtheit und Entschlossenheit. »Dann muss ich da wohl irgendwann hin.«

Einen Atemzug später schmiedete sie bereits Pläne.

»Bis dahin baue ich das Puppenhaus fertig, dann kann ich alle Zimmer mit meinen Möbeln einrichten. Vielleicht könntest du Tapeten an die Wände malen, das würde es aufwerten. Oder kannst du mir beibringen, so zu malen wie du?«

Ihre Stimme klang von Minute zu Minute begeisterter. Sie umrundete die Werkbank und verströmte eine Energie, die ihn mitriss.

Noch nie hatte er jemanden getroffen, der so wissbegierig war, der so viel lernen wollte. Er bewunderte Marianne dafür. Für sie schien es keine Grenzen zu geben. Wenn sie sich etwas vornahm, dann arbeitete sie so lange daran, bis es Realität wurde. Kleine Schritte, große Ziele. Aufgeben schien für sie nie in Frage zu kommen.

»Ich weiß noch nicht, wie lange ich hierbleiben werde«, sagte er.

Puppenmöbel anzumalen mochte eine angenehme Beschäftigung sein, aber früher oder später wollte er doch den Weg zurück zur richtigen Kunst finden. Irgendwann konnte er seine Bilder vielleicht in Paris auf der Straße verkaufen, so als hätte es nie einen Krieg gegeben.

»Aber ich kann dir, bevor ich weiterziehe, auf jeden Fall zeigen, wie man es macht«, bot er ihr an.

Im Winter eine sichere Unterkunft und ein Dach über dem Kopf zu haben, war nicht zu verachten. Mit Tomasz und Szymon verstand er sich gut, es sprach nichts dagegen, für eine Weile im Hohenlohischen zu bleiben.

Marianne lächelte ihn an. »Danke. Dann lass uns ab jetzt öfter zusammenarbeiten, ja? Komm doch einfach in die Werkstatt, wenn ich hier bin und du ein bisschen Zeit hast.«

Alexandre nickte. »Sehr gerne.«

Nun, bis er in Paris würde malen können, gab es noch viel zu tun. So bald würde er hier jedenfalls nicht weggehen.

Trotzdem fühlte er sich innerlich zerrissen – den einen Teil von ihm zog es in die Ferne, der andere Teil wollte bleiben.

Aber diese widerstreitenden Gefühle waren ihm nicht unvertraut.

KAPITEL 17

Bald wurde es zur Gewohnheit, dass Alexandre am Nachmittag auftauchte und sich zu Marianne an die Werkbank gesellte.

Hatte er sie anfangs noch häufig gefragt, ob er auch gewiss nicht störte, so grüßte er mittlerweile nur noch mit einem Nicken – so, als sei seine Anwesenheit selbstverständlich.

Marianne schätzte es sehr, wenn er da war.

Die Atmosphäre war dann eine andere. Konzentrierter, behaglicher. Und das auch an Tagen, an denen Alexandre schweigsam wirkte, seine Miene düster war, als plagten ihn Erinnerungen, über die er nicht sprechen wollte. Sogar dann fand sie seine Anwesenheit angenehm und motivierend. Ein Ansporn, gemeinsam etwas Neues, Positives zu schaffen, selbst dann, wenn etwas schiefging und gar nicht klappen wollte.

An manchen Tagen malte oder zeichnete er nicht. Dann ließ er die Farbtuben und die Palette unangetastet, den Skizzenblock zugeschlagen. Dennoch blieb er, und es schien, als fände er irgendeine Art von Frieden in der Schreinerei. Als tröstete es ihn, einfach neben ihr zu sitzen, dem monotonen Kratzen der Säge oder dem leisen Schaben des Hobels in ihrer Hand zu lauschen, in einem gemeinsamen Rhythmus zu atmen.

Marianne hätte ihm seine Geheimnisse gern entlockt, wagte aber nicht zu fragen, was ihn belastete. Noch kannten sie einander erst wenige Wochen, vielleicht fasste er irgendwann genug Vertrauen, um ihr seine Geschichte zu erzählen. Falls nicht, würde sie ihn nicht drängen.

Alexandre hielt sich ihr gegenüber mit persönlichen Fragen ebenso zurück. Vielleicht ahnte oder spürte er, dass sie mit ihrer Vergangenheit auch nicht im Reinen war. Ihre Gespräche drehten sich größtenteils um die gemeinsame Arbeit, um Ideen für neue Möbel – eine Standuhr, ein Sofa, eine Ofenbank – oder spezielle Kollektionen wie eine Bauernstube.

Vielleicht brauchte Alexandre hin und wieder auch einfach nur etwas Abstand zu Tomasz und Szymon. Im Schuppen hausten die drei ziemlich beengt und jetzt, da es draußen allmählich frostig wurde, konnten sie sich weniger lange im Freien aufhalten.

Die Tür ging auf. Marianne hob den Kopf.

»Hallo.«

Heute war Alexandres Stimmung heiter. Sie erkannte es am Lächeln und dem Klang seiner Stimme. Statt stummer Distanz strahlte er Wärme und Herzlichkeit aus.

»Ich brauche dringend deine Hilfe«, sagte er.

Überrascht erkannte sie Lottchens Poesiealbum in seiner Hand. Es war kein gekauftes Büchlein mit festem Einband, sondern es bestand aus einigen Seiten Papier, die ihre Mutter sorgsam mit einem Faden zusammengeheftet und in ein buntes Stück Stoff eingeschlagen hatte.

»Wo hast du denn das gefunden?«

»Nirgends. Sie hat es mir gegeben.«

»Lottchen?« Jetzt begriff Marianne. »Sollst du etwa einen Vers für sie hineinschreiben?«

»Ja, aber mir will nichts einfallen.« Er blätterte lächelnd durch die Seiten. »Mit Poesie für Kinder bin ich nicht sehr vertraut. Der einzige Spruch, den ich kenne, steht außerdem schon drin.«

»Welcher denn?«

»Rosen, Tulpen, Nelken,
alle Blumen welken,
nur die eine nicht,
und sie heißt Vergissmeinnicht.«

Sie lachte. »Das habe ich geschrieben!«

»Ja, das ist ein netter Vers. Ganz im Gegensatz zu diesem hier.« Er blätterte zu einer üppig mit Glanzbildchen beklebten Seite vor und deklamierte:

»Blüh wie das Veilchen im Moose,
sittsam, bescheiden und rein,
und nicht wie die stolze Rose,
die immer bewundert will sein.«

»Puh, ja.« Marianne verzog das Gesicht. »Meistens sind es ausgerechnet die Mädchen, die sich ungeheuer viel auf ihr Aussehen einbilden, die sowas anderen ins Poesiealbum schreiben.«

Alexandre klappte das Büchlein zu und sah sie fragend an. »Ich hatte gehofft, dir fällt etwas für mich ein.«

»Warum zeichnest du nicht einfach was?«

»Das geht auch?«

»Lottchen freut sich bestimmt darüber. Du kannst dein Bild ja mit einem netten Gruß oder einem Wunsch für ihre Zukunft versehen, dann passt es auf jeden Fall.«

Er nickte. »So werde ich es machen.«

Behutsam schliff sie weiter an der Oberfläche der kleinen Kommode, die ihr gut gelungen war. Zum ersten Mal hatte sie es geschafft, Schubladen anzufertigen. Sie waren gleichmäßig und aus matt schimmerndem Buchenholz hergestellt.

»Du wirst immer besser.«

Alexandres Worte erhöhten ihren Puls. Sein kritischer Blick hatte ihr schon oft geholfen, neue Möglichkeiten abzuwägen oder Lösungen zu finden, wenn ein Modell missraten war. Lob hatte sie noch nicht häufig geerntet. Aber dafür konnte sie sich dann sicher sein, dass es ehrlich gemeint war.

Marianne gefiel, dass er sie ernst nahm. Das tat außer ihm nur Ludwig – und vielleicht ihr Großvater. Aber der saß zu ihrem Bedauern lieber daheim am warmen Kamin, statt bei ihr in der Schreinerei. Für seine schwache Lunge war das sicher besser, in diesem Jahr hatte er bislang kaum gehustet, trotzdem fehlte ihr seine Nähe.

»Ich überlege gerade, ob ich Knäufe dafür schnitzen soll. Was meinst du?«

»Knäufe?« Alexandre nahm eine der glatten Schubladen in die Hand. Zwischen seinen Männerfingern verschwand das winzige Teil fast. »Um sie wie zu befestigen?«

Sie zuckte die Achseln. »Ich probiere aus, ob sie mit Holzleim halten.«

»Das dürfte vor allem davon abhängen, wie oft die Schubladen später benutzt werden.« Sinnierend strich er über das Holz. »Ich meine, das ist die grundsätzliche Frage bei allem, was du herstellen willst. Wenn du davon ausgehst, dass die Kinder mit den Möbeln spielen, sollten sie vor allem robust sein und gut zu benutzen. Angeklebte Knäufe, die leicht abfallen und verlorengehen, sind dafür ungeeignet.«

»Aber Kommoden mit Schubladen, die man gar nicht öffnen kann, sind noch langweiliger«, wandte sie ein. »Damit kann man gar nicht spielen.«

»Stimmt.« Er reichte ihr die Schublade zurück. »Wenn du also keine Puppenmöbel herstellen willst, die sich die Leute nur in eine Vitrine stellen, sondern welche, die tatsächlich zum Spielen taugen …«

»Muss ich mir was einfallen lassen«, vollendete sie den Satz. Vielleicht konnte sie Ziernägel verwenden? Oder die geschnitzten Knäufe aufstecken? Wenn sie so eine Art Minidübel dafür hätte …

Wie immer, wenn sie mit Alexandre sprach, flogen ihr die Ideen nur so zu. Niemand sonst inspirierte sie auf diese Weise. Manchmal war es nur eine scheinbar harmlose Frage, so wie heute, die sie dazu bewog, weiterzudenken.

»Ich habe übrigens meine Mutter um ein paar Stoffreste gebeten.« Sie deutete mit dem Kinn zu dem Korb hinüber, den sie mit einem Tuch abgedeckt hatte, damit sein Inhalt nicht schmutzig wurde. »Wir haben doch neulich über Tapeten für das Puppenhaus gesprochen. Ich dachte, vielleicht stimmen wir die Muster ab, damit die Puppenbettwäsche zur Tapete passt. Dem Himmelbett fehlt ja auch noch der Himmel.«

»Also … nähen kann ich nicht.«

Sie lachte. »Sollst du auch nicht! Lottchen hat ihre Hilfe bereits angeboten.« Sie beugte sich wieder über die kleine Kommode. »Ich bin gespannt, was dabei rauskommt. Bisher hat sie sich eher wenig für Handarbeiten begeistert …«

An einem Freitag im November traf Marianne sich mit Ruth in Hall. Der Tag war neblig trüb, die Luft feucht. Sie hatte einen Abstecher in Käthes Laden gemacht, um mehrere Rollen Nähgarn abzuholen, die ihre Mutter bestellt hatte, aber da gerade viel Kundschaft anwesend war, hatte sie nur wenige Worte mit ihrer Tante und Henni gewechselt.

Jetzt beschleunigte sie ihre Schritte, um nicht zu spät zu ihrer Verabredung zu kommen. Feiner Nieselregen setzte ein. Marianne schalt sich für die Gedankenlosigkeit, keinen Schirm mitgenommen zu haben.

Das Fachwerkhaus, in dem Ruth wohnte, lag am Rand der Altstadt, neben einer Bäckerei. Gerade trat die Freundin aus der Ladentür, bepackt mit zwei großen Papiertüten voller Backwaren.

Marianne eilte ihr entgegen, um ihr eine davon abzunehmen. Den Pappkarton, den sie selbst trug, klemmte sie kurzerhand unter den anderen Arm. »Was hast du denn damit vor?«

Ruth zog ihren Schlüssel aus der Manteltasche. »Ich bekomme immer die übrig gebliebenen Brötchen vom Vortag. Für die Kinder, um die ich mich kümmere.« Sie schob den Schlüssel ins Schloss und stemmte sich mit dem Rücken gegen die Tür. »Ohne die Spenden wüsste ich manchmal nicht, wie wir alle sattkriegen sollten … So, komm rein!«

Eine ausgetretene Treppe führte zu ihrer Wohnung im ersten Stock. Die beiden Zimmer waren klein, aber recht gemütlich eingerichtet. Auf dem Sekretär am Fenster stapelten sich neben Büchern und Zeitungen etliche Papiere – Anträge, Formulare, Briefe.

»Willkommen in meiner Welt«, sagte Ruth ironisch und stellte ihre Bäckertüte einfach obendrauf. »Egal, was ich anstelle, der Papierkram wird niemals weniger. Aber ich beschäftige mich auch viel lieber mit den Menschen selbst, um die es da geht.«

Ja, das konnte Marianne gut verstehen.

»Kaffee?«

Sie nickte. »Gern, wenn du welchen hast.«

»Kaffee ist der einzige Luxus, auf den ich nicht verzichten möchte«, sagte Ruth. Sie griff nach einer Metalldose auf dem Küchenbord. Kaffeebohnen klackerten darin. Nachdem sie diese gemahlen hatte, sog sie den aromatischen Duft ein. »Mmh, es gibt nichts Vergleichbares auf der Welt.«

»Doch«, widersprach Marianne.

»Was? Schokolade?«

»Nein. Den Geruch von Holz.«

Ruth lachte. »Hätte ich mir denken können, dass du das sagst.« Sie füllte Wasser in den Kessel und entzündete eine kleine Gasflamme am Herd. »Magst du ein Stück Hefezopf zum Kaffee?«

»Wie könnte ich dazu nein sagen?«

Marianne setzte sich an den runden Tisch, an dem Ruth wohl sonst allein ihre Mahlzeiten einnahm, und wartete, bis die Freundin den Kaffee servierte. Sie goss ihn in einer weißen Porzellankanne mit stilvollem Rosenmuster auf. Ein Goldrand zierte die Tassen. Marianne erinnerte sich, dass sie als Kind einmal einen Teller der Apothekerfamilie zerbrochen hatte, weil sie beim Spielen mit Ruth gegen die Anrichte gestoßen war. Das Service damals hatte ähnlich ausgesehen.

»Besitzt du noch etwas von früher?«, fragte sie. »Habt ihr etwas retten können, deine Mutter und du?«

»Unsere Unversehrtheit«, entgegnete Ruth knapp. »Das war das Wichtigste. Alles andere kann man kaufen.« Sie machte eine Geste mit der Hand, die ihre gesamte Einrichtung umschloss. »Möbel, Bilder, Teppiche …«

»Du hast recht.«

»Hatte ich immer schon.« Ruth lächelte. »Weißt du noch, wie wir uns früher unsere Zukunft vorgestellt haben? Ich wollte Lehrerin werden, aber mein Vater war der Meinung, ich sollte später die Apotheke übernehmen.«

»Und bei mir war es genau andersherum. Ich wollte unbedingt in der Schreinerei arbeiten, aber mein Vater fand, das sei kein Gewerbe für ein Mädchen. Er hat seinen Nachfolger immer in Fritz Hartmann gesehen.«

»Ach ja, dein Jugendfreund. Ich habe gehört, dass er nicht mehr lebt. Ein schlimmer Unfall, richtig?«

Marianne nickte stumm.

»Am Ende bestimmen nicht unsere Väter, sondern das Schicksal den Weg, den wir gehen.« Ruth blickte sie über den Rand ihrer Kaffeetasse hinweg an. »Nun zeig mir schon, was in dem Karton ist, den du mitgebracht hast.«

Mit klopfendem Herzen packte Marianne die Puppenmöbel aus: Die Kleiderschränkchen und die Anrichte, das Buffet, den Küchentisch mit Stühlen, den nierenförmigen Beistelltisch, die Kommode mit den Schubladen und zuletzt die Betten. »Hier, das ist eine erste Auswahl meiner Modelle.«

»Die Sachen sind ja zauberhaft!«, rief Ruth entzückt. Ihre Augen, die eben noch so ernst geblickt hatten, leuchteten vor Freude auf. »Da bedaure ich es, erwachsen zu sein und keine Puppenstube mehr mein Eigen zu nennen.«

»Ich dachte, es wäre schön, wenn die Waisenkinder, die du betreust, damit spielen. Um sie auszuprobieren.«

»Hast du keine Angst, die Modelle könnten kaputtgehen?«

»Na ja, wenn sie kaputtgehen, taugen sie nicht zum Spielen. Dann könnte ich sie so auch nicht verkaufen.«

»Oh, du denkst wirklich an alles. Die Kinder werden trotzdem darauf achtgeben. Sie haben kaum Spielzeug. Wir basteln oft, dafür findet sich immer Material. Kastanien, Schilfgras zum Flechten oder Ähnliches. Vielleicht können wir ein Puppenhaus aus Pappe bauen.« Ruth klappte ein Schranktürchen auf. »Keine Scharniere?«

»Nein, alles ist komplett aus Holz gefertigt.«

»Du hast echt Talent! Und die Bemalung ist reizend.«

Marianne erzählte, dass Alexandre dafür verantwortlich war – nicht nur für die Ausführung, sondern auch für die Idee, die Puppenmöbel künstlerisch zu gestalten.

»Ich finde, es wertet die Möbel nicht nur auf, sondern macht sie unverwechselbar.« Ruth nickte. »Wenn du erfolgreich sein willst, kann es entscheidend sein, solch ein Markenzeichen zu haben. Dein Künstler scheint ein kluger Kopf zu sein.« Sie hob die Brauen. »Übrigens habe ich schon einiges über ihn gehört …«

»Ehrlich? Gehen die Gerüchte immer noch um?«

»Nimm es mit Humor«, sagte Ruth. »Gerüchte sind wie das Salz in der Suppe. Ohne schmeckt es den Leuten nicht.«

Sie gönnten sich eine zweite Tasse Kaffee.

Marianne stippte eine Ecke ihres Hefezopfs hinein. Es war schön, einmal offen über Alexandre sprechen zu können. Darüber, dass er ihr Rätsel aufgab.

»Was redet man denn so?«, fragte sie neugierig.

Ruth machte eine unbestimmte Handbewegung. »Zum einen sind einige Leute davon überzeugt, dass er ein russischer Spion ist. Oder zumindest ein entflohener Sträfling.«

»Ein Kriegsgefangener?« Das konnte Marianne sich durchaus vorstellen. Auch eine mögliche Flucht konnte sie Alexandre nicht verübeln. Nach allem, was sie wusste, wurden Kriegsgefangene nicht allzu gut behandelt.

Aber ein Spion? »Was soll er denn bei uns ausspionieren?« Sie lachte. »Meinst du, das russische Militär interessiert sich für Puppenmöbel?«

Ruth lachte mit ihr. »Ich gebe nur wieder, was ich gehört habe. Und dann gibt es noch das Gerücht, dass er auf der Flucht sei, weil er jemanden umgebracht hat.«

»Was?« Alexandre war einer der ruhigsten, freundlichsten Menschen, die Marianne kannte. Noch nie hatte sie ihn zornig oder gewalttätig erlebt. »Die, die sowas sagen, sollten mal sehen, wie liebevoll er mit Lottchen umgeht.«

»Das glaube ich dir«, beteuerte Ruth. »Ich denke auch, es ist nichts Wahres an diesen Gerüchten dran. Die Leute sind, wie sie sind, und anscheinend haben manche beschlossen, ihn nicht zu mögen.«

»Also, ich mag ihn.«

»Warum solltest du ihn auch nicht mögen?«

»Nun ja, weil …« Sie verstummte. Eigentlich gab es dafür wirklich keinen Grund.

»Ja?« Ruth zog die Brauen hoch. »Weil er nicht aus dem Dorf stammt, sondern von woanders herkommt? Schert dich das?«

Marianne schüttelte den Kopf. »Nein.«

»Eben. Warum sollte es auch? Dieser schreckliche Krieg hat die Welt für immer verändert. So viele Menschen haben ihre Heimat verloren, wurden vertrieben. Und wie viele Kinder ihren Familien entrissen. Es wird Zeit, umzudenken.« Ihre Stimme wurde hart. »So wie vorher wird es nie wieder sein.«

Ruth hatte aus dem Fenster in den Regen gestarrt, als sie sich Marianne jetzt wieder zuwandte, lächelte sie. »Lass dich nicht beirren. Hör auf deinen Kopf und dein Herz, das sind die besten Ratgeber, die du finden kannst. Nicht die Tratschmäuler oder heimlichen Neider!«

Viel zu schnell verflog die Zeit. Als Marianne aufbrechen musste, weil sie der Mutter versprochen hatte, vor Einbruch der Dunkelheit wieder daheim zu sein, waren längst nicht alle Neuigkeiten und Gedanken ausgetauscht.

Ruth umarmte sie zum Abschied. »Wir sehen uns bald wieder, hoffe ich! Dann berichte ich dir, was die Kinder von deinen Puppenmöbeln halten. Oder noch besser, ich nehme dich mit zu ihnen und stelle dich vor. Sie werden sich freuen, dich kennenzulernen.«

»Ja, das wäre prima.«

Ruth schmunzelte. »Mach dich aber darauf gefasst, dass sie dir Löcher in den Bauch fragen werden.«

»Kein Problem. Ich antworte, so gut ich kann.«

Als Marianne nach draußen trat, bemerkte sie erfreut, dass der Nieselregen aufgehört hatte. Nur das Straßenpflaster glänzte noch feucht. Beschwingten Schrittes machte sie sich auf den Heimweg. Heute störte sie sich nicht daran, wie weit die Strecke bis zum Lindenhof war.

Ihre Gedanken summten vor Freude.

Es war ein schöner Nachmittag gewesen. Das Gespräch mit Ruth hatte sie bestärkt in dem, was sie tat.

Während sie zügig ausschritt und die Stadtgrenze hinter sich ließ, träumte sie von der Zukunft.

Und zum ersten Mal sah sie auch Alexandre darin.

KAPITEL 18

»Hilfe, Marianne!« Mit fuchtelnden Armen rannte Rudi ihr entgegen, die Kappe schief auf dem Kopf. Von der Maurerkelle in seiner Hand lösten sich Mörtelbröckchen.

Marianne wich dem fliegenden Mörtel hastig aus, um ihn nicht in die Augen zu bekommen. »Was in aller Welt ist denn los?«

»Roland hat einen Stromschlag abgekriegt.« Rudi keuchte. »Er liegt auf dem Boden und rührt sich nicht mehr.«

Oh weh, das klang schlimm. Was sollte sie tun?

»Braucht er einen Arzt?«

»Ich weiß nicht.« Rudi hetzte hinter Marianne über den Waldweg auf die Schreinerei zu. Er war völlig aufgelöst. »Bis der Doktor kommt, ist es vielleicht zu spät …«

Nein, das durfte nicht sein! Mariannes Herzschlag raste, als sie das Gelände der Schreinerei erreichte. Erst vor kurzem hatten Tomasz und Szymon die Brennnesseln gerodet und den Zaun ausgebessert, so dass auf den ersten Blick offensichtlich war, dass hier wieder gearbeitet wurde. Alles sah längst nicht mehr so verwahrlost aus wie noch vor einigen Wochen.

Aber heute war es viel zu still.

Nur aus der Schreinerei, deren Dachkonstruktion mittlerweile fast komplett abgedeckt war, drangen Männerstimmen. Vor dem nach Luft ringenden Rudi stürzte Marianne durch die Tür.

»Gott sei Dank!«, entfuhr es ihr, als sie Roland an der Wand lehnen sah. Er saß leicht vornübergebeugt und hielt sich den rechten Arm.

»Das kannst du laut sagen«, knurrte er und warf ihr einen finsteren Blick zu. Sein schütteres Haar stand wirr vom Kopf ab, das unrasierte Gesicht war leichenblass.

»Das Teufelsding da drüben ist verhext!«

»Na, na«, rügte Alexandre. »Immer langsam.«

»Ist doch wahr! Ich hätte mich nie drauf einlassen sollen, hier zu arbeiten.« Er knirschte mit den Zähnen. »Was soll dabei schon Gutes herauskommen, wenn eine Frau das Sagen hat?«

Erst jetzt fiel Marianne auf, dass Alexandre allein neben Roland hockte. Offenbar hatte nur er sich um ihn gekümmert, die anderen standen in großem Abstand um die beiden herum. Als sei ein Stromschlag ansteckend oder die Nähe zu Roland und der alten Säge gefährlich.

Sie überging das aufgeregte Getuschel hinter ihrem Rücken und beugte sich zu Roland hinunter. »Geht es dir gut?«

»Sehe ich so aus?« Er stieß einen Fluch zwischen den Zähnen hervor.

Sie wandte sich an Alexandre. »Was ist passiert?«

»Ein Kurzschluss, nehme ich an. Roland wollte die alte Kreissäge anschließen und …«

»Das Ding ist verhext«, wiederholte der Elektriker. Seine Augen flackerten. »Ich habe keinen Fehler gemacht.«

»Das hat auch keiner behauptet«, sagte Alexandre ruhig.

Doch weder ihm noch Marianne gelang es, den aufgebrachten Mann zu besänftigen.

»Das Ungetüm hat mir fast das Licht ausgeblasen!«

Roland stemmte sich mühsam an der Wand hoch. Mit der linken Hand umklammerte er immer noch seinen rechten Arm, wo ihn der unerwartete Stromschlag getroffen hatte. Wut glomm in seinen Augen, als er sich an die anderen Männer wandte.

»Lasst euch das eine Warnung sein. Dieses ganze Unternehmen ist verflucht! Ich hatte vom ersten Tag an kein gutes Gefühl bei der Sache.«

»Roland«, rief Marianne. Empörung wallte in ihr auf. Wie konnte er so etwas behaupten? Hatte sie gerade noch Mitleid empfunden, weil er sich verletzt hatte, so wich das Gefühl nun dem Ärger über seine Unterstellungen. »Es wäre gar nichts passiert, wenn du auf mich gehört hättest. Ich habe dir gesagt, dass wir die Kreissäge nicht in Betrieb nehmen!« Er konnte sie doch unmöglich für seinen eigenen Fehler verantwortlich machen.

»Bleib mir vom Leib!« Er torkelte auf unsicheren Beinen zum Ausgang, wobei er einen Bogen um sie machte.

»Das ist doch lächerlich.« Sie hätte vor Verzweiflung am liebsten aufgestampft. Wollte er ihr etwa die Schuld an seinem Unfall geben? Oder was sollte das dunkle Geraune?

»Lass ihn«, sagte Alexandre und hielt sie zurück, als sie ihm nacheilen wollte. »Er wird sich schon wieder beruhigen.«

»Und wenn nicht?«

»Dann kannst du es auch nicht ändern.«

Sie ahnte, dass Alexandre recht hatte, wollte es aber dennoch nicht wahrhaben. »Wir können ihn doch nicht einfach gehen lassen. Er ist verletzt! Was, wenn er unterwegs umkippt?«

»Ich weiß, wo er wohnt.« Rudi drückte Georg seine Kelle in die Hand. »Ich begleite ihn nach Hause.«

»Nein, das mache ich«, mischte Ludwig sich ein. »Ihr beiden zieht die Wand weiter hoch, die ihr angefangen habt. Sonst trocknet der Mörtel aus.«

Er nickte Marianne zu. »Vielleicht lässt Roland sich von mir zum Arzt bringen. Er war vorhin kurz weggetreten, und es kann nicht schaden, wenn jemand seinen Arm untersucht. Nicht, dass er am Ende dauerhaft einen Schaden davonträgt …«

»Danke«, sagte sie leise.

Wenige Minuten später gingen die Arbeiten in der Schreinerei weiter, aber Marianne spürte die Unruhe im Raum. Bleischwer hingen Rolands Worte noch in der Luft.

Es herrschte eine angespannte Atmosphäre. So drückend, wie an schwülen Sommertagen unmittelbar vor einem Gewitter – wenn die Natur sich wappnete, gegen das, was sich am Himmel zusammenbraute. Der Unfall machte allen Anwesenden zu schaffen. Sogar die sonst so schwatzhaften Maurerburschen arbeiteten schweigend vor sich hin.

»Wo ist eigentlich Hans?«, fragte Marianne. Den Dachdecker hatte sie bereits seit einigen Tagen nicht mehr gesehen.

Alexandre zuckte mit den Schultern. »Hat woanders zu tun.«

»Mein Dach ist doch noch gar nicht fertig.«

»Eigentlich wollte er einen Gesellen vorbeischicken, der uns hilft. Aber die restlichen Ziegel aufzulegen, das schaffen wir auch allein. Stimmt's Tomasz?«

»Tak, oczywiście«, murmelte der junge Pole.

Zumindest das »Ja« am Satzanfang hatte Marianne verstanden. Also konnte sie sich wohl auf Alexandres Einschätzung verlassen. Bisher war auf sein Wort immer Verlass gewesen.

Der Geselle, der eine Stunde später aufkreuzte und vorgab, von Hans geschickt worden zu sein, entpuppte sich als unsympathischer und mürrischer Kerl. Marianne hatte sofort das untrügliche Gefühl, dass mit ihm weiterer Ärger drohte. Heute schien alles schiefzugehen.

Tatsächlich dauerte es nicht lange, bis Alexandre vom Dach aus nach ihr rief. »Marianne? Kommst du bitte mal!«

Als sie sich näherte, konnte sie schon hören, dass er sich mit dem Mann ein heftiges Wortgefecht lieferte.

»Was gibt es denn?«, erkundigte sie sich besorgt.

Der Geselle musterte sie missmutig. »Es hat keinen Sinn, wenn ich es Ihnen erkläre, gute Frau …«

Die Geringschätzung, mit der er sie betrachtete, und seine Ausdrucksweise brachten Marianne zur Weißglut.

»Ich habe diese Dacharbeiten in Auftrag gegeben! Da ich diejenige bin, die dafür bezahlt, habe ich auch das Recht zu erfahren, was los ist.« Sie konnte es sich nicht verkneifen, noch »Guter Mann« hinzuzufügen.

Aus den Augenwinkeln sah sie Alexandre grinsen.

»Also, worum geht es hier?«

Der Geselle wedelte unwirsch mit der Hand. Als sei es eine Zumutung, ihr antworten zu müssen. »Ich habe nur darauf hingewiesen, dass Ihre neuen Dachsparren aus minderwertigem Holz sind.«

»Was?« Marianne riss die Augen auf. »So ein Unsinn!«

Was behauptete der Kerl denn da?

Ihr empörter Ruf zog die Aufmerksamkeit aller auf sich. Plötzlich war es noch stiller auf dem Gelände als zuvor nach Rolands Unfall. Marianne spürte sämtliche Blicke auf sich ruhen. Und ausgerechnet jetzt war Ludwig nicht da, um ihr beizustehen. Aber sie würde sich vom dreisten Auftreten dieses Kerls nicht einschüchtern lassen.

»Wie kommen Sie dazu, so etwas zu behaupten?«, fragte sie eisig.

»Na, sehen Sie das nicht selbst? Ihre Balken sind nicht einheitlich.« Er deutete auf die erhalten gebliebene Seite des Dachstuhls, wo noch einige alte Sparren verbaut waren. »Die dort sind aus Eichenholz.«

»Ich weiß«, sagte Marianne. »Alles, was noch tragfähig war und nicht ausgetauscht werden musste, haben wir an Ort und Stelle belassen.«

»Aber die neuen Balken sind …«

»Aus Tannenholz«, fiel sie ihm ins Wort. »Genauso stabil, aber feuchtigkeitsbeständiger als Fichte, die ich ebenso hätte verwenden können. Beides zudem billiger als Eiche.«

Seine Stirn rötete sich. Offensichtlich fiel es ihm schwer, Widerworte von einer Frau zu ertragen.

»Wenn Sie keinen Wert auf Einheitlichkeit legen …«

»Mir war wichtig, dass das neue Dach stabil ist und noch vor dem Winter fertig wird. Einen Schönheitspreis muss es nicht gewinnen.«

»Tja, bei Ihren Dachlatten hätten Sie besser nicht sparen sollen«, sagte er patzig. »Da haben Sie sich frisches Holz andrehen lassen, statt auf den Trocknungsgrad zu achten.«

Marianne verschränkte die Arme vor der Brust. Suchte er nach einer Möglichkeit, sie vorzuführen? Da war er bei ihr aber an die Falsche geraten! »Vielleicht schauen Sie mal genauer hin, bevor Sie ein falsches Urteil fällen! Meine Männer haben bei der Montage darauf geachtet, ein Übermaß einzuhalten, so dass es kein Problem ist, wenn das frische Holz noch trocknet und ein bisschen schrumpft.«

Von irgendwoher ertönte ein unterdrücktes Lachen. Sie meinte, dass es von Szymon kam, der hinter ihr stand. Das Geräusch machte ihr ein wenig Mut.

Der Geselle fand die Auseinandersetzung allerdings nicht lustig. »Wenn Sie eh alles besser wissen, können Sie auf meine Anwesenheit wohl verzichten.«

»Ja, ich denke, wenn das alles ist, was Sie an Fachwissen zu bieten haben, kommen wir gut ohne Sie zurecht.«

Er stapfte davon, nicht ohne ihr noch einen vernichtenden Blick zuzuwerfen und zu zischen, dass ihr das Dach beim ersten Wintersturm über dem Kopf zusammenbrechen solle.

Kaum war er verschwunden, applaudierte Alexandre. Die anderen fielen lachend mit ein.

»Bravo! Dem hast du's aber gezeigt.«

Sie schnaubte. »Was für ein Wichtigtuer!«

Mariannes Nerven flatterten nach der überstandenen Auseinandersetzung. Trotzdem war sie stolz, wie sie die Vorwürfe pariert und die Situation gemeistert hatte, und das ganz ohne Ludwig, dem sie die meisten ihrer Kenntnisse verdankte. Sie atmete auf.

Alexandre legte ihr die Hand auf die Schulter. »Gut gemacht, Marianne.«

»Der kommt so schnell nicht wieder, hoffe ich.«

»Gewiss nicht.« Er grinste. »Ist aber auch nicht nötig, wir schaffen den Rest locker ohne ihn. Bis zum Wochenende sollte dein Dach fertig sein. Dann muss Hans nur noch mal prüfen, ob wir in seiner Abwesenheit auch wirklich korrekt gearbeitet haben. Aber die Statik stimmt, soweit ich das überblicke, und ich denke, auch sonst sollte alles in Ordnung sein.«

»Ein Glück.« Marianne seufzte erleichtert. »Dann kann der Winter ja kommen.«

Die letzten sechs Wochen des Jahres zogen dahin, erfüllt von reger Betriebsamkeit.

Vom frühen Morgen bis zum späten Abend war Marianne auf den Beinen, denn auch daheim auf dem Lindenhof gab es viel zu tun und sie musste in der Vorweihnachtszeit etliche Botengänge für die Mutter erledigen. Doch egal, was sie tat, ihre Gedanken kreisten unentwegt um die Fortschritte in der Schreinerei.

Nachdem das Dach endlich fertiggestellt war, konnten Regen- und Graupelschauer dem neu gestalteten Innenbereich nichts mehr anhaben. Die Handwerker begannen, die Wände zu tünchen und Teile des kaputten Fußbodens auszubessern. Es roch intensiv nach Farbe und Lack.

Zu Mariannes Bedauern war Roland nicht zurückgekehrt. Seit dem unglücklichen Vorfall hatte er keinen Fuß mehr auf das Gelände am Waldrand gesetzt, auch wenn Ludwig versicherte, dass er den erlittenen Stromschlag unbeschadet überstanden hatte.

Der Schreck saß allen, die den Unfall miterlebt hatten, noch in den Knochen. Vielleicht verstummte auch deshalb das Gemunkel im Ort nicht, es läge ein Fluch über Mariannes Vorhaben.

Sogar in der Schule hörte Lottchen von den Gerüchten. Ihre Klassenkameradinnen erzählten sich hinter vorgehaltener Hand, was sie zu Hause aufgeschnappt hatten.

»Ich habe gesagt, dass sie dumme Gänse sind, wenn sie so was glauben«, berichtete sie aufgebracht, als sie nach der Schule in die Schreinerei stürmte. »Aber dann hat Herr Uhland mich ausgeschimpft und mir eine Strafaufgabe verpasst.«

Sie war höchst erbost über diese Ungerechtigkeit.

Tags darauf zog sie sich beim Spielen am Goldbach eine böse Erkältung zu und musste ausgerechnet an ihrem Geburtstag mit Fieber das Bett hüten. Marianne brachte ihr heiße Milch mit Honig und tröstete sie über die verpasste Feier hinweg.

»Bald ist doch Weihnachten, da bist du wieder gesund. Und im Frühjahr veranstalten wir ein großes Einweihungsfest für die Schreinerei. Da darfst du einladen, wen du willst.«

»Zehn Kinder?« Lottchen zog schniefend die Nase hoch. »Weil ich doch zehn Jahre alt geworden bin.«

»Von mir aus.« Marianne nickte. »Und ganz lange aufbleiben darfst du dann auch.«

Die Aussicht zauberte ein Strahlen auf Lottchens fieberndes Gesicht. Als Marianne später nochmals nach ihr sah, schlief sie friedlich, die Puppe fest an sich gedrückt. Auf der Bettdecke lag außerdem die kleine Schachtel Buntstifte, die Alexandre ihr geschenkt hatte. Seitdem er Lottchen eine putzige Igelfamilie ins Poesiealbum gezeichnet hatte, malte sie häufiger und versuchte, ihm nachzueifern. Die Igelfamilie gab es tatsächlich, das wusste Marianne. Die Tiere hatten ihren Unterschlupf im Brennholzvorrat neben dem Schuppen. Wenn Lottchen wieder gesund wäre, würde sie Alexandre bitten, ihr die Igel zu zeigen.

Der Advent schritt voran, doch in diesem Jahr fand Marianne die Zeit weniger besinnlich als sonst.

Lange haderte sie mit sich, ob sie die alte Kreissäge ihres Vaters nicht doch lieber hätte verschrotten sollen, statt das sperrige Ungetüm nur hinter einer Wand zu verbergen. Dann wäre Rolands Unfall nie passiert.

»Manchmal bereue ich es«, sagte sie zu Ludwig. »Aber mir liegt es eben am Herzen, das Familienerbe als Ganzes zu bewahren. Wer weiß schon, was die Zukunft bringt? Vielleicht benötige ich die große Säge eines Tages doch noch …«

Und Roland hätte halt einfach nur auf sie hören müssen. Hatte er womöglich auch geglaubt, dass sie nicht wusste, wovon sie sprach, so wie der Dachdeckergeselle?

»Mir gegenüber musst du deine Entscheidung, die Kreissäge zu behalten, nicht verteidigen«, erwiderte Ludwig. »Allerdings brauchst du dringend Ersatz für Roland. Sonst dauert es nicht lange, bis das nächste Unglück geschieht, weil die Anschlüsse offen liegen oder eine Verkabelung defekt ist.«

»Herrje, sag so was nicht! Es darf auf keinen Fall noch mal etwas passieren. Die Gerüchteküche brodelt doch schon genug.«

»Mach dir um die Tratschtanten keine Gedanken.« Ludwig lächelte ihr aufmunternd zu. »Und lass den Kopf nicht hängen. Wir finden schon jemanden, der sich mit der Elektrik auskennt und die Arbeit zu Ende bringt.«

»Kümmerst du dich darum?«, bat sie.

Ludwig versprach es.

Marianne war dankbar, dass er nie eine große Sache daraus machte, wenn sie ihm Verantwortung übertrug. Es fiel ihr ohnehin schwer genug, ihn um Hilfe zu bitten, lieber hätte sie alles alleine organisiert. Aber solange ihr so häufig mit Misstrauen oder gar Ablehnung begegnet wurde, blieb ihr keine Wahl.

Wie hatte Alexandre neulich so treffend bemerkt?

»Wenn ein Mensch mit dem Kopf durch die Wand will, gewinnt in der Regel die Wand, und der Mensch holt sich nur eine blutige Nase.«

Für Frauen schien das in besonderem Maß zu gelten.

Die gemeinsamen Stunden mit Alexandre waren für Marianne das Schönste in diesem Winter. Wann immer sie an der Werkbank stand, sehnte sie den Moment herbei, wenn er die Tür öffnete und mitsamt einem Schwall frostiger Luft hereinkam, um lächelnd den Platz neben ihr einzunehmen.

Dank seiner Anwesenheit vermisste sie auch ihren Großvater während der Arbeit weniger. Ihr Verhältnis zu Alexandre war zunehmend freundschaftlich und von wachsendem Vertrauen geprägt. Inzwischen unterhielten sie sich gelegentlich sogar über Persönliches, wobei es vornehmlich um ihre Träume und Lebensziele ging. Fragen nach der Vergangenheit wich Alexandre weiterhin aus. Trotz seiner teils düsteren Stimmungslagen war er kein pessimistischer Mensch. Zudem verstand Marianne seinen Wunsch, die Vergangenheit abzustreifen, gut. Dieses Bedürfnis kannte sie, ihr selbst ging es ja ähnlich.

Aber nachdem das Gerede, was seine Person betraf, im Dorf kein Ende nehmen wollte, beschloss sie, ihn eines Nachmittags im Januar ohne Umschweife darauf anzusprechen.

»Sag mal, willst du die Leute nicht endlich aufklären, dass du kein russischer Spion bist?«

Er warf ihr einen verschmitzten Blick zu. »Weshalb bist du dir so sicher, dass ich das nicht bin?«

»Weil du besser Deutsch als Russisch sprichst.«

»Vielleicht beherzige ich nur den Grundsatz ›Slowo – ne worobej, wyletit – ne poimajesch‹?«

Sie ließ den Stechbeitel sinken. »Was bedeutet das?«

»Ein ausgesprochenes Wort ist kein Spatz«, sagte er. »Einmal ausgeflogen, fängst du es nicht mehr ein.«

»Aha, also so was wie … erst denken, dann reden?«

»Genau. Manchmal ist es klüger, den Mund zu halten.«

»Dass du ein russisches Sprichwort kennst, sagt noch absolut gar nichts über deine Herkunft.«

»Oh, ich kenne viel mehr als nur eins. Willst du noch welche hören?«

»Nein, ich …«

»Rabota – ne wolk, w les ne ubeschit. Das heißt übersetzt: Die Arbeit ist kein Wolf, sie rennt nicht in den Wald davon.« Er lachte. »Ein gutes Bild, nicht wahr?«

Sie stemmte die Hände in die Hüften. »Hör auf, mich zu veralbern, Alexandre. Ich meine es ernst.«

»Ich auch.«

Das Lächeln schwand nicht aus seinem Gesicht, als sie ihn wortlos ansah. Sein dunkles Haar war gewachsen und länger, als es auf dem Land üblich war. Szymons Angebot, es zu schneiden, hatte er abgelehnt. Mehrere Strähnen hingen ihm bis weit über die Augen und verdeckten die feinen Fältchen, die verrieten, dass er fast dreißig war – älter als Theodor, der Freund ihrer Schwester.

Im Gegensatz zu Theodors blassem Teint schimmerte Alexandres Haut allerdings in jenem warmen Goldton, der Marianne an den Sommer erinnerte. Dieser Rest Sonnenbräune verlieh ihm eine unwiderstehliche Ausstrahlung.

Sie musste plötzlich schlucken.

»Warum ist es so wichtig, woher ich komme?«, fragte er mit weicher Stimme.

Es war schwer, sich nicht von seinem Lächeln ablenken zu lassen, aber sie hielt beharrlich stand. »Ist es gar nicht! Ich verstehe bloß nicht, warum du so ein Geheimnis daraus machst.«

Schließlich gab er nach. »Natürlich bin ich kein russischer Spion.«

»Und auch kein Russe.«

»Nein! Meine Russischkenntnisse sind sehr beschränkt, ich kann die kyrillischen Buchstaben weder lesen noch schreiben. Lediglich die wichtigsten Sätze, um zu überleben, hat mir ein Freund aus Rumänien beigebracht.«

Er stockte und sie befürchtete kurz, er würde nicht weitersprechen. Dann fuhr er doch fort: »Florin hat mir damals im Kriegsgefangenenlager am Schwarzen Meer das Leben gerettet. Dort hielt man mich nämlich auch für einen Spion. Für einen deutschen … Scheint, als wären falsche Verdächtigungen mein Schicksal.« Sein Blick wurde undurchdringlich.

Marianne begriff, dass sich hinter dem vermeintlichen Scherz eine schreckliche Wahrheit verbarg.

»Du warst als Soldat an der Ostfront?«

»Ja, wie viele andere auch. Ich hätte sogar die Wahl gehabt, mich dagegen zu entscheiden.«

»Warum hast du es nicht getan?«

Jetzt erlosch der letzte verbliebene Rest seines Lächelns, so abrupt wie eine Kerze bei einem heftigen Windstoß. »Ich hatte meine Gründe.«

Marianne zögerte nachzuhaken. Eine innere Stimme warnte sie davor, die gewachsene Nähe und Vertrautheit zwischen ihnen zu zerstören. Wenn sie jetzt vorpreschte, verlor sie Alexandre vielleicht. Doch wohin mit den Fragen, die ihr durch Kopf schwirrten? Sie kannte ihn nun schon eine Weile, aber über seine Vergangenheit wusste sie fast nichts.

Was verschwieg er?

»Ich will doch nur wissen, wer du bist!«

Der Pinsel zuckte in seiner Hand. Von der Spitze tropfte das dunkelviolette Blau, mit dem er eben noch die Blüten einer Traubenhyazinthe gemalt hatte. Ein winziger Klecks sickerte ins Holz der Werkbank und erinnerte an die Tintenflecken aus Mariannes Schulzeit. Würde auch dieser Klecks unauslöschlich sein? Würde sein Anblick noch Jahre später diesen Moment heraufbeschwören?

»Du weißt, wer ich bin«, sagte Alexandre. In seiner Stimme lag ein Hauch von Trauer.

War es dieses Gefühl, das sich auf Marianne übertrug und sie erkennen ließ, dass er die Wahrheit sagte? Dass es im Grunde gar keine Rolle spielte, woher er stammte oder wie er aufgewachsen war und was er getan oder erlebt hatte? Sie kannte ihn, seit jenem sonnigen Tag, an dem sie einander zum ersten Mal begegnet waren und ja, sie wusste, was er für ein Mensch war.

Er war der Mann, der ihr Herz dazu brachte, schneller zu klopfen, und ihre Träume mit bunten Farben versah. Der Mann, dessen Lächeln genügte, um einen trüben Tag aufleuchten zu lassen. Der Mann, den sie manchmal heimlich an ihre Seite wünschte, wenn sie die Augen schloss und an die Zukunft dachte.

Vielleicht hielt sie mehr vor ihm geheim, als er vor ihr.

»Es tut mir leid«, flüsterte sie.

»Das muss es nicht.« Er legte den Pinsel auf der Palette ab. Blaue Sprenkel zierten seine Finger, und es war ihr egal, ob auch sie welche abbekam, als er nach ihrer Hand griff.

»Alexandre …«

»Vielleicht gelingt es mir, irgendwann, über mein Leben zu reden. Aber ich kann es dir nicht versprechen.«

Natürlich nicht. Er war ein Künstler, ein Freigeist. Kein Mann für Versprechungen oder süße Zukunftsträume.

»In Ordnung.« Sie nickte.

Spürte den Druck seiner Hand, die Wärme seiner Haut. All das Ungesagte wollte aus ihr hinausdrängen, aber sie presste die Lippen fest zusammen. Erwiderte stumm seinen Blick, der sich in ihre Seele brannte.

»Gib mir Zeit, Marianne.«

Eines Tages würde er gehen, das wusste sie. Da konnte ihr dummes Herz hoffen, was es wollte. Aber noch war er hier. Für Tage, Wochen, vielleicht Monate.

Jede einzelne Minute davon wollte sie auskosten. Gemeinsame Stunden in Sonnengelb oder Hyazinthblau. Je mehr Alexandre malte, umso mehr würde von ihm zurückbleiben, wenn er ging. Mit einem Lächeln drückte sie ihm den Pinsel wieder in die Hand. »Lass uns weiterarbeiten.«

KAPITEL 19

Der Tag der Einweihungsfeier versprach sonnig und fast schon sommerlich warm zu werden. Im April war es ein Wagnis, sich auf gutes Wetter zu verlassen, aber Marianne hatte das Fest nicht länger aufschieben wollen. Was sie doch für ein Glück hatte! Sie konnte gar nicht anders, als ein fröhliches Lied vor sich hin zu pfeifen, während sie früh am Morgen die Eier aus dem Hühnerstall holte. Lottchen hüpfte vergnügt neben ihr her, spähte dabei immer wieder in den Korb. »Das reicht für drei Kuchen! Die sind alle für den Kuchen, oder?«

Marianne schmunzelte. »Wenn du nicht auf ein Frühstücksei bestehst, dann ja.«

Die Wahl fiel ihrer kleinen Schwester leicht. »Kuchen!«, rief sie begeistert und rannte schon voraus. »Ich wiege das Mehl ab«, hörte Marianne sie noch aus dem Haus rufen.

So konnte der Tag weitergehen. Mariannes Vorfreude wuchs. Sie nahm sich kaum die Zeit für ein richtiges Frühstück, sondern schlang nur eine Scheibe Brot hinunter, während sie durch die Küche wirbelte.

Mit Lottchens Hilfe bereitete sie in Windeseile den Teig für zwei Blechkuchen zu. Auf einen kam Mohn, auf den anderen die restlichen Äpfel vom Herbst. Sie waren inzwischen zwar schon sehr schrumpelig, schmeckten aber immer noch köstlich. Und dann wollte sie noch einen Käsekuchen nach Barbaras altem Familienrezept backen.

Gerade als Marianne dabei war, aus Mehl, Zucker und Butter

Streusel zu kneten, drang von draußen das Geräusch eines Motors herein. Abrupt ließ sie die Hände sinken. Das konnte nur der Mercedes von Theodor Werwinkel sein. Sie hatte gehofft, Henriette würde alleine kommen, aber das war ein vergeblicher Wunsch gewesen. Die beiden schienen inzwischen unzertrennlich.

Lottchen sauste bereits aus der Küche. Marianne überlegte kurz, dann nahm sie ihre Arbeit wieder auf. Sie wollte Theodor nicht das Gefühl geben, extra seines Autos wegen aus dem Haus zu kommen. Sie konnte Henriette auch dann noch begrüßen, wenn diese eingetreten war.

Tatsächlich kam ihre jüngere Schwester kurze Zeit später in die Küche gerauscht. Sie brachte den Duft von Parfüm herein, und ihre Absätze klackten auf dem Dielenboden.

»Ach, da hast du dich versteckt, Marianne.« Henni zog sie in eine stürmische Umarmung, bei der Marianne gerade noch so die Schüssel mit den Streuseln vor dem Umkippen retten konnte. »Ich bin so stolz auf dich. Und Tante Käthe erst!«

Marianne horchte auf. »Tante Käthe ist auch hier?«

»Wenn du es über dich gebracht hättest, zu unserer Begrüßung nach draußen zu kommen, wüsstest du das schon.« Jetzt konnte Marianne auch die Stimme der Tante vor der Tür hören, und sie löste sich von Henni, um Käthe zu begrüßen.

»Wie schön, dass Henni dich überreden konnte, mitzukommen! Hast du deinen Laden heute extra wegen mir geschlossen?«

»Ja, aber wir haben es schon seit einer Woche angekündigt. Von meinen wichtigsten Kundinnen steht heute keine vor der Tür und ärgert sich.« Die Tante lächelte. »Deinen großen Tag wollte ich doch nicht verpassen. Und wir haben beim Vorbeifahren gerade schon einen Blick auf die Schreinerei geworfen. Es ist so schön, sie wieder intakt zu sehen!«

»Warte, bis du sie von innen siehst.«

»Huhu, Tante Käthe«, krähte Lottchen, die mit mehlbestäubten Händen zurück in die Küche geflitzt kam.

Henriette wich hastig aus. »Du hast hoffentlich deine Pfoten von Theodors Anzug gelassen?«, fragte sie misstrauisch.

»Keine Sorge, er wollte mir nicht die Hand geben. Dabei kann man Mehl einfach abklopfen, schau!« Sie wedelte mit ihrem Rock und eine Mehlwolke stob ihnen entgegen.

Henriette quietschte. »Hör sofort auf!« Eilig brachte sie sich und ihre schicken Schuhe in Sicherheit. »Ich hole die Brezeln aus dem Wagen, die du bestellt hast, Marianne.«

Lottchen sah ihr schmollend hinterher. »Seit sie in der Stadt wohnt, ist sie richtig etepetete!«

»Woher kennst du denn so ein Wort?« Marianne lachte.

Sie gab ihrer kleinen Schwester einen Nasenstüber und trieb sie zur Eile an. »Hopp, der Kuchen muss in den Ofen. Und dann räumen wir den Saustall auf, sonst hilft Henni nicht beim Brezelschmieren.«

Wenig später war nicht nur der dritte Kuchen im Ofen, sondern auch die Küche bereit für Henni und Tante Käthe, die zu Mariannes Überraschung nicht nur dreißig Brezeln mitgebracht hatten, sondern auch helle Brötchen, die sie nun aufschnitten und mit Wurst und Gürkchen belegten.

Doch das Tollste war ein spektakulärer Käse-Igel, den Henni anfertigen wollte. Dafür hatte sie die Anleitung samt Foto aus einer Zeitschrift ausgeschnitten: Ein halber Kohlkopf wurde mit Zahnstochern gespickt, auf die man Käsewürfel mit Melonenstückchen oder Trauben spießte. »Da kann sich dann jeder bedienen.«

»Den Käse und das Obst spendiere ich«, sagte Käthe. »Und den Bierschinken für die Brötchen natürlich auch.«

Marianne wusste kaum, wie sie sich bedanken sollte. Sie war mächtig gerührt, weil alle sich so viel Mühe gaben, um diesen wichtigen Tag in ihrem Leben zu einem Erfolg zu machen.

»Geh, und schau draußen nach dem Rechten«, forderte Henni sie auf. »Wir kommen hier schon zurecht.«

Marianne überließ ihnen gerne die Küche. Auf dem Gelände der Schreinerei gab es noch jede Menge andere Vorbereitungen zu treffen. Ruth Hofbauer hatte Marianne letzte Woche einen Karton mit bunten Papiergirlanden vorbeigebracht, die sie mit den Waisenkindern gebastelt hatte, und Barbara hatte kleine Wimpel aus Stoffresten genäht, mit denen sie jetzt den Zaun schmückte.

Die Schreinerei war blankgeputzt und diente als Ausstellungsraum. Werkzeuge und Material waren verstaut, auf den Werkbänken hatte Marianne ihre Puppenmöbel aufgebaut. Sie hatte ihre besten Arbeiten ausgewählt und sie mit liebevollen Details arrangiert – die bemalten Puppenbetten waren mit Bettwäsche bezogen, auf den Kommoden lagen kleine Zierdeckchen, es gab Teppiche, winzige Sofakissen und anderes Zubehör. Das mittlerweile fertiggestellte Puppenhaus ihres Vaters bildete den Mittelpunkt der kleinen Ausstellung. Alexandre hatte sich beim Malen der Tapeten selbst übertroffen, und Mariannes Möbel kamen darin wunderbar zur Geltung.

Ein Regalbrett hatte sie für die Schnitztiere und Figuren ihres Großvaters freigeräumt. Ihr lag viel daran, ihn weiterhin einzubeziehen. Je nachdem, wie viel Interesse oder Anklang seine Schnitzwerke aus Lindenholz fanden, würde sie auch in Zukunft daran festhalten.

Ein letztes Mal sah sie sich um. Alles war perfekt.

Marianne war so gespannt, was Gäste und Besucher davon halten würden, dass sie die Zeiger der Uhr am liebsten vorgedreht hätte.

Aber noch war es nicht so weit.

Ludwig hatte ihr versprochen, sich um Sitzgelegenheiten für alle zu kümmern, und wie immer hatte er sein Wort gehalten. Holzbänke und –tische füllten inzwischen den Platz vor der Schreinerei. Gerade schleppten Szymon und Tomasz ein großes Mostfass herbei. Marianne hatte außerdem Haller Löwenbräu anliefern lassen und beim Weinbauern, bei dem sie im Herbst ausgeholfen hatte, einige Flaschen Trollinger erstanden. Der Rotwein machte dank der Fürstenfass-Etiketten wirklich etwas her, sie bereute nicht, sie gekauft zu haben. Manche Ausgaben mussten einfach sein.

Einige Arbeiter hatten ihre Familien mitgebracht, sie standen in kleinen Grüppchen auf der Wiese beisammen. Es waren zwar längst nicht alle gekommen, die beim Bau geholfen hatten, aber doch einige. Es freute Marianne, sie noch einmal versammelt zu sehen. Sie kannte sie inzwischen alle persönlich, von einigen hatte sie auch die ganze Familiengeschichte erfahren, wusste, wo sie herkamen und wo sie noch hinwollten. Die Frau von Hans, dem Dachdecker, grüßte sie freundlich. Im Kinderwagen, den sie dabeihatte, lag das kürzlich geborene Enkelkind.

Ohne groß zu überlegen, stellte Marianne sich neben das Mostfass und hob die Arme. »Alle mal herhören!«

Sie wunderte sich selbst darüber, wie befehlsgewohnt ihre Stimme klang. Sie hatte sich monatelang immer wieder beweisen und durchsetzen müssen. Inzwischen war es ihr nicht mehr unangenehm, im Mittelpunkt zu stehen und Aufmerksamkeit einzufordern. Die versammelten Arbeiter wandten ihr die Köpfe zu.

»Ich habe euch heute eingeladen, um die Früchte eurer Arbeit zu würdigen. Ohne euch wäre all das hier«, sie deutete in Richtung der Schreinerei, »nicht zustande gekommen. Deshalb wollen wir heute zusammen feiern. Sobald alles bereit ist, bedient euch beim Essen und beim Trinken und habt viel Spaß. Diese Feier gilt euch allen!«

Jubel und Beifall erklangen. Mit kostenlosem Essen und Trinken konnte man Handwerker wahrscheinlich immer begeistern. Doch Marianne war noch nicht fertig.

»Ich habe außerdem noch etwas zu verkünden«, rief sie über das Johlen hinweg. Langsam verebbte das Stimmengewirr, und sie konnte weitersprechen. »Ich werde in Zukunft einige Arbeitskräfte in der Schreinerei brauchen.« Sie nickte vor allem Rudi und Georg zu, den beiden jungen Maurergehilfen. »Ihr habt euch als zuverlässig und fähig erwiesen. Wer bleiben möchte, der kann auch weiterhin bei mir seinen Lohn verdienen.«

Diesmal erntete sie keinen Jubel, aber hier und dort ein beifälliges Nicken. Szymon und Tomasz grinsten verstohlen. Mit ihnen hatte sie schon vor einiger Zeit gesprochen, es war bereits ausgemacht, dass sie blieben. Einige der Männer steckten die Köpfe zusammen, um sich zu beraten. Marianne würde ihnen Zeit lassen, um über das Angebot nachzudenken.

Als sie sich jetzt umwandte, um Lottchen zu helfen, Laken über die Tische zu breiten und einige Krüge mit Narzissen daraufzustellen, bemerkte sie zu ihrer Überraschung ihren Großvater. Anscheinend war es ihrer Mutter gelungen, ihn aus dem Haus zu locken. Während sie Tellerstapel aus dem Bollerwagen lud, saß der Großvater auf einer der Bänke etwas abseits und blickte Marianne an, als hätte er ihrer kurzen Rede aufmerksam zugehört. Ein leichtes Lächeln spielte um seine Lippen, und Marianne beschloss, das als ein gutes Zeichen zu nehmen. Sie freute sich sehr darauf, ihm nachher ihre Puppenmöbel-Ausstellung zu zeigen und lächelte zurück.

Plötzlich aber verfinsterte sich die Miene des Großvaters, und er runzelte die Stirn.

»Es scheint mir nicht ratsam, den Leuten so viel Honig ums Maul zu schmieren.« Die Stimme erklang gleich hinter Marianne und ließ sie herumfahren.

Theodor Werwinkel stand dort. Er musterte sie kritisch, als störte er sich daran, dass sie sich nicht wie Henriette für diesen Tag in Schale geschmissen hatte. Marianne trug ein eher praktisches Kleid, auch wenn es eines ihrer besseren war, und flache Schuhe, bei denen sie nicht befürchten musste, umzuknicken und sich die Knöchel zu verstauchen. Fiel ihm denn gar nichts Netteres ein, um sie zu begrüßen?

Als sie nicht sofort auf den unwillkommenen Ratschlag reagierte, fuhr Theodor fort: »Wenn du deine Mitarbeiter zu sehr lobst, verlangen sie nur mehr Lohn, und am Ende wollen sie womöglich auch noch eine Gewinnbeteiligung.«

Beinahe hätte Marianne darüber gelacht, mit wie viel Abscheu er das Wort »Gewinnbeteiligung« aussprach. Doch ihr Ärger darüber, dass er nicht anerkannte, was sie hier geschaffen hatte, sondern meinte, sie maßregeln zu dürfen, überwog.

»Wenn man Gewinn mit ihrer Arbeit macht«, sagte sie, »warum sollte man sie nicht daran beteiligen?«

Mit diesem Satz wollte sie Theodor vor allem provozieren, aber als sie ihn aussprach, klang das tatsächlich nach einer gar nicht so schlechten Idee. Vielleicht sollte sie später noch einmal in Ruhe darüber nachdenken, sobald ihr Geschäft richtig angelaufen war.

Der blonde Fuhrunternehmer rümpfte die Nase. »An deiner Stelle wäre ich vorsichtig mit solchen Aussagen. Nicht, dass dich noch jemand für eine Kommunistin hält.«

Noch ein unwillkommener Rat. Marianne spürte, wie Wut in ihr aufwallte.

Sie holte bereits Luft für eine entsprechende Erwiderung, als er unbeirrt fortfuhr zu reden.

»Marianne, ich bin nicht dein Feind. Ich habe nur deutlich mehr Erfahrung mit derlei Dingen, und es täte dir gut, auf einen Mann wie mich zu hören.«

»Ach, täte mir das gut?« Wie viel mehr von oben herab konnte er noch mit ihr reden? Mariannes Unmut musste deutlich in ihrer Stimme mitschwingen, denn Theodor hob beschwichtigend die Hände. »Siehst du, das meine ich! Was habe ich dir denn getan?«

Was er ihr getan hatte? Er unterstellte ihr, nicht zu wissen, was zu tun war – das hatte er ihr getan! Solche Männer wie Theodor glaubten wirklich, alles besser zu wissen als die Frauen. Wie vermessen sie doch waren! Marianne wollte ihm das gerade ins Gesicht schleudern, als jemand ihren Namen rief.

Sie wandte den Kopf und entdeckte Alexandre, der über die Wiese auf sie zustapfte.

»Da bist du ja«, sagte er lächelnd. »Wir haben uns gefragt, ob wir die Getränke nicht aus der Sonne schaffen sollten. Womöglich ist es sinnvoller ein paar Schritte zu laufen, als sonnengewärmtes Bier zu trinken. Nur Szymon beharrt darauf, dass warmes Bier besser sei, als auch nur einen Schritt zu viel zum Fass gehen zu müssen. Ich fürchte, wenn wir nicht aufpassen, liegt er bald einfach mit offenem Mund darunter.«

Die Vorstellung brachte Marianne zum Lachen. Und sie

rückte ihr wieder ins Bewusstsein, worum es heute ging – die Einweihung ihrer Schreinerei.

Nicht um Theodor Werwinkel.

Dieser ließ sich allerdings nicht so leicht übergehen.

»Für dich heißt sie immer noch Fräulein Wagner«, herrschte er Alexandre grob an. »Und ihr solltet dankbar dafür sein, dass ihr hier überhaupt Bier oder Wein bekommt. Was sind das denn für Ansprüche von einem einfachen Arbeiter?«

Sein Ton fachte Mariannes Wut erneut an. Was fiel Theodor denn ein, sich hier wie ein Gockel aufzuplustern? »Wie meine Männer mit mir zu reden haben, bestimme ja wohl ich!«

»Marianne, du verstehst nicht. Du musst sie dazu bringen, dich mit Respekt zu behandeln, ansonsten tanzen sie dir auf der Nase herum.«

Konnte er endlich aufhören, sich in ihre Angelegenheiten einzumischen? Marianne wollte schon wieder aufbrausen, da meldete Alexandre sich zu Wort.

»Der ehrenwerte Herr Werwinkel hat natürlich recht. Ich bitte vielmals um Verzeihung. Was ich sagen wollte, war, dass wir uns Sorgen machen, dass Ihre Gäste womöglich warmes Bier und warmen Wein trinken müssen, Fräulein Wagner. Wir bitten daher um Ihre Erlaubnis, die Getränke in den Schatten verlagern zu dürfen.«

Alexandre nahm Habachtstellung ein – wie ein Soldat, der auf neue Befehle wartete. Er hatte eine ernste Miene aufgesetzt, aber seine Mundwinkel zuckten, und in seinen Augen blitzte der Schalk. Seine ganze Haltung war eine Aufforderung an Marianne, das Spiel mitzuspielen.

Ein Blick in Theodors irritiertes Gesicht sagte ihr, dass es das wert war.

»Diese Erlaubnis erteile ich gern. Aber gebt acht, dass ihr

keinen Tropfen verschüttet. Nicht, dass unser wichtigster Gast, der hochverehrte Herr Werwinkel, am Ende seinen Durst nicht vollständig stillen kann.«

»Jeder Tropfen ist bei uns in besten Händen, Fräulein Wagner.« Alexandre machte sich sogar die Mühe, zackig zu salutieren, dann wandte er sich ab und ging davon.

Marianne drückte sich die Hand auf den Mund, um nicht laut loszuprusten. Als sie sich wieder Theodor zuwandte, war dessen Miene finster.

»Gut gemeinte Ratschläge derart ins Lächerliche zu ziehen, ist äußerst kindisch.«

Alexandres kleine Scharade hatte Marianne die innere Gelassenheit gegeben, auf diese Bemerkung nicht wieder mit Wut zu reagieren. »Es tut mir wirklich leid, dass Sie das so sehen, Herr Werwinkel«, hielt sie stattdessen am begonnenen Spiel fest. »Wenn Sie mich entschuldigen mögen, ich habe noch letzte Vorbereitungen für die Feier zu treffen.«

Bevor sie davonging, strich sie ihrem Großvater liebevoll über die Schulter. Hoffentlich hatte ihn der überflüssige Disput, den er eben mitangehört hatte, nicht verschreckt. Er hatte es so lange vermieden, unter Leute zu gehen, und es wäre traurig, wenn er sich jetzt wieder zurückzog.

»Danke«, flüsterte sie ihm zu. »In Wahrheit bist du mein wichtigster Gast. Ohne dich gäbe es heute kein Fest.«

Am frühen Nachmittag trudelten die Gäste aus Waldenburg und den umliegenden Weilern ein. Marianne bemühte sich, eine gute Gastgeberin zu sein, und begrüßte jeden Neuankömmling persönlich. Um Hermann Jakobs und seine Frau sowie um einige der Älteren kümmerte sich dann insbesondere ihre Mutter, die sich freute, mit allen ein Schwätzchen halten zu können.

Der Großvater saß zu Mariannes Erleichterung weiterhin still in der Frühlingssonne, den Blick auf die offenstehende Tür der Schreinerei geheftet. Zu gern hätte sie gewusst, was ihm durch den Kopf ging. War er stolz auf sie?

Lisbeth erschien mit ihren Zwillingsbuben, die gleich mit Lottchen und ein paar ihrer Freundinnen ausgelassen davontobten.

»Wir spielen Topfschlagen!«, verkündete sie.

Juchzend wurde darum gezankt, wer zuerst die Augen verbunden bekam und mit dem hölzernen Kochlöffel suchen durfte. Lottchen hatte die ganze Schürzentasche voll mit Bonbons, die Tante Käthe ihr geschenkt hatte, und die sie nun verstecken konnte.

Marianne lachte. »Ich dachte, wir beschäftigen die Kinder ein bisschen, damit die Erwachsenen sich ganz in Ruhe umsehen und unterhalten können.«

Lisbeth nickte erfreut. »Gute Idee!«

Auch Pfarrer Laurenz war aus Waldenburg gekommen. Gütig lächelnd drückte er Marianne die Hände. »Der Herr belohnt die, die tüchtig sind.«

Und sogar die Witwe Weingärtner ließ sich blicken. Sie begrüßte Marianne höflich, aber blickte sich mit Argusaugen um. Womöglich war sie nur gekommen, um später ausgiebig über alles tratschen zu können. Sie monierte, dass die Puppenmöbel nicht mit Preisen ausgezeichnet waren. »So kannst du die Sachen doch nicht verkaufen!«

»Diese Ausstellungsstücke stehen ja auch nicht zum Verkauf«, erklärte Marianne, bedauerte aber im Stillen, dass sie daran nicht gedacht hatte. Die Witwe Weingärtner war nicht die Erste, die nachfragte, was die Puppenmöbel denn kosten sollten. »Ich starte ja erst demnächst mit der Produktion.«

Wenigstens war Theodor nicht in der Nähe. Der hätte ihr sonst sofort wieder mangelnden Geschäftssinn vorgehalten. Die alte Weingärtner grummelte, dass Überheblichkeit Frauen nicht gut zu Gesicht stünde und Marianne besser daran täte, zu heiraten und den Betrieb in »richtige« Hände zu geben. Als hätten Frauen die falschen Hände, um ein Unternehmen zu führen!

Die Witwe schüttelte den Kopf über das neumodische Zeug, zog dann aber doch einen Zahnstocher mit Käse und Weintraube aus dem Igel und ließ es sich schmecken. Auch das Stück Kuchen, das sie sich auf ihren Teller hievte, musste sie erst einmal skeptisch mit der Gabel umstoßen, bevor sie einen Bissen wagen konnte. Marianne wandte sich ab, ehe sie der grantigen alten Frau noch wünschte, dass ihr ein Krümel im Hals stecken blieb.

Ruth, die wenig später auftauchte, brachte sie auf andere Gedanken. »Was für ein herrlicher Tag«, rief sie. »Genau richtig für diesen Anlass.«

Das blasse, hochaufgeschossene Mädchen an ihrer Seite, das schüchtern grüßte, hieß Elvira. Ruth hatte sie mitgebracht, um sie Marianne vorzustellen. »Sie ist wirklich geschickt mit den Händen, vielleicht hättest du ja bald eine Beschäftigung für sie? Oder falls Barbara eine Nähhilfe gebrauchen kann – nähen und sticken kann das Mädel auch.«

»Sie kann gern einmal zu mir zum Probearbeiten kommen.« Gegen weibliche Unterstützung in ihrer Schreinerei hatte Marianne absolut nichts einzuwenden.

Schließlich verebbte der Strom an neuen Gästen, die begrüßt werden wollten, und Marianne kam einen Moment zur Ruhe. Zufrieden ließ sie den Blick über das Gelände streifen. Die Leute saßen auf den Bänken, aßen, tranken und unterhielten sich angeregt. Pfarrer Laurenz bemühte sich um die Aufmerksamkeit ihres Großvaters. Einige Besucher schlenderten durch die Ausstellung in der Schreinerei, wo Alexandre und Ludwig freundlich Fragen zur Herstellung der Puppenmöbel beantworteten und nebenbei ein Auge auf alles hatten. Sie war froh über die Unterstützung der beiden. Die Horde Kinder, die zuvor Topfschlagen gespielt hatte, rannte nun Tomasz nach, der mit einem Pustefix-Röhrchen Seifenblasen über ihre Köpfe blies. Wo auch immer er das aufgetrieben hatte, es war ein Erfolg. Überhaupt sahen alle sehr ausgelassen aus. Fröhlich ging Marianne zu dem Tisch hinüber, an dem ihre Familie saß.

Vielleicht hätte sie sich doch besser zu den Arbeitern gesetzt, denn kaum hatte sie Platz genommen, sprach Theodor sie an. »Sag, Marianne, wo ist eigentlich dein Holzhändler? Wie heißt er noch gleich …?«

»Hartmann«, half Henriette ihm aus. Marianne entging nicht, wie der Blick ihrer Schwester dabei zwischen ihr und Theodor hin und her huschte. Henni musste bewusst sein, dass das ein heikles Thema war, aber sie sagte nichts.

»Ach ja, Hartmann«, fuhr Theodor fort.

»Der Apfelkuchen ist wirklich lecker«, unterbrach Barbara ihn etwas zu laut. Sie lächelte Marianne zu, und diese lächelte schwach zurück, dankbar dafür, dass ihre Mutter versuchte, das Thema zu wechseln.

»Das ist größtenteils Lottchens Verdienst«, sagte Marianne und ignorierte Theodor dabei bewusst. »Sie hat die ganzen mürben Äpfel geschält und geschnitten.«

»Du hast einen leckeren Kuchen gemacht!«, wandte sich Barbara an ihre jüngste Tochter, die nur rasch eine Handvoll von Käthes Salzstangen im Stehen futterte, weil sie gleich wieder zu den anderen Kindern hinüberrennen wollte. Lottchen strahlte breit.

Theodor Werwinkel schwieg. Marianne fand, das war etwas, was ihm hervorragend stand.

Leider hielt der Frieden nur bis zum späten Nachmittag. Marianne bemühte sich, reihum mit jedem ihrer Gäste zu reden, und hatte gerade ein Schwätzchen mit Lisbeth beendet, die aufbrechen musste, weil die Milchkühe auch am Wochenende zur gewohnten Zeit gemolken werden wollten, als Theodor erneut auf sie zu kam. Wo hatte er gesteckt?

Vorhin hatte sie ihn bei den Leuten aus Waldenburg stehen sehen. War die Witwe Weingärtner mit seiner Familie bekannt? Möglich wäre es, über Geld und Einfluss in der Gegend verfügte auch sie.

Theodor lächelte auf eine Art, die Henni offenbar gefiel, Marianne aber aufgesetzt vorkam. »Wir haben heute keinen guten Start gehabt«, sagte er. »Hast du jetzt eine Minute für ein vernünftiges Gespräch unter Erwachsenen?«

Dazu konnte Marianne schlecht nein sagen. Sie nickte, und Theodor machte eine Handbewegung, die sie dazu einlud, ihm ein Stück zu folgen.

Schweigend verließen sie die Festgesellschaft und gingen an eine ruhige Stelle unweit des alten Holzschuppens, der zwischen zwei Buchen stand. Diese Bäume gab es schon, solange Marianne denken konnte.

»Hör zu«, sagte Theodor schließlich. »Ich habe größten Respekt vor dem, was du hier aufgebaut hast.«

Warum fühlte es sich dann aber nicht so an? Marianne schwieg eisern. Er war es, der ihr dieses Gespräch aufgedrängt hatte – sollte er also sagen, worum es ihm ging.

»Alles, was ich möchte, ist meine Hilfe anzubieten. Ich kann dieses Unternehmen mit meiner Erfahrung auf eine neue Stufe heben. Ich wäre sogar bereit, mich finanziell zu beteiligen, wenn du mich lässt. Ich denke, in den richtigen Händen ließe sich aus deiner Idee sehr viel Potenzial schöpfen. Deine Familie müsste sich nie wieder Sorgen um Geld machen.«

Marianne blitzte ihn an. Mit den richtigen Händen meinte er natürlich seine, ihre waren also die falschen. Das hatte sie doch vorhin schon gehört! Galt ihre Arbeit und ihr Können denn gar nichts? Marianne merkte, wie sie schon wieder wütend wurde.

»Ach, du hast also Erfahrung im Schreinergewerbe und mit dem Verkauf von Puppenmöbeln?«, fragte sie bissig.

Theodor holte tief Luft, als müsse er sich zur Geduld zwingen. »Nicht direkt damit, nein, aber ich habe Erfahrungen im Geschäftswesen. Ich habe mich vorhin umgehört, und es scheint ja ein Problem mit dem Holzhändler zu geben.« Theodor hob, wie um sie zu beschwichtigen, die Hand, »Streite es nicht ab! Wenn alles in Ordnung wäre, dann wäre der Mann hier. Ich könnte beispielsweise …«

Marianne hatte genug gehört. »Es gibt kein Problem mit dem Holzhändler. Solange der alte Hartmann mir das Holz liefert, das ich benötige, kann er ansonsten tun und lassen, was er möchte. Und das bedeutet auch, dass er nicht auf meine Einweihungsfeier kommen muss, wenn er nicht will.«

Wieder hob Theodor beschwichtigend die Hände. Das tat er auffallend häufig – die Geste besänftigte sie nur nicht, sondern machte sie eher rasend.

»Liebe Marianne, das kannst du natürlich nicht wissen, aber in Geschäftsbeziehungen ist auch ein gutes privates Verhältnis von Bedeutung. Nur so bekommst du die besten Preise und erfährst wichtige Einzelheiten über neue Lieferungen oder besondere Materialien als Erster.«

Damit hatte er sogar recht, und das ärgerte Marianne am meisten. Aber wenn Theodor erst einmal einen Fuß in der Tür ihrer Schreinerei hätte, würde er das ganze Geschäft kontrollieren wollen, davon war sie überzeugt. Er ließ ja jetzt schon nicht locker.

Theodor beugte sich vor. »Ich muss zugeben, nach allem, was ich gehört habe, kann ich die Vorbehalte Herrn Hartmanns gegen dich verstehen«, raunte er. »Du hast immerhin seinen Sohn auf dem Gewissen.«

Marianne erstarrte. Auf einmal schien das Blätterdach über ihr zu schwanken, der Waldboden unter ihren Füßen nachzugeben. Haltsuchend griff sie nach dem Buchenstamm.

»Wie kannst du es wagen?«, flüsterte sie.

»Du meinst, dein kleines Geheimnis geht mich nichts an? Nun, die Leute scheinen das anders zu sehen. Sie haben es nicht vergessen und wie du siehst, reicht es, ein paar Fragen zu stellen und sie geben bereitwillig Auskunft.« Er lächelte selbstgefällig. »Was natürlich auch mein Geschick in der Gesprächsführung beweist, nicht wahr? Da dürften wir uns einig sein. Wenn es also darum geht, die bestehenden Vorbehalte auszuräumen, könnte ich für dich bei Herrn Hartmann vorsprechen und …«

»Nein«, fauchte sie. »Das wirst du nicht tun. Ich verbiete es dir!«

Sie wandte das Gesicht ab, damit er ihre Tränen nicht sah. Ihr Herz raste, sie hatte das Gefühl, keine Luft mehr zu bekommen. Musste Theodor Werwinkel ausgerechnet heute in dieser alten Wunde bohren?

Es hätte einer ihrer schönsten und fröhlichsten Tage werden sollen, und er hatte es endgültig verdorben. Hatte ihren Erfolg zunichtegemacht, indem er dafür sorgte, dass man hinter ihrem Rücken auch weiterhin schlecht über sie redete …

Als Marianne seine Hand auf ihrer Schulter spürte, brach sich ihre bittere Enttäuschung Bahn.

»Fass mich nicht an«, schrie sie. Sie wollte nur weg von dem Mann, der es nicht lassen konnte, sie an Fritz, dessen Tod und ihre Verstrickung darin zu erinnern. Grob schlug sie seine Hand beiseite und rannte davon.

Erst auf halber Strecke zum Tor fiel ihr auf, wie viele fragende und alarmierte Blicke ihr vom Vorplatz der Schreinerei aus folgten. Wenn sie jetzt umkehrte, würde sie unzählige Fragen beantworten müssen.

Nein, das wollte und konnte sie nicht.

Sie wollte nur noch ihre Ruhe haben.

Sie scherte aus und hetzte nach links in den Wald, statt den kurzen Weg nach Hause zu nehmen. Farnwedel peitschten um ihre Waden, aber sie wurde nicht langsamer, bis sie das Rufen und die Festgeräusche nicht mehr hören konnte.

Dämmriges Grün empfing sie auf der kleinen Lichtung, auf der im Sommer Walderdbeeren wuchsen. Hier war die Welt eine völlig andere. Still und friedlich.

Marianne sank ins Gras.

Fernab vom Trubel und unbedrängt von Theodor gelang es ihr endlich wieder, durchzuatmen.

Aber der Schmerz und die Scham blieben.

KAPITEL 20

Alexandre neigte den Skizzenblock so, dass der Schein der Nachmittagssonne darauf fallen konnte. An den vergangenen Tagen war der Himmel meist bedeckt gewesen, und er wollte das helle Licht nutzen, um die Buschwindröschen zu zeichnen, die sich am Waldrand großflächig über den Boden ausgebreitet hatten. Nicht nur eine der weißen Blüten, sondern eine ganze Landschaft wollte er damit gestalten.

Es war das erste größere Bild, an das er sich wagte, seit er angefangen hatte, Puppenmöbel zu bemalen. Die Skizze für Lottchens Poesiealbum war ihm auch schon gelungen. Vielleicht war der Fluch gebrochen?

Aber obwohl die Kühe hinter dem Weidegatter, auf dem er saß, träge Gras kauten und seine Anwesenheit ignorierten, war er heute nicht bei der Sache. Jedes Hämmern des Spechts störte ihn, jede surrende Mücke lenkte ihn ab. Es gelang ihm einfach nicht, sich zu konzentrieren.

Er machte sich Sorgen um Marianne.

Seit der Einweihungsfeier war sie verändert. Während der Aufräumarbeiten am nächsten Tag hatte sie kaum ein Wort gesagt und Tomasz' Einladung, sich abends zu ihnen ans Lagerfeuer zu setzen, ausgeschlagen. Sie wirkte innerlich aufgewühlt, äußerlich aber verschlossen und abweisend.

Kein Wunder, wenn er an die Vorwürfe dachte, von denen er gehört hatte. Nachdem sie davongestürzt war, hatte der arrogante Verehrer von Mariannes Schwester ganz offensichtlich das Getuschel und Geraune der Festgesellschaft genossen, das ihre Flucht ausgelöst hatte. Dieser Fuhrunternehmer hatte dann auch unverhohlen geäußert, dass sie als Frau mit der Schreinerei eben überfordert sei.

Das glaubte Alexandre keineswegs. Aber er spürte, dass es etwas gab, das Marianne stark belastete. Und er wünschte, sie würde es sich endlich von der Seele reden.

Nur, ob ausgerechnet er der Richtige dafür war?

Ludwig war davon überzeugt. »Du gehörst zu den wenigen Menschen, denen Marianne vertraut, und von denen bist du der Einzige, der nicht aus der Gegend stammt. Du kennst ihre Vergangenheit nicht, du bist unvoreingenommen. Vielleicht bist du genau deshalb derjenige, dem sie sich mit ihren Problemen anvertrauen kann. Mir wollte sie nicht sagen, was vorgefallen ist. Ich kann mir allerdings denken, worum es ging …«

Alexandre hatte versprochen, es zu versuchen.

Sie waren sich auch einig gewesen, dass sie nicht zulassen würden, dass Marianne sich von diesem Schnösel ihre Zukunftsträume kaputtmachen ließe – jetzt, wo sie endlich zum Greifen nah waren. Dass in der Wagnerschen Schreinerei endlich wieder gearbeitet wurde, war allein Mariannes Verdienst und allenfalls noch der ihres stummen Großvaters. Solange Ludwig und er es verhindern konnten, würde Theodor sich den Betrieb nicht unter den Nagel reißen, um damit seine eigenen Pläne zu verfolgen.

»Niemals«, knurrte Alexandre. Der Umriss, den er von der Blüte aufs Papier gebracht hatte, war viel zu grob geworden. »Verdammt!«

Beinahe hätte er die Schritte hinter sich nicht bemerkt, wenn sie nicht so abrupt verstummt wären.

Er wandte den Kopf. »Marianne …«

»Hallo.« Sie machte Anstalten, mit einem flüchtigen Winken an ihm vorbeizugehen. Der Flechtkorb, der an ihrem Arm hing, war leer, vermutlich war sie auf der Suche nach Kräutern. Um frische, schmackhafte Triebe zu sammeln, war jetzt die beste Zeit.

»Warte bitte.« Er klappte den Skizzenblock zu und sprang auf. »Hast du ein paar Minuten für mich?«

Sie nickte.

»Wollen wir einen Spaziergang um den See machen?«

Jetzt zögerte sie. »Hast du mich abgepasst, um mich das zu fragen?«

»Nein. Woher hätte ich wissen sollen, dass du gerade hier vorbeikommst? Ich habe einfach gezeichnet, aber wo du jetzt hier bist, würde ich gern die Gelegenheit ergreifen und mit dir reden. Natürlich nur, wenn es dir recht ist.«

Bittend sah er sie an. Er hoffte, dass sie zustimmte. Was, wenn nicht? Er konnte sie ja schlecht zwingen, ihr Herz bei ihm auszuschütten.

»Na gut.« Sie biss sich auf die Lippen.

Die ersten Meter gingen sie schweigend nebeneinander her, aber es fühlte sich nicht unangenehm oder bedrückend an. Die Luft war erfüllt von Frühlingsgeräuschen – überall zirpte, zwitscherte oder raschelte es.

»Man kann hören, wie die Natur erwacht«, sagte er.

Sie streifte ihn mit einem kurzen Seitenblick. Eher fragend, nicht abweisend. Ahnte sie, warum er um diesen Spaziergang gebeten hatte? Wundern würde es ihn nicht. Auch in den gemeinsamen Arbeitsstunden an der Werkbank verständigten sie sich oft wortlos. Sie wusste, was er dachte oder empfand – und umgekehrt. Nur dass er es bisher strikt vermieden hatte, sich das einzugestehen.

Weil er über die Folgen lieber nicht nachdenken wollte.

Weil das bedeutete, dass … *nein*!

Er fing seine galoppierenden Gedanken ein und verbot sich, ihnen weiter zu folgen. Heute ging es einzig und allein um Marianne, nicht um ihn.

Als sie den Neumühlsee erreichten, spiegelte sich das zarte Blau des Himmels im Wasser. Der Pfad am Ufer war verlassen, zum Baden war es nur den Enten nicht zu kalt. In der Ferne zog ein Schwanenpaar gemächlich seine Runden und verschwand dann im Schilf.

»Marianne …?«

»Hm?«

»Willst du mir davon erzählen?«

Sie wusste sofort, was er meinte. »Von Fritz?«

»Ja.«

»Warum?«, fragte sie leise.

»Weil mich weder das Dorfgeschwätz interessiert, noch das, was Theodor Werwinkel behauptet. Wie es wirklich war, weißt nur du. Und ich möchte es gerne von dir erfahren.«

»Ich habe seit damals mit niemandem über Fritz gesprochen.« Sie blieb stehen. Wirkte unschlüssig. »Allerdings hatte ich auch nie das Gefühl, dass jemand hören wollte, was ich zu sagen hatte. Fritz war tot und alle der Meinung, ich sei schuld. Das stand für alle fest.«

Alexandre berührte ihre Schulter. »Für mich nicht.«

»Aber es stimmt ja auch. Wenn ich nicht …« Voller Verzweiflung hob sie die Hände. »Er könnte noch leben, wenn ich ihn nicht abgewiesen hätte!«

Vielleicht hatte Ludwig recht. Vielleicht redete Marianne nur deshalb weiter, weil er ein Fremder war, und sie davon ausging, dass er demnächst weiterziehen würde – so, wie er es vor dem

Winter angekündigt hatte. Oder aber, weil sie wusste, dass er gelegentlich von seinen eigenen Dämonen heimgesucht wurde und sie deshalb verstand. Was es auch war – sie entschied sich jedenfalls, sich ihm mit ihrer Vergangenheit zu öffnen.

»Fritz und ich waren Freunde, von Kindheit an. Es hat sich einfach so ergeben, weil wir ständig zusammen waren. Unsere Väter hatten ja auch dauernd miteinander zu tun.« Ihr Blick schweifte über den See. »Wir spielten am Goldbach oder im Wald, versteckten uns im Holzlager bei den Hartmanns oder stellten die Schreinerei auf den Kopf.«

Sie erzählte, wie sie Fritz darum beneidet hatte, dass er ein Junge war und ihn niemand wegen Schmutzflecken auf der Kleidung oder zerrissener Strumpfhosen schalt.

»Ich glaube, mein Vater hätte selbst gern einen Sohn wie Fritz gehabt. Das Gerede, dass wir irgendwann heiraten würden, hat schon früh angefangen und wurde lauter, als wir in der Schule ein Märchen aufführten. Ich spielte das Aschenputtel und Fritz den Prinzen. Eigentlich waren wir beide nur stolz, dass wir jeweils die Hauptrolle bekommen hatten. Aber ab da schien es ausgemachte Sache zu sein, dass wir beide zusammengehörten. Wir haben damals nur die Augen verdreht, wenn wieder jemand davon anfing.« In ihrer Stimme schwang Wehmut mit. »Wenn ich heute zurückblicke, denke ich, Fritz war für mich eher wie ein Bruder. Vielleicht sogar ein Zwilling. Auch später, als wir älter waren, habe ich nie das Gefühl gehabt, dass ich mich in ihn verlieben könnte. Ich war überzeugt, dass für ihn dasselbe galt.«

»Aber so war es nicht?«

»Nein, so war es nicht.« Sie senkte den Kopf. »Leider.«

Für Sekunden schwieg sie, sah in die Ferne.

Eine Libelle schwebte vorbei – ein Wesen wie aus einer anderen Welt, mit hauchzarten, durchsichtigen Flügeln.

Alexandre drängte Marianne nicht. Er spürte, dass sie in Erinnerungen versunken war. Sie würde weitererzählen, wenn sie dazu bereit wäre.

»Ich frage mich bis heute, ob Fritz jemals wirklich in mich verliebt war«, fuhr sie schließlich fort.

»Warum bezweifelst du das?« Er unterdrückte den Impuls, sie berühren zu wollen. Ahnte sie nicht, wie liebenswert sie war? Wie besonders?

»Fritz hat mich mit seinem Antrag völlig überrumpelt. Es gab vorher zwischen uns keine zarten Annäherungen, keine sprühenden Funken, keine heimlichen Träume, nichts! Wir waren beste Freunde. Ich dachte, ich kenne ihn besser als jeden anderen. Warum er mich plötzlich heiraten wollte, begreife ich bis heute nicht …«

»Und deshalb hast du ihn abgewiesen.«

»Natürlich, was hätte ich sonst tun sollen?« Ihre Augen schimmerten feucht. Die Traurigkeit, die von ihr ausging, brach ihm beinahe das Herz.

»Ich wollte das alles nicht – seine Beteuerungen, seine Küsse …«

»Was ist dann passiert?«

»Er war tief gekränkt, weil ich seinen Ring nicht annehmen wollte. Wütend, verletzt. Er warf mir vor, ich sei anmaßend und würde mich einen Dreck um ihn scheren.« Sie sprach jetzt sehr leise, er konnte sie kaum noch verstehen. Ihre Stimme zitterte. »Dabei stimmte das gar nicht. Fritz war mir immer wichtig.«

»Aber nicht auf diese Weise.«

»Nein, nicht so.«

Eine Amsel landete neben Alexandre auf der Uferwiese. Sie hüpfte umher, spreizte keckernd das schwarze Gefieder und hielt nach Regenwürmern im feuchten Boden Ausschau.

Marianne nahm den Vogel ebenso wenig wahr wie zuvor die Libelle. Ihr Blick war in die Vergangenheit gerichtet. Den Flechtkorb hatte sie zu ihren Füßen abgestellt.

»Fritz hielt mir vor, ich würde den Wunsch meines Vaters missachten. Der hätte ihn zum Schwiegersohn gewollt. Und auch sein eigener Vater fand, dass die Schreinerei schon viel zu lange brach lag und wir deshalb endlich heiraten sollten. Ich habe ihn gefragt, ob er mir nur deshalb den Antrag machen würde, weil unsere Väter das so beschlossen hatten. Ob unsere persönlichen Wünsche und Gefühle dabei gar keine Rolle spielten. Ich glaube, in dem Moment ist ihm klar geworden, dass es ein Fehler war.«

»Hat er das gesagt?«

»Nicht direkt. Er hat mich angebrüllt und ist dann weggerannt.«

»Ins Wirtshaus. Und so ist der Unfall passiert, bei dem er ums Leben gekommen ist?«

»Nein, der Unfall war zwei Tage später. Soweit ich weiß, hat er diese zwei Tage kaum nüchtern verbracht.« Gedankenverloren strich sie sich über die Stirn.

Alexandre stutzte. Nach allem, was er bisher an Gerüchten gehört hatte, war er stets davon ausgegangen, dass Fritz unmittelbar nach dem Treffen mit Marianne gestorben war. Enttäuscht, betrunken, nicht ganz Herr seiner Sinne – so hatte er sich den Unfall vorgestellt, den manche im Dorf auch für Selbstmord hielten, und an dem alle Marianne die Schuld gaben.

»Hast du davor noch einmal mit ihm gesprochen?«

Sie schüttelte den Kopf. »Nein, und das kann ich mir nicht verzeihen. Dass wir so auseinander gegangen sind. Im Streit. Dass Fritz vielleicht noch leben würde, wenn ich mich mehr darum bemüht hätte, dass wir uns wieder vertragen. Aber ich war so durcheinander. Ich wollte ihm nicht nachlaufen, ihn erst einmal nicht mehr sehen. Ich brauchte Zeit! Ich konnte doch damals nicht ahnen, dass mir keine Zeit mehr blieb …«

Sie schlug die Hände vors Gesicht. Ihre Schultern bebten und Alexandre konnte sich nicht länger zurückhalten. Er warf seinen Skizzenblock ins Gras und zog sie an sich.

»Schon gut«, murmelte er. »Dich trifft keine Schuld! Du hättest nichts tun können.«

»Aber ich …«

»Worte verhindern keine Unfälle.«

Sein Hemd wurde nass von ihren Tränen, aber sie wich nicht zurück.

Und er hielt sie fest. Atmete ihren Duft ein und strich ihr beruhigend über den Rücken. Dass Marianne bei ihm Trost und Schutz suchte, schnürte ihm die Kehle zu.

Er schätzte sie. Ihre natürliche Offenheit. Ihren Mut, ihre Stärke. Ihren Lernwillen und die Entschlossenheit, Dinge anzupacken und gegen alle Widrigkeiten durchzusetzen.

Heute erlebte er sie anders. Ganz anders.

Verloren, Halt suchend.

Und doch war sie dieselbe Frau.

»Glaub mir, ich verstehe dich gut.« Gegen Schuldgefühle kämpfte er selbst seit Jahren an. Und das nicht nur, weil er den Krieg überlebt hatte und so viele seiner Kameraden unter entsetzlichen Umständen gestorben waren. »Ich habe meine Entscheidungen so oft in Frage gestellt, mit mir gehadert, ob ich das Richtige getan habe, ob ich genug …«

Seine Stimme drohte zu kippen, und er räusperte sich. Statt ihr von den Gräueln des Krieges zu berichten, erzählte er ihr von Florin, dessen Familie ihn bei sich aufgenommen hatte und die vor seinen Augen vertrieben worden war.

»Mittlerweile denke ich, dass ich meine Möglichkeiten überschätzt habe. Wir haben vermutlich viel weniger Einfluss auf das Schicksal oder den Lauf des Lebens, als wir uns einbilden. Schreckliche Dinge passieren. Es steht nicht in unserer Macht, sie zu verhindern, egal, was wir tun.«

»Dann wäre ja alles sinnlos …«

»Nein«, erwiderte er. In seinen dunkelsten Stunden hatte er das auch gedacht, aber so war es nicht. »Es heißt nur, dass wir manchem Schmerz nicht entkommen können. Menschen sterben. Ohne unser Zutun, ohne dass wir Schuld daran haben. Bei Unfällen. An Krankheiten. In Kriegen, die wir nicht gewollt haben. Das Leben ist …«

»Ungerecht?«

»Nie vorhersehbar, wollte ich sagen.« Ihr Haar unter seinen Fingern fühlte sich weich an. »Und das ist keineswegs immer schrecklich. Unverhofft können uns auch die schönsten und wunderbarsten Dinge passieren. Verstehst du?«

Etwas veränderte sich.

Er spürte es.

Die Art, wie Marianne sich an ihn schmiegte, verriet, dass sie es auch spürte.

»Ja«, flüsterte sie. »Ich verstehe.«

Ein Knistern, als tanzten winzige Funken zwischen ihnen. Ein Prickeln, dort wo ihre Körper sich berührten. Es war, als pulsierte ihr Blut plötzlich im selben Rhythmus.

»Alexandre …« Mehr sagte sie nicht.

Er wusste trotzdem, was sie meinte. Dass es genau das war, was sie bei Fritz nie gespürt hatte. Dass Fritz ihr nie auf diese Weise nahegekommen war.

Sekunden verstrichen. Zum ersten Mal seit Ewigkeiten empfand er einen Augenblick inneren Friedens. Das Gefühl, angekommen zu sein.

Zur richtigen Zeit, am richtigen Ort.

Aber dann war der Moment auch schon wieder vorbei.

Marianne löste sich aus seiner Umarmung. Er gab sie frei und bedauerte, dass er sie nicht geküsst hatte.

Zu spät.

Oder – doch nicht? War das ein Anfang oder ein Ende? Was es auch war, es ließ Marianne lächeln, auch wenn ihre Wangen noch nass von Tränen waren.

»Gehen wir noch einige Schritte«, sagte sie und griff nach ihrem Korb.

Er hob seinen Skizzenblock auf. Die Amsel hüpfte davon, im Schnabel einen erbeuteten Regenwurm.

Über dem Wasser flimmerte das Sonnenlicht.

KAPITEL 21

Schwäbisch Hall, Mai 1955

»Herzlichen Glückwunsch zum Geburtstag!« Jutta platzte in Käthes Laden, kaum dass Henriette die Tür aufgeschlossen und das Schild mit der Seite, auf der »Geöffnet« stand, nach außen gedreht hatte. Sie hielt ein hübsch verpacktes Päckchen mit knallroter Schleife hinter ihrem Rücken versteckt. »Willkommen im Club! Halt, nein, ich bin ja trotzdem viel älter als du.«

»Pfft, die zwei Jahre ...«

»Zwei Jahre sind eine Menge.« Sie umarmte Henni und drückte ihr dann das Geschenk in die Hand. »Und? Wie fühlt es sich an, sechzehn zu sein?«

Henriette lachte. »Eigentlich nicht anders als gestern, als ich noch fünfzehn war.«

»Zu jung jedenfalls, um bei der Arbeit derart auffälligen Lippenstift zu tragen«, beschied Käthe, deren missbilligende Miene Henni schon seit dem frühen Morgen begleitete.

Aber wenn sie heute schon im Laden stehen musste, weil ihr 16. Geburtstag in diesem Jahr unglücklicherweise auf einen Montag fiel, konnte sie sich doch wenigstens ein bisschen zurechtmachen!

»Oh, oh, Tanten-Alarm.« Jutta rollte mit den Augen. »Oder die übliche Montagslaune?«

»Beides vermutlich.« Neugierig zupfte Henni an der roten Schleife. »Darf ich es gleich aufmachen?«

»Unbedingt!« Jutta warf einen Blick auf die Uhr. »Ich muss nämlich schleunigst ins Büro, sonst bekomme ich Ärger mit meinem Chef. Wenigstens stört der sich nicht an meinem Lippenstift.« Sie grinste. »Im Gegenteil. Ich glaube, er freut sich, wenn seine Tippfräulein nicht völlig verwahrlost aussehen …«

Sie unterhielten sich noch ein paar Minuten wispernd weiter, während Tante Käthe mit grimmigem Blick die Ladentheke mit Fruchtcocktail-Dosen, dem Sonderangebot der Woche, bestückte. Dabei packte Henni ihr Geschenk aus. Es war ein Maniküre-Set in einem feinen Stofftäschchen. Sie hatte es erst kürzlich in der Auslage des Kosmetiksalons bewundert und kannte daher den Preis.

»Bist du verrückt?«, rief sie.

»Reg dich ab. Meine Mutter hat mir das Geld dafür gegeben. Sie wollte, dass ich dir ein nettes Geschenk kaufe, weil sie findet, dass du einen so ausgleichenden Einfluss auf mich hast …« Jutta zwinkerte vielsagend. »Da lassen wir sie doch einfach in dem Glauben und haben beide was davon.«

»Du bist unmöglich.« Henni presste das begehrte Set an die Brust. »Richte ihr meinen herzlichsten Dank aus! Ich freue mich sehr.«

»Besuchst du mich heute Abend? Für ein Stündchen lässt dich der Drachen doch bestimmt aus dem Haus. Dann können wir dir die Nägel feilen, auf deinen Geburtstag anstoßen oder in meinem Zimmer das Tanzbein schwingen.«

»Ich komme gern.« Henni lachte. Seit Jutta einen tragbaren Plattenspieler besaß, probierten sie neue Tanzschritte aus oder ließen zu flotter Musik die Hüften kreisen. Boogie-Woogie tanzte Henni am liebsten, Jutta bevorzugte Jitterbug oder Lindy Hop. Spaß hatten sie dabei jedenfalls immer, und es war ihnen egal, ob im darunterliegenden Speisezimmer von Juttas Eltern die Deckenlampe wackelte.

»Aber nun spute dich, ehe du wegen mir Ärger mit deinem Chef bekommst.«

»Auf Wiedersehen«, rief Jutta und winkte Tante Käthe zu, bevor sie auf klackernden Absätzen aus dem Laden eilte.

Es sollte nicht die einzige Überraschung an diesem Vormittag bleiben. Gegen zehn Uhr erschien ein Bote mit einem üppigen Blumenstrauß.

»Gibt es hier ein Fräulein Henriette Wagner?«

»Hopp!« Käthe scheuchte sie hinterm Tresen vor. »Geh schon und nimm ihm das Präsent ab.«

Überwältigt nahm Henni das Gebinde aus weißen Pfingstrosen und süß duftenden Freesien entgegen. Noch bevor sie den Umschlag mit der Glückwunschkarte öffnete, ahnte sie, dass nur Theodor ihr die Blumen geschickt haben konnte. Dennoch klopfte ihr Herz wie verrückt, als sie seine Zeilen las.

Neugierig äugten Tante Käthe und eine Kundin ihr über die Schulter. »Was schreibt dein Verehrer denn?«

»Er will mich am Wochenende ausführen.« Juchzend klappte sie die Karte wieder zu. »Zum Essen. Ist das nicht wundervoll?«

Die Kundin nickte. »Und so schöne Blumen hat er ausgewählt.«

Käthe war weniger beeindruckt. »Der Herr Werwinkel kann sich das ja auch locker leisten.«

Henriette scherte sich nicht um das Genörgel ihrer Tante. Für sie zählte vor allem die Geste. Dass Theodor an ihren Geburtstag gedacht hatte, freute sie, aber dass er seine Zuneigung mit Blumen bekundete, noch viel mehr.

Weiße Rosen, das war doch ein echter Liebesbeweis!

Verträumt sog sie den Blütenduft ein. Welche symbolische Bedeutung hatten Freesien? Standen sie eher für Zärtlichkeit oder für Treue? Egal, was es war – sie harmonierten perfekt mit den Pfingstrosen. Der Strauß war einfach wunderschön.

Als Theodor sie am Sonntagvormittag mit dem Wagen abholte, lachte die Sonne zwischen weißen Schäfchenwolken vom Himmel. Es versprach, ein sommerlich warmer Maitag zu werden. Stolz trug Henriette das gepunktete Kleid, das ihr so gut stand, und unter dem der neue Petticoat hervorblitzte, den sie sich von ihrer Mutter zum Geburtstag gewünscht und auch bekommen hatte. Dass er selbstgenäht und nicht gekauft war, merkte man dem bauschigen Stoff nicht an – ganz im Gegenteil, er saß perfekt.

Theodors Erziehung verbot es ihm, bei ihrem Anblick wie ein Gassenjunge durch die Zähne zu pfeifen, aber er musterte sie anerkennend und ließ sich dazu hinreißen, ihr ein Kompliment ins Ohr zu raunen. »Mit dir kann man sich sehen lassen.«

»Das hoffe ich doch sehr.« Kichernd schlüpfte sie auf den Beifahrersitz des Mercedes. »Vielen Dank nochmals für die Blumen und die Einladung! Wo fahren wir hin?«

Das Ziel, das er ausgesucht hatte, war eine Gastwirtschaft mit großer Freiterrasse, von der aus man einen wunderbaren Blick über die Haller Ebene hatte. In der Ferne mäanderte der Kocher durch Auen und Wiesen, dazwischen sprenkelten Rapsfelder die Landschaft mit blühendem Gelb.

Das Lokal war gut besucht, doch Theodor hatte im Schatten einer mächtigen Ulme für sie reserviert. In der Luft hing der betörende Duft des Flieders, der in getöpferten Vasen die Tische schmückte.

Höflich rückte Theodor ihren Stuhl zurecht. »Ich hoffe, du bist mit meiner Wahl zufrieden. Oder hättest du ein schickes Restaurant in der Stadt bevorzugt?«

Sie schüttelte den Kopf. Wer wollte bei diesem herrlichen Wetter drinnen sitzen? »Besser hätten wir es doch gar nicht treffen können.«

Die Bedienung brachte ihnen die Speisekarte und wischte eine herabgefallene lila Fliederblüte von der Tischdecke. »Darf es schon etwas zu trinken sein?«

Sekt gab es zu Hennis Bedauern nicht, also bestellte sie ein Glas Apfelschorle und Theodor wählte ein Pils. Bei der Auswahl des Essens einigten sie sich auf Kalbsschnitzel mit Spargelgemüse.

»Spargel habe ich noch nie probiert«, gestand sie. »Stimmt es, dass er ähnlich wie Schwarzwurzeln schmeckt?«

»Viel besser«, meinte Theodor.

Sie fand es nett von ihm, dass er keine abfällige Bemerkung über Schwarzwurzeln machte oder sie als Arme-Leute-Gemüse abtat, wie Jutta es einmal getan hatte, die das Gemüse verabscheute. Henni aß es eigentlich ganz gern.

Nun wartete sie gespannt darauf, den Spargel zu kosten. Aber vorerst musste sie sich noch ein Weilchen gedulden. Als die Bedienung zurückkehrte, hatte sie nur die Getränke auf ihrem Tablett.

»Zum Wohl«, nickte Theodor und prostete Henriette zu.

Sie nippte an ihrer Apfelschorle. Neben ihr, am Rand der Terrasse, zankten ein paar Spatzen um einen Leckerbissen, den sie erbeutet hatten. In das Tschilpen mischte sich leise Radiomusik, die aus der Gastwirtschaft nach draußen drang.

»Ganz Paris träumt von der Liebe …«, trällerte Caterina Valente.

Henni summte verträumt mit. Da der Hit seit Wochen überall lief, kannte sie den Schlagertext längst auswendig.

Theodor betrachtete sie amüsiert.

Als sie um seine Mundwinkel das herablassende Zucken zu erkennen glaubte, mit dem er sonst nur Marianne bedachte, hörte sie sofort auf zu summen. »Machst du dich über mich lustig?«

»Was? Nein.« Sein Lächeln vertrieb ihre Zweifel.

Der Gedanke an Marianne blieb. Beim Einweihungsfest hatte Theodor sich ihrer Schwester gegenüber ziemlich hässlich verhalten. Bislang machte er keine Anstalten, die Angelegenheit aus der Welt zu schaffen und den Zwist zu begraben. Sosehr Henni mitunter mit Marianne uneins war, in diesem Fall konnte sie ihre Schwester verstehen.

»Bitte sehr, Kalb mit Spargel!« Schwungvoll platzierte die Bedienung zwei Teller auf dem Tisch.

»Ah, das sieht aber gut aus«, fand Theodor.

»Lassen Sie sich's schmecken!« Die Kellnerin eilte weiter zum Nebentisch, um dort das Brotkörbchen und die Schüssel Wurstsalat abzustellen, die sie noch auf dem Arm hatte.

Henni staunte über die Größe ihrer Portion. »Da könnte ja Lottchen mitessen und auch noch davon satt werden.«

»Warte, bis du gekostet hast.« Theodor breitete schmunzelnd die Serviette über seinem Schoß aus. »Vielleicht änderst du dann deine Meinung …«

Henni wünschte ihm guten Appetit, schnitt ein Stückchen Spargel ab, tunkte es in die Sauce und schob es in den Mund. Es schmeckte himmlisch!

Auch das Fleisch war wunderbar zart und die Kartoffeln sogar mit Petersilienblättchen bestreut. Am Ende verputzte sie restlos alles, was sie auf dem Teller hatte.

Theodor bestellte noch ein Pils und Henni eine Erdbeerbowle, weil an Nachtisch nicht zu denken war. In ihrem Magen war schlicht kein Platz mehr.

Wohlig seufzend tupfte sie sich die Lippen mit der Serviette ab. »Das Essen war wirklich köstlich.«

Theodor lehnte sich auf seinem Stuhl zurück. So zufrieden wie er jetzt wirkte, war es vielleicht der beste Moment, ihn auf Marianne und sein Verhalten neulich auf der Feier anzusprechen.

»Ich finde übrigens, du solltest dich bei meiner Schwester entschuldigen.«

»Bei Marianne? Wofür?« Schlagartig blitzte Ärger in seinen Augen auf.

»Du hättest nicht so mit ihr sprechen dürfen. Es war falsch, sie auf dem Fest so anzugehen.«

»Ich soll mich entschuldigen, weil ich ihre Pläne kritisiert habe?« Er stellte das frische Pils, das er gerade zum Mund führen wollte, ruckartig auf dem Tisch ab. Schaum schwappte über den Rand des Glases und tropfte auf das Tischtuch. »Du weißt, dass ich absolut recht habe mit meiner Einschätzung. Wie oft habe ich dir schon erklärt, warum sie in meinen Augen überfordert ist mit der Führung der Schreinerei.«

»Das meine ich doch gar nicht.«

»Was dann? Dass ich die Wahrheit ausspreche, von der sie nichts hören will?« Er schnaubte verächtlich. »Auch dafür muss ich mich nicht entschuldigen.«

Henni knibbelte mit dem Fingernagel an einem Saucenfleck auf der Tischdecke. »Du hast sie verletzt. Wenn es um den Tod von Fritz geht, reagiert sie empfindlich. Du hättest das nicht ausnutzen und weiter in der Wunde bohren dürfen. Damit hast du ihr das ganze Fest verdorben.«

Stille. Nur die Gespräche der anderen Gäste waren zu hören, dazu der sonore Bass von Bruce Low aus dem Radio. »Das alte Haus von Rocky Docky …«

Sie wagte nicht, den Kopf zu heben, solange Theodor schwieg. Dass sie ihm Widerworte gab, war bisher selten vorgekommen. Fast bereute sie es schon, überhaupt den Mund aufgemacht zu haben.

»Na gut«, gab er schließlich nach.

Henriette plumpste nicht nur ein Stein, sondern ein ganzer Felsbrocken von der Seele.

»Wenn es dir so wichtig ist …«

»Ist es«, bestätigte sie leise.

Er nahm ihre Hand und hinderte sie so, noch länger an dem dummen Fleck herumzukratzen. »Das ehrt dich, Henriette. Ich weiß, dass du mit Marianne nicht oft einer Meinung bist. Wenn ich sie gekränkt habe, tut es mir leid.«

Henni blickte auf, direkt in Theodors Augen. Er wirkte nicht begeistert, aber doch ehrlich besorgt, oder etwa nicht? Sie lächelte. »Danke.«

»Ich werde mich bemühen, mich in Zukunft diplomatischer zu verhalten«, fügte er hinzu. »Mir liegt nichts daran, deine Schwester zu verletzen. Das musst du mir glauben. Aber dass sie damals die Heirat mit Fritz Hartmann abgelehnt hat, beweist genau das, was ich immer sage – Marianne ist nicht in der Lage, vernünftige Entscheidungen zu treffen. Sonst hätte sie erkannt, wie sinnvoll die Verbindung mit dem Sohn des Waldenburger Holzhändlers ist und hätte seinen Antrag nicht patzig zurückgewiesen.«

Henni protestierte. »Sie hat den Fritz aber nicht geliebt.«

»Ach, Liebe. Das ist so ein großes Wort …«

Sie starrte auf seine Hand, die ihre hielt. »Ich hätte an Mariannes Stelle ebenso abgelehnt. Aus Vernunftgründen zu heiraten, nein, das kann ich mir nicht vorstellen. Und es kann auch nicht richtig sein! Ich finde, man sollte nur aus Liebe heiraten.«

Sein Daumen strich in sachten Kreisen über ihren Handrücken. Die Bewegung hatte etwas Beruhigendes. Henni spürte, wie sich ihre Schultern entspannten.

»Du bist so romantisch veranlagt.«

»Mag sein«, flüsterte sie.

»Meine Mutter war es auch.«

Dann konnte Henni erst recht nichts Schlechtes daran finden. »Sei ehrlich, würdest du anders handeln? Eine Vernunftheirat eingehen mit jemandem, den du nicht liebst?«

»Die Frage stellt sich für Männer nicht.«

»Wieso?« Mit dieser ausweichenden Antwort wollte sie ihn nicht davonkommen lassen.

»Nun, für Frauen ist es im Allgemeinen wichtiger, versorgt zu sein«, erklärte er. »Ein Mann muss aus solchen Gründen nicht heiraten, der kann für sich selbst sorgen.«

Blitzartig durchzuckte Henni die Angst, Theodor könnte ihr diesen Hintergedanken unterstellen. »Denkst du, deshalb sitze ich hier und bin gern mit dir zusammen? Nicht, weil ich dich liebe, sondern weil ich auf dein Geld aus bin und versorgt sein will?«

Tränen schossen ihr in die Augen. Sie blinzelte hektisch mit den Wimpern und hoffte, dass die Tusche nicht verlief. Wie würde sie dann aussehen, mit schwarzen Tränenbächen auf den Wangen! Mit der freien Hand kramte sie in ihrer Handtasche nach einem Taschentuch. Endlich fand sie das Tempopäckchen und zerrte es hervor.

»So etwas denke ich nicht«, sagte Theodor. »Nicht von dir.«

Das klang, als würde er reichlich Frauen kennen, die anders

waren. Bei dem Gedanken fühlte Henni sich noch schlechter. Nahm er ihre Gefühle überhaupt ernst?

»Ja, ich bin erst sechzehn. Viel jünger als du. Aber was ich für dich empfinde, ist nicht bloß eine romantische Schwärmerei.«

»Das weiß ich doch.«

»Ich liebe dich wirklich, Theodor«, beteuerte sie.

Sein Gesichtsausdruck wurde sanfter. Er nahm ihr das Tempo aus der Hand und trocknete behutsam ihre Augenwinkel. Wurde ihm erst jetzt bewusst, wie ernst sie es meinte?

Und … würde er ihre Worte erwidern?

Das Herz schlug ihr bis zum Hals, als er sich – endlich! – räusperte. »Ich liebe dich auch, Henriette.« Er brach eine der Fliederblüten ab und steckte sie ihr hinters Ohr. »Du bist einfach bezaubernd.«

Seine Lippen waren warm. Henni schloss die Augen. Schmeckte seinen Atem, seine Zuneigung.

Nie hatte sie sich ihm näher gefühlt. Nie war sie überzeugter gewesen, dass sie füreinander bestimmt waren.

»Ich würde keinen anderen heiraten als dich«, flüsterte sie mit zitternder Stimme. »Nicht einmal, wenn ein Märchenprinz daherkommt und mich auf sein Schloss entführen will.«

»Ein Schloss kann ich dir leider nicht bieten.«

Sie lächelte. »Mir reicht ein Ring.«

»Ich wünschte, ich hätte einen in der Tasche.« Sein Blick wurde noch zärtlicher. »Vielleicht wäre es das bessere Geschenk zu deinem Geburtstag gewesen.«

»Heißt das …?«

»Würdest du denn ja sagen?«

»Wenn du mir einen Heiratsantrag machst?« Sie zappelte auf ihrem Stuhl herum – es war ihr unmöglich, sitzen zu bleiben und nach außen hin Ruhe zu bewahren, obwohl sie das gern gekonnt hätte. Aber wie sollte sie die Erwachsene spielen, wenn ihr Herz trommelte, als wollte es ihr gleich aus der Brust hüpfen? »Natürlich würde ich ja sagen.«

»Wenn ich dich also fragen würde, ob du meine Frau werden möcht…«

»Ja, ja, ja!« Es hielt sie nicht mehr auf dem Stuhl. Sie sprang auf und fiel Theodor um den Hals. »Tausendmal ja!«

Vielleicht war es kein typischer Heiratsantrag gewesen. Er war nicht auf die Knie gesunken und es gab keinen Ring, den er ihr zum Beweis an den Finger stecken konnte. Wenn Jutta sie später nach sämtlichen Einzelheiten ausfragen würde, konnte sie nur berichten, wie eindringlich und voller Liebe Theodor sie angeschaut hatte und wie gerührt er wirkte, als sie vor Glück beinahe erneut in Tränen ausgebrochen war. Aber für Henriette fühlte sich die Situation größer und bedeutender an als alles, was sie je erlebt hatte.

Theodor hatte ihr ein Heiratsversprechen gegeben.

Sie würde einen Ring bekommen – bald.

Somit waren sie jetzt verlobt.

Mit einem zweiten Glas Erdbeerbowle für Theodor besiegelten sie ihr Glück.

»Ich kann es nicht fassen.« Nie würde sie diesen Maisonntag im Schatten der Ulme vergessen, nie das flirrende Gefühl im Bauch. »Tante Käthe wird Augen machen, wenn sie erfährt, was passiert ist.«

Und sehr wahrscheinlich nicht nur Tante Käthe …

KAPITEL 22

In der Wagnerschen Schreinerei zog allmählich der Alltag ein. Mariannes kleine Puppenmöbel-Manufaktur verfügte nun offiziell über mehrere Mitarbeiter, die sie fest oder auch nur stundenweise eingestellt hatte. Ludwig war nach wie vor ihr wichtigster Ansprechpartner, der alles beaufsichtigte und die Führung übernahm, wenn sie nicht da war.

Tomasz, Szymon und ein Handwerker namens Willi erledigten die anfallenden Säge-, Hobel- und Schleifarbeiten inzwischen routiniert, und Marianne musste nur noch selten ein Werkstück beanstanden oder nachbessern. Rudi und Georg halfen häufig mit und hatten Interesse bekundet, voll einzusteigen, sobald die Bauarbeiten im Kinderdorf abgeschlossen waren und sie dort nicht mehr gebraucht wurden.

»Wenn es regnet, ist ein Dach über dem Kopf bei der Arbeit nicht zu verachten«, hatte Ludwig ihre Begründung zitiert und war sie dann angegangen. »Was seid ihr – Handwerker oder Memmen?«

Marianne musste jetzt noch schmunzeln, wenn sie an die beleidigten Gesichter der zwei zurückdachte. Jedem anderen hätten sie die Bemerkung sicher übelgenommen, aber Ludwig genoss allgemein Respekt – für sein Fachwissen und seine ruhige, gerechte Art.

Alexandre hatte es wie erwartet abgelehnt, sich festzulegen oder vertraglich zu binden. »Ich bin hier, solange du mich brauchst«, waren seine Worte gewesen.

Ihr Herz hätte sie am liebsten etwas so Dummes wie »Dann für immer!« erwidern lassen, aber natürlich hatte sie bloß genickt. Er würde gehen, irgendwann. Vielleicht schon bald.

Dann würde wahrscheinlich Elvira seinen Platz einnehmen. Das blasse Mädchen, das Ruth zur Einweihungsfeier mitgebracht hatte, hatte sich als äußerst gelehrig im Umgang mit Pinsel und Farben erwiesen. Zwar lag ihr das Nähen und Sticken noch mehr, aber da Mariannes Mutter selten Hilfe brauchte, verbrachte Elvira deutlich mehr Zeit in der Werkstatt als drüben im Haushalt.

»Unser Elvchen«, nannte Tomasz sie liebevoll.

An zwei Vormittagen in der Woche, dienstags und donnerstags, half das Elvchen jedoch in der Küche, um für alle ein schmackhaftes Mittagessen zuzubereiten. Kräftige Suppe mit frischem Brot oder herzhafter Gemüseeintopf – der gemeinsame Mittagstisch auf dem Lindenhof war etwas, auf das Marianne wirklich stolz war. Er schweißte die Gruppe ihrer engsten Mitarbeiter auf fast familiäre Weise zusammen, und sie war froh, dass ihre Mutter sofort bereit war, sie darin zu unterstützen, als sie danach gefragt hatte. Die Männer beteiligten sich, indem sie Lebensmittel beisteuerten. Willi war ein geschickter Angler, der Fische in allen Größen aus dem See zog, und die anderen brachten Ernteerträge wie Rhabarber, Lauch oder Zwiebeln mit.

Auch Mariannes Großvater wirkte an den Tagen, wenn die Männer mit am Tisch saßen, wacher als sonst. Zwar vergaß er mitunter trotzdem, seine Suppe zu essen, aber er lauschte den Gesprächen ringsum aufmerksam und seine Augen folgten jeder Geste. Marianne war darüber unglaublich froh. Es war ihr nach wie vor wichtig, ihn zu beteiligen, denn sie verdankte ihrem Großvater viel.

Bei schönem Wetter deckte das Elvchen draußen unter der Linde den Tisch, und Lottchen kam im Sauseschritt von der Schule nach Hause, um ja nichts zu verpassen. Vor allem an Ludwig hing sie. Heute quasselte sie fortwährend davon, dass Henriette sich verlobt hatte.

»Findest du das nicht aufregend?«

»Hm«, brummte Ludwig.

»Iss, bevor deine Suppe kalt wird«, mahnte die Mutter.

»Tu ich doch.« Lottchen löffelte hastig den Teller leer, ehe sie sich wieder an Ludwig wandte. »Bei der Hochzeit darf ich Blumen streuen.«

»Sie planen schon die Hochzeit?« Szymon, der ihnen gegenüber am Tisch saß, riss erstaunt die Augen auf.

»Nein«, korrigierte Barbara. »Von einer Hochzeit ist noch keine Rede. Mir ist es wichtig, dass Henriette erst ihre Ausbildung beendet, und Herr Werwi…, ich meine Theodor, ist da ganz meiner Meinung.« Sie seufzte. »Warum er es mit der Verlobung so eilig hatte, ist mir ein Rätsel.«

Mir nicht, dachte Marianne.

Sie tat jedoch so, als hätte sie nicht zugehört. Das Thema ging ihr mächtig gegen den Strich. In letzter Zeit hatte sie den Eindruck, dass der blonde Fuhrunternehmer im Leben ihrer Familie viel zu präsent war. Sie wurde das Gefühl nicht los, dass er sie beobachtete. In der Schreinerei war er zuletzt mehrmals, zum Glück in ihrer Abwesenheit, aufgetaucht. Davon hatte Ludwig ihr berichtet.

»Herumstolziert ist der Kerl, als sei es seine Werkstatt.« Natürlich hatte Ludwig es nicht gewagt, ihn rauszuschmeißen. Dafür war Lisbeths Bruder viel zu gutmütig.

In Marianne köchelte seitdem die alte Wut.

Warum konnte Theodor sie nicht einfach in Ruhe lassen?

Warum behielt er ständig im Auge, was sie tat? Weil er weiterhin darauf aus war, sich den Familienbetrieb anzueignen?

Immerhin hatte ihr das Gespräch mit Alexandre gutgetan. Seit jenem Tag am See, an dem sie mit ihm über ihre Vergangenheit gesprochen hatte, fühlte sie sich innerlich gefestigter. Ihre Entschlusskraft war zurück und die Überzeugung, alle Hürden überwinden zu können, die sich ihr in den Weg stellten.

Von denen gab es nämlich nach wie vor viele.

Vor allem finanziell war es schwierig, und Marianne musste genau kalkulieren. Auf Ruths Rat hin hatte sie in einer Ecke der Werkstatt ein Büro eingerichtet. Im Grunde war es nur ein alter Holztisch mit einem Wandbord darüber, doch im Nu hatte sich dort allerlei Papierkram angesammelt. Über alle Ausgaben führte sie ordentlich Buch, Rechnungen und Lieferzettel heftete sie sorgfältig ab. Dass nur noch so wenig vom Geld ihres Großvaters übrig war, machte ihr Sorgen. Sie musste zügig mit dem Verkauf der Puppenmöbel beginnen, damit sie die Mitarbeiter bezahlen und die Materialkosten ausgleichen konnte.

»Möchtest du einen Nachschlag?«

»Was?« Marianne schreckte aus ihren Gedanken auf.

Vor ihr stand Barbara mit der Schöpfkelle und dem großen Topf. »Noch Suppe?«

»Danke, nein.«

Alexandre lehnte ebenfalls ab, die übrigen Männer teilten sich den Rest.

Bald darauf kehrten sie an die Arbeit zurück, die meisten nutzten das kurze Stück Weg bis zur Schreinerei, um zu rauchen. Die Kippen sammelten sie auf Mariannes Geheiß in einer rostigen Blechdose, statt sie in den Wald zu werfen. Um das durchzusetzen, hatte sie ziemlich laut werden müssen, aber inzwischen hielten sich alle daran. Vermutlich hatte Ludwig nachdrücklich erklärt, wie schnell ein Feuer ihre Existenz vernichten konnte.

Alexandre ging langsamer als die anderen, so dass Marianne zu ihm aufschließen konnte. »Alles in Ordnung?«, fragte er. »Du wirkst heute so nachdenklich.«

»Mag sein.« Sie rieb sich die Stirn. »Die Zahlen machen mich ganz verrückt.«

»Was meinst du?«

»Das Geld wird knapp. Derzeit verbuche ich nur jede Menge Ausgaben und keine Einnahmen. So kann es nicht weitergehen.«

»Das wird es auch nicht! Setz dich nicht zu sehr unter Druck.« Er lächelte. »Mit der Produktion ist es doch gut angelaufen, jetzt gilt es, den Verkauf anzukurbeln.«

»Ja, bloß wie?«

»Nutz deine Kontakte, um Werbung für die Puppenmöbel zu machen. Gibt es in Hall kein Spielzeuggeschäft?«

Wie immer genügten ein paar Worte von Alexandre, und Marianne kam es vor, als würde die Sonne wärmer und heller scheinen. Kein anderer hatte eine solche Wirkung auf sie.

Sie dachte nach. Auf den großen Märkten wurden natürlich immer Spielwaren angeboten, das hatte sie ja im letzten Jahr selbst gesehen, und in der Vorweihnachtszeit sicher auch in manchen Geschäften.

»Vielleicht kann ich für den Anfang Tante Käthe überreden, dass sie ein paar Puppenmöbel in die Auslage stellt.«

»Warum nicht?« Er lachte. »Zwischen Ananasdosen und Fertigpüree ziehen die bestimmt sämtliche Blicke auf sich.«

Gemeinsam mit Ludwig tüftelte sie am Nachmittag eine Liste mit Preisen aus. Ihre Puppenmöbel durften nicht zu teuer sein, weil die Leute für Spielzeug oft nur wenig Geld zur Verfügung hatten. In vielen Haushalten musste gespart werden, um die Dinge des täglichen Bedarfs zu kaufen – und da waren Lebensmittel, Kleidung oder Schulbücher wichtiger als Spielsachen.

Zu billig konnte Marianne ihre Puppenmöbel aber auch nicht anbieten, sonst rechnete sich der Aufwand in der Herstellung nicht. Sie stöhnte, weil Ludwig nicht müde wurde, sie bei jedem einzelnen Möbelstück darauf hinzuweisen.

»Du kannst ein schlimmerer Quälgeist sein als Lottchen, weißt du das?«

»Mir liegt nur daran, dass du deine Arbeiten nicht unter Wert verkaufst«, beharrte Ludwig. »Sonst bleibt dir unterm Strich am Ende kein Gewinn übrig.«

»Das ist mir klar.«

»Dann vergiss nicht, dass du auch Material für die Verpackungen brauchst. Pappe und Kartonagen wird dir niemand umsonst liefern, schon gar nicht, wenn die Schachteln hübsch bedruckt sein sollen. Das kostet!«

»Ich gebe dir ja recht.« Marianne seufzte tief.

Wie lose Äpfel oder Birnen konnte sie vielleicht einzelne Puppenmöbel im Laden ihrer Tante verkaufen, aber keinesfalls in einem richtigen Spielwarengeschäft. Und zum Verschicken musste sie auch die passenden Verpackungen bereithalten.

»Unglaublich, was man bei so einer Preiskalkulation alles berücksichtigen muss.«

»Das kriegst du hin.« Ludwig klopfte ihr mit dem gesunden Arm aufmunternd auf die Schulter.

Als Rudi nach ihm rief, weil ein Sägeblatt sich nicht einspannen ließ, blieb Marianne allein am Schreibtisch zurück. Mit gerunzelter Stirn strich sie die zuletzt notierten Zahlen durch und vertiefte sich aufs neue in die Berechnungen.

Die vertrauten Geräusche der Schreinerei halfen ihr dabei,

sich zu konzentrieren, bis sie von aufgeregtem Getuschel irritiert wurde.

»Was will der denn hier?«

Marianne sah sich um. »Was gibt's?«

Die Tür zum Eingang der Schreinerei stand offen, und zu ihrer Überraschung erkannte sie dort Theodor Werwinkel. Herrje, der hatte ihr gerade noch gefehlt!

Hastig schob sie die Papiere zusammen, auf denen sie gerade gerechnet hatte, und ließ sie unter einem Stapel anderer Unterlagen verschwinden. Ihre Finanzen gingen Theodor nun wahrlich nichts an.

»Wie schön, dass ich dich antreffe.« Er wartete nicht ab, dass sie ihn hereinbat. Mit selbstbewussten Schritten durchquerte er den Raum und kam auf sie zu, das blonde Haar mit Pomade gescheitelt, dass es glänzte.

Ihr Nacken versteifte sich bei seinem Anblick.

»Meine liebe Marianne …«, tönte er und breitete die Arme aus.

Sie erwiderte die überschwängliche Begrüßung knapp und ohne jedes Lächeln, damit Theodor nicht den Eindruck bekam, er sei ihr auf irgendeine Art willkommen. Daran, dass sie ihn nicht ausstehen konnte, änderte auch seine Verlobung mit Henriette nichts.

»Was willst du hier?«

»Mich erkundigen, wie dein Betrieb läuft.«

»Gut«, sagte sie. »Ohne unangemeldete Besucher noch besser.«

Jemand lachte leise im Hintergrund.

Theodor ignorierte ihre spitze Bemerkung. »Nach reiflicher Überlegung bin ich zu dem Schluss gekommen, dass ich mich entschuldigen sollte.«

»Ach ja?«

»Ja.« Er musterte sie gönnerhaft.

Sollte das etwa schon die Entschuldigung gewesen sein?

Marianne verschränkte die Arme vor der Brust. »Nur zu, ich höre.«

Wieder lachte jemand, es klang nach Alexandre. Die sonstigen Werkstattgeräusche waren verstummt. Offenbar schienen alle ihrem Gespräch folgen zu wollen.

Sie drehte sich zu den Männern um. »Arbeitet gefälligst weiter! Noch ist nicht Feierabend.«

Das Sägen und Schleifen setzte prompt wieder ein.

Marianne warf einen scharfen Blick in die Runde. Ludwig begutachtete mit übertriebenem Interesse ein Werkstück auf der Hobelbank, und Alexandre begann, seine Pinsel zu säubern. Sie war sicher, dass beide jedes Wort mithörten.

Nun gut, sollten sie.

»Tja, also …« Theodor räusperte sich. »Henriette fand, ich hätte mich dir gegenüber taktvoller verhalten müssen. Mehr Diskretion und Verständnis für dich zeigen sollen. Mein Benehmen war vielleicht etwas zu forsch, das gebe ich zu.«

»Hat Henni dich also hergeschickt?« Von allein wäre er wohl nie darauf gekommen, sich zu entschuldigen.

»Nein, es war mir ein persönliches Anliegen«, behauptete er. »Dich zu verletzen, lag mir fern. Wie du weißt, will ich immer nur das Beste …«

Sie glaubte ihm kein Wort. Es sei denn, er meinte das Beste für sich selbst und nicht für sie.

»Ich kann dir versichern, dass mein Angebot weiterhin gilt. Solltest du meine Unterstützung in Anspruch nehmen wollen, gewähre ich sie dir jederzeit.«

Da war es wieder, Theodors überlegenes Lächeln, das Marianne zur Weißglut brachte.

Ehe sie jemanden wie ihn um Hilfe bat, würde sie lieber ihre Seele verkaufen! Da er unmöglich vergessen haben konnte, wie oft sie sein Angebot mit einem deutlichen Nein abgelehnt hatte, schwieg sie heute stur, auch wenn sie ihn am liebsten angeschrien hätte. Leider war Theodor so überzeugt von sich, dass ihn auch ihr trotziges Schweigen nicht aus dem Konzept brachte.

Stattdessen lenkte er jetzt elegant das Gespräch darauf, dass er seit neuestem zu ihrer Familie gehörte. Er plauderte von seiner Verlobung mit Henriette und endete schließlich gewichtig: »Auch deshalb bin ich heute hier. Um dir für deinen Segen zu danken. Wie du dir denken kannst, bedeutet mir das viel.«

Marianne schwirrte der Kopf. Sie kannte niemanden, der so sehr die Tatsachen verdrehen konnte wie Theodor Werwinkel. Aber heute würde er sie nicht überrumpeln.

»Ich habe nie meinen Segen zu dieser Verlobung gegeben«, stellte sie klar. »Und bevor du fragst – nein, ich habe auch nicht vor, es jemals zu tun!«

»Aber Henriette …«

»Henriette kann tun und lassen, was sie will.«

»Du verweigerst deiner Schwester den Segen?«

»Ich bin nicht ihre Mutter! Henni führt ein eigenes Leben und trifft ihre eigenen Entscheidungen, egal, was ich davon halte. Auf meine schwesterliche Zustimmung im Nachhinein ist sie bei ihrer Verlobung jedenfalls nicht angewiesen.«

Marianne bemühte sich, so ruhig wie möglich zu sprechen, auch wenn es in ihrem Inneren nur so brodelte. Wenn Henriette ihr Segen wichtig war, hätte sie die Sache nicht so überstürzen dürfen.

Und in diesem Fall würde sie Mariannes Segen eben nicht bekommen. Wenn Henni überzeugt war, ihr Glück nur in den Armen von Theodor Werwinkel finden zu können, konnte man sie schwerlich vom Gegenteil überzeugen – Marianne hatte es vorsichtig versucht und war gescheitert. Wenn es um Kritik an ihrem Liebsten ging, war Henriette auf beiden Ohren taub. Aber dann sollte sie ihr Handeln auch allein verantworten.

An Theodors Schläfe pulsierte eine Ader. »Ist das alles, was du dazu zu sagen hast?«

»Ja.«

Bei so viel Widerspenstigkeit fiel ihm nichts mehr ein. Er verkündete, er habe noch einen Geschäftstermin wahrzunehmen, und stapfte hinaus. Ein letztes erzürntes Schnaufen, dann war er durch die Tür.

Marianne atmete erleichtert auf.

»Dem hast du's aber gegeben.« Ludwig grinste.

Auch die anderen Männer nickten ihr anerkennend zu. »Was für ein Wichtigtuer!«

Marianne ließ die Männer reden. In ihren Augen hatte Theodor es verdient, dass sie über ihn herzogen. Wenn er so unsympathisch und herablassend auftrat, verschaffte ihm auch sein ganzer Reichtum kein besseres Ansehen.

Und sie war gewiss die Letzte, die ihn verteidigen würde.

In der folgenden Zeit war Marianne so beschäftigt, dass sie kaum noch an Theodor dachte. Nachdem sie ihre Berechnungen abgeschlossen und Verkaufspreise festgelegt hatte, fertigte sie ein zweites Puppenhaus an, das dem ihres Vaters ähnlich sah und nur im Maßstab geringfügig kleiner war, damit es in Käthes Schaufenster passte.

Ihre Tante hatte zuerst erstaunt reagiert, dann aber zugestimmt, es aufzustellen. »Wer weiß, vielleicht will ja bald jeder Laden in Hall so ein Puppenhaus in der Auslage haben«, hatte sie verschmitzt gesagt.

Henni half Marianne bereitwillig, es in der Auslage zu platzieren und räumte dafür die Waschmittelpäckchen beiseite. Noch bevor sie alle Möbel ins Puppenhaus gestellt hatten, drückten sich bereits zwei Kinder die Nasen an der Scheibe platt. Ein Mädchen mit Zöpfen wies entzückt auf das bemalte Puppenbett.

»Guck mal.« Henni stupste Marianne in die Seite. »Scheint gut anzukommen.«

Bei Käthes Kundschaft im Laden sorgte die Veränderung auch gleich für Gesprächsstoff, und obwohl Marianne am ersten Tag noch nichts verkaufte, war sie doch guter Dinge, dass ihre schön gestalteten Puppenmöbel auf Interesse stießen.

Daheim im Dorf hatte sie bereits Geschäfte gemacht.

Lisbeth hatte ihr einen Sonderauftrag für einen Bauernhof erteilt, sie wollte ihre Zwillinge damit zum Geburtstag überraschen. Einige von Großvaters geschnitzten Holztieren sollten im Stall ein Zuhause finden. Den Figuren für die kleine Bauersfamilie, die Marianne zusätzlich anfertigte, malte Alexandre nette Gesichter. Es waren innige Stunden, die sie zu zweit verbrachten, während alle anderen bereits nach Hause gegangen waren …

Tatsächlich dauerte es nicht lange, bis Tante Käthe erste Verkaufserfolge vermelden konnte. Ruth Hofbauer war es, die Marianne die frohe Kunde überbrachte. Sie hatte sich vor kurzem eine Kreidler K50 zugelegt, mit der sie durch die Gegend knatterte und die Straßen unsicher machte. Damit sei sie unabhängiger, meinte sie, außerdem kam sie schneller von einem ihrer zahlreichen Einsatzorte zum nächsten.

Eine kleine Qualmwolke stieß aus dem Auspuff, als Ruth vor der Schreinerei bremste und den Motor ausstellte.

»Marianne«, rief sie, nahm den Helm ab und schüttelte die

zerdrückten Locken. »Käthe lässt ausrichten, du musst dringend Nachschub liefern.«

»Das sind ja tolle Neuigkeiten.« Marianne eilte ihr freudig entgegen. »Welche Puppenmöbel hat sie denn verkauft? Die Wohnzimmereinrichtung? Das Schlafzimmer?«

»Alle …« Ruth kramte in ihrer Umhängetasche und drückte ihr einen zerknitterten Umschlag in die Hand. »Da drin ist das Geld. Du sollst es nachzählen, sagt Käthe.«

»Na, das wird nicht nötig sein.« Ihre Tante würde sie gewiss nicht betrügen.

»Außerdem soll ich dir ausrichten, dass das Ehepaar, dem der Laden mit Näh- und Strickwaren gehört, auch ein Puppenhaus ins Schaufenster stellen möchte. Geschenkartikel führen sie neu im Sortiment, und sie finden, deine hübschen Puppenmöbel würden ihr Angebot gut ergänzen.«

»Wirklich?« Marianne glühte förmlich. Am liebsten hätte sie die ganze Welt umarmt.

»Leider habe ich heute nicht viel Zeit«, meinte Ruth bedauernd. »Schau rasch nach, was du mir mitgeben kannst, dann bringe ich es Käthe später im Laden vorbei. Und wenn du demnächst eine größere Lieferung nach Hall schaffst, treffen wir uns auf einen Kaffee.« Lächelnd musterte sie das Gesicht der Freundin. »Ich glaube, es gibt einiges zu erzählen?«

»Oh ja«, rief Marianne – und dann stürzte sie zurück in die Schreinerei, um einen Pappkarton mit Puppenmöbeln zu packen, den sie auf Ruths Gepäckträger festschnallte. »Pass bloß gut darauf auf, wir haben noch nicht allzu viele Möbel vorrätig …«

»Schön, dass du dir um mein Wohlergehen weniger Sorgen machst«, erwiderte Ruth trocken.

»Du weißt doch, wie ich's meine!«

»Ja, weiß ich.« Ruth setzte lachend den Helm wieder auf, und

Marianne winkte ihr nach, als sie mit der wertvollen Fracht davonfuhr.

Der Erfolg spornte nicht nur Marianne an. Die Stimmung in der Schreinerei war energiegeladener als je zuvor.

Vom frühen Morgen bis zum späten Nachmittag waren alle mit Feuereifer bei der Arbeit. Marianne hatte sich selten so ermutigt gefühlt wie jetzt, da alle Mitarbeiter mit ihr an einem Strang zogen.

Es gab keine Diskussionen, keine Einwände, nichts, was die Arbeit oder die nächste Auslieferung verzögerte.

Schon wenige Tage später konnte sie Hermann Jakobs bitten, ob er sie samt einer Kiste voller Puppenmöbel auf seinem Karren mitnahm, wenn er zum Markt nach Hall fuhr.

»Sicher«, brummte er.

Wieder half Henni ihr beim Einräumen im Laden.

Etliche Passanten hatten sich mittlerweile an den Anblick des großen Puppenhauses im Schaufenster gewöhnt, aber manche blieben noch immer stehen, um den Schwestern neugierig zuzuschauen.

Ein amerikanischer Soldat klopfte gegen die Scheibe.

»Achtung«, zischte Henni aufgeregt. »Der war neulich schon mal hier und hat Tante Käthe gefragt, ob er das Puppenhaus kaufen kann.«

»Das ganze Haus?«

Die Ladenglocke bimmelte beim Öffnen der Tür. Marianne erhob sich und sah dem Mann entgegen. Er war deutlich älter als der junge GI mit den Kaugummis, mit dem sie im letzten Sommer getanzt hatte. Seine Schläfen waren grau, und die Abzeichen an der Uniform wiesen darauf hin, dass er einen höheren Rang bei der US-Armee bekleidete.

»Excuse me …« Leider sprach er nur gebrochen Deutsch, und Marianne verstand kein Englisch.

Immerhin hatte Henni dank Jutta ein paar englische Brocken aufgeschnappt und konnte so vermitteln. Der Mann, der sich als Kommandant John Turner vorstellte, wollte das Puppenhaus seiner jüngsten Tochter nach Amerika schicken.

»It's so beautiful.« Fasziniert deutete er auf die Kommode, die Marianne noch in der Hand hielt.

»Ähm, ja … danke.«

»Her name is Violet.«

»Ich glaube, deshalb gefällt ihm das Veilchendekor auf den Möbeln so besonders gut«, übersetzte Henni.

Aus seinen folgenden Sätzen reimte sie dann zusammen, dass die kleine Violet vom Pferd gefallen war und sich das Bein gebrochen hatte, so dass sie nun erstmal nicht mehr reiten konnte. »Zum Trost und weil er nicht bei ihr sein kann, will er ihr das Puppenhaus schenken.«

»Eigentlich verkaufen wir nur die Möbel«, versuchte Marianne ihm zu erklären, aber dann besann sie sich.

Wenn der Mann ein komplettes Puppenhaus samt Inventar von ihr kaufen wollte, sollte er es bekommen. Genügend stabile Platten für den Boden, das Dach und die Wände hatte sie hoffentlich noch im Holzlager.

John Turner reagierte begeistert, als er begriff, dass sie ihm zwar nicht das Puppenhaus aus Käthes Laden aushändigen würde, aber dafür ein neues Haus extra für ihn anfertigen wollte. Mit beiden Händen deutete er an, dass er sich dann zusätzlich eine Veranda dafür wünschte.

»And a porch swing!«

Marianne sah ihn unsicher an. Was meinte er?

Henriette hatte auch keine Ahnung, was »porch swing« heißen sollte. Dank der Schaukelbewegungen seiner Hände löste sie aber schließlich das Rätsel.

»Er meint diese Gartenschaukeln! So eine Schaukelbank mit Polsterkissen, die an einem Gerüst hängt. Das habe ich in einem Film gesehen, sowas steht bei amerikanischen Familien auf der Veranda.«

Um ganz sicherzugehen, ließ Marianne ihn das Gewünschte auf die Rückseite von Käthes Quittungsblock zeichnen, und es zeigte sich, dass ihre Schwester richtig vermutet hatte.

»Hm.« Nachdenklich musterte sie die Skizze.

»Denkst du, du kriegst das hin?«, fragte Henni.

Angesichts des erwartungsvollen Blicks von Kommandant Turner und der Summe, die sie mit dem Puppenhaus für seine Tochter verdienen würde, kam es Marianne gar nicht in den Sinn, nein zu sagen. Sie würde das schon schaffen.

»Geben Sie mir zwei Wochen Zeit«, sagte sie. »Dann liefere ich Ihnen das Puppenhaus und die Möbel.«

Über den Preis waren sie sich rasch einig. Er zückte seine Brieftasche, um die Hälfte davon als Anzahlung zu leisten, und schrieb ihr die Adresse auf, wo er stationiert war. Sie sollte dem Posten am Tor in Hessental Bescheid geben, dass sie zu ihm wollte, dann würde man sie durchlassen.

»Meine Güte«, sagte Tante Käthe kopfschüttelnd.

Henni quietschte begeistert, kaum dass der Kommandant den Laden verlassen hatte. »Mensch, Marianne! Hättest du gedacht, dass du mit den Puppenmöbeln so schnell Erfolg hast?« Lachend tanzte sie um ihre Schwester herum.

Marianne kniff sich heimlich in den Arm. Nein, sie träumte nicht. Der Start ihres Unternehmens war geglückt.

Jetzt musste es nur noch so weitergehen.

KAPITEL 23

»Denkst du wirklich, das ist eine gute Idee?« Henriette stand zögernd an der Schwelle zum Grundstück der Hartmanns. Blühende Wicken rankten über das Mäuerchen aus Natursteinen, das den Hof des Holzhändlers umgab. Hinter ihr schloss Theodor gerade die Tür seines Mercedes. Natürlich hätten sie an diesem Sonntagnachmittag die Strecke bis nach Waldenburg auch einfach laufen können. Das Wetter war sonnig und warm, perfekt für einen Spaziergang, aber Theodor hatte darauf bestanden, dass sie Eindruck schinden mussten.

Jetzt kam er mit seinem einnehmenden Lächeln auf sie zu. »Du hast doch selbst gesagt, ich soll mich bemühen, besser mit Marianne auszukommen. Nun, ich denke, ich habe verstanden, dass sie auf Taten und nicht auf leere Worte setzt. Genau deshalb bin ich heute hier. Um ihr zu helfen.«

Das klang überzeugend. Tatsächlich war Marianne genau der Typ, der Taten zu schätzen wusste. Und wenn Theodor den seit langem schwärenden Konflikt mit Fritz' Familie beilegen könnte, dann wäre das doch wirklich großartig. Trotzdem fühlte sich Henriette ein wenig unwohl damit, es hinter Mariannes Rücken zu tun.

Theodor nahm ihre Hände, und sofort schlug ihr Herz schneller. »Du glaubst mir doch, dass ich nur das Beste für deine Familie will, oder nicht? Für unsere Familie.«

»Natürlich tue ich das.« Theodor war stets so fürsorglich ihr gegenüber. Selbstverständlich hatte er das Bedürfnis, diese Fürsorge auf ihre ganze Familie auszuweiten, nun da sie verlobt waren. Doch Marianne war eben ein Sturkopf. Was, wenn sie die gute Absicht dahinter nicht sah?

»Bist du sicher, dass Hartmanns unseren Besuch nicht zum Anlass nehmen werden, noch schlechter über Marianne zu sprechen?«, fragte Henni deshalb nur.

»Absolut sicher.« Theodors Lächeln strahlte Überzeugungskraft und Selbstbewusstsein aus. Als erfahrener Geschäftsmann wusste er bestimmt, was er tat.

Sie schluckte ihre Bedenken hinunter. »Dann lass es uns versuchen.«

Das Auto mitzunehmen war tatsächlich eine gute Idee gewesen. Als Fritz' Tante es über Hennis Schulter hinweg erblickte, wurde ihre Miene gleich freundlicher. »Ja, bitte?«

»Darf ich mich vorstellen? Theodor Werwinkel.« Theodor nahm ihre Hand und hauchte einen Kuss darauf, als wäre sie eine feine Dame aus der Stadt.

Eine Geste, bei der Henriette normalerweise eifersüchtig geworden wäre. Aber die Frau vor ihr war alt und verbittert, und sie wusste, dass ihr Verlobter sich nur von seiner besten Seite zeigen wollte. Die Vorstellung glückte.

»Werwinkel?«, fragte Frau Hartmann sofort und musterte ihn hingerissen. »Sind Sie etwa der Sohn des Fuhrunternehmers aus Hall?« Henriette platzte beinahe vor Stolz darüber, dass Theodors Name auch hier Einfluss hatte.

»Eben dieser. Hätten Sie kurz Zeit für ein Gespräch? Oder vielmehr, ist Ihr Bruder vielleicht zugegen?«

Frau Hartmann bat sie eilig herein, und wenig später saß Henni mit einer Tasse Kaffee auf einem altmodischen Polstersofa mit verblasstem Blumenmuster. Bis auf ein paar Porzellanfiguren auf Zierdeckchen war das Zimmer recht schmucklos gehalten. An der Wand hing ein Holzkreuz, daneben ein gerahmtes Foto von Fritz bei seiner Konfirmation sowie ein Hochzeitsfoto. Seit Fritz' Mutter früh verstorben war, führte seine ledige, kinderlose Tante den Haushalt der Hartmanns und hatte sich viele Jahre lang um den Jungen gekümmert. Froh und glücklich hatte sie aber auch zu seinen Lebzeiten nie gewirkt. Henni kannte sie eigentlich nur mit sauertöpfischer Miene.

»Wir wollten eh Kaffee trinken, mein Bruder kommt gleich. Darf es ein Stück Erdbeerkuchen sein, Herr Werwinkel?«

»Da sage ich nicht nein, gnädige Frau.«

Ihre verbitterten Züge glätteten sich, als sie eine gläserne Tortenplatte auf den Tisch stellte und den Kuchen anschnitt. Gnädige Frau nannte sie sonst wohl niemand.

»Du auch?«, fragte sie Henni.

Prompt klang ihre Stimme wieder scharf, aber davon ließ Henni sich nicht abschrecken. »Ja, gern. Danke sehr.«

Das Kaffeeservice sah aus, als wäre es ein Erbstück und würde nur zu besonderen Anlässen hervorgeholt. Es gab sogar eine kleine silberne Zange, mit der Henni mehrere Würfel Zucker in ihre Tasse fallen ließ. An den bitteren Geschmack von Kaffee hatte sie sich noch immer nicht gewöhnt, aber ihn zu trinken sorgte dafür, dass sie sich an Theodors Seite erwachsen und weltgewandt fühlte.

Während Frau Hartmann hantierte, um ein Schüsselchen mit Schlagsahne zu füllen und sicherstellte, dass ihre Gäste alles hatten, was sie brauchten, trat auch ihr Bruder in die gute Stube. Er betrachtete Henni skeptisch, nickte aber immerhin Theodor freundlich zu.

Sie rückte ein wenig näher an ihren Verlobten heran. So

fühlte sie sich angesichts der zur Schau gestellten Feindseligkeit ihr gegenüber etwas sicherer.

Der alte Hartmann ließ sich in den Sessel an der Stirnseite des Tisches fallen. »Und, was verschafft uns die Ehre, Herr Werwinkel?«

»Die Ehre ist ganz meinerseits«, begann Theodor. »Wie Sie vielleicht wissen, führe ich die Geschäfte meines Vaters weiter. Ich nehme an, Sie kannten ihn?«

»Ja«, war die knappe Antwort.

Das fand Henni ein bisschen befremdlich, aber Theodor sprach unbeirrt weiter. »Ich freue mich, Sie endlich kennenzulernen. Ich hatte gehofft, bei der Einweihungsfeier der Schreinerei schon das Vergnügen zu haben. Geschäftsleute aus der Umgebung sollten kooperieren, finden Sie nicht auch?«

Das war ein geschickter Einstieg, fand Henriette. Theodor hatte Marianne bisher mit keinem Wort erwähnt, und die Aussicht auf Geschäfte würde die Hartmanns sicher milde stimmen. Doch bevor der Holzhändler etwas erwidern konnte, verrutschte das falsche Lächeln von Fritz' Tante.

»Sie sollten nie damit rechnen, uns in der Nähe des Lindenhofs zu sehen«, keifte sie los. »Dort setzen wir keinen Fuß hin!«

»Ach tatsächlich?« Theodor gab sich überrascht.

Ein weiterer geschickter Schachzug, wie Henriette fand. So machte er deutlich, dass er vollkommen unbeteiligt an der ganzen unglücklichen Geschichte mit Fritz war.

»Es tut mir leid, wenn ich etwas aufdringlich erscheine, aber darf ich fragen, was vorgefallen ist? Vielleicht kann ich mich als Vermittler anbieten? Auch in Geschäftssachen.«

»Nein«, sagte der alte Hartmann.

»Natürlich dürfen Sie das fragen«, sagte seine Schwester gleichzeitig. »Aber ich glaube nicht, dass Ihnen die Antwort gefallen wird. Nicht, wenn ich mir Ihre Begleiterin und den Ring an ihrem Finger so angucke.«

Theodor drückte Henriettes Hand, was sie lächeln ließ. Tapfer legte sie die Linke so in ihren Schoß, dass man den Ring noch besser sah. Theodor hatte tatsächlich Wort gehalten. Es war ein schmaler Reif aus Gold mit einem kleinen, bescheidenen Diamanten. Nicht zu protzig, aber sichtbar von Wert.

»Ich würde trotzdem gern den Grund für das bedauerliche Zerwürfnis erfahren«, sagte Theodor freundlich. Henriette bewunderte seine Ruhe.

»Margarete«, mischte sich der alte Hartmann ein, »lass es gut sein. Das ist eine Familienangelegenheit.«

»Ich finde, es ist angebracht, Menschen zu warnen, die sich in Marianne Wagners Dunstkreis begeben«, widersprach seine Schwester.

Die Verachtung, mit der sie Mariannes Namen aussprach, und der Hass in ihren Augen erschreckten Henriette. Marianne mochte dickköpfig sein, und viele ihrer Entscheidungen konnte Henni nicht nachvollziehen, aber ihre Schwester hatte ein großes Herz und setzte sich immer für andere ein. Henni konnte nicht länger stillhalten, obwohl sie eigentlich das Reden Theodor hatte überlassen wollen.

»Meine Schwester ist doch kein Ungeheuer, vor dem man Menschen warnen muss«, fuhr sie auf.

Beschwichtigend legte Theodor ihr eine Hand auf den Arm.

»Ich bin sicher, für solche harten Worte haben Sie gute Gründe«, sagte er.

Das hatten die Hartmanns eben nicht! Fritz hatte sich damals betrunken, der Unfall war seine eigene Schuld.

Henni presste die Lippen aufeinander. Sie verstand, dass Theodor diplomatisch vorgehen wollte, aber die Vorwürfe taten trotzdem weh. Dennoch vertraute sie darauf, dass er die Situation zu Mariannes Gunsten wenden würde.

»Gute Gründe? Natürlich habe ich die! Dem armen Fritz völlig den Kopf verdreht, das hat sie und ihn davon abgehalten, sich nach einer besseren Braut umzusehen. Jedes andere Mädel hätte ihn mehr verdient und anständiger behandelt als Marianne. Erst sorgt sie dafür, dass er ihr nachläuft, und dann weist sie ihn eiskalt zurück, dieses heimtückische Biest!«

»Margarete«, versuchte es der alte Hartmann noch einmal. Beinahe tat er Henni leid, weil er so übergangen wurde.

»Ich erinnere mich noch genau an den letzten Abend, als ich ihn lebend gesehen habe.« Frau Hartmann schniefte und zog ein Tuch aus ihrer Schürze, um sich die Augenwinkel trocken zu tupfen. »Er hat versucht so zu tun, als wäre alles in Ordnung. Meinte, er wäre dann zumindest frei, wegzugehen und die Welt zu sehen. Davon hat er ja öfter mal geredet. Ich hab ihm immer gesagt, das kann er doch seiner zukünftigen Marianne nicht antun. Das konnte ich da natürlich nicht mehr sagen.«

»Er hat Pläne geschmiedet, wegzugehen?«, fragte Henni.

Das hatte sie bisher gar nicht gewusst. Es war ein trauriger Gedanke, dass Fritz so jung gestorben war – kurz bevor er zu einem großen Abenteuer hatte aufbrechen wollen.

Frau Hartmann schnaubte. »Natürlich nicht! Ich hab ihm klar gesagt, dass für solchen Mumpitz kein Geld da ist. Er wusste doch, dass er den Familienbetrieb übernehmen muss, und wenn die Marianne ihn nicht heiraten will, dann halt irgendeine andere. Unsereins erfüllt seine Pflichten und kennt seinen Platz. Wir führen kein Lotterleben! Das galt erst recht für den Fritz, außer ihm hatte mein Bruder ja keinen Erben. Er soll sich seine verrückten Spinnereien aus dem Kopf schlagen, das hab ich ihm gesagt, und dass wir ihn hier daheim brauchen, nicht irgendwo draußen in der Welt.«

Henni starrte auf ihre Hände hinab. Weltreisen, das war auch etwas, das sie irgendwann gerne unternehmen würde. Mindestens bis nach Italien oder nach Frankreich wollte sie fahren. Mit Theodor an ihrer Seite war das vielleicht sogar mehr als bloße Träumerei.

»Das hast du gesagt?«, fragte Fritz' Vater plötzlich. »Davon hast du mir noch nie erzählt.«

Die Wut wich aus Margarete Hartmanns Haltung, sie sank ein wenig in sich zusammen. »Ich wollte dich damit nicht unnötig belasten. Es war ja alles schon schwer genug. Und es war herzzerreißend, ihn so zu erleben. Der arme Junge! Geheult hat er, wie damals als Kind, als seine Mutter starb. Wollte sich nicht mal von mir trösten lassen, sondern ist einfach rausgerannt.«

»Du hast ihm gesagt, dass er nicht fortgehen kann, und dann hat er geweint?«

Henni fühlte sich plötzlich, als würde sie etwas miterleben, das gar nicht für sie bestimmt war. Der alte Hartmann würdigte seinen Besuch keines Blickes mehr. Er starrte nur noch seine Schwester an.

»Das hat doch damit nichts zu tun«, verteidigte sich diese. »Der Fritz hat nach der Zurückweisung durch Marianne versucht, sich das Ganze schönzureden. Aber das macht es ja auch nicht besser. Wenn das Leben dich tritt, musst du dich ihm stellen, nicht weglaufen.«

Henni blickte zu Theodor, doch der schwieg. Entglitt ihm die Situation? Dabei waren sie so nah dran, Marianne vielleicht von ihrer Schuld zu entlasten, und Fritz' Vater schien das genauso zu sehen. Doch der alte Hartmann öffnete zwar den Mund, als wollte er etwas sagen, aber kein Wort kam heraus.

Henni räusperte sich. Sie musste etwas tun. »Sie haben meiner Schwester all die Jahre vorgeworfen, sie allein sei schuld am Tod von Fritz. Aber jetzt klingt es eher so, als hätte es ihm das Herz gebrochen, dass er seine Zukunftsträume nicht erfüllen konnte …«

Vielleicht war er deshalb so tief enttäuscht und verzweifelt gewesen, dass er sich betrunken hatte? Weil er die Welt nicht entdecken durfte? Sie stellte sich vor, wie es für Fritz gewesen sein mochte. Vielleicht war er die ganze Zeit nur der Liebe zu Marianne wegen hiergeblieben, und dann, als es für ihn keinen Grund mehr zum Bleiben gegeben hatte, hatte er nicht gehen dürfen. In diesem Moment fühlte Henni mit dem verstorbenen Fritz.

»Was erlaubst du dir?«, wetterte Margarete Hartmann. »Du weißt gar nichts, du freches Gör, du …« Ihre Entrüstung traf Henni mit voller Wucht.

»Es reicht!« Der alte Hartmann erhob sich plötzlich von seinem Sessel, und die Wut in seiner Stimme, seiner Miene, seiner ganzen Haltung, brachte selbst seine Schwester zum Verstummen. »Mäßige dich! Du hast genug gesagt, Margarete.«

Er wandte sich an Theodor. Dabei sackten seine Schultern nach vorne, sein Gesicht wirkte fahl und müde. »Ich danke Ihnen für den Besuch, Herr Werwinkel, aber es ist wohl besser, wenn Sie jetzt gehen. Über Geschäftliches können wir uns ein anderes Mal unterhalten.«

»Selbstverständlich.«

Henni war froh, als Theodor aufstand, und für den Weg hinaus ließ sie seinen Arm nicht los. Kaum hatte Herr Hartmann sie zur Tür gebracht und diese hinter ihnen geschlossen, atmete Henni erleichtert auf.

»Denkst du, er glaubt auch, dass es gar nicht Mariannes Schuld war?«

»Ich weiß es nicht.« Theodor klang kurz angebunden.

Vermutlich hatte ihn die Auseinandersetzung bei den Hartmanns stärker belastet, als er erwartet hatte. Wie hätte er auch damit rechnen können, dass Fritz' Tante derart viel Gift versprühen würde?

»Ich finde, du hast Marianne heute sehr geholfen«, sagte sie deshalb. Aber das quittierte ihr Verlobter nur mit einem verstimmten Brummen.

»Doch, wirklich.« Henni lächelte zu ihm auf. Sie bemühte sich, genug gute Laune für sie beide zu verbreiten. »Marianne weiß das bestimmt zu schätzen.«

Endlich rang Theodor sich ein Lächeln ab.

»Mein Sonnenschein«, sagte er. »Du siehst immer das Gute in der Welt. Meine Mutter hat das auch sehr gut gekonnt.«

Noch ein Grund mehr für Henni, es genauso zu halten.

Mit der Situation versöhnt, ließ sie sich von Theodor zum Auto führen.

Es war ein unerwartet nervenaufreibender, aber am Ende dennoch erfolgreicher Besuch gewesen. Henni hoffte, dass Marianne das auch so sehen würde, wenn sie davon erfuhr.

Allerdings – ganz sicher war Henni sich da nicht.

Bei Marianne wusste man nie.

KAPITEL 24

Marianne war nicht darauf gefasst, dass der alte Hartmann die nächste Holzbestellung persönlich vorbeibringen würde. Aber sie erkannte ihn sofort, als er aus dem Transporter stieg. Trotz der Falten und grauen Haare, die seinem Alter geschuldet waren, besaß er eine ungeheure Ähnlichkeit mit Fritz. Oder vielmehr hatte Fritz zuletzt seinem Vater sehr ähnlich gesehen – beide hatten dieselbe Statur, dasselbe gutmütige Gesicht mit der kleinen Kerbe am Kinn. Nur dass Marianne Fritz' Vater schon lange nicht mehr so freundlich erlebt hatte wie heute.

»Grüß dich, Marianne.« Er nickte ihr zu.

»Guten Morgen, Herr Hartmann«, erwiderte sie befangen.

Vielleicht war der Fahrer, der sonst das Holz auslieferte, krank geworden? Aber hätte er sie da nicht einfach warten lassen, statt selbst einzuspringen?

»Danke, dass Sie gekommen sind«, fügte sie vorsorglich hinzu. Er nickte wieder, rückte die Kappe zurecht, die er sommers wie winters trug, und begann, das bestellte Holz abzuladen.

»Warten Sie, ich helf Ihnen.« Marianne sprang hinzu und wollte ihm das sauber zugeschnittene Buchenholz abnehmen.

»Hast du keine Männer, die für dich arbeiten?«

»Doch, natürlich.« Sie lachte verlegen. »Aber ich bin ja nicht aus Pudding, ich kann genauso gut mit anpacken.«

Er musterte sie kurz, zuckte dann die Achseln und lud weiter ab. »Wenn du meinst …«

Gemeinsam schleppten sie das Material in den Lagerraum

neben der Schreinerei. Dort war noch reichlich Platz, Mariannes Holzvorrat nahm sich eher spärlich aus. Dieses Mal hatte sie zwar für sechs Wochen kalkuliert, aber angesichts der erfreulichen Entwicklungen beim Verkauf ihrer Puppenmöbel reichte das Holz vielleicht doch nur für einen knappen Monat.

»Könnte ich Ihnen gleich den nächsten Auftrag mitgeben?«, fragte sie.

»Solange du bezahlst, was du bestellst …«

Irgendwie hatte sie bei jedem Satz das Gefühl, dass er ihr eigentlich noch etwas ganz anderes mitteilen wollte. Etwas, das sich hinter dem Gesagten verbarg. Aber falls es so war, so sprach er es nicht aus – und Marianne bezweifelte prompt ihr Gefühl.

»Natürlich bezahle ich«, sagte sie. »Ich hole schnell das Geld und schreibe Ihnen auf, was ich brauche.«

Er wartete draußen vor der Schreinerei, während sie nach drinnen eilte und fieberhaft ihre Notizen überflog, was sie am dringendsten benötigte. Zu gern würde sie einmal Holzsorten mit besonderer Farbe oder Maserung ausprobieren – Kirsche oder Nussbaumholz reizten sie sehr –, aber solange sie auf jeden Pfennig achten musste, kam das nicht in Frage.

»Kommst du klar?«, rief Ludwig.

»Ja.« Sie winkte kurz zu ihm hinüber.

Er stand neben Szymon und Tomasz, die beide konzentriert daran arbeiteten, das Puppenhaus fertigzustellen, das sie dem Amerikaner versprochen hatte. Sie schenkten ihr keinen Blick, sondern waren völlig vertieft in ihr Tun.

Marianne eilte mit dem hastig ergänzten Bestellzettel zurück nach draußen.

Der alte Hartmann hatte sich während ihrer Abwesenheit nicht von der Stelle gerührt. Sein Blick schweifte mit wehmütigem Ausdruck über das Gelände.

Sie befürchtete schon, es könnte ihm unangenehm sein, dass sie ihn dabei ertappt hatte, wie er sich umsah, aber er überraschte sie erneut.

»Es ist schön, dass hier wieder gearbeitet wird«, sagte er mit kratziger Stimme, die klang, als sei er erkältet. »Dein Vater würde sich freuen.«

Mariannes Kehle fühlte sich plötzlich auch an, als hätte sie eine Handvoll Scherben verschluckt. Jedes Wort scheuerte im Hals. »Das hoffe ich. Ich vermisse ihn sehr.«

»Ja, wir alle vermissen jemanden …« Er brach ab' und sie fragte sich, wen er meinte. Ihren Vater, der ihm ein Freund gewesen war? Nein, sicherlich meinte er Fritz. Oder seine viel zu früh verstorbene Frau.

Vielleicht sollte sie ihm sagen, wie leid es ihr tat, dass er seinen einzigen Sohn verloren hatte. Und dass Fritz ihr ebenfalls fehlte. Aber das Thema war zu heikel, sie wollte den alten Hartmann nicht vor den Kopf stoßen und entschied sich deshalb zu schweigen. Bloß nichts falsch machen, die vorsichtige Annäherung nicht gefährden. Sie wusste ja nicht, was ihn dazu bewogen hatte, heute herzukommen.

Sie reichte ihm den neuen Bestellzettel und den abgezählten Betrag, den sie dafür veranschlagt hatte.

»Stimmt das so?«

Nachdenklich betrachtete er sie kurz, dann schob er alles ungeprüft in die Tasche. »Falls etwas fehlt, gebe ich dir bei der nächsten Lieferung Bescheid. Dann kannst du es später nachzahlen.«

Es war ein weiteres Entgegenkommen von seiner Seite, dennoch zögerte Marianne.

Was, wenn sie sich bei ihren Berechnungen vertan hatte und die nächste Lieferung am Ende teurer wurde als gedacht? Sie wollte auf gar keinen Fall in finanzielle Schwierigkeiten geraten. Andererseits war sie erfreut, dass der Holzhändler sie nun wie eine normale Geschäftspartnerin behandelte und offenbar keine Vorbehalte mehr gegen sie hegte. Was ihn bewogen hatte, seinen Groll zu überwinden, hätte sie gerne gewusst. Aber das würde er ihr wohl kaum verraten – und sie hätte sich sowieso nie getraut, ihn danach zu fragen.

»Ich fahr dann mal wieder. Hab noch mehr zu tun.« Er öffnete die Tür des Transporters und schwang sich mit erstaunlicher Leichtigkeit auf den Fahrersitz.

»Auf Wiedersehen, Herr Hartmann«, rief sie. »Und danke fürs Bringen! Ich kann Ihnen auch gern die Schreinerei zeigen, falls Sie wieder einmal vorbeikommen. Es sieht innen jetzt ein bisschen anders aus als früher …«

Er ließ den Motor an, der lautstark zum Leben erwachte.

Marianne verstummte und trat hastig einen Schritt zurück. Hatte sie ihn verärgert? War sie zu weit vorgeprescht mit ihrer Einladung? Nach einem kurzen Blick in den Spiegel legte Hartmann den Rückwärtsgang ein.

Aber bevor er mit dem Transporter vom Hof rumpelte, beugte er sich aus dem offenen Seitenfenster und tippte zum Abschied an den Rand seiner Kappe.

»Beim nächsten Mal, Marianne«, sagte er. »Dann schaue ich mir genauer an, was du hier auf die Beine gestellt hast.«

Er lächelte nicht, doch das war auch nicht nötig. Jeder im Ort wusste, wie schwer ihm das Lächeln fiel. Die Vergangenheit hatte den Holzhändler zu einem mürrischen, wortkargen Mann gemacht – aber heute war er hergekommen, und dieses erste unerwartete Anzeichen einer Versöhnung reichte Marianne vollkommen aus.

Einige Tage später saß sie auf dem schaukelnden Karren von Hermann Jakobs und hielt das fertige Puppenhaus fest, das bei jeder Bodenunebenheit gefährlich hin und her schwankte. Die beiden Ochsen trotteten brav dahin und störten sich nicht an den Fliegen, die in der Wärme um ihre Köpfe surrten. Der Bauer auf dem Kutschbock schon eher, immer wieder schlug er nach den lästigen Viechern.

»Meine Frau meint, ich kann bald Fahrkarten verkaufen«, sagte er und spuckte ein Stück Kautabak auf die Straße. »Bist ja öfter mit mir unterwegs als mit dem Postbus.«

Marianne errötete. »Wenn ich dafür bezahlen soll, dass Sie mich mitnehmen, sagen Sie es nur. Es tut mir leid, wenn ich Ihnen Umstände mache.«

Der Bauer hatte sich bereit erklärt, den Umweg nach Hessental zu fahren, um sie zum Kasernengelände zu bringen. Ansonsten hätte sie nicht gewusst, wie sie das große Puppenhaus samt Mobiliar hätte transportieren können.

Ludwig hatte vorgeschlagen, einen leeren Heuwagen an den Traktor zu hängen, den er auch einhändig beherrschte, aber das wäre kaum komfortabler gewesen. Und Hermann Jakobs fuhr ohnehin regelmäßig nach Hall zum Markt, deshalb hatte sie ihn gefragt.

»Schon gut«, brummte er. »Ich helfe gern, wenn ich kann. Ihr habt's doch schwer genug da draußen.«

Marianne versuchte die Beine zu lockern. Ausstrecken konnte sie sie leider nicht, Säcke mit Kartoffeln und Kisten mit Bohnen, Erbsen und Blumenkohl stapelten sich um ihre Füße.

Aber zum Glück war es nicht mehr allzu weit.

Der Wagen ruckelte an einer Biegung, und der Bauer dirigierte die Ochsen nach links. »He da, aufgepasst!«

In Hessental hielten sie vor einem großen Gittertor. »Dolan

Barracks« stand über dem Eingang zum Militärgelände. Einst war es ein Fliegerhorst der Wehrmacht gewesen, heute diente die Anlage der U. S. Armee als Stützpunkt.

Nachdem Marianne dem Posten am Tor mitgeteilt hatte, zu wem sie wollte, gab er die Meldung durch und wies zwei junge GIs an, sie zu begleiten. Einer stemmte das Puppenhaus, als wöge es nichts, der andere lud sich den Karton mit den Puppenmöbeln auf die Schulter. Marianne konnte nur noch hinterherlaufen und hoffen, dass nichts herunterfiel.

Um sie herum wimmelte es von Männern in Uniform, die meisten sahen unglaublich jung aus. Obwohl kaum jemand auf sie achtete, fühlte Marianne sich befangen. Es war eine völlig unbekannte Welt für sie, in der zudem Befehle in einer Sprache gerufen wurden, die sie nicht beherrschte.

Sie war froh, als die Rekruten endlich ein Gebäude betraten und sie am Ende des Flurs John Turner erkannte.

»Miss Wagner«, begrüßte er sie erfreut und bat sie in sein geräumiges Dienstbüro.

Ihre beiden Begleiter wies er an, ihre Last auf einem langen, niedrigen Schrank abzustellen, den er »Sideboard« nannte. Dort stand lediglich eine Karaffe mit mehreren Kristallgläsern auf einem Tablett, das er beiseite schob, um Platz für das Puppenhaus zu schaffen.

Dass er mit ihrer Arbeit zufrieden war, konnte sie seiner wohlwollenden Miene entnehmen, obwohl sie außer »very nice« und »really beautiful« nichts von dem verstand, was er sagte. Aber dass er sie lobte, war offensichtlich. Er nahm jedes einzelne Möbelstück aus dem Karton, als wäre es eine Kostbarkeit. Das Veilchendekor war Alexandre auch wirklich gut gelungen, es war dezent und sehr hübsch.

Vor allem die kleine Gartenschaukel begeisterte Turner. Immer wieder stieß er sie mit der Fingerkuppe an, um den Sitz in Bewegung zu versetzen. Elvira hatte aus weiß und bonbonrosa gestreiftem Stoff ein Sitzpolster dafür genäht, der über die Schaukel gespannte Himmel war aus demselben Stoff. Fehlte nur noch ein Püppchen, das man draufsetzen konnte. Aber sicher verfügte Turners Tochter im fernen Amerika über genügend Puppen zum Spielen.

»I hope …«, begann Marianne stockend, dann wurde ihr klar, dass sie den Rest des englischen Satzes vergessen hatte, den Alexandre ihr beigebracht hatte. »Violets House, ich hoffe, es gefällt ihr«, endete sie schließlich.

John Turner schmunzelte breit. Dann griff er kurzerhand zum Telefon, und gleich darauf tauchte ein Mann in Zivilkleidung auf, der als Dolmetscher und Bürohelfer in der Kaserne tätig war. Mit seiner Hilfe gelang die Kommunikation reibungslos.

»Violet wird entzückt sein«, übersetzte er, während Marianne mit einem verlegenen Knicks die zweite Hälfte des Geldes von Turner entgegennahm.

Er gab er ihr sogar noch einige Dollar extra dazu.

»Oh, vielen Dank!« Verblüfft starrte sie die fremden Scheine an. Ob sie die bei der Bank umtauschen konnte? Wie viel Mark bekam sie wohl dafür? Ob Henni das wusste?

»Stecken Sie's ein.« Der Dolmetscher zwinkerte ihr zu. »Es lohnt sich. Mr. Turner möchte wissen, ob Sie ihm eine Karte dalassen können. Oder einen Werbeprospekt von Ihrer Firma?«

Wie das klang – ihre Firma! Marianne wuchs in Gedanken einen Zentimeter, bis sie einräumen musste, dass sie leider weder über eine Karte noch einen Prospekt verfügte. Da schrumpfte sie gleich wieder zurück.

»Ich kann Ihnen aber gern die Adresse aufschreiben«, bot sie an.

John Turner holte einen Briefblock von seinem Schreibtisch und reichte ihr einen Füller. Während sie ihren Namen und die Anschrift des Lindenhofs notierte, lachte er.

»Mary-Ann?«

So hatte noch niemand ihren Namen ausgesprochen. Es klang viel interessanter als das brave »Marianne«. Vielleicht sollte sie von der zusätzlichen Summe, die sie bekommen hatte, ein Wörterbuch kaufen und Englisch lernen?

Sie verabschiedete sich von John Turner mit dem Gefühl, heute einen wichtigen Schritt vorangekommen zu sein. Wenn sie alle ihre Kunden so von ihren Puppenmöbeln überzeugen konnte, musste ihr um die Zukunft der Schreinerei nicht bange sein.

Vom Kasernengelände bis zur Innenstadt, wo Käthe wohnte, war es ziemlich weit zu laufen, aber Marianne blieb genügend Zeit, um noch einen Abstecher in den Laden zu machen, ehe sie mit Hermann Jakobs zurückfuhr. Sie wollte unbedingt dort vorbeischauen. Zum einen war sie neugierig, ob mittlerweile schon weitere Puppenmöbel verkauft worden waren, zum anderen wollte sie Henriette berichten, wie nett die Begegnung verlaufen war, obwohl sie nur zwei Brocken auf Englisch rausbekommen hatte.

»Dann wird es höchste Zeit, dass du es richtig lernst!« Lachend ließ Henni den Lappen sinken. »Wenn du mit den Amerikanern so erfolgreiche Geschäfte machen kannst.«

Sie war gerade dabei gewesen, die gläserne Verkaufsvitrine blank zu wienern, als Marianne hereinplatzte, und offenbar hatte sie nichts dagegen, beim Putzen gestört zu werden.

»Soll ich dir helfen?«

Henni winkte ab. »Nein, lass nur. Ich bin doch fast fertig.«

»Du errätst übrigens nie, wer vor ein paar Tagen bei mir in der Schreinerei aufgetaucht ist«, sagte Marianne.

»Wer denn?«

»Der alte Hartmann war da.«

Henni reagierte nicht annähernd so überrascht, wie Marianne vermutet hätte. »Ach«, erwiderte sie nur. »Das freut mich. Hat Theodor also recht gehabt.«

»Theodor?« Marianne runzelte die Stirn. Wie kam Henni jetzt auf ihren Verlobten? Was hatte der damit zu tun? »Klär mich auf, was meinst du? Ich kann dir nicht folgen.«

»Na, wir waren doch neulich bei den Hartmanns.«

»Ihr wart …?«

»Ja, zu Besuch.«

Schockiert starrte sie ihre Schwester an. »Ich hatte Theodor ausdrücklich verboten, das zu tun!« Er hatte schon auf der Feier keine einzige Grenze respektiert, die sie ihm gesetzt hatte. Und auch wenn es diesmal offensichtlich positive Konsequenzen gehabt hatte, fühlte sie sich übergangen und bevormundet.

»Reg dich doch nicht gleich wieder auf«, beschwerte sich Henni und warf den Lappen so heftig in den Putzeimer, dass das Wasser darin hochschwappte und auf den Boden spritzte. »Wenn es nach dir geht, kann Theodor anscheinend nie was richtig machen. Dabei will er dir nur helfen!«

»Ich hatte ihm untersagt, sich einzumischen …«

»Ist dir schon mal der Gedanke gekommen, dass er vielleicht besser weiß als du, was zu tun ist? Du solltest ihm dankbar sein, dass er zwischen dir und den Hartmanns vermittelt hat.«

Hennis Augen blitzten. Es schien nicht viel zu fehlen, dass sie den Putzlappen über Mariannes Kopf auswrang, um sie zur Besinnung zu bringen. Zumindest guckte sie so erbost.

»Streitet euch nicht, Mädchen«, ging Tante Käthe dazwischen und deutete warnend auf zwei Kundinnen, die schwatzend zur Ladentür hereinkamen.

»Geh nach oben«, zischte Henni. »Setz dich in Käthes Küche. Ich darf gleich eine halbe Stunde Pause machen, dann können wir weiterreden.«

Unschlüssig biss Marianne sich auf die Lippe.

»Na los, mach schon. Ich komme nach!«

Widerstrebend ließ Marianne sich in den engen Flur schieben, von dem aus die Treppe zu Käthes Wohnung hinaufführte. Die Türen im oberen Stockwerk waren unverschlossen, es kam ja niemand unbemerkt aus dem Laden hier herauf.

Die Küche war ordentlich aufgeräumt, das Frühstücksgeschirr gespült und der Tisch saubergewischt. Henni hatte sich wohl an das strenge Regiment ihrer Tante gewöhnt. Sauberkeit war für Käthe von größter Bedeutung, das galt nicht nur im Laden, sondern auch in ihrem Haushalt.

Marianne blickte aus dem Küchenfenster und zupfte ein paar vertrocknete Blättchen von der Topfpflanze, die dort stand. Sie knisterten in ihrer Hand wie die Dollarscheine, die John Turner ihr gegeben hatte. Sie wollte nicht mit Henni streiten. Sie wollte doch nur, dass Theodor Werwinkel sie nicht wie ein dummes Kind behandelte.

Doch als Henni wenig später mit Butterbrezeln und flaumigweichen, goldgelben Pfirsichen nach oben kam, vergaß Marianne das Geld ebenso rasch wie ihren Groll. Denn je mehr sie von ihrer Schwester über den heimlichen Besuch bei den Hartmanns erfuhr, umso mehr geriet sie ins Grübeln.

Hatte sie Theodor vielleicht unrecht getan? Lag ihm doch ernsthaft etwas daran, sie zu unterstützen?

»Er wollte wiedergutmachen, dass er dir das Fest verdorben

hat«, sagte Henni und biss in ihren Pfirsich. »Dass ihm das leidtut, hat er dir selbst gesagt.«

»Ja, schon …« Marianne seufzte. Das stimmte, aber sie hatte Theodor eben nicht geglaubt. Mit seiner Art machte er es ihr einfach nicht leicht, ihn als Gönner zu betrachten. »Wenn er nur aufhören könnte, so ein Besserwisser zu sein.«

»Du solltest endlich aufhören, ihm ständig böse Absichten zu unterstellen«, forderte Henni. »Hätte er nicht nachgebohrt, hättest du wahrscheinlich nie erfahren, dass Fritz damals noch einen anderen Grund hatte, sich zu betrinken. Oder glaubst du, die alte Hexe wäre jemals freiwillig damit rausgerückt?«

»Bestimmt nicht«, gab Marianne zu. »Die war froh, dass sie die ganze Schuld jahrelang auf mich abwälzen konnte.«

Es war eine ungeahnt große Erleichterung, sich nicht mehr allein schuldig fühlen zu müssen. Und endlich begriff sie auch, was Fritz' Vater bewogen hatte, in die Schreinerei zu kommen. Es war ein Eingeständnis, dass er manches in der Vergangenheit falsch eingeschätzt und ihr die Zurückweisung seines Sohnes verziehen hatte.

»Tja, siehst du, und das verdankst du allein Theodor.«

Ein Tropfen Pfirsichsaft rann Henni übers Kinn und entlockte Marianne ein Lächeln. Sie reichte ihr ein Taschentuch, um den klebrigen Saft abzutupfen.

»In Ordnung«, sagte sie. »Du hast recht. Er hat zwar gegen meinen Willen gehandelt, als er sich eigenmächtig mit dir auf den Weg zu den Hartmanns gemacht hat, aber letztendlich habt ihr mir damit einen großen Gefallen erwiesen.«

»Eben«, meinte Henni triumphierend.

KAPITEL 25

Der Juli kam und mit ihm die große Hitze. Selbst in den Nächten kühlte es kaum ab. Wenn Marianne in der stickigen Dachkammer wieder einmal nicht schlafen konnte, sondern sich ruhelos hin und her wälzte, die Zehen in dem verschwitzten Laken verheddert, dann dachte sie oft an Alexandre, der bei solchen Temperaturen draußen schlief.

»Mein Bett im Moos«, nannte er das und behauptete, es gäbe nichts Angenehmeres.

Sie traute ihm zu, dass er das ernst meinte.

Auch sonst veränderte sich in diesen heißen Sommertagen so manches. Ausgerechnet die verborgene Lichtung im Wald, auf der Marianne nach der Einweihungsfeier bittere Tränen vergossen hatte, wurde zu ihrem Lieblingsplatz.

Ihr geheimer Treffpunkt mit Alexandre.

Ein Blinzeln genügte, ein verstohlenes Lächeln, eine Berührung seiner Hand, wenn er in der Schreinerei an ihr vorbeiging – und Marianne wusste, wo sie ihn später finden würde.

Manchmal trafen sie sich dort bei Einbruch der Dämmerung, wenn Mariannes Mutter sie noch bei der Arbeit wähnte und Tomasz und Szymon glaubten, sie sei nach Hause gegangen. Doch gelegentlich stahlen sie sich auch tagsüber für eine halbe Stunde davon. Obwohl sie meist nur redeten, hielten sie ihre Verabredungen strikt geheim. Sie fürchteten, dass niemand ihre innige Verbindung gutheißen würde, weder Mariannes Mutter, noch die Arbeitskollegen.

Zwischen ihnen beiden war es jedoch längst kein Geheimnis mehr, was sie füreinander empfanden.

Marianne wusste, dass Alexandre der Mann war, den sie mit jeder Faser ihres Herzens liebte. Von ihm fühlte sie sich wertgeschätzt und verstanden wie von niemandem sonst – und so war es von Anfang an gewesen.

Seit jenem Spaziergang am See fühlte sie sich außerdem in seiner Nähe ganz als Frau – ein Gefühl, das vollkommen neu für sie war. Marianne empfand dabei nicht diese kindliche, schwärmerische Verliebtheit, wie Henriette sie ständig zur Schau trug. Niemals wäre ihr in den Sinn gekommen, Alexandre auf solch alberne Weise anzuhimmeln, und wenn sie es getan hätte, hätte er vermutlich Reißaus genommen.

Stattdessen genoss sie es, in den Momenten mit ihm zur Ruhe zu kommen, Kraft zu tanken. Ein paar Minuten zu träumen und sich innerlich leicht und frei zu fühlen. Den Gedanken, dass er irgendwann nicht mehr hier sein würde, blendete sie stets aus. Es war auch das einzige Thema, das sie möglichst mied, wenn sie mit ihm zusammen war – die Tatsache, dass Alexandre irgendwann weiterziehen würde.

Marianne wusste, dass es so kommen musste. Seine Ideen, seine künstlerischen Vorstellungen – wann immer Alexandre von der Zukunft sprach, erwähnte er Paris. Und die Zukunft in Paris schien für ihn nicht in weiter Ferne zu liegen, sondern sie schloss unmittelbar an diesen Sommer an.

Marianne durfte ihn nicht festhalten, und sie wollte das auch gar nicht. Er war ein Freigeist, ein Reisender. Doch in diesem wunderbaren Sommer, den Alexandre hier im Hohenlohischen verbrachte, da gehörte er ihr. Und dass in jeder Begegnung immer auch ein Hauch von Abschied lag, machte das Zusammensein mit ihm für Marianne nur noch kostbarer.

An einem brütend heißen Freitag Ende Juli arbeiteten sie beide abends noch allein in der Schreinerei. Alle anderen hatten längst Feierabend gemacht, aber Marianne tüftelte heute an neuen Modellen für Küchenmöbel – sie wollte das bewährte Puppenbuffet ein bisschen moderner gestalten. Alexandre leistete ihr Gesellschaft und verzierte Stockbetten und Nachttischchen für ein Puppenkinderzimmer mit Luftballons. Die Farbtupfer kamen auf dem Holz hübsch zur Geltung und strahlten Fröhlichkeit aus.

»Das wird toll.« Marianne lächelte ihn an. »Ich schätze, das kommt bei Ruths Kindern gut an.«

»Meinst du? Ist die Farbe nicht zu kräftig für das helle Holz?«

»Keineswegs. Kinder mögen es bunt.«

»Ja, aber Kinder kaufen deine Möbel nicht. Das tun nur ihre Eltern oder Verwandten. Erwachsene haben oft einen anderen Geschmack, vergiss das nicht.«

Er wischte sich mit dem Handrücken einen Tropfen Schweiß von der Stirn. Die Luft war drückend schwül. Obwohl sie die Tür weit offen gelassen hatten, bewegte sich kein Hauch.

»Erzähl mir noch mal Genaueres von der Spielzeugmesse«, bat sie. »Du bist doch letztes Frühjahr in Nürnberg gewesen, als sie stattgefunden hat.«

»Ja, aber ich war ja nur zufällig dort. Stanis Sippe kampierte zur selben Zeit in der Stadt, wir haben die Plakate gesehen und den Trubel vor der neuen Messehalle.«

»Sicher sind alle Firmen, die Spielzeug herstellen, auf der Messe vertreten.« Sie hörte selbst, dass ihre Stimme einen sehnsüchtigen Klang annahm – aber es war ihr egal, denn sie wusste, dass Alexandre sie nicht auslachen würde.

»Die bekannten Unternehmen auf jeden Fall.« Er zählte die Namen auf, an die er sich erinnerte. »Märklin Eisenbahnen.

Oder diese Teddybären mit dem Knopf im Ohr. Ach ja, und Mecki gab es auch!«

Stanis Kinder hatten sich für kleine Autos aus Kunststoff begeistert, die man selbst zusammenstecken konnte. »Und in der Zeitung war ein Blechkran abgebildet, der einem echten Bau-Kran täuschend ähnlich gesehen hat.«

Marianne ließ das Küchenbord sinken, an dem sie nun schon eine halbe Stunde herumfeilte. »Ob über meine Puppenmöbel auch jemals ein Artikel in der Zeitung erscheint?«

»Frag doch beim Haller Tagblatt an«, neckte er sie. »Junge Unternehmerin vom Lindenhof stellt ihre Kollektion für die Spielzeugmesse vor. Wie findest du die Schlagzeile?«

Bevor Marianne antworten konnte, unterbrach er sie. »Halt, nein, junge, attraktive und kluge Unternehmerin sollte es heißen.«

»Blödsinn«, wehrte sie ab.

»Das ist kein Blödsinn, sondern die Wahrheit.«

»Niemand interessiert sich für mein Aussehen.«

»Bin ich etwa niemand?«

Sie schnappte eine Handvoll Holzspäne und warf sie ihm gegen die Brust. »Du bist kein Reporter, sondern ein Wirrkopf.«

Er lachte. »Das habe ich jetzt davon, dass ich versucht habe, dir ein Kompliment zu machen …«

Energisch wischte er die Späne vom Hemd, mit dem Ergebnis, dass der obere Knopf absprang und einen Ausschnitt seiner sonnengebräunten Brust freigab. Beim Anblick seiner Haut konnte Marianne plötzlich nur noch daran denken, wie es wäre, ihn zu berühren.

»Ähm …« Sie konzentrierte sich angestrengt darauf, worüber sie eben noch gesprochen hatten: die Spielzeugmesse. »Ein Unternehmen, das seinen Namen bekannt machen will, sollte also mit einem Messestand dort vertreten sein. Das ist die beste Werbung, oder?«

»Gewiss.« Er legte den Pinsel auf die Palette und bückte sich, um nach dem verlorenen Knopf zu suchen, der unter die Werkbank gekullert war.

»Hältst du mich für vermessen, wenn ich nächstes Jahr auch nach Nürnberg will? Denkst du, es ist zu früh?«

»Worauf willst du warten?«

Gute Frage. Marianne zuckte mit den Schultern. »Ich weiß nicht …«

»Es lässt sich doch bestimmt herausfinden, was ein Stand auf der Spielzeugmesse kostet. Wie groß die Ausstellungsfläche ist, die man zur Verfügung hat, oder welche Bedingungen es sonst zu erfüllen gilt. Soll ich mich mal erkundigen?«

»Unbedingt, ja!«

Er tauchte wieder unter der Werkbank hervor – ohne Knopf, dafür mit einem verführerischen Grinsen im Gesicht. »Was hältst du davon, wenn wir für heute Schluss machen? Es ist einfach zu heiß zum Arbeiten.«

»Was schlägst du vor?« Ihr Nacken kribbelte.

»Lass uns baden gehen.«

»Du willst zum See?«

»Nein.«

Sie begriff in dem Moment, dass er den einsamen Waldweiher meinte, als er näherkam und ihr über die Wange strich. »Es wird niemand da sein, außer uns. Tomasz und Szymon sind zu einem Fest losgezogen, sie werden eine Menge Bier trinken und erst im Morgengrauen wiederkommen.«

Marianne zögerte. Weder ihre Mutter noch Lottchen oder gar der Großvater würden abends um diese Zeit am Weiher auftauchen. Wer also sollte sie dort erwischen?

»Wir müssen nicht, wenn du nicht möchtest.« Alexandre ließ langsam die Hand sinken, streifte dabei ihren Hals.

Marianne genoss den wohligen Schauer, der sie bei dieser Berührung von Kopf bis Fuß durchrieselte. Sie wollte mehr davon, mehr sanfte Berührungen, mehr Zeit mit ihm allein. Ohne lange zu zögern warf sie ihre Bedenken über Bord. Warum sollte sie auf das verzichten, wonach sie sich am meisten sehnte? Vor allem wenn sie nur diesen einen Sommer hatten.

Sie lächelte. »Ich möchte auf jeden Fall.«

Im Wald war es nur wenig kühler als in der Schreinerei. Die Luft schien regelrecht zu dampfen. Es roch nach Gewitter, und die Stechmücken erwiesen sich als echte Plage.

Umso erfrischender schien das dunkel glänzende Wasser des Weihers. In Unterwäsche sprang Marianne hinein und tauchte kurz unter.

»Herrlich«, seufzte sie, als sie wieder hochkam.

»In der Tat.« Alexandre durchquerte den Weiher mit wenigen, kraftvollen Zügen.

»Für Schwimmer wie dich ist der Weiher viel zu klein«, rief sie ihm lachend nach.

»Ich bin doch gar nicht zum Schwimmen hergekommen.« Er kehrte um und fasste sie mit beiden Händen fest um die Taille.

»Nein?« Sie blinzelte zu ihm hoch.

»Nein«, erwiderte er.

Das Grün der dichtbelaubten Bäume ringsum warf Schatten auf sein Gesicht und im dämmrigen Spiel des Lichts konnte sie sein Lächeln kaum erkennen. Aber sie fühlte es. Sogar mit verbundenen Augen hätte sie gewusst, dass er sie anlächelte. Auf diese besondere Art, wie nur er es tat. Intensiv und voller Wärme.

Sie legte die Arme um seinen Hals.

»Küss mich, bitte …«

Das ließ Alexandre sich nicht zweimal sagen.

Marianne hätte nicht zu sagen vermocht, wie lange sie dort im hüfthohen Wasser standen. Kleine Bäche rannen ihr über den Rücken, als Alexandre ihren Zopf löste und das Haar um ihre Schultern ausbreitete. Er pflückte etwas Seifenkraut und rieb den feinen Schaum behutsam in ihre Strähnen.

Sie stand ganz still, rührte sich nicht.

»Gut so?« Er ließ ihr feuchtes Haar durch seine Finger gleiten.

Sie nickte und schloss die Augen.

Wieder küsste er sie.

Sie schmeckte die Leidenschaft und das Begehren in seinen Küssen – und es erschreckte sie nicht, sondern gefiel ihr. Da war ein ungezügeltes Echo in ihrem Inneren, das darauf antwortete.

Es kam ihr nicht so vor, als täte sie etwas Unrechtes, als sie ihm aus dem Wasser folgte. Sich neben ihn ins Moos zu legen, fühlte sich vollkommen richtig an. Ihre Wange an seinen Brustkorb geschmiegt, lauschte sie dem beruhigenden Pochen seines Herzschlags unter ihren Fingerspitzen.

»Du bist wunderschön.«

»Ich?« Marianne musste lachen.

»Ja, du.« Seine Hand fuhr unter ihr nasses Hemd. Strich über ihren Rücken, ihre Lenden. »Warum glaubst du mir nicht?«

Sie gab keine Antwort. Vielleicht glaubte sie ihm ja. Wenn nicht, war es auch egal. Er war hier, bei ihr, und nur das allein zählte – für den Moment.

»Du bist es, der schön ist.«

Sie tastete sich ebenfalls vor. Die Muskeln an seinem Arm

fühlten sich an wie straff gespannte Seile. Seine Haut war an der Oberfläche noch kühl vom Wasser des Weihers, aber darunter strahlte er eine sinnliche Wärme ab.

»Woher stammt eigentlich die Narbe an deiner Schulter?«

»Jemand hat versucht, mich zu erschießen.«

Marianne schreckte auf. Der Gedanke, dass Alexandre tot sein könnte statt hier bei ihr, war unvorstellbar.

»Ich lebe ja noch«, flüsterte er.

Und wenn er es nicht täte?

Ihre Lippen öffneten sich seinem Mund wie von selbst, und ihr Körper wölbte sich ihm entgegen.

Es war wie ein Traum. Ein wunderbarer Traum. Schöner als die Wirklichkeit es je sein könnte.

Der Wald verschwamm zu einem dunkelgrünen Vorhang um sie herum, und der Geruch des Mooses vermischte sich untrennbar mit ihrem eigenen. Marianne schwebte innerlich davon – bis Alexandre plötzlich innehielt.

»Psst!« Er legte den Finger an die Lippen. »Ich glaube, da kommt jemand …«

Marianne erstarrte. Betete, dass er sich getäuscht hatte. Doch er hatte richtig gehört.

Sie vernahmen schnelle Schritte, das Knacken eines Zweiges, der hastig beiseitegeschoben wurde und dann eine süffisante Männerstimme, die sagte: »Sieh an, da habe ich ja zwei reizende Turteltäubchen aufgescheucht.«

Marianne keuchte vor Schreck auf. Sie war schneller auf den Beinen, als sie denken konnte. Im Nu war sie in ihr Kleid geschlüpft.

»Theodor!«

»Tut mir leid, wenn ich euch gestört habe …«

»Du störst nicht.«

Es war eine glatte Lüge, von beiden Seiten, daran bestand kein Zweifel. Marianne zupfte ihr Kleid zurecht und flocht in Windeseile ihr nasses Haar zu einem neuen Zopf. Ansonsten bemühte sie sich um eine unverbindliche Miene. Doch ihr war klar, wie sie auf Theodor wirken musste, mit ihren erhitzten Wangen und den vom Küssen geschwollenen Lippen. Genauso gut hätte sie sich ein Reklameschild umhängen können, auf dem stand, was sie und Alexandre getan hatten.

»Was suchst du hier?«, fragte sie schroff.

»Dich.« Sein Blick klebte auf ihrer Brust, wo das Kleid die Feuchtigkeit aufsog. »Henriette hatte mich gebeten, eurer Mutter ein paar bestellte Garnrollen vorbeizubringen, wenn ich zufällig in der Gegend bin.«

»Ach ja?«

»Ja. Und zufällig ist das heute der Fall.«

Sie glaubte ihm kein Wort. Zufall? Niemals. »Wo sind denn die Garnrollen? Ich sehe gar keine.«

»Ich habe sie eurer Mutter übergeben und mich aus Freundlichkeit auch nach dir erkundigt. Sie meinte, du arbeitest immer viel zu lange und seist sogar am Wochenende in der Schreinerei. Da dachte ich, ich sehe mal nach, ob alles in Ordnung ist, aber die Tür war verschlossen und …« Er vollendete den Satz nicht, aber sein Lächeln sprach Bände.

Er hatte ihr nachspioniert – warum auch immer. Und nun hatte er sie erwischt. Wenn sie sich ausmalte, welche Konsequenzen das haben konnte, wurde ihr flau im Magen.

»Du wirst es allen erzählen, stimmt's?«

»Warum sollte ich?«

»Weil …« Sie verstummte. Er kannte die Antwort genauso gut wie sie – weil er sie damit als liederlich hinstellen und als Geschäftsfrau unmöglich machen konnte.

»Vertrau mir«, erwiderte er. »Dein kleines Geheimnis ist bei mir sicher. Ich hoffe nur, der Kerl ist es wert.«

Wieder dieses kalte Lächeln.

Es machte ihr mehr Angst als die Dreistigkeit, die er auf ihrer Einweihungsfeier an den Tag gelegt hatte – die kannte sie bereits zur Genüge.

Aber jetzt wirkte er auf unverschämte Weise zufrieden.

Auch Alexandre schien das aufzufallen. Er erhob sich und knöpfte sein Hemd zu. »Wagen Sie es ja nicht, Marianne zu erpressen«, warnte er.

»Mit dir rede ich nicht, Kerl.« Theodor warf ihm einen eisigen Blick zu. »Geh und schwing deinen Pinsel – oder tu das, womit du sonst deinen Lebensunterhalt verdienst, wenn du dich nicht gerade von einer Frau aushalten lässt.«

Marianne schnappte nach Luft. Doch Alexandre strahlte eine unerschütterliche Ruhe aus und ließ sich von Theodor nicht provozieren. »Komm«, sagte er. »Ich bringe dich nach Hause, bevor deine Mutter sich Sorgen macht.«

Zu Mariannes Verblüffung trat Theodor tatsächlich beiseite, um sie beide durchzulassen.

»Wirst du wirklich nichts sagen?«, fragte sie.

»Ach, Marianne …« Wieder dieses wölfische Grinsen. »Wenn du solche Befürchtungen hegst, hättest du dir vielleicht vorher überlegen sollen, was du tust. Dich auf diesen Hungerleider einzulassen, bringt dir nur Probleme ein. Aber keine Sorge, meine Lippen sind versiegelt. Ich habe kein Interesse daran, dass sich dein schändliches Treiben herumspricht.«

Ja, das klang wieder nach dem Theodor, den sie kannte.

Vielleicht wollte er vermeiden, selbst ins Gerede zu kommen, jetzt, da er zur Familie gehörte. Oder er wollte Henriette nicht brüskieren. Es machte keinen guten Eindruck auf die Leute, wenn die eine Schwester einen Diamantring trug, und die andere sich heimlich im Moos wälzte.

Marianne stolperte über den Waldweg davon und sprach erst wieder mit Alexandre, als der Lindenhof in Sicht kam und Theodor in seinem Mercedes davongebraust war.

»Ich hoffe, er wird wirklich nichts sagen.«

»Das hoffe ich auch. Dir zuliebe.« Er küsste sie sanft auf den Scheitel. »Es tut mir leid, ich hätte dich nie in so eine Situation bringen dürfen.«

»Das war doch nicht deine Schuld, Alexandre.« Sie lächelte traurig. »Ich wollte es auch …«

Nur das Ende dieses wundervollen Sommerabends hätte sie sich anders gewünscht.

KAPITEL 26

»Was ist los, Aleksy?« Tomasz, der Lottchen versprochen hatte, einen Kaninchenstall für sie zu bauen, hörte auf zu hämmern und musterte Alexandre prüfend.

»Nichts.«

»Nichts? Das kannst du deiner Großmutter erzählen«, meinte Tomasz. »Ich dachte, du, Szymon und ich, wir sind Freunde. Also, was ist? Du brütest seit Tagen vor dich hin.«

»Ich mache mir Sorgen.«

»Um Marianne?«

Alexandre nickte. Es stimmte, sie waren Freunde. Die beiden jungen Polen hätten auch seine Brüder sein können, so eine verschworene Gemeinschaft bildeten sie inzwischen. Mit dem Unterschied, dass er Geheimnisse vor ihnen hatte und nicht wie sie erwog, dauerhaft hierzubleiben.

»Aleksy …«

»Nenn mich nicht so! Es gehen schon genug Gerüchte über mich herum.«

»In Ordnung, aber dann rede endlich mit mir.« Tomasz schwang den Hammer und schlug krachend einen Nagel ins Holz.

Alexandre starrte auf seine vom Kohlestift schwarzen Finger. Er hatte vorgehabt, aus dem Gedächtnis ein schönes Porträt von Marianne zu zeichnen, aber es wollte ihm nicht recht gelingen. Auf allen Skizzen blickten ihre Augen ihm voller Angst entgegen.

Vielleicht war es gar nicht falsch, Tomasz und Szymon einzuweihen. Die Sache mit Theodor ließ ihm keine Ruhe, und wenn er mehr über den blonden Fuhrunternehmer herausfinden wollte, konnte er Unterstützung gebrauchen.

»Also gut«, sagte er. »Aber behaltet es für euch!«

»Ich sage nichts«, schwor Tomasz. »Und Szymon auch, darauf kannst du dich verlassen.«

Alexandre legte den Stift weg und wischte die Finger am Saum seiner dunklen Hose sauber. »Ich mache mir Sorgen wegen diesem Kerl.«

»Du meinst den reichen Angeber?«

Wenn Tomasz sofort wusste, von wem er sprach, ohne dass er Theodors Namen genannt hatte, dann machte Alexandre sich wohl zu Recht Sorgen. »Ja, genau den meine ich. Irgendwas führt er im Schilde, ich weiß nur nicht, was.«

Tomasz hämmerte wieder, dann hielt er inne. »Wenn er mit ihrer Schwester verlobt ist, ist er wohl kaum hinter Marianne her, oder?«

»Nein.« Diese Vorstellung war absurd. »Trotzdem schleicht er hier ein bisschen zu oft herum. Ich habe den Eindruck, er spioniert ihr nach.«

Jetzt ließ Tomasz den Hammer sinken. Sein Haar war von der Anstrengung zerzaust und stand in alle Richtungen ab. »Da ist noch was, oder?«

»Ja«, gab Alexandre zu.

»Du magst sie.«

Es war nicht nötig, das zu bestätigen. Sicher konnte man es ihm deutlich ansehen, dass es stimmte.

»Das könnte ein Problem werden«, meinte Tomasz leise.

»Ja, das weiß ich selbst!«

Für einen Moment herrschte Schweigen zwischen ihnen.

Dann bat Tomasz ihn, die vordere Seite des Stalles zu halten, damit er den Maschendraht befestigen konnte.

»Szymon ist leider gerade nicht da, um mir zu helfen.«

»Wo steckt er denn?«

»Er versucht, ein paar Bewohner aufzutreiben.«

»Er macht … was?«

»Hasen fangen.« Tomasz lachte verschmitzt. »Was soll die Kleine denn mit einem leeren Stall anfangen?«

Alexandre stöhnte. »Herrje, hoffentlich erwischt ihn keiner beim Wildern.«

»Wer sollte ihn erwischen? Niemand zählt die Hasen auf dem Feld, oder? Und keiner vermisst sie. Die Bauern sind froh, wenn sie ihnen nicht die Ernte wegfressen.«

Während das Holzgehäuse für den Stall allmählich Gestalt annahm, kamen sie wieder auf Theodor Werwinkel zu sprechen. Es erschien ihnen beiden ratsam, ihn im Auge zu behalten.

»Szymon und ich hören uns um«, versprach Tomasz. »Wenn er Dreck am Ast hat, finden wir es heraus.«

»Am Stecken, meinst du. Aber ja, danke.« Alexandre nickte. »Das ist sicher hilfreich.«

Die beiden Brüder weilten schon deutlich länger als er in der Gegend und verfügten über zahlreiche nützliche Kontakte. Sie wussten auch, wie sie es anstellen mussten, nicht weiter aufzufallen. Die Einheimischen beachteten die Erntehelfer und Hilfsarbeiter kaum, die Menschen aus dem Osten bewegten sich in ihren eigenen Kreisen. Aber sie waren dennoch nah genug dran, dass sie alles mitbekamen.

»Der blonde, reiche Mann ist viel unterwegs, das gehört zu seinem Beruf«, wandte Tomasz ein. »Es wird nicht leicht sein, ihn zu beobachten. Niemand von uns hat ein Auto.«

»Ich weiß.« Alexandre starrte auf den Boden. »Vielleicht können wir trotzdem etwas über ihn herausfinden, das uns weiterbringt …«

Ihm lag viel daran, Theodors Absichten zu durchschauen. Es war eine Lektion, die er im Krieg gelernt hatte – wenn man überleben wollte, galt es, nicht nur schnell und wachsam zu sein, sondern mehr zu wissen als der Feind. Was das betraf, war Theodor Werwinkel derzeit klar im Vorteil.

Er wusste etwas Wesentliches über Marianne und Alexandre, das sonst niemand wusste.

Und er war definitiv kein Freund.

Wenige Tage später nahm Alexandre einen Tag frei, um mit dem Zug nach Heilbronn zu fahren. Dort gab es eine größere Auswahl an Farben zu kaufen und vor allem bessere Qualität. Den Lohn, den Marianne ihm zahlte, investierte er gern in neue Malutensilien.

Zum Leben brauchte er sonst ja nicht viel.

Bei seiner Rückkehr nutzte er die Gelegenheit und sah sich am Waldenburger Bahnhof um. Das war Theodors Revier, einen seiner Lastwagen entdeckte Alexandre sofort. Rund um die Güterabfertigung herrschte Gedränge. Männer luden Kisten mit Waren von den Güterwagen ab oder wuchteten schwere Behälter für den Weitertransport auf die Waggons. Ein paar Helfer feilschten laut um Geld.

Alexandre wich hastig einem beschädigten Bierfass aus, das ihm in den Weg rollte. Eine schäumende Bierfontäne schoss heraus.

»Könnt ihr nicht aufpassen?«, brüllte der Bierkutscher, zu dessen Ladung das Fass offenbar gehörte. »Wer von euch Deppen hat es fallen lassen?«

Er gestikulierte wild in Richtung der johlenden, jungen Burschen, die lachend versuchten, mit ihren Kappen etwas von dem Bier aufzufangen. Es sprudelte ihnen jedoch bloß über die Hände und der Kutscher tobte vor Wut.

Zwei GIs, die an einem wartenden Jeep lehnten, grinsten.

Alexandre fragte sich, warum sie hier waren, denn Anstalten einzugreifen, machten sie nicht.

Er ließ den Bahnhofstrubel hinter sich und schlenderte an den Güterschuppen vorbei, auf eine Gruppe Wanderarbeiter zu, die dort herumlungerten und rauchten. Ein Gesicht kam ihm vage bekannt vor. »Mirko?«

Sekunden später wurde er begeistert umarmt.

»Aljoscha!« Der stämmige Mirko mit dem dunklen Bart schlug ihm kräftig auf die Schulter.

Alexandre ging fast in die Knie. »Uff«, ächzte er.

»Seit wann bist du so verweichlicht?« Mirkos Lachen dröhnte über den Bahnhofsvorplatz. »Und warum bist du noch hier? Ich dachte, du wärst längst weitergezogen.«

»Ja, das dachte ich auch …«

Sie wechselten ein paar Worte, und Alexandre erkundigte sich beiläufig, ob jemand aus der Gruppe vielleicht etwas über Theodor Werwinkel wusste.

»Halt dich von dem fern.« Mirko spuckte seine Kippe aus und trat mit dem Absatz seiner schmutzigen Sandale darauf. »Der beschäftigt nur seine eigenen Leute, keine wie uns. Der hält uns für Abschaum.«

Der Mann neben ihm murmelte ein Schimpfwort. Sein Bart war noch struppiger als Mirkos. Eine schlecht verheilte Wunde zog sich über seine Wange.

Als Alexandre ihn fragend ansah, erklärte er, dass er sich für keine Arbeit zu schade sei. »Aber für die verfluchten Nationalsozialisten arbeite ich nie wieder. Schon gar nicht freiwillig!«

Theodor, ein Nazi? Die Begegnungen mit ihm waren zwar

recht unerfreulich verlaufen, aber entsprechend geäußert hatte er sich nie. Alexandre wusste nicht genau, wie alt Theodor war, aber er schätzte ihn nicht älter als sich selbst. Konnte er da wirklich dem Hitlerregime nachtrauern?

»Sein Vater war bekannt dafür, dass er seine Arbeiter schikaniert hat und absolut linientreu war.« Mirko bekreuzigte sich. »Man soll ja nicht schlecht von den Toten reden, aber über den alten Werwinkel hört man nichts Gutes. Nur die übelsten Gerüchte …«

Über Theodor wussten die Männer vor dem Waldenburger Bahnhof dagegen kaum Konkretes zu berichten. Im Gegensatz zum Vater führte der Sohn offenbar ein untadeliges Leben – er trieb sich weder in den einschlägigen Spelunken herum, noch soff oder prügelte er in der Öffentlichkeit oder verspielte sein Geld.

»Falls der was zu verbergen hat, stellt er es jedenfalls geschickt an«, sagte einer. »Über den hört man nicht mal Frauengeschichten.«

»Gar keine?«

»Mir sind keine bekannt«, meinte Mirko achselzuckend. »Er ist reich und sieht gut aus. Vielleicht haben Männer wie er es nicht nötig, sich Frauen in gewissen Etablissements zu kaufen. Oder er mag gar keine Frauen …«

Jemand prustete unterdrückt.

»Er ist seit kurzem verlobt«, sagte Alexandre.

»Tja, dann …« Mirko schüttelte den Kopf. »Vielleicht ist der junge Werwinkel anders als sein Vater.« Er musterte Alexandre nachdenklich. »Sowas soll vorkommen.«

Alexandre hörte es mit gemischten Gefühlen.

Er traute Theodor nicht über den Weg – und bisher war auf seine Intuition immer Verlass gewesen.

Aber am Waldenburger Bahnhof bekam er hier und heute nichts Aufschlussreiches über ihn heraus. Da musste er sich wohl weiter in Geduld üben.

Im August nutzte Alexandre so manchen freien Abend und die Wochenenden, an denen Marianne keine Zeit für ihn hatte, um auf der Suche nach Bildmotiven durch die Gegend zu streifen.

Damals im Banat war die Landschaft ähnlich schön gewesen, aber er hatte sich nicht in der Lage gefühlt, zu zeichnen.

Vielleicht war es inzwischen anders.

Er besichtigte das Langenburger Schloss, von dem Ludwig ihm erzählt hatte, und von dem man einen großartigen Ausblick auf das Jagsttal genoss. Es war schade, dass Marianne nicht bei ihm war, denn das Schlosscafé im Rosengarten hätte ihr bestimmt auch gefallen, trotz der vielen Besucher. Und auch der prachtvolle Innenhof im Renaissance-Stil.

Alexandre malte und malte. Kleine Dinge, Pflanzen und Tiere gelangen meistens. Das war ein Fortschritt.

Aber ein Bachlauf im schwindenden Abendlicht leuchtete plötzlich rot wie Blut, und Alexandre verbrannte das Bild, um es nicht weiter ansehen zu müssen.

Einige Sträucher voller reifer Brombeeren wiederum erinnerten ihn an einen Nachmittag, an dem er mit Marianne und Lottchen Beeren pflücken gegangen war. Das Bild, das er von ihnen malte, blieb in seinem Skizzenbuch. Vielleicht konnte er es später einmal als Vorlage für eine Möbeldekoration gebrauchen.

Das Bild einer, mit hohem Gras bewachsenen, Böschung am Feldrand zerknüllte er, als er darin die Formen eines Schützengrabens erkannte.

Aber wenn er es nur lange genug versuchte, würde es mit der Zeit immer besser werden, davon war er überzeugt.

Seine Abbildungen der Natur gefielen ihm weiterhin besser als die von Häusern oder Menschen. Sie gelangen immer wieder, vor allem wenn er sich an den Wegesrand setzte und seine Gedanken zu schönen Zeiten schweifen ließ.

Die Fortschritte, die er machte, spornten ihn an.

Die Kunst war seine Berufung, daran hing sein Herz, er würde sie sich gänzlich zurückerobern. Und dann konnte er mit ihr sein Geld verdienen. So gerne er Puppenmöbel für Marianne bemalte, es war nicht genug. Er wollte mehr schaffen, wollte die Herzen anderer Menschen berühren.

Obwohl es bedeutete, dass dieser wunderschöne Sommer damit zu Ende gehen musste, freute er sich darauf, Paris zu sehen.

Dort fand er hoffentlich wieder ganz zu sich selbst.

Und Marianne war frei, sich einen Mann zu suchen, mit dem sie sich nicht im Wald verstecken musste, der ihren Ruf nicht ruinieren würde.

Nur dieser eine Sommer würde ihnen noch bleiben – und den würde er für immer in seinem Herzen tragen.

Alexandre war in Gedanken, als er eines Abends nach einem seiner Streifzüge an einem Gartenlokal vorbeikam. Es musste vor kurzem neu eröffnet haben, denn bisher war es ihm nicht aufgefallen. Lampions hingen über der hölzernen Balustrade rings um die Terrasse und zwischen den Bäumen, wo niemand mehr saß.

Alexandre hoffte, drinnen noch etwas Kühles zu trinken zu bekommen. Der Tag war heiß gewesen, seine Kehle fühlte sich an wie ausgedörrt. Schummriges Licht und das Klirren von Gläsern verrieten, dass im Lokal noch Gäste waren.

Alexandre schob die Tür auf und trat ein.

Zu seiner Verblüffung entdeckte er Theodor Werwinkel am

Ende des Tresens. Er saß auf einem Barhocker, der Platz neben ihm war frei. Dort stand lediglich ein leeres Cocktailglas, über dessen Rand ein Papierschirmchen hing.

Theodor reagierte sichtlich erschrocken, als Alexandre auf ihn zuging. Mit einer hektischen Handbewegung, als wolle er eine Mücke verscheuchen, fuchtelte er durch die Luft. Dann schien er sich wieder gefasst zu haben.

»Sieh an, der Herr Künstler«, begrüßte er ihn. »Manchmal trifft man sich an den seltsamsten Orten, was?«

Angriffslust blitzte aus seinen Augen.

Alexandre runzelte die Stirn. Er nahm das staubige Bündel, in dem er seine Malsachen verstaut hatte, vom Rücken und suchte noch nach einer passenden Erwiderung, als Theodor bereits weiterredete.

»Mir fällt da zum Beispiel unsere Begegnung neulich im Wald ein …« Mit vielsagendem Blinzeln hob er sein Pilsglas, trank es aus und schob es der Bedienung hinter der Theke hin. »Darüber wollte ich sowieso noch mit dir reden.«

Alexandre bestellte ein helles Bier und fragte sich, ob er Theodor ebenfalls duzen sollte. Es war eine Unverschämtheit, wie der Fuhrunternehmer mit ihm umsprang. Aber am Ende musste es nur Marianne ausbaden, wenn er offen mit ihm in Streit geriet. Außerdem lag ihm überhaupt nichts daran, zu streiten.

»Worüber reden?«, fragte er daher bloß.

»Über das, was da zwischen dir und Marianne läuft. Ich will wissen, ob das was Ernstes ist.«

»Das geht Sie nichts an.«

»Pass auf, was du sagst, Vagabund«, fuhr Theodor auf. »Falls du vorhast, den Ruf von Marianne Wagner zu beschmutzen, geht mich das sehr wohl etwas an. Schließlich bin ich mit ihrer Schwester verlobt.«

»Ja, ich weiß«, entgegnete Alexandre. Mit einem Mal fühlte er sich müde. Worauf lief das hier hinaus?

»Ich habe nicht die Absicht, Mariannes Ruf zu schaden.«

»So? Mein Eindruck ist leider ein anderer.« Theodor beugte sich vor, ein drohendes Glitzern in den Augen. »Sie geht ein großes Risiko ein, wenn sie sich mit dir einlässt, das muss dir doch klar sein! Und dabei hast du ihr überhaupt nichts zu bieten. Die Leute werden sich das Maul zerreißen, wenn das herauskommt. Was soll sie denn mit einem Hungerleider wie dir?«

»Ich bin kein …«

Theodor lachte verächtlich. »Ein wandernder Künstler mit zwielichtiger Vergangenheit. Manche behaupten immer noch, du seist ein russischer Spion.«

»Ich kenne die Gerüchte. Sie sind falsch.«

»Pass auf, ich bin nicht dumm.« Theodor rückte näher an ihn heran, Alexandre konnte schalen Bieratem und Haarwasser riechen. »Mir ist völlig klar, dass an den Gerüchten nichts dran ist. Aber die Leute reden trotzdem. Und wenn sie mitbekommen, dass du dich mit Marianne Wagner vergnügst, kann sie sich nirgendwo mehr blicken lassen. Willst du das?«

»Nein. Natürlich nicht.«

»Warum scherst du dich also nicht einfach zum Teufel?«

»Weil …« Alexandres Schultern versteiften sich. Ihm fiel nichts ein, was er darauf hätte antworten können.

Theodors Augen verengten sich zu Schlitzen. »Oder hast du etwa vor, auf dem Lindenhof zu bleiben? Abzuwarten, bis das Geschäft gut läuft, um dich dann ins gemachte Nest zu setzen?«

»Nein«, sagte Alexandre. Diese Frage konnte er ganz klar beantworten. »Nein, das hatte ich nie vor.«

»Hör zu, du hast deinen Spaß gehabt. Aber jetzt reicht es. Je eher du von hier verschwindest, umso besser.«

Die Bedienung stellte ein Bier vor Alexandre ab. Er zahlte gleich, und sie nahm seine Münzen und das vergessene Cocktailglas mit. Obwohl er sich vorhin darauf gefreut hatte, etwas Kühles zu trinken, schmeckte es ihm jetzt nicht mehr.

In zwei großen Zügen leerte er das Glas.

»Wann und wohin ich gehe, entscheiden nicht Sie«, sagte er zu Theodor und hievte das Bündel mit den Malsachen wieder auf seinen Rücken. »Aber falls es Sie beruhigt, spätestens im Herbst bin ich weg.«

»Wie gesagt, je eher, desto besser.« Es klang giftig, wie das Zischen einer bösartigen Schlange.

Ohne ein Wort des Abschieds wandte Alexandre sich um und verließ mit raschen Schritten das Lokal.

Nur aus den Augenwinkeln bemerkte er die Rothaarige, die im selben Moment, als er aus der Tür trat, die Nische neben der Damentoilette verließ und um die Ecke des Tresens bog, ihre Handtasche unter den Arm geklemmt. Sie schien ihm nachzustarren, aber dann fiel die Tür auch schon hinter ihm zu.

KAPITEL 27

»Brütest du immer noch über den Rechnungen?« Ludwig trat an Mariannes Schreibtisch, offenbar beobachtete er sie schon eine ganze Weile. »Oder was gibt es zu grübeln?«

Seufzend legte sie den Bleistift weg. »Wir haben einfach nicht genug Geld zur Verfügung.«

»Nein?«, fragte er erstaunt. »Der Verkauf der Puppenmöbel ist doch ganz gut angelaufen. Hartmanns letzte Lieferung hast du ja wohl auch pünktlich bezahlt, sonst hätte er deine neue Bestellung nicht angenommen.«

»Das Tagesgeschäft meine ich auch nicht.« Marianne erzählte ihm von ihrer Unterhaltung mit Alexandre über die Nürnberger Spielzeugmesse. »Die Idee, nächstes Frühjahr daran teilzunehmen, lässt mich einfach nicht los. Ich würde so gerne hinfahren und mir dort alles ansehen. Und natürlich einen Stand mieten, um Werbung für meine Puppenmöbel zu machen. Dort könnte ich sie einem viel größeren Publikum präsentieren als hier in Hall und Umgebung.«

»Hui, du traust dir was zu!« Ludwig lachte.

Marianne sah unsicher zu ihm auf. »Denkst du, ich bin noch nicht so weit?«

»Nein, das denke ich überhaupt nicht.« Er schüttelte den Kopf. »Mir gefällt die Idee. Und bisher hat sich dein Mut ja auch immer ausgezahlt, stimmt's? Warum solltest du also jetzt nicht auf deine innere Stimme hören, wenn sie dir sagt, dass du nach Nürnberg fahren sollst?«

»Na ja, es ist ein ziemlich großer Schritt.«

»Aber bis zum Frühjahr sind es noch Monate hin. Zeit genug, um alles in Ruhe vorzubereiten und zu planen.«

»Das Geld reicht trotzdem nicht«, sagte sie verzagt. »Als Aussteller muss man bei der Anmeldung eine Standgebühr begleichen. Die Fahrkarten für die Eisenbahn kosten Geld, je nachdem, wer mich begleitet, sind wir schon zwei oder drei Personen. Zudem brauchen wir in Nürnberg eine Unterkunft für mehrere Tage. Die Puppenmöbel als Frachtgut mit dem Zug zu verschicken, wird auch nicht billig sein.«

»Hm«, brummte Ludwig. »Die Idee ist aber wirklich gut.«

»Das denke ich ja auch.«

»Vielleicht solltest du mal mit den anderen darüber reden«, schlug er vor.

»Was soll das bringen?«

»Es wäre doch interessant zu erfahren, wie sie darüber denken. Vielleicht hat jemand eine zündende Idee, wie wir es schaffen können, an der Spielzeugmesse teilzunehmen. Ich wette, Alexandre hast du bereits eingeweiht und er hat dir nicht davon abgeraten, stimmt's?«

»Stimmt.«

Ludwig lächelte. »Hätte mich auch gewundert.«

Marianne erzählte nach dem gemeinsamen Mittagessen unter der Linde allen von ihrem Wunsch, ihre Puppenmöbel auf der Spielzeugmesse zu präsentieren. Ihre kleine Truppe war in den Wochen seit der Einweihungsfeier zu einer echten Gemeinschaft geworden.

Marianne war stolz darauf, wie fleißig in der Schreinerei gearbeitet wurde und wie gut alle miteinander auskamen. Es fiel selten ein böses Wort, selbst wenn etwas schiefging oder jemand einen Fehler machte, was durchaus vorkam. Sie lernten alle dazu, jeden Tag – sie selbst am meisten.

»Eure Meinung ist mir wichtig.« Marianne blickte über den Tisch in die Runde. Ihre Mutter und Lottchen waren bereits zurück ins Haus gegangen, um den Abwasch zu machen. Nur ihr Großvater saß noch auf seinem Stuhl, ließ aber nicht erkennen, was er dachte. Marianne strich sich das Haar aus der Stirn. »Also, was meint ihr?«

»Ich bin dafür«, sagte Willi.

»Wir auch«, sagte Szymon nach einem kurzen Blickwechsel mit seinem Bruder. Georg und Rudi nickten ebenfalls.

Sogar die schüchterne Elvira wagte es, sich zu äußern. »Es wäre toll, wenn viele Leute deine Puppenmöbel sehen, oder? Nürnberg ist eine große Stadt.«

»Eine bessere Werbung kriegst du so schnell nicht«, meinte Willi. »Das Geld, das du für die Teilnahme aufbringen musst, holst du anschließend durch mehr Verkäufe wieder rein.«

Ludwig nickte. »Das war auch meine Überlegung.«

Marianne freute sich über die engagierte Haltung und den klaren Geschäftssinn ihrer Mitarbeiter. Es war ein weiterer Beweis, dass sie alle an einem Strang zogen und gemeinsam erfolgreich sein wollten. Das machte ihr Mut. Und es bestärkte sie darin, respektvoll mit jedem einzelnen umzugehen, statt auf strenge Hierarchien zu bestehen, wie Theodor Werwinkel es ihr angeraten hatte.

»Dann werde ich zur Bank gehen und um einen Kredit bitten«, sagte sie entschlossen. »Das ist die einzige Möglichkeit, die ich sehe. Wir brauchen mehr Geld für Material, um die Produktion auszuweiten, damit sich die Reise nach Nürnberg lohnt. Und natürlich auch, damit ich die Teilnahmekosten überhaupt bezahlen kann.«

»Hast du schon überlegt, wer dich begleiten soll?«, fragte Georg. »Ich würde gern mit nach Nürnberg fahren.«

»Ich auch«, rief Rudi.

»Nun, ich …« Mariannes Blick huschte zu Alexandre, der neben ihrem Großvater saß und bisher ungewöhnlich still war.

Der Ausdruck in seinen Augen war traurig, auch wenn er lächelte, und er schwieg weiterhin – was hätte er auch sagen sollen? Er würde im nächsten Frühjahr nicht mehr hier sein, sondern in Paris oder an irgendeinem anderen Ort auf der Welt.

Weit weg von Hohenlohe. Allein, ohne sie.

Das Herz wurde Marianne schwer beim Gedanken, dass sie ihn bald verlieren würde.

»Das entscheide ich später«, sagte sie gepresst. »Dann, wenn feststeht, ob ich das Geld aufbringen kann.«

Sie beendete die Mittagspause und die Besprechung.

Während ihre Mitarbeiter aufbrachen, verabschiedete Marianne sich von ihrem Großvater, der offenbar noch eine Weile in der Sonne sitzen bleiben wollte. Er nickte gütig, als sie ihm liebevoll über die faltigen Hände strich.

»Du musst bald wieder einmal in die Schreinerei kommen«, sagte sie. »Es gibt so viel Neues drüben, das ich dir gern zeigen will.«

Im Schatten der Bäume wartete Alexandre auf sie.

Sie bemerkte seine Silhouette hinter einem Stamm erst, als sie fast schon vorüber war.

»Huh!« Sie zuckte zusammen und fasste sich ans Herz.

»Verzeih mir.« Er ergriff ihre Hand und küsste sie zärtlich auf die Fingerspitzen. »Ich wollte dich nicht erschrecken.«

»Schon gut.« Sie lächelte. »Ich bin froh, dass du auf mich gewartet hast.«

Es waren nur ein paar gestohlene Minuten, die Zeit mit ihm

war so kostbar und verrann immer viel zu schnell. Marianne lehnte den Kopf an seine Brust.

»Wann wirst du zur Bank gehen?«, fragte er.

»Am besten gleich morgen.« Sie sah zu ihm auf. »Ehe mich der Mut wieder verlässt …«

»Nimm doch ein paar deiner Puppenmöbel mit«, schlug er vor. »Vielleicht kannst du sie damit am ehesten überzeugen, dir einen Kredit zu geben. Wenn sie sehen, was du machst, wie viel Talent in dir steckt …«

»Ach, Alexandre, nicht jeder sieht mich so wie du!«

»Zauderst du etwa? Nachdem du gerade verkündet hast, nach Nürnberg fahren zu wollen? Da kannst du doch jetzt keinen Rückzieher machen und deine Mitarbeiter enttäuschen.«

Sie reckte sich empor und küsste ihn. »Ich gehe zur Bank, gleich morgen Vormittag. Verlass dich drauf! Ich muss heute Abend nur noch die weiße Bluse und den guten Rock bügeln, damit ich dort angemessen gekleidet vorsprechen kann.«

»Dann vergiss nicht, auch die Schuhe zu putzen«, neckte er sie. »Sonst lassen sie dich erst gar nicht rein.«

Mit ihm zu lachen, löste die Anspannung, die sie befallen hatte. Es würde schon alles gut werden.

Alexandre glaubte an sie, und solange er das tat, konnte sie es auch. Hand in Hand liefen sie den Waldweg entlang und ließen einander erst los, als die Schreinerei in Sicht kam.

Am nächsten Morgen wachte Marianne mit einem mulmigen Gefühl auf. Das Rumoren in ihrem Bauch verstärkte sich, während sie sich fertig machte und kaum mitbekam, was Lottchen ihr ins Ohr plapperte, bevor sie zur Schule aufbrach. Unaufhörlich musste sie daran denken, wie viel von diesem Besuch bei der Bank abhing und davon, dass man ihr den Kredit gewährte.

Als sie schließlich auf die Tür der Bankfiliale zuschritt, war ihr schwindelig vor Aufregung. Hastig zog sie den Rock glatt und überprüfte, dass ihre Bluse keine Falten warf und richtig saß. Jetzt gab es kein Zurück mehr.

Marianne holte tief Luft. Sie war eine junge, aufstrebende Geschäftsfrau, mit einem berechtigten Anliegen. Entschlossen trat sie ein und hoffte, dass man ihr das Herzklopfen nicht anmerkte.

»Guten Tag«, grüßte sie höflich.

Die Dame hinter dem Bankschalter trug ein elegantes Kostüm und einen Dutt. Sie musterte Marianne streng. »Wie kann ich Ihnen helfen, Fräulein?«

Als Marianne ihr Gesuch vortrug, wurde ihr Blick ungnädig. »Da müssen Sie mit dem Herrn Direktor persönlich sprechen. Wussten Sie nicht, dass Sie dafür einen Termin brauchen?«

Marianne erschrak. »Nein, das wusste ich nicht.« Wie hatte sie nur so dumm sein können?

»Sie haben Glück, Herr Stresemann ist anwesend. Ich werde ihn fragen, ob er anderweitig beschäftigt ist oder ob er Zeit hat, Sie zu empfangen.« Sie stöckelte hinter ihrem Schalter hervor und rückte die Brille gerade. »Haben Sie überhaupt ein Konto bei unserer Bank?«

»Natürlich«, erwiderte Marianne.

Das Familienkonto existierte schon seit vielen Jahren – wenn es auch nicht ihr eigenes war, sondern das ihres Vaters. Bislang durfte sie zwar nicht einmal ohne Einverständnis ihrer Mutter oder ihres Großvaters darüber verfügen, aber vielleicht ließ sich das in Zukunft ändern? Immerhin war sie es, die sich um alles kümmerte, was mit der Schreinerei zu tun hatte. Da musste es doch möglich sein, dass man ihr auch die Kontoführung übertrug?

Sie nahm sich vor, den Bankdirektor gleich danach zu fragen.

Die Dame klopfte an einer Nebentür zum Bankraum. *Herbert Stresemann* stand in goldgeprägten Lettern auf dem Schild daneben.

»Herr Direktor?« Sie öffnete die Tür, ohne auf seine Antwort zu warten, und schob den Kopf durch den Spalt. »Hier ist ein Fräulein Wagner. Leider ohne Termin, aber wenn Sie gerade Zeit hätten …?«

»Schicken Sie sie rein, Frau Knorr.«

Die Stimme klang nicht unfreundlich, und Marianne schöpfte neue Hoffnung, dass ihre Bitte um einen Kredit erfolgreich sein könnte. Der füllige Mann, der hinter dem ausladenden Schreibtisch saß, trug einen Schnauzbart, dessen Enden leicht wippten, als er aufstand und ihr die Hand reichte. Er war bei weitem nicht so alt, wie sie erwartet hatte. Vielleicht dreißig, so wie Alexandre. Oder im Alter von Theodor.

»Sehr erfreut!« Seine Finger waren weich und feucht. Die Berührung erinnerte Marianne auf unangenehme Weise an eine Schnecke, und am liebsten hätte sie ihre rechte Hand danach am Rock abgewischt. Aber das schickte sich nicht – und der arme Mann konnte ja auch nichts dafür.

»Was kann ich für Sie tun, wertes Fräulein?« Er nestelte an seinem Hemdkragen. Die Krawatte saß recht eng um den Hals, die Haut am speckigen Kinn war gerötet.

»Nun, ich …«

»Bitte nehmen Sie doch Platz! Sie müssen hier nicht wie ein Schulmädchen herumstehen.«

»Danke.« Mit brennenden Wangen ließ sie sich auf dem Stuhl vor dem Schreibtisch nieder.

»Wagner war Ihr Name, richtig?«

»Richtig. Ich führe die Schreinerei meiner Familie weiter,

mein Vater war Hans Wagner. Vielleicht haben Sie schon davon gehört, dass wir auf dem Lindenhof jetzt Puppenmöbel anfertigen.«

»Ach, Sie sind das.« Abrupt hörte er auf, an seinem Kragen zu nesteln und ließ die Hände sinken. »Hm … ja.«

Sie war nicht sicher, wie sie seine Äußerung deuten sollte. Hatte er sie eben noch mehr als wohlwollend empfangen, so schien er nun auf Abstand zu gehen. Zwar blieb er weiterhin freundlich, aber der Ausdruck in seinen Augen war spürbar kritischer geworden.

»Es gibt keine Beschwerden, hoffe ich?«

»Wegen unseres Kontos?« Marianne begriff nicht, worauf er hinauswollte. Verwirrt schüttelte sie den Kopf. »Nein, im Gegenteil. Meine Familie war immer zufrieden, soweit ich weiß, und ich bin heute hergekommen, weil ich Sie um einen Kredit bitten möchte.«

»Einen Kredit?« Seine Augenbrauen schnellten in die Höhe, der Mund öffnete sich erstaunt. »Das ist nicht üblich.«

Aber er wusste doch noch gar nicht, wofür sie den Kredit verwenden wollte. »Herr Stresemann, bitte hören Sie mich an.«

Da Marianne sich vorher genau überlegt hatte, was sie sagen wollte, fiel es ihr nun nicht schwer, die einstudierten Worte zu wiederholen. Sie legte ihm die Möglichkeiten dar, die der Besuch der Spielwarenmesse eröffnen würde, rechnete ihm Kosten und Nutzen vor und versicherte ihm, dass sie den Kredit samt der Zinsen selbstverständlich zum vereinbarten Termin zurückzahlen würde.

»Sie können sich auf mich verlassen!«

»Fräulein Wagner …« Mit bedauernder Miene legte er die wulstigen Fingerkuppen gegeneinander. »Ich fürchte, ich kann Ihnen da nicht helfen.«

Sie war wie vor den Kopf geschlagen. Hätte man aus heiterem Himmel einen Eimer kaltes Wasser über ihr ausgekippt, hätte es sich nicht anders angefühlt. »Aber warum denn nicht?«

»Als Bank sind wir verpflichtet, das Risiko genau abzuwägen, bevor wir einen Kredit vergeben. Und in Ihrem Fall sehe ich da leider gar keinen Spielraum. Verstehen Sie, als junge Frau ein Unternehmen führen zu wollen ...«

»Aber ich führe es doch bereits«, widersprach sie, doch er ließ ihren Einwand nicht gelten.

»Sie sind weit davon entfernt, Gewinn zu machen.«

»Die Produktion ist erst angelaufen.« Sie erklärte ihm, was sie in den wenigen Monaten bereits geschafft hatte, aber er tat ihren Erfolg mit einer knappen Geste ab.

»Fräulein Wagner, ich gestehe Ihnen zu, dass Sie jung und unerfahren sind und die Gepflogenheiten unserer Bank nicht kennen. Wir vergeben Kredite nur an Geschäftskunden mit aussichtsreichen Vorhaben.«

Sie starrte ihn an. »Und was ich vorhabe, ist in Ihren Augen nicht aussichtsreich?«

»Nein, ich halte das Ganze nicht für erfolgversprechend.« Herr Stresemann faltete seine Schneckenfinger und musterte sie aus wässrigen Augen. »Verstehen Sie, eine Frau in dieser Branche und in einer solchen Funktion, das ist höchst ungewöhnlich. Warum bitte wollen Sie sich das antun? Sie sind doch kein hässliches Entlein, suchen Sie sich einen Mann, dem Sie das Geschäft anvertrauen können, und kümmern Sie sich um den Haushalt und die Kinder. Das ist der richtige Platz für eine Frau.«

Marianne war sprachlos.

Hatte sie das richtig verstanden? Er wollte ihr keinen Kredit geben, nur weil sie eine Frau war?

»So sind die Tatsachen eben.« Für Herbert Stresemann war das Gespräch beendet. »Ich wünsche Ihnen für die Zukunft alles erdenklich Gute, Fräulein Wagner. Aber mehr kann ich beim besten Willen nicht für Sie tun.«

Erneut drückte er ihr die Hand, dann schob er sie zurück in den Bankraum zu Frau Knorr.

»Wenn Sie mich bitte entschuldigen, ich habe zu tun. Und vereinbaren Sie in Zukunft einen Termin, wenn Sie mich sprechen wollen.«

Das würde wohl nicht nötig sein, dachte Marianne, stumm vor Enttäuschung.

Warum sollte sie ein zweites Mal herkommen?

Dass sie eine Frau war, daran ließ sich nichts ändern.

Und dass sie heiratete, um einen Kredit für die Schreinerei zu bekommen, war auch keine Lösung.

Mit einer gehörigen Wut im Bauch marschierte sie nach Hause und trat unterwegs jeden Stein aus dem Weg, der ihr in die Quere kam. Ihr graute davor, ihren Mitarbeitern erzählen zu müssen, wie schmählich sie im Büro dieses feisten Direktors mit ihren schönen Plänen gescheitert war.

KAPITEL 28

»Du hast mit einer Schnecke gesprochen?« Verständnislos starrte Barbara Wagner ihre Tochter an. »Was soll das bitte heißen?«

»Ach, der Mann bei der Bank war widerlich«, schimpfte Marianne. Mit aufgerollten Ärmeln bearbeitete sie den Brotteig, als wolle sie ihn in Stücke reißen.

»Nur weil Herr Direktor Stresemann dir den Kredit nicht bewilligt hat, musst du dich nicht gleich derart über ihn auslassen«, tadelte ihre Mutter sie.

Marianne schnaufte. »Es ist einfach ungerecht ...«

»Das Geld fällt nun mal nicht vom Himmel«, sagte Barbara scharf. »Vielleicht solltest du deine Erwartungen etwas mäßigen?« Sie nahm Marianne den Klumpen Teig aus den Händen und machte sich daran, ihn auszurollen.

Henriette hatte sich für den Abend angekündigt. Sie wollte mit Theodor vorbeikommen – offenbar hatte sie ihm vorgeschwärmt, dass es daheim bei ihrer Mutter den besten Blooz gab, und nun wollte er ihn unbedingt probieren.

Mit verschränkten Armen sah Marianne ihrer Mutter zu, wie sie gewürfelten Speck, Lauch und Zwiebeln gleichmäßig auf dem mit gewürztem Sauerrahm bestrichenen Teig verteilte. Aber nicht einmal die Aussicht auf einen köstlichen Blooz konnte ihre Laune verbessern. Die Niederlage, die sie bei der Bank erlitten hatte, kränkte sie tief.

»Finde dich endlich damit ab«, sagte ihre Mutter. »Im Leben geht es eben nicht immer nach deinem Kopf, Marianne!«

War es denn wirklich zu viel verlangt, mit ihrem Vorhaben ernst genommen zu werden? In stiller Wut kniff Marianne sich in den Arm, um ihrer Mutter nicht erneut zu widersprechen, und verließ dann die Küche, um sich frischzumachen, ehe die Gäste kamen.

»Lottchen, deck bitte draußen den Tisch«, hörte sie ihre Mutter noch rufen.

Sie aßen später unter der Linde, an dem großen Tisch, an dem Marianne sonst zweimal in der Woche mit ihren Mitarbeitern zusammen die Mittagspause verbrachte. Jetzt lag jedoch ein geplättetes Tischtuch über der groben Holzplatte, und ihre Mutter hatte das gute Geschirr und die feinen Gläser aus dem Schrank geholt. Sogar Stoffservietten gab es.

»Schmeckt wunderbar knusprig, Mama.« Lottchen biss krachend in ihr Teigstück.

»Vorzüglich, ja«, lobte Theodor.

Henriette himmelte ihn strahlend an. »Ich habe dir nicht zu viel versprochen, hm?«

»Nein, hast du nicht«, bestätigte er.

»Vorhin haben wir übrigens aus dem Auto den Künstler entdeckt, der für dich arbeitet, Marianne«, plauderte Henni vergnügt weiter. »Er hat am Seeufer gezeichnet. Theodor war so nett und hat kurz angehalten, damit ich aussteigen und mir ansehen konnte, was er da malt.«

Die Miene des Fuhrunternehmers wurde kühl. »Du hast ja auch keine Ruhe gegeben, ehe ich nicht angehalten habe.«

»Und was hat Alexandre gemalt?«, erkundigte Lottchen sich neugierig. »Tiere?«

»Die Enten im Schilf«, sagte Henni. »Sie sahen fast lebendig aus. Mir hat das Bild sehr gut gefallen.« Sie lächelte. »Er hat gesagt, er schenkt es mir, wenn es fertig ist. Alexandre ist wirklich sehr nett.«

»Ja, das ist er.« Lottchen nickte zustimmend.

»Er ist vor allem sehr begabt«, ergänzte ihre Mutter. »Er hat diesen künstlerischen Blick für Details, das ist mir auch schon aufgefallen. Zweifellos ist er eine Bereicherung für die Herstellung von Mariannes Puppenmöbeln.«

Marianne schwieg. Alexandre war nicht nur eine Bereicherung, was die Schreinerei betraf. Sie vermisste ihn und hätte sich gewünscht, dass er hier mit ihnen am Tisch saß. Oder auch Tomasz und Szymon – mit ihnen war das Zusammensein viel angenehmer und fröhlicher als mit Theodor Werwinkel.

Der guckte gerade ziemlich finster. Passte es ihm nicht, dass ihre Familie Alexandre mochte? Es wirkte beinahe so, als sei er eifersüchtig …

Marianne grinste – und zuckte dann zusammen. Würde er sie gleich dafür büßen lassen und vor allen damit herausplatzen, dass sie sich mit dem Künstler eingelassen hatte?

Bei dem Gedanken blieb ihr fast das Herz stehen. Was würde ihre Mutter dazu sagen? So gern sie Alexandre mochte, eine derartige Beziehung würde sie gewiss nicht gutheißen.

»Sag mal …«, Henni stupste sie von der Seite an, »was ziehst du denn heute andauernd für ein Gesicht? Freust du dich nicht, dass wir zu Besuch gekommen sind?«

»Doch, natürlich«, behauptete Marianne.

»Der böse Schneckenmann von der Bank hat ihr die Laune verdorben«, krähte Lottchen vorlaut.

Jetzt kam dieses schreckliche Thema auch noch zur Sprache! Marianne wäre am liebsten im Boden versunken. Aber leider tat sich kein Loch auf, in dem sie sich hätte verkriechen können.

Verärgert funkelte sie Lottchen an. »Hast du etwa gelauscht? Oder woher weißt du davon?«

Schuldbewusst drehte Lottchen den Kopf weg und kaute am Rest ihres Blooz'.

»Es gab Ärger mit der Bank?«

Natürlich musste Theodor sich sofort wieder einmischen.

Da nützte es auch nichts, dass Mariannes Mutter versuchte ihn davon abzubringen, in dem sie einwandte, dass man den lauen Sommerabend doch nicht verderben solle, indem man über unerfreuliche geschäftliche Dinge diskutierte.

»Oh, die Dinge müssen nicht unerfreulich bleiben. Sie lassen sich möglicherweise ändern, wenn man sie jemandem überlässt, der sich damit auskennt.« Er tupfte sich mit der Serviette den Mund ab. »Worum ging es denn?«

So knapp wie möglich schilderte Marianne ihren Versuch, bei der Bank einen Kredit zu bekommen.

»Herr Stresemann hat leider abgelehnt.«

Theodor lehnte sich lächelnd zurück. »Herbert Stresemann? Das wundert mich nicht. Er ist ein Mann mit Prinzipien, ich kenne ihn gut. Wir unterhalten uns oft.«

Natürlich kannte Theodor Werwinkel den Herrn von der Bank, und natürlich musste er damit angeben. Und hatte er vielleicht auch schon mit Herrn Stresemann darüber geredet, für wie ungeeignet er sie hielt, ein Unternehmen zu führen? Kein Wunder, dass sie keinen Kredit bekommen hatte. Aber er konnte sie doch nicht bewusst sabotiert haben, oder? Von ihrem Plan, einen Kredit aufnehmen zu wollen, hatte er ja nichts gewusst.

»Du kennst den Bankdirektor?« Lottchen starrte ihn fast so ehrfürchtig an wie damals, als er zum ersten Mal mit seinem Mercedes auf den Hof gefahren war.

»Ja, wir sind seit langem befreundet«, erklärte Theodor.

Marianne hätte am liebsten den Kopf gegen die Tischkante geschlagen. Warum hatte sie bloß den Mund aufgemacht?

Wie erwartet, begann Theodor zu schwadronieren.

»Du hättest mein Angebot nicht ausschlagen sollen«, sagte er. »Es wirft natürlich ein schlechtes Licht auf dich und deine Geschäftsführung, wenn die Mittel so knapp sind, dass du nach wenigen Wochen schon einen Kredit benötigst.«

»So ist es doch gar nicht«, stieß sie mit gepresster Stimme hervor.

»Ist es nicht? Du hast doch gerade selbst eingestanden, dass du finanziell nicht über die Runden kommst.«

Ihre Mutter blickte zweifelnd zwischen ihm und ihr hin und her. »Vielleicht solltest du wirklich noch einmal darüber nachdenken, Marianne«, meinte sie.

Theodor bekräftigte sein Angebot, ihr finanziell unter die Arme zu greifen – natürlich unter der Bedingung, dass nicht sie, sondern er dann alle wichtigen Entscheidungen für den Betrieb traf. »Das musst du doch verstehen, dass dies die beste Lösung ist.«

Nein, sie weigerte sich, das zu akzeptieren.

Und zum Glück bewahrte ihr Großvater sie davor, sich noch länger mit Theodors Vorstellungen auseinandersetzen zu müssen. Offenbar war ihm vor Schwäche der Arm weggerutscht, denn er hatte sein Glas umgestoßen. Dunkelroter Kirschsaft tränkte das weiße Tischtuch, und Henni stieß einen Schrei aus, als etwas davon auch auf ihren Rock tropfte.

»Schon gut«, beschwichtigte Barbara, während Henni wie ein kopfloses Huhn aufsprang und ins Haus rannte. »Das kann man wieder auswaschen.«

Marianne kümmerte sich indessen um ihren Großvater. Der

schien den Trubel, den er ausgelöst hatte, gar nicht wahrzunehmen.

»Soll ich dich nach drinnen begleiten?«, fragte sie und fasste ihn fürsorglich am Arm.

Mit einem kaum erkennbaren Lächeln nickte er ihr zu.

Während Marianne ihn ins Haus brachte, fragte sie sich, ob er das Glas vielleicht doch mit Absicht umgestoßen hatte. Immerhin hatte er ihr dadurch Zeit verschafft.

Denn nun plapperte Lottchen fröhlich auf Theodor ein, und über geschäftliche Belange wurde an diesem Abend vorerst nicht mehr gesprochen.

Als Henni mit unglücklichem Gesicht und feuchtem Rocksaum zurückkehrte, wollte keine gemütliche Stimmung am Tisch mehr aufkommen. Die Horden von Mücken, die außerdem um ihre Köpfe schwirrten, sorgten dafür, dass sie und Theodor schon bald nach Hall zurückfuhren.

Marianne war es nur recht. Die Entscheidung war vielleicht nur aufgeschoben, aber heute hatte sie Theodors Verlangen nach mehr Einfluss noch einmal abwenden können.

Tags darauf schaute Ruth Hofbauer bei Marianne in der Schreinerei vorbei, ehe sie ins Kinderdorf fuhr. Dort waren mittlerweile zwei Häuser bezugsfertig, und Ruth hatte alle Hände voll zu tun, die Zimmer einzurichten und alles zu organisieren, was noch benötigt wurde.

Marianne freute sich, dass die Freundin trotzdem die Zeit fand, bei ihr Halt zu machen. Ruth stellte ihr Mofa am Zaun ab, neben dem die Brennnesseln schon wieder zu einem wahren Dickicht heranzuwachsen drohten.

»Na, wie geht es dir?« Sie schüttelte ihr Haar, das durch den Helm zerdrückt war. »Läuft alles im Betrieb?«

»Ach …« Marianne seufzte.

»Oh je. Gibt es Ärger?«

»Ja, mit der Bank.« Marianne erzählte Ruth von ihrem Besuch bei Herrn Stresemann und auch von dem Verdacht, dass Theodor nicht ganz unschuldig daran war, dass sie keinen Kredit bekam.

»Wundern täte es mich nicht, wenn er seine Finger im Spiel hätte«, sagte Ruth. »Diesen alten Seilschaften ist schwer beizukommen.«

»Welche Seilschaften?«

»Ach, die Familien, die sich seit jeher unterstützen.« Ruth machte aus ihrer Empörung keinen Hehl. »All diese biederen Deutschen, die Stresemanns, Weingärtners und Werwinkels und wie sie sonst noch alle heißen, was glaubst du, wie die den Krieg überstanden haben? Es ist eine Schande, dass so viele von denen heute immer noch den Ton angeben.«

Marianne erinnerte sich, dass Alexandre sie kürzlich gefragt hatte, ob sie Genaueres über Theodors Familie wisse, ob sein Vater ein Nazi gewesen sei.

»Die haben sich schon für die NSDAP begeistert, Jahre bevor die Partei an die Macht gekommen ist.« Ruth schnaubte. »Aber solche Leute finden im Nachhinein immer eine Möglichkeit, sich aus allem herauszureden und sich gegenseitig reinzuwaschen.«

»Bist du sicher?«

»Der Onkel von Stresemann war ein hochrangiger NS-Offizier, das ist kein Geheimnis. Und was Theodors Vater betrifft, so pfeifen es die Spatzen von den Dächern, dass er sich an den Transporten, die er damals durchführte, bereichert hat.«

Ungläubig lauschte Marianne ihren Schilderungen. Laut Ruth stand fest, dass die jüdischen Familien, die damals Hals über

Kopf geflohen waren, viele Wertgegenstände in ihren Wohnungen zurückgelassen hatten.

»Schwere Möbel kannst du doch nicht mitnehmen! Standuhren, Teppiche oder wertvolles Porzellan – das war doch alles noch in den Wohnungen, die der alte Werwinkel damals geräumt hat. Mit den Gemälden, die er auf diese Weise kassiert hat, hat er regelrecht geprotzt. Vermutlich hängen sie heute noch an seinen Wänden …«

Marianne schluckte. »Und Theodor weiß davon?«

»Sicher weiß er es. So klein war der damals schon nicht mehr, dass er davon nichts mitbekommen hätte. Was glaubst du, warum er über seinen Vater kaum spricht?«

»Hm …« Es stimmte. Wenn Theodor über seine Familie sprach, dann erwähnte er nur seine Mutter, und selbst das tat er selten.

»Sein Vater war ein brutaler Tyrann. Einer, der sich ungefragt genommen hat, was er haben wollte. Und für dieses Verhalten hat man ihn damals sogar noch öffentlich hofiert. Üble Zeiten waren das.«

Aus der Schreinerei drangen ein Poltern, ein Aufschrei und dann Szymons Gelächter herüber. Offenbar war Tomasz ein Missgeschick passiert, und sein Bruder machte sich nun über ihn lustig.

»Willst du nachsehen, was die Jungs anstellen?«, fragte Ruth mit gerunzelter Stirn.

»Nein, die kommen schon klar.« Ludwig war schließlich auch noch da, der eingreifen und für Ordnung sorgen konnte.

Marianne brannte stattdessen darauf, mehr über Theodors Familiengeschichte zu erfahren. »Das Vermögen, das er besitzt, ist also auf unrechte Weise zustande gekommen? Sein Vater hat es sich einfach angeeignet?«

»Ich denke, genug Geld hatten die Werwinkels schon vor dem Krieg«, sagte Ruth. »Aber sein Vater hat sich zudem noch skrupellos an jüdischen Familien bereichert, ja. Wie hätten die sich auch gegen die Beschlagnahmung oder den Diebstahl ihrer Besitztümer wehren sollen?«

Marianne war fassungslos.

»Die meisten von ihnen dürften außerdem froh gewesen sein, überlebt zu haben«, sagte Ruth. »Da verschwendet man keinen Gedanken an verlorenen Besitz oder eine Rückkehr …«

»Ich bin froh, dass du wieder hier wohnst und nicht in der Schweiz geblieben bist.« Marianne umarmte die Freundin.

»Ich bin wohl genauso stur wie du.« Ruth lächelte. »Aber das ist ja nichts Schlechtes.«

Wenigstens eine, die Mariannes Hartnäckigkeit etwas Positives abgewinnen konnte.

»Aber es bringt auch nichts, nachtragend zu sein. Spenden nehme ich jederzeit von allen entgegen.« Ruth zuckte mit den Schultern. »Warum auch nicht? Gerade die Nachkommen von solchen Familien wie den Stresemanns oder Werwinkels engagieren sich oft für wohltätige Zwecke. Als könnten sie sich damit von ihrer Schuld befreien. Und warum sollte ich die Söhne für die Verfehlungen ihrer Väter verantwortlich machen, wenn nicht einmal die Richter es tun?«

Marianne kratzte nachdenklich mit der Schuhspitze über den Boden. Wenn es um Ruths Waisenkinder ging, mochte das die richtige Einstellung sein, nicht darauf zu achten, wo das Geld herkam. Aber sie fand, in ihrem Fall sah das anders aus. »Danke, dass du mir von Theodors Vater erzählt hast.«

Ruth musterte sie prüfend. »Du wirst jetzt aber hoffentlich nicht losstürzen, um deiner Schwester die Verlobung mit ihm auszureden?«

»Nein.« Marianne musste sich das Lachen verbeißen, als sie sich das vorstellte. »Henni würde sowieso nicht auf mich hören. Für sie ist Theodor ein Märchenprinz. Eher würde sie sich auf ewig von mir lossagen …«

Aber eines stand für Marianne felsenfest – nie und nimmer würde sie Theodors Geld nehmen. Er selbst mochte es nicht gestohlen haben, aber sein Vater hatte es getan. Sollte er es für wohltätige Zwecke spenden, wenn er sein Gewissen damit reinwaschen konnte, aber sie wollte ihr Unternehmen nicht auf ein unrechtmäßig erworbenes Vermögen stützen. Da gab es nichts mehr zu überlegen – egal, was ihre Mutter dazu sagte oder ob die Zukunft der Schreinerei davon abhing.

Das kam einfach nicht in Frage.

KAPITEL 29

»Was ist denn hier los?« Verdutzt blieb Marianne in der Tür zur Schreinerei stehen.

Sie blickte auf drei gebeugte Rücken, die den Platz an der Werkbank einnahmen, an dem sie sonst stand. Beim Klang ihrer Stimme wandten sich zwei der Männer um – Ludwig und Alexandre. Ihr Großvater, der in der Mitte zwischen den beiden auf seinem alten Hocker saß, schnitzte dagegen ungerührt weiter, als hätte er sie gar nicht gehört.

»Wir beratschlagen, was wir tun können.« Alexandre lächelte ihr entgegen.

»Das ist lieb von euch.« Sie zog die Strickjacke enger um ihre Schultern. »Aber die Teilnahme an der Spielzeugmesse muss ich mir wohl aus dem Kopf schlagen.«

Die Sonne war schon vor einer Weile hinter den Baumwipfeln verschwunden, jetzt im September stand sie deutlich tiefer am Himmel. Am Abend frischte es auf, auch wenn es tagsüber noch sommerlich warm war. Umso erstaunlicher, dass Alexandre niemals zu frieren schien. Auch jetzt trug er nur ein Hemd mit kurzen Ärmeln.

»Wer sagt das?«, fragte Ludwig. »Der Bankdirektor? Willst du den über deine Pläne entscheiden lassen?«

»Aber ich habe es euch doch erzählt.« Sie begriff nicht, worauf er hinauswollte. »Zwingt mich nicht, Stresemanns Worte zu wiederholen …«

»Nicht nötig. Wir erinnern uns gut.« Ludwigs kluge braune

Augen blickten sie voller Wärme an. »Er wollte dir keinen Kredit geben, weil du eine Frau bist.«

»Genau! Aber es wird keine gute Fee hier auftauchen, die mich mit ihrem Zauberstab in einen Mann verwandelt.«

Alexandre lachte. »Na, das wär doch was!«

»Der Verlobte deiner Schwester …?«

»Niemals«, schnitt sie Ludwig das Wort ab. »Solange ich das Sagen habe, wird Theodor mit der Schreinerei nichts zu tun haben. Wenn der nur den kleinen Zeh in die Tür bekommt, wird er alles kontrollieren wollen. Und sein Vermögen beruht auf dem, was sein Vater von Geflohenen und Deportierten gestohlen hat. Das Geld nehmen wir nicht!«

»Schön«, sagte Ludwig ungerührt. »Dann bleiben dir nicht mehr allzu viele Möglichkeiten.«

»Mir bleiben gar keine.«

»Sag das nicht.« Jetzt lächelte er. »Männer, die dir helfen wollen, sehe ich hier jedenfalls drei. Und einer davon heißt sogar Wagner.«

Ihr Großvater hob den Kopf. Seine faltigen Hände zitterten, als er ihr das Schnitztierchen aus Lindenholz reichte, an dem er gearbeitet hatte. Es war noch nicht ganz fertig, aber man konnte schon genau erkennen, was es war – ein Eichhörnchen mit buschigem Schwanz, das eine Haselnuss in den Pfötchen hielt.

»Wie niedlich …« Marianne strich über die feinen Konturen. »Ein kleiner Glücksbringer.«

Ihr Großvater nickte, als wollte er bestätigen, dass es ihr Glück bringen sollte. Er nahm das Eichhörnchen nicht zurück, sondern schloss ihre Finger darum.

»Sag mal, Marianne«, begann Ludwig. »Damals wegen dem Dach und der Renovierung bist doch auch du bei der Bank gewesen, oder? Und den Antrag für Karl-Ottos Entschädigung hast auch du beim Amt gestellt.«

»Ja, weil ich eine Vollmacht von ihm hatte.«

»Kann er dir jetzt nicht auch eine Vollmacht geben?«

»Du meinst, für den Kredit?« Ein erster Hoffnungsfunke stieg in Marianne auf, ließ ihr Herz schneller schlagen. Aber dann dachte sie wieder an Herbert Stresemann und war sich sicher, dass sie damit keinen Erfolg haben würde. Nicht bei ihm. Selbst wenn sie ihm eine Vollmacht vorlegte, blieb sie eine Frau.

Und es war ausgeschlossen, dass ihr Großvater sie zur Bank begleitete. Karl-Otto war seit Jahren nicht zu bewegen, den Hof zu verlassen, um ins Dorf oder die Kirche zu gehen – das konnte sie nicht von ihm erwarten. Er hatte schon mehr für sie getan, als sie ihm je zurückgeben konnte.

Doch dann durchzuckte sie eine Idee.

»Vielleicht könnte es klappen, wenn nicht ich die Vollmacht vorlege, sondern du?«

»Das wollte ich auch gerade vorschlagen«, sagte Alexandre.

Ludwig starrte sie an. »Ich soll …?«

»Natürlich«, rief sie. »Wer denn sonst?«

»Ich kann jedenfalls nicht zur Bank gehen«, sagte Alexandre amüsiert. »Mich würde der feine Herr Bankdirektor vermutlich gar nicht empfangen. Oder mir üble Absichten unterstellen. Dich dagegen kennt man hier, du bist hier aufgewachsen.«

»Hm, also ich weiß nicht …« Ludwig zögerte. »Wäre Karl-Otto damit überhaupt einverstanden?«

Sanft berührte Marianne die Schulter ihres Großvaters. »Hast du mitbekommen, worüber wir gerade reden?«

Seine Augen wirkten wach und aufmerksam. Er sah von ihr zu Ludwig und dann wieder zurück.

»Ich verspreche dir, dass ich den Kredit sorgsam verwalten

und das Geld pünktlich zurückzahlen werde. Du musst keine Sorgen haben, dass ich dir Schulden aufhalse und mich dann nicht darum kümmere«, sagte sie mit fester Stimme. »Darauf kannst du dich verlassen.«

Ludwig räusperte sich. »Ich gebe Ihnen ebenfalls mein Wort darauf. Zwar gehöre ich nicht zu Ihrer Familie, aber was Marianne hier geschaffen hat, ist bewundernswert. Ich glaube an das, was sie mit dem Geld vorhat. Und ich werde sie unterstützen bei allem, was noch kommt.«

Beinahe traten ihr Tränen in die Augen. Ludwig war ihr zum treuesten Freund geworden, den sie sich vorstellen konnte. So wie Fritz Hartmann es hätte werden können, wenn er nicht verunglückt wäre. Marianne hätte sich nur gewünscht, dass auch Alexandre sie nicht verlassen würde. Er war ihr noch mehr als ein Freund.

Ihr Großvater stieß ein Brummen aus.

»Was hast du gesagt?«, fragte sie und wischte sich hastig über die Augen.

Gesagt hatte er natürlich nichts, wie schon seit Ewigkeiten nicht. Aber die Art, wie er bedächtig den Kopf neigte und Marianne liebevoll zunickte, zeigte seine Zustimmung.

»Dann ist es wohl entschieden«, sagte Alexandre und drückte unauffällig ihre Hand. »Setz eine Vollmacht auf, die dein Großvater unterschreibt, und in der er Ludwig ausdrücklich anweist, in seinem Namen einen Kredit für die Schreinerei aufzunehmen.«

Gemeinsam verfassten sie das entsprechende Schriftstück noch am selben Abend, und ihr Großvater setzte seine Unterschrift darunter. Er schrieb jeden Buchstaben konzentriert, so dass sein Name gut lesbar war – kein flüchtiger Schnörkel wie damals, als sie die Entschädigung für ihn beantragt hatte.

»Geh morgen zur Bank und vereinbare einen Termin.« Marianne drückte Ludwig die Vollmacht in die Hand. »Damit wir dieses Mal alles richtig machen.«

Auf ein paar Tage mehr kam es schließlich nicht an.

Ludwig fiel noch ein weiteres Hindernis ein. »Was ist, wenn Herr Stresemann eine Bürgschaft für den Kredit verlangt? Ich persönlich kann ihm keine geben.«

Marianne sah ihn ratlos ein. Das stimmte. Ludwigs Familie besaß zwar ein großes Gehöft und etliche Äcker, aber da sein Vater noch lebte, gehörte ihm nichts davon. Der Milchhof, der sicher am meisten einbrachte, gehörte seinem Schwager. Außerdem konnte sie schlecht von ihm verlangen, dass er mit seinem eigenen Besitz für ihr Vorhaben bürgte.

»Geh trotzdem hin«, sagte Alexandre. »Vielleicht verlangt er ja keine Bürgschaft.«

»Im Zweifelsfall können wir ihm nur die Schreinerei als Bürgschaft anbieten.« Die Worte hingen wie stachelige Bälle in Mariannes Kehle und wollten kaum über ihre Lippen kommen. Sie wollte das Erbe ihres Vaters nicht so leichtfertig aufs Spiel setzen. »Aber ich glaube, das wäre selbst die Spielzeugmesse nicht wert.«

Marianne hielt Ludwig das kleine Eichhörnchen hin. »Hier, steck das ein und nimm es mit!«

Falls es wirklich ein Glücksbringer war, konnte er es morgen am ehesten gebrauchen.

Am nächsten Vormittag schwankte Marianne zwischen Hoffen und Bangen. Immer wieder sah sie auf die Uhr, die Willi über dem Eingang der Schreinerei angebracht hatte. Heute schienen die Zeiger sich kaum von der Stelle zu bewegen.

Konnten wirklich erst zehn Minuten vergangen sein, seit sie zuletzt auf die Uhr gestarrt hatte?

»Wo Ludwig nur bleibt?«

»Er kommt bestimmt bald«, sagte Alexandre.

Doch sie merkte ihm an, dass er genauso unruhig war wie sie, seine Gelassenheit nur gespielt. »Du schrubbst schon zum dritten Mal deine Palette! Die ist doch längst sauber.«

»Ertappt.« Ein Grinsen zuckte um seine Mundwinkel. »Je länger Ludwig weg ist, umso größer dürfte die Wahrscheinlichkeit sein, dass er gleich ohne Termin vorgelassen wurde. Also lass uns die Daumen drücken und das Beste hoffen.«

»Du hast recht.« Sie betrachtete das Schränkchen in ihrer Hand. Ohne es zu merken, hatte sie an der linken Ecke zu viel abgeschliffen. Jetzt fehlte ein Stück. So konnte sie es niemandem mehr verkaufen. »Ich sollte wirklich lieber Daumen drücken, statt zu arbeiten, ehe ich noch mehr verpatze …«

Endlich öffnete sich die Tür, und Ludwig kam herein. Er trug einen dunklen Anzug, den Marianne noch nie an ihm gesehen hatte, der ihm aber erstaunlich gut stand. Für den Besuch bei der Bank hatte er sich sogar eine Krawatte umgebunden. Sein Gesicht war gerötet, er musste schnell gelaufen sein.

»Und?«, rief sie und eilte ihm entgegen. »Was hat der Direktor gesagt?«

»Das errätst du nie«, keuchte Ludwig. »Herr Stresemann, er …« Ohne dass sie nachvollziehen konnte, warum, brach er in Gelächter aus. Er lachte so sehr, dass er kaum mehr atmen konnte und japsend nach Luft rang.

Marianne hatte ihn noch nie so lachen sehen.

»Ludwig?«, fragte sie.

Auch die anderen umringten ihn jetzt. Tomasz und Szymon musterten ihn besorgt. War er verrückt geworden?

»Nun spann uns nicht auf die Folter!« Marianne verlor die Geduld. »Erzähl schon, wie es gelaufen ist.«

»Es ist prima gelaufen, weil …«

Wieder schnappte Ludwig nach Luft. Alexandre klopfte ihm auf den Rücken, bis er sich soweit beruhigt hatte, dass er normal sprechen konnte.

»Also, es war kein Problem, den Kredit zu bekommen.«

»Im Ernst?« Marianne hätte ihn am liebsten umarmt.

»Ja.« Ludwig nickte. »Stresemann hat mich höflich empfangen und die Vollmacht auch gleich akzeptiert. Er hat sich nach der Schreinerei erkundigt, und dann hat er mich gefragt, ob ich sozusagen die rechte Hand von Karl-Otto wäre.« Mit breitem Grinsen deutete er auf den leeren, hochgesteckten Jackenärmel an seiner rechten Seite. »Als ich geantwortet habe, dass ich höchstens die linke Hand wäre, ist ihm das derart peinlich gewesen, dass er fast aus seinem Sessel gerutscht ist. Er hat sich mehrmals für seinen Lapsus entschuldigt, und gesagt, dass man das eben so sagen würde, und ich es ihm bitte nicht nachtragen soll …«

»Meine Güte!« Marianne presste die Hand vor den Mund.

»Ich glaube, der werte Herr Stresemann wollte mich danach einfach nur so schnell wie möglich wieder loswerden. Deinen Kredit hat er jedenfalls ratzfatz bewilligt und mich dann aus der Tür geschoben. Ab nächster Woche kannst du über das Geld verfügen.«

»Nicht zu fassen«, murmelte Marianne.

Ludwig kämpfte erneut gegen das Lachen an, das ihn bei der Erinnerung an Stresemanns Gesicht schüttelte. »Ich hätte nie gedacht, dass es mal nützlich sein würde, im Krieg meinen verdammten Arm verloren zu haben …«

»Tja, man weiß nie, wozu etwas gut ist.« Alexandre und die anderen umringten ihn stolz und voller Freude. »Großartig, Ludwig! Dank dir kann Marianne zur Messe fahren.«

Sie beschlossen, dass dieser Erfolg gefeiert werden musste, egal wie er zustande gekommen war.

Am Abend fanden sich alle Mitarbeiter bei Marianne auf dem Lindenhof ein, wo sie gemeinsam ein Lagerfeuer entfachten, über das sie lange Stöcke mit Brotteig hielten und in dessen Glut sie Kartoffeln rösteten. Sogar der Großvater setzte sich eine Weile dazu.

Szymon spielte auf der Mundharmonika, die er mittlerweile recht gut beherrschte – zuerst eher fröhliche Melodien, zu denen Lottchen umherhüpfte und sich eigene Tänze ausdachte, später dann melancholische Weisen.

Marianne starrte hinauf in den Nachthimmel. Die Funken des Feuers waren die einzigen Sterne, die sie sehen konnte. Der Wald bildete eine dunkle, schweigende Kulisse.

»Wollen wir anstoßen?« Alexandre zauberte eine Flasche Wein hinter seinem Rücken hervor. »Wir kennen uns fast ein Jahr, aber wie der Wein schmeckt, dessen Reben wir damals geerntet haben, weiß ich immer noch nicht.«

»Du hast recht. Es wird höchste Zeit, das zu ändern.« Sie hob ihm lächelnd ihr Glas entgegen.

Wie schnell das Jahr vergangen war! Und wie viel sich in ihrem Leben seither verändert hatte. Damals hatte sie noch in eine ungewisse Zukunft geblickt – inzwischen wurde in der Schreinerei wieder gearbeitet, und für die kommenden Wochen und Monate gab es große Pläne.

Alexandre goss ihr den rot funkelnden Wein ein und prostete ihr zu, indem er sein Glas sacht gegen ihres stieß.

»Auf dich und deinen Erfolg!«

»Und auf uns«, erwiderte sie so leise, dass nur er es hören konnte.

KAPITEL 30

Das kleine Mädchen mit den strohblonden Zöpfen war etwa zwei Jahre alt. Strahlend streckte es seine pummeligen Händchen nach dem Spielzeug aus, das Marianne in der Hand hielt.

»Da«, forderte es vehement. »Da, da!«

Ruth Hofbauer lachte. »Luise spricht zwar noch nicht, aber wenn sie etwas will, kann sie sich gut verständlich machen.«

Marianne reichte der Kleinen die Puppenkommode. »Bitte schön, Luise.«

»Da«, antwortete das Mädchen. Es ließ sich auf den Hintern plumpsen und öffnete nacheinander alle Schubladen. Dass sie alle leer waren, sorgte für Stirnrunzeln.

»Magda«, rief Ruth zu einem etwas älteren Mädchen hinüber, das an einem Tisch saß und sich mit einer Strickliesel abmühte. »Sei so lieb und bring Luise ein paar von den Knöpfen.«

Gleich darauf war die Kleine damit beschäftigt, weiße Knöpfe in die Schubladen zu sortieren, was für ihre noch nicht so geschickten Fingerchen eine schwierige Aufgabe war. Aber sie gluckste zufrieden. Sobald sämtliche Knöpfe verstaut waren, schob sie die Schubladen zu – und dann prompt wieder auf, um sie auszukippen und von neuem zu beginnen.

Marianne schmunzelte. »Lernt sie so das Zählen?«

»Wer weiß?« Ruth betrachtete das spielende Kind. »Für ihre Motorik ist es jedenfalls wichtig, was sie da tut. Und ich finde es sowieso immer schön, wenn die Kinder in einer Beschäftigung aufgehen und so ihre Umgebung vergessen. Denn das ist für ihre Entwicklung wichtig.«

Marianne nickte. Das kleine Mädchen war völlig vertieft in das Spiel mit der Kommode und den Knöpfen. Ein Anblick, der ihr ans Herz ging.

»Deshalb wollte ich, dass du mich heute einmal im Kinderdorf besuchst.« Ruth legte ihr freundschaftlich die Hand auf den Arm. »Damit du mit eigenen Augen siehst, wie viel Freude die Kinder an deinen Sachen haben. Selbst die Allerkleinsten wie Luise. Und schau, was die Großen gebastelt haben!«

Sie deutete auf eine schlichte Puppenstube, die neben ein paar zerlesenen Bilderbüchern im Regal stand. Die beiden Zimmer der Stube bestanden nur aus Pappkartonwänden, statt aus Holz, aber sie erfüllten ihren Zweck. Sogar zwei Fenster waren in den Karton geschnitten, links und rechts davon hatte jemand Stoffreste als Gardinen geklebt.

»Ich staune immer wieder, wie viel Phantasie Kinder haben.« Marianne betrachtete die Puppenstube fasziniert.

»Die Jungen errichten für die Schnitztiere deines Großvaters immer einen Bauernhof, wenn sie draußen spielen. Dann werden die Kühe und Pferde ins Gras gestellt und rundherum wird aus Ästen ein Gatter gebaut.« Ruth bückte sich nach einer Kiste, die unter das Regal geschoben war. »Hier bewahren wir deine Möbel auf, die in der Puppenstube gerade keinen Platz mehr haben. Gespielt wird trotzdem ständig damit, dann dient eben ein Stuhl als Haus oder eine freie Zimmerecke.«

»Da«, juchzte Luise, als ihr ein Knopf aus den Fingerchen rutschte und davonsprang. Vor Magdas Schuh blieb er liegen. Das größere Mädchen unterbrach seufzend seine Strickarbeit, um Luise den Knopf zurückzugeben.

Die Kleine bedankte sich artig. »Da!«

»Aber nicht in den Mund stecken, ja?« Magda hob warnend den Zeigefinger. »Sonst bekommst du Bauchschmerzen.«

Marianne bemerkte Ruths Lächeln und dachte zum wiederholten Mal, wie sehr sie das Engagement der Freundin bewunderte. Unermüdlich setzte Ruth sich für ihre Waisenkinder ein, und im entstehenden Kinderdorf war sie häufiger anzutreffen als in ihrer eigenen Wohnung. Wenn endlich alle Häuser fertig wären, würden noch viel mehr Kinder hier ein Zuhause finden und in familienähnlichen Gruppen aufwachsen können.

»Wir leben ihnen Gemeinschaft nicht nur vor, sondern bilden mit den Kindern zusammen kleine Gemeinschaften«, sagte Ruth. »Es ist schön, wenn sie selbständig sind, aber sie sollen auch die Erfahrung machen, dass sie dazugehören, dass sie nicht allein auf der Welt sind. Dass jemand sich für ihre persönlichen Belange und ihr Schicksal interessiert …«

Sie sprach jetzt leiser, ihre Worte waren nur für Mariannes Ohren, nicht für die der Kinder gedacht.

»Was ist, wenn du eines Tages eigene Kinder hast?«, fragte Marianne.

»Das wird wohl nicht passieren.« Ruths Augen funkelten. »Die meisten Männer, mit denen ich im Alltag zu tun habe, finden mich schrecklich.«

Marianne lachte. »Kein Wunder, du kommandierst sie pausenlos herum.«

»Ich verlange nur, dass sie mich ernst nehmen und ihre Arbeit machen. Dafür braucht es leider einen entsprechenden Ton.«

Marianne nickte. Sie wusste genau, was die Freundin meinte.

»Im Grunde möchte ich eigentlich gar keine eigene Familie«, sagte Ruth. »Das klingt vielleicht seltsam, aber die Kinder hier sind längst zu meiner Familie geworden. Ich fühle mich für sie verantwortlich.« Sie schenkte den beiden Mädchen im Raum einen nachdenklichen Blick. »In meinem Leben ist auch kein Platz für anderes, denke ich. Ich bin es gewohnt, meine eigenen Entscheidungen zu treffen, mich allein zu behaupten. Ein Mann, eigene Kinder – das würde mich nur ablenken von dem, was mir wichtig ist. Ich möchte mich um die Kinder kümmern, die bereits geboren sind und die niemanden sonst haben.«

Sie schob Marianne aus dem geräumigen Spielzimmer in einen Flur, in dem es nach frischer Farbe roch. Die Tür ließ sie offen stehen.

»Aber da wir gerade beim Thema sind … Ich wollte mit dir noch über etwas reden«, sagte sie.

In Ruths Augen glaubte Marianne einen Funken Besorgnis zu erkennen. Sofort fühlte sie sich beklommen. »Worüber denn?«

»Es gibt Gerede über dich.«

Marianne seufzte. »Der ewige Dorftratsch? Ach je …«

»Der Tratsch ist dieses Mal leider ziemlich konkret.« Ruth zögerte, als suche sie nach den richtigen Worten. »Es geht dabei um dich und Alexandre. Du hättest eine Liebschaft mit ihm, und ihr würdet euch hemmungslos im Wald vergnügen.«

»Wer behauptet das?« Marianne wich das Blut aus dem Gesicht. Sie spürte, wie ihr vor Schreck schwindelig wurde.

»Die alte Weingärtner, Margarete Hartmann und noch ein paar andere Klatschweiber. Loses Luder, so nennen sie dich. Mir hat es Frau Jakobs zugetragen. Sie wollte wissen, ob an dem Gerede etwas Wahres dran ist oder was ich davon halte.«

»Die Frau von Bauer Jakobs?«

»Ja«, sagte Ruth. »Sie möchte nicht mehr, dass ihr Mann dich mit nach Hall nimmt. Sie befürchtet, man könnte ihm am Ende noch etwas nachsagen, wenn er sich mit dir abgibt.«

Aufstöhnend vergrub Marianne das Gesicht in den Händen. Das durfte doch nicht wahr sein!

»Theodor«, stieß sie zwischen den Zähnen hervor.

»Was?«, fragte Ruth.

»Der verdammte Theodor! Nur er kann das in Umlauf gebracht haben.«

»Der Verlobte deiner Schwester? Warum sollte er das tun?«

»Weil …« Marianne verstummte. Wie sollte sie Ruth erklären, worauf ihr Verdacht beruhte, ohne sich zu verraten?

»Theodors Name fiel nicht in dem Gespräch. Frau Jakobs hat ihn nicht erwähnt.« Ruth wirkte verwirrt, bis ihr ein neuer Gedanke kam und sie Marianne durchdringend anschaute. »Sag, ist es am Ende gar kein Gerücht, sondern die Wahrheit?«

Sollte sie Ruth belügen? Nein, das hatte die Freundin nicht verdient. So, wie Marianne sie kannte, würde Ruth sie auch nicht für ihre Gefühle verurteilen. Solch ein Mensch war sie nicht. Sie würde ihr höchstens den Kopf waschen, weil sie so unvorsichtig gewesen waren.

»Es stimmt, Alexandre und ich …« Marianne unterbrach sich, denn hier ging es nicht um Einzelheiten. »Theodor ist der Einzige, der davon wusste. Dummerweise hat er uns neulich abends am Weiher erwischt.«

»Am Weiher?«

»Wir waren baden. Und dann …« Sie verstummte. Wahrscheinlich war sie dunkelrot angelaufen.

»Schon gut.« Ruth wandte den Kopf der Tür zu, hinter der das Klackern der Knöpfe zu vernehmen war. »Meine Phantasie reicht aus, um mir vorzustellen, wobei Theodor euch ertappt hat.«

»Er hat versprochen zu schweigen!«

»Tja, offensichtlich hat er das nicht getan.«

»Ich hätte es wissen müssen.« Marianne hörte den bitteren Unterton, der sich in ihre Stimme schlich. »Wir hätten ihm nie trauen dürfen.« Aber was für eine Wahl hatten sie schon gehabt?

»Was willst du jetzt tun?« Ruth klang weiterhin sachlich, und Marianne war ihr dankbar dafür. »Wenn die Vorwürfe stimmen, kannst du sie schlecht aus der Welt schaffen. Irgendjemand wird euch früher oder später wieder erwischen. Und du weißt, dass diese Beziehung dir schaden kann.«

Sie senkte den Kopf. Ja, das war ihr klar. Alexandre mochte ein Mann mit ehrenwertem Charakter sein, aber hier im Dorf galt er so wenig wie ein Landstreicher. Weil er in den Augen der meisten Einheimischen genau das war. Ein Herumtreiber, ein Fremder mit undurchsichtiger Vergangenheit.

Sich mit ihm eingelassen zu haben, machte Marianne nicht nur persönlich angreifbar, sondern auch ihre Familie. Und vor allem gefährdete es ihren beruflichen Erfolg. Mögliche Kunden könnten sich abwenden und das Geschäft mit den Puppenmöbeln, das gerade erst angelaufen war, dadurch scheitern. Womöglich riskierte sie die vorsichtige Annäherung zu ihrem Holzhändler, wenn Margarete Hartmann bereits dabei war, ihren Geifer zu versprühen. Es wäre ein schwerer Schlag, wenn Fritz' Vater die Lieferungen an sie einstellte.

»Ich sehe, du bist dir der Tragweite bewusst.« Ruth beugte sich zu Marianne und schob die Tür zu den Kindern mit der Fußspitze unauffällig ein Stück weiter zu. »Im Grunde hast du nur zwei Möglichkeiten. Entweder du beendest die Sache mit Alexandre und behauptest, das, was man dir vorwirft, habe nie stattgefunden. Oder du stehst offen dazu.«

Beides kam nicht in Frage. Sosehr Marianne sich auch wünschte, eine Zukunft mit Alexandre zu haben, er würde sich nicht binden wollen, und sie wollte ihn nicht festhalten. Ganz abgesehen davon, dass es das Gerede kaum besser machen würde, wenn sie ihn heiratete.

Marianne lehnte sich gegen die Wand. Spürte die Kühle im Rücken, die spröde Unebenheit. »Ich muss es nicht beenden. Alexandre geht eh bald weg.«

»Das steht schon fest?«

»Ja. Und es hat nichts mit mir zu tun. Er will nach Paris, um zu malen.«

»Oh«, sagte Ruth überrascht.

»Er hatte nie vor zu bleiben.« Marianne kämpfte gegen die aufsteigende Traurigkeit an. Wenn Alexandre von den neuen Gerüchten erfuhr, würde er vermutlich sofort seine Sachen packen. »Und er wollte mich nie in Verruf bringen.«

»Wenn du das sagst, glaube ich dir«, meinte Ruth. »Du kennst ihn am besten. Aber das ändert nichts an den Tatsachen.«

»Dass unser Geheimnis keines mehr ist …«

Dank Theodor! Denn außer ihm konnte es niemand gewesen sein, der die Gerüchteküche mit konkreten Informationen angeheizt hatte. Niemand außer ihm wusste von ihren heimlichen Treffen im Wald. Doch nicht einmal dieses flüchtige Glück schien er ihr zu gönnen.

»Es ist so ungerecht!«

»Ja, vielleicht.« Ruth griff nach ihrem Arm und hielt ihn fest. Marianne hatte gar nicht gemerkt, dass sie die Hand zur Faust geballt hatte und drauf und dran war, sie gegen die Wand zu donnern.

»Glaub mir, es tut mir leid, dass ich dir keinen anderen Rat geben kann. Aber setz nicht alles aufs Spiel, wenn Alexandre ohnehin bald geht. Du würdest es nur bereuen.«

»Ich weiß.« Marianne nickte.

Ohrenbetäubendes Gebrüll beendete jäh ihre Unterhaltung.

Ruth eilte zu den Kindern zurück. Luise hatte es geschafft, ihre Fingerchen in einer der kleinen Schubladen einzuquetschen. Dicke Tränen kullerten ihr aus den Augen, die Wangen waren gerötet vor Zorn und Schmerz.

Ruth nahm sie hoch und setzte sie sich seitlich auf die Hüfte. Liebevoll pustete sie auf Luises Finger. »Gleich ist es wieder gut …«

Das Geschrei ging in Schniefen über und endete dann in einem Schluckauf. Marianne sammelte die herumliegenden Knöpfe wieder ein, während Ruth das Mädchen vollends beruhigte.

»Ich lege sie besser ein Weilchen zum Schlafen hin«, meinte sie. »Wahrscheinlich ist sie bloß müde.«

Marianne nutzte die Gelegenheit, um sich zu verabschieden. Sie würde ein anderes Mal wiederkommen. Dann, wenn auch die größeren Kinder anwesend waren, die um diese Zeit noch die Schulbank im Ort drückten. Vielleicht würde sie Lottchen mitbringen, die hätte an einem Besuch im Kinderdorf sicher Spaß.

»Jetzt bin ich gar nicht dazu gekommen, mich nach Elvira zu erkundigen«, bedauerte Ruth. »Wie macht sie sich denn bei euch?«

»Prima«, versicherte Marianne. Sie konnte sich das stille, fleißige Mädchen eigentlich gar nicht mehr aus der Schreinerei wegdenken.

Aber auf dem Heimweg dachte sie, dass sie sich Alexandre noch viel weniger wegdenken konnte.

Trotzdem würde sein Platz in der Schreinerei bald leer sein. Und die Lücke in ihrem Herzen noch viel größer.

KAPITEL 31

»Aleksy!« Szymons Ruf klang so alarmiert, dass Alexandre beinahe die Kommode fallen ließ, die er gerade bemalte. Ihm gegenüber saß Elvira und klebte vorsichtig Vorhänge an ein Himmelbett. Im Gegensatz zu ihm senkte sie das kleine Möbelstück behutsam auf den Tisch, bevor sie aufsah.

»Aleksy!«

Nun mischte sich auch das Weinen eines Kindes in die Geräusche von draußen. Elvira wollte sich sofort erheben, aber Alexandre winkte ab und stand seinerseits auf. »Lass nur, ich geh schon.«

Als er aus der Schreinerei hinaus in den sonnigen Herbstnachmittag trat, war das Problem kaum zu übersehen. Einer von Lisbeths Zwillingen hockte auf dem Schotterweg, das Gesicht tränenüberströmt. Er hatte die Hände dicht an den Körper gepresst und weigerte sich offensichtlich, sie Szymon zu zeigen, der sich zu dem Kind herunterbeugte. Der andere Zwilling stand mit betroffenem Gesicht daneben.

Als der Pole Alexandres Schritte auf dem Weg hört, blickte er erleichtert auf. »Ich hab Ludwig versprochen, auf die Kleinen aufzupassen, während er und Tomasz den Hühnerstall auf dem Lindenhof ausbessern. Der Fuchs hat letzte Nacht schon wieder ein Huhn geholt.« Verlegen neigte er den Kopf. »Leider ist der Junge hingefallen.«

»Das sehe ich.« Alexandre trat zu dem Kind. »Und da dachtest du, ich könnte mich darum kümmern?«

Szymon hob die Schultern. »Von dir kriege ich keinen Ärger, und du weißt meistens, was zu tun ist.«

Schon – aber nicht unbedingt, wenn es um Kinder ging. Alexandre seufzte und kniete sich vor den Jungen, »Bist du Johannes oder Joachim?«

Die Zwillinge sahen sich zum Verwechseln ähnlich, und Alexandre hatte sie bisher nicht oft genug gesehen, um die kleinen Unterschiede wahrzunehmen, die es sicher gab.

»Hannes«, nuschelte der Junge. Immerhin hatte er für den Moment aufgehört zu weinen.

»Was ist denn passiert?« Natürlich hätte auch Szymon diese Frage beantworten können, aber Fragen zu beantworten, schien Johannes vom Weinen abzuhalten.

»Der Achim hat mich umgetreten!«

»Hab ich gar nicht!«, rief Achim direkt. »Du bist über den Ball gestolpert. Das war kein Foul!«

»Klar war es eins!«

Alexandre war sich nicht sicher, was ein Foul war, aber es musste wohl etwas mit Fußball zu tun haben. Er hatte sich bisher nicht sonderlich für den Sport interessiert. Der dabei zur Schau gestellte Nationalstolz erinnerte ihn zu sehr an schlechte Zeiten.

»Zeig mir mal, wo du dir weh getan hast«, unterbrach er den Streit der beiden Jungen.

Nun endlich streckte Johannes die Hände aus. Die Handflächen waren aufgeschürft, und Dreck klebte in den Wunden.

Alexandre hatte nie viel mit Kindern zu tun gehabt, aber einige seiner Kameraden im Feld waren erschreckend jung gewesen. Er wusste genau, was es bei Verletzungen zu sagen galt, ganz egal, wie die Realität wirklich aussah. »Na, das ist ja nur halb so schlimm. Wir waschen das jetzt mit sauberem Wasser aus, und dann ist es bald wieder gut.«

Johannes schniefte, nickte aber. Alexandre half ihm hoch.

Auf dem Weg in die Schreinerei grinste Szymon Alexandre an. »Du wärst ein richtig guter Vater.«

Alexandre schnaubte. »Das wird nicht passieren.«

»Doch, wenn du Marianne heiratest«, trompetete Johannes vorlaut dazwischen.

»Wie bitte?« Wo kam denn dieser Gedanke her? Sie hatten sich den Kindern gegenüber nie auffällig verhalten. »Wer sagt denn so was?«

»Mama sagt das«, erklärte Achim.

»Deine Mutter?« Marianne würde sich doch nicht Lisbeth anvertraut haben, ohne ihm davon zu erzählen?

»Ja, als die Frau Weingärtner so gemeine Sachen über dich gesagt hat. Dass die Marianne wegen dir bald einen dicken Bauch kriegt.« Achim feixte. »Dabei ist die Marianne überhaupt nicht dick. Aber Mama sagt, wenn sie es wird, dann heiratest du sie bestimmt.«

Es gelang Alexandre mit Mühe, einen Fluch zu unterdrücken. Er tat so, als würde er Szymons fragenden Blick nicht bemerken, gleichzeitig rasten seine Gedanken. Sie waren immer vorsichtig gewesen! Wie hatte ausgerechnet die alte Witwe davon erfahren können? Der Einzige, der sie je erwischt hatte, war …

»Theodor …«, zischte Alexandre.

»Was?«, fragte Szymon.

Alexandre winkte ab.

Theodor hatte behauptet, es gäbe für ihn nichts zu gewinnen, wenn er Marianne schlecht dastehen ließ. Aber wenn der Kerl erst ihren Ruf ruiniert hätte, würde es ein Leichtes sein, ihr das Geschäft abzunehmen. Vielleicht ging es ihm ja doch darum.

Während Alexandre vorsichtig die Erde und die kleinen

Steinchen aus Johannes Schürfwunden wusch, waren seine Gedanken ganz woanders.

»Aua, das brennt!« Der Junge begann wieder zu weinen, und diesmal gelang es Alexandre nicht, ihn zu beruhigen. Er war froh, als Elvira ihm zu Hilfe kam und dem Jungen zwei weiße Stoffstücke um die verletzten Handflächen wickelte.

»Schau, was für einen tollen Verband du jetzt hast«, tröstete sie ihn. »Deine Mama wird staunen, wie tapfer du warst.«

Achim schob trotzig die Lippe vor. »Der Hannes ist gar nicht tapfer, der heult immer gleich wie eine Memme.«

»Sei du bloß still!« Beinahe brach der Zank von neuem los.

Zum Glück konnte Alexandre die Zwillinge anschließend mit Szymon wieder nach draußen schicken. Szymon bedeutete ihm mit einem Blick, dass sie später ein ernstes Gespräch zu führen hätten, aber das war für den Moment Alexandres geringste Sorge.

Er wünschte, Marianne wäre hier. Aber sie war heute nach Hall gefahren und würde erst am Abend zurückkommen.

Er musste mit ihr reden. Letztendlich würde es auf eines hinauslaufen – es war Zeit, dass er ging. Höchste Zeit.

Vorerst kehrte er an seine Arbeit zurück. Doch das Blumenmuster auf der Kommode wollte nicht mehr richtig gelingen. Die Farben, die er anmischte, gerieten zu dunkel, die Blätter wirkten scharfkantig und unfreundlich. Mit einem Fluch stellte er die Kommode schließlich ab.

Fragend blickte Elvira ihn an.

Alexandre seufzte, schob die Kommode von sich. »Ich glaube, ich habe sie ruiniert.«

Schüchtern streckte das Mädchen die Hand nach dem kleinen Möbelstück aus. »Darf ich?«

Alexandre brachte nicht mehr als eine knappe Geste zustande, um seine Zustimmung auszudrücken.

Schnell zog Elvira die Kommode zu sich heran, drehte sie in den Händen, betrachtete sie mit kritischem Blick. »Wenn du das Schloss einer bösen Königin einrichten wolltest, passt das Muster sicher gut.« Im nächsten Moment blickte sie erschrocken auf. »Ich meine das nicht … also … es ist sehr gut, es ist nur …« Sie rang nach Worten.

»Düster?«, fragte Alexandre.

Das Mädchen nickte, warf ihm dabei entschuldigende Blicke zu.

»Du hast ja recht. Ich habe sie ruiniert.«

»Ich denke nicht«, widersprach Elvira. »Also, ich weiß natürlich nicht allzu viel über die Kunst, aber mit einem etwas helleren Grün könnte es schon ganz anders aussehen.«

Sie nahm die Farbtuben und ihre Palette, die unbenutzt neben Alexandres eigener gelegen hatte. An manchen Tagen, wenn eine Bestellung schnell fertigwerden musste, hatte sie ihm schon beim Malen geholfen. Einfache Muster beherrschte sie gut, mit seinen Vorgaben tat sie sich nie schwer. Geschickt mischte sie ein Grün an, das sommerlich leuchtete. Alexandre musste ihre Treffsicherheit bei der Farbwahl bewundern.

»Hier.« Mit einem scheuen Lächeln hielt sie ihm die Palette hin.

Nachdenklich musterte Alexandre das junge Mädchen. Wenn er ging, brauchte es jemanden, der das Bemalen der Möbel übernehmen konnte. Vielleicht konnte er diese Aufgabe Elvira anvertrauen?

»Warum versuchst du es nicht? Ich glaube, ich fasse heute besser kein Möbelstück mehr an«, forderte Alexandre sie auf.

Verhaltene Freude leuchtete in Elviras Augen. Sie streckte ihre Hand nach der Palette aus, hielt dann aber in der Bewegung inne. »Sicher?«

»Ja, natürlich.« Alexandre rang sich seinerseits ein Lächeln ab. »Du machst deine Sache bestimmt gut.«

Elvira verzog zweifelnd das Gesicht, aber schließlich wandte sie sich der Kommode zu. Sofort veränderte sich ihre Haltung. Ihr Gesichtsausdruck wurde konzentriert, sie hielt das Möbelstück nun sicherer, weniger wie eine kostspielige Porzellantasse, die jeden Moment in Scherben zerspringen konnte.

Während sie malte, hatte Alexandre nicht den Eindruck, dass sie ihn überhaupt wahrnahm. Er stützte die Ellenbogen auf den Tisch und beobachtete sie. Ihre Pinselstriche waren präzise, an kniffligen Stellen tupfte sie die Farbe vorsichtig auf. Sie verlieh seinem dunklen Grün hellere Akzente, machte es damit freundlicher.

Es war eindeutig, dass sie über ausreichend Talent verfügte, um seinen Platz einzunehmen. Wenn Alexandre ging, würde die Qualität der Puppenmöbel nicht leiden. Mariannes Geschäft würde ohne ihn genauso florieren wie mit ihm. Besser noch, denn es bestand nicht mehr die Gefahr, dass er ihr Ansehen beschädigte. Er durfte den Abschied nicht länger aufschieben. Er musste gehen.

»Was hältst du davon, wenn du mir in den nächsten Tagen beim Malen hilfst? Ich würde dir gern noch ein paar Dinge zeigen, alles, was du an Techniken brauchst, um deine natürliche Begabung zum Ausdruck zu bringen.« So lernwillig und leicht zu lenken, wie sich das Mädchen bisher gezeigt hatte, würde sie das Notwendige rasch beherrschen. Es kam vermutlich vor allem darauf an, ihr Zutrauen in ihre Fähigkeiten zu stärken.

Elvira schaute ihn überrumpelt an. »Meine Begabung?«

»Du hast nicht nur fürs Nähen Talent.« Alexandre lächelte sie aufmunternd an. »Also abgemacht? Möchtest du malen?«

Sie strahlte. »Ja!«

KAPITEL 32

Es dämmerte schon, als Marianne endlich nach Hause kam. Zu ihrer Verwunderung entdeckte sie Alexandres einsame Gestalt im Zwielicht zwischen den Bäumen. Als sie abrupt bremste, geriet sie mit Lisbeths Fahrrad ins Schleudern.

»Vorsicht!« Alexandre sprang auf sie zu und packte den schlackernden Lenker, bevor sie stürzen konnte.

»Was tust du denn hier?« Sie japste nach Luft. »Es ist doch viel zu dunkel, um zu zeichnen.«

»Ich warte auf dich.« Seine Stimme klang zärtlich, aber seine Augen blickten besorgt. »Bist du mit dem Rad in Hall gewesen? Ich dachte, du fährst auf dem Karren von diesem Bauern mit.«

»Nein, der …« Sie verschluckte den Rest des Satzes. Warum sie mit Hermann Jakobs nicht mehr fahren konnte, wollte sie lieber nicht erzählen. »Er musste etwas anderes erledigen und hatte keine Zeit, mich mitzunehmen.«

»Hm.«

Glaubte Alexandre ihr nicht? Irgendwie schien er heute sehr nachdenklich zu sein. Oder warum sah er sie so ernst an?

»Ist etwas passiert, als ich weg war?«, fragte sie.

»Ich fürchte, ja.«

Sie wünschte sich, er würde sie einfach in die Arme nehmen, aber hier, mitten auf dem Weg, würde er das niemals tun, auch wenn man sie vom Lindenhof aus nicht sehen konnte. Trotzdem streckte sie die Hände nach ihm aus. Als er danach griff, fühlte sie sich besser.

Sein Lächeln wirkte traurig. »Wir müssen reden«, sagte er. »Hast du noch ein wenig Zeit, ehe du ins Haus gehen musst?«

»Ich habe das Abendessen schon verpasst, eine Stunde mehr macht da wohl auch nichts aus.«

Sie schob das Rad hinter ein dichtes Gebüsch und ließ sich dann von Alexandre zwischen die Bäume ziehen. Dort war es ziemlich finster, aber dass sie nichts sahen, bedeutete auch, dass niemand sonst sie sehen konnte. Sie schmiegte sich an ihn. Er schloss sie in die Arme und presste sein Gesicht in ihr Haar.

Wenn dieser Moment doch ewig währen könnte.

Aber sie nahm Alexandres Unruhe wahr. Eine diffuse Mischung aus Trauer und Entschlossenheit ging von ihm aus.

»Was ist los?«, fragte sie leise.

Er holte tief Luft. »Im Dorf wird über uns geredet.«

Marianne seufzte. »Ich weiß.«

Er war nicht dumm. Ihm war sofort klar, warum die Neuigkeit sie nicht schockierte. »Wie lange schon?«, fragte er. »Warum hast du mir nichts davon erzählt?«

»Ich weiß es erst seit kurzem. Ruth hat mir davon berichtet. Und ich wollte es dir bald sagen, ehrlich.« Sie hob den Kopf, suchte nach dem Schimmern seiner Augen. »Ich wollte nur noch ein paar Tage warten. Nur ein paar Tage …«

Alexandre durfte ihr nicht böse sein, dass sie ihm diese Gerüchte verschwiegen hatte. Für einen Moment blieb sie stumm, dann fragte sie: »Wirst du jetzt gehen?«

»Ich muss.« Sanft streichelte er ihr Gesicht. »Ich hätte längst weg sein sollen. Dann hätte ich dir das üble Gerede erspart, und du müsstest jetzt nicht um deinen Ruf fürchten. Wenn sogar Lisbeths Zwillinge schon über deinen Bauch plappern, ist es beinahe zu spät.«

Sie hatte es gewusst. Das hier war ein Abschied.

»Wann?«, flüsterte sie.

»Bald. Vielleicht schon morgen.«

»Morgen?« Es fühlte sich an, als würde ihr das Herz aus der Brust gerissen.

Er nickte, sie spürte die Bewegung. »Jeder weitere Tag, den ich bleibe, befeuert die Gerüchte bloß. Aber ich will dir, bevor ich gehe, unbedingt noch ein paar Dinge sagen. Über mich.«

»Über dich?«

»Ja, wer ich wirklich bin.«

Er hielt sie jetzt fester, als wollte er sich vergewissern, dass sie ganz nah bei ihm war. Dass nur ihre Ohren hören konnten, was er zu sagen hatte.

»Ich erzähle meine Geschichte sonst niemandem. Aber du sollst wissen, wer ich bin. Du sollst die Wahrheit kennen.«

»Alexandre, du musst nicht …«

»Bitte. Hör mir zu.« Wieder holte er tief Luft. »Ich habe mein altes Leben lange hinter mir gelassen, und es fällt mir schwer, darüber zu reden. Mein vollständiger Name ist Alexandre von Berckheim.«

Sie zuckte überrascht zusammen. Von Berckheim? Sein Name klang nach altem Adel.

»Ich stamme aus dem Elsass. Meiner Familie gehört ein Weingut in der Nähe von Rappoltsweiler, das ist ein Ort am Ostrand der Vogesen. Heute heißt er wieder Ribeauvillé.«

»Ein Weingut?«

»Ja.« Sein Lachen klang traurig und zärtlich zugleich. »Ich habe schon als kleiner Junge bei der Weinlese geholfen. Der Riesling meiner Familie ist vorzüglich.«

Sie erinnerte sich an ihre allererste Begegnung. »Deshalb kennst du dich so gut mit dem Rebenpflücken aus.«

»Ja, ich bin zwischen Rebstöcken aufgewachsen.«

Wenn seine Familie ein Weingut besaß, musste er reich sein, oder nicht? Einen winzigen Moment lang wuchs ein Fitzelchen Hoffnung in Marianne. Alexandre war also kein mittelloser Vagabund, sondern jemand von angesehener Herkunft. Wenn das bekannt wurde, würde der Dorftratsch verstummen, dann musste sie ihre Gefühle nicht länger verstecken.

»Warum machst du ein Geheimnis daraus?«

»Ich habe mich damals im Krieg von meiner Familie losgesagt. Hauptsächlich von meinem Vater.« Bitter stieß er die Worte hervor. »Er war ein überzeugter Nationalsozialist und hat keine Gelegenheit ausgelassen, diejenigen zu drangsalieren, die anders dachten. Nachdem so viele meiner französischen Freunde zwangsweise an die Ostfront geschickt worden waren, habe ich mich freiwillig gemeldet. Es war furchtbar, sie sterben zu sehen ...« Seine Stimme wurde leiser. »Ich werde es meinem Vater niemals verzeihen, dass er Hitlers Regime unterstützt hat. Er hat gewusst, was er tat. Auch wenn er heute sicher das Gegenteil behauptet und ihn wohl niemand für seine Taten belangen wird. Mein Vater ist ein genialer Strippenzieher, der seine Handlanger gut bezahlt.«

»Er lebt noch?«

»Vermutlich. Ich habe seit Jahren keinen Kontakt zu meiner Familie und ziehe auch vor, dass es so bleibt. Sie wissen nicht, wo ich bin und was aus mir geworden ist.«

»Aber deine Mutter ...?«

»Sie war immer auf der Seite meines Vaters.« Er verlagerte sein Gewicht, lehnte sich mit dem Rücken gegen einen Baum, ließ Marianne jedoch nicht los. »Egal, wie brutal er sich gebärdet hat, sie hat ihn stets unterstützt. Wie hohl seine Begriffe von Ehre und Moral auch waren, alles, was er tat, hat sie verteidigt.

Sie teilten dieselbe Gesinnung – er und sie. Meine Mutter würde sich nie gegen meinen Vater stellen.«

»Hast du noch Geschwister?«

»Nein. Dass ich geboren wurde, hat meine Mutter beinahe das Leben gekostet. Ich bin der einzige Nachkomme.«

Der einzige Sohn. Der Erbe eines Weinguts im Elsass.

Und Alexandre zog es vor, seiner Heimat fernzubleiben.

Damit sein Familienname ausgelöscht würde.

Die Blätter über ihren Köpfen raschelten im Wind. Irgendwo im Unterholz knackste es, vielleicht ein Reh.

Das Schweigen zwischen ihnen dauerte an. Marianne konnte sich nicht vorstellen, derart endgültig mit der eigenen Familie zu brechen. Es ging ihr nicht in den Kopf. »Du willst deine Eltern wirklich niemals wiedersehen?«

»Nein«, sagte er rau.

Hinter diesem Wort steckte so viel mehr. Sie spürte es, all das Ungesagte, das sich dahinter verbarg. Er hatte sich die Entscheidung nicht leichtgemacht.

»Ich habe meinen echten Namen abgelegt, weil zu viel Hässliches an ihm klebt. Ich will ihn nicht mehr tragen. Ich bin tausendmal lieber Aleksy oder Aljoscha als der Erbe von Ulrich von Berckheim.«

Der klagende Ruf einer Eule hallte durch den Wald.

»Versprichst du mir etwas?«

»Natürlich«, versicherte sie.

»Behalt es für dich.«

»Wer du bist?«

»Ja. Versprich mir, zu schweigen.«

Marianne versprach es. Versuchte, ihn zu verstehen. Was auch immer in der Vergangenheit vorgefallen war, er würde seine Gründe haben. Sie musste nicht jede Einzelheit wissen, die

Alexandre zu der Entscheidung bewogen hatte, seine Herkunft zu verleugnen und sein Erbe auszuschlagen.

»Ich weiß, du denkst jetzt, wir könnten zusammen sein, wenn ich nur …«

»Das denke ich nicht!« Sie hob die Hand und verschloss ihm den Mund. »Du willst nach Paris, und das hat nichts mit mir oder dir oder deiner Herkunft zu tun. Sondern damit, wovon du träumst. Zu malen. Von der Kunst zu leben. Und frei wie ein Vogel zu sein.«

Sie beide konnten einander nicht geben, was der jeweils andere brauchte. Vielleicht wäre Alexandre noch ein paar Wochen länger geblieben, wenn die Gerüchte nicht aufgekeimt wären – aber es zog ihn die Ferne, hinaus in die Welt, fort von ihr und dem beschaulichen Hohenlohe.

»So vieles hier erinnert mich an zu Hause«, sagte er. »Die Burgen, die Orte mit den Fachwerkhäusern.« Seine Hand strich über ihren Rücken, seine Lippen streiften ihr Haar. »Es ist schön, wo du lebst.«

»Ich würde nirgendwo anders leben wollen.« Sie war in den Waldenburger Bergen verwurzelt. »Ich gehöre hierher, nicht in die Stadt.« Schon gar nicht in eine so fremde Metropole wie Paris.

»Das weiß ich, ma chérie.« So hatte er sie noch nie genannt. Sein Mund war jetzt ganz nah an ihrem Ohr. »Deshalb habe ich dich nie gefragt, ob du mich begleiten willst. Auch wenn ich mir das wünschen würde.«

Sie schloss die Augen. Tauchte in seine Worte ein.

Er würde sie mitnehmen wollen?

»Mein Platz ist hier auf dem Lindenhof.« Daran hatte sie nie gezweifelt, und sie tat es auch jetzt nicht. Würde ein ruheloser Geist wie Alexandre das je nachempfinden können?

Statt einer Antwort küsste er sie. Lange. Intensiv. Hinter der Zärtlichkeit spürte sie sein Begehren.

Sie wollte ihn nicht gehen lassen. Sie wollte den Rest ihres Lebens mit ihm verbringen. Seinen Ring am Finger tragen, so wie Henriette den von Theodor.

Aber das würde für immer ein törichter Traum bleiben.

»Glaub mir, ich habe darüber nachgedacht«, sein Atem ging schwer, »dich um deine Hand zu bitten …«

Hatte er ihre Gedanken gelesen?

»Aber selbst wenn wir das Gerede vermeiden könnten, ohne meine Herkunft zu enthüllen – zu heiraten würde mir die Verfügungsgewalt über alles geben, was du besitzt, einfach nur weil ich ein Mann bin und du eine Frau. Aber ich möchte mit dir auf Augenhöhe sein. Du hast so viel erreicht, du sollst dir deine Selbständigkeit bewahren.«

Ja, niemals sollte ein Mann Macht über sie haben. Und trotzdem …

Marianne lehnte die Stirn gegen seine Brust. Lauschte seinem Herzschlag, der heute nicht so ruhig und regelmäßig war wie sonst. Vielleicht weil Alexandre ebenso aufgewühlt war wie sie. Trauer erfüllte sie.

»Egal, wo ich auch sein werde, ich werde unseren gemeinsamen Sommer immer im Herzen tragen«, flüsterte er.

»Ich auch.«

Sie tastete nach seinem Gesicht. Seine Lippen berührten die ihren, und sie legte in den Kuss alle Zärtlichkeit, die sie für ihn empfand. Bevor sie sich von ihm löste, schmeckte sie das Salz der Tränen, die ihr über die Wangen liefen.

»Ich werde dich vermissen.« Ihre Stimme klang erstickt.

»Ich dich auch, ma chérie.«

Jeden Tag. Jede Stunde. Immer.

KAPITEL 33

In der ersten Zeit nach Alexandres Weggang fühlte Marianne sich innerlich wie taub. Es half ihr zwar, wenn sie sich auf die Arbeit konzentrierte, aber die Traurigkeit ließ sich nie ganz verdrängen.

Überall in der Schreinerei fanden sich noch Spuren von ihm – ein Farbklecks auf dem Boden oder der Lappen, mit dem er seine Pinsel gesäubert hatte. Eine weggeworfene Skizze im Papierkorb. Ein altes Hemd am Nagel neben der Tür, das nach Terpentin roch. Nur er selbst fehlte, und sie vermisste ihn unendlich.

Auch Lottchen war eine Weile untröstlich. »Was will er denn in dem blöden Paris? Malen kann er doch auch hier!«

»Was weißt du schon von Paris?« Henni lachte sie aus. »Paris ist großartig, es ist die Modehauptstadt der Welt. Denk nur an die wundervollen Kleider von Dior oder das edle Parfüm von Coco Chanel!« Hennis Augen funkelten begehrlich. »Sicher gibt es auch viele Kunstmuseen und Galerien dort.«

»Na und?« Lottchen schob schmollend die Unterlippe vor.

»Außerdem ist Paris die Stadt der Liebe«, ergänzte Henni.

»Dann fahr doch du mit deinem Theodor dorthin«, fauchte ihre kleine Schwester und stürmte davon.

Henriette sah ihr verdutzt nach. »Ich wusste gar nicht, dass sie so einen Narren an ihm gefressen hatte …«

Marianne erwiderte nichts. Die Lücke, die Alexandre hinterlassen hatte, schmerzte eben nicht nur sie, sondern alle, die mit ihm zu tun gehabt hatten.

Auch in der Schreinerei fehlte er, obwohl es an Elviras Arbeiten nichts auszusetzen gab. Das schüchterne Mädchen bemalte die Puppenmöbel fantasievoll und mit großem Geschick. Wenn Ludwig sie lobte oder Marianne ihr anerkennend zunickte, glühte ihr Gesicht vor Freude.

Ansonsten arbeitete sie still und konzentriert. Weder der Lärm, den die Männer teilweise beim Zusägen und Schleifen verursachten, noch Streit oder derbe Witze brachten sie aus der Fassung. Meist war sie völlig versunken in das, was sie tat. Und die Ergebnisse konnten sich sehen lassen.

Ende Oktober krempelten Willi, Rudi und Georg die Ärmel hoch und mauerten einen schlichten Anbau direkt neben die Küche des Lindenhofes. Mittlerweile wurde es nämlich zu kalt und ungemütlich, um draußen unter der Linde zu essen, die bei jedem Windstoß ihre Blätter abwarf, und drinnen war es für so viele Personen einfach zu eng. Marianne wollte die liebgewonnene Tradition des gemeinsamen Mittagessens jedoch unbedingt beibehalten, es schweißte ihre kleine Truppe auf besondere Weise zusammen, fand sie. Außerdem bezog sie so ihre Familie mit ein. Ihre Mutter wirkte längst nicht mehr so verhärmt wie früher. Seit sie regelmäßig für alle kochte und selbst mitaß, hatte Barbara ein bisschen zugelegt und sah viel gesünder aus. Und Lottchen, der Alexandre den Spitznamen »Madame Naseweis« verpasst hatte, liebte den Trubel und die Geselligkeit sowieso. Nur der Großvater schien manchmal überfordert, wenn alle gleichzeitig redeten oder jemand ihn unvermittelt ansprach. Dass er meist von allein und sogar pünktlich zu den Mahlzeiten auftauchte, hielt Marianne dennoch für ein gutes Zeichen.

An den langen, dunklen Herbstabenden, wenn der Nebel die Sicht trübte und die Wolken schwer über dem Wald hingen, suchte Marianne häufiger die Nähe zu ihrem Großvater. Dann nahm sie ihn am Arm und stapfte mit ihm hinüber in die stille Schreinerei, wo es sauber und trocken war. Dort neben ihm an der Werkbank zu sitzen und mit ihm zu schnitzen, erinnerte sie an ihre Anfangszeiten. An das, was ihr wichtig war. In solchen Momenten kam sie innerlich zur Ruhe.

Nebenbei nutzte sie die gemeinsamen Abendstunden, um den Großvater über die täglichen Neuigkeiten zu informieren. Auch wenn er nicht antwortete, zweifelte sie nie daran, dass er sich für ihre Fortschritte oder Rückschläge interessierte.

»Stell dir vor, Ludwig hat jemanden gefunden, der drechseln kann.« Bernd würde zukünftig bei ihr mitarbeiten. Marianne hoffte, dass sie von ihm noch einiges lernen konnte. »Und erst gestern hat ein Vetter von Rudi angefragt, ob ich noch neue Mitarbeiter einstelle. Ich denke, wenn er sich bewährt, spricht nichts dagegen, auch ihn aufzunehmen. Derzeit haben wir wirklich mehr als genug zu tun.«

Die wichtigen Vorbereitungen für die Spielzeugmesse durften schließlich trotz der wachsenden Auftragslage nicht zu kurz kommen. Ende Februar wollte Marianne nach Nürnberg fahren, den Termin hatte sie dick und rot auf einem Zettel notiert, der in der Werkstatt an der Wand hing. Es war ein ständiger Ansporn für sie und ihre Mitarbeiter.

»Ach ja, und Szymon und Tomasz ziehen übrigens bald um«, berichtete sie weiter. »Zu Allerheiligen.«

Inzwischen gab es in Waldenburg und den umliegenden Weilern ausreichend Wohnraum. Die beiden Brüder hatten ab November eine winzige Dachgeschosswohnung bei einem Onkel von Lisbeth und Ludwig angemietet. Mit dem Lohn, den sie bei Marianne in der Werkstatt verdienten, konnten sie sich die Miete leisten und waren stolz darauf, die Unterkunft im Schuppen verlassen zu können. Bald würde also niemand mehr auf dem Gelände der Schreinerei wohnen.

»Sie haben sogar Elvira gefragt, ob sie ihnen Vorhänge nähen kann.« Marianne lächelte.

Am Nachmittag hatte sie sich mit Lisbeth darüber amüsiert. »Tja, die zwei werden langsam erwachsen«, hatte die Freundin vom Milchhof gemeint. »Bestimmt dauert es nicht mehr lang, und sie wollen heiraten.«

Marianne verstummte. Den Rest des Gesprächs konnte sie ihrem Großvater nicht erzählen. Laut Lisbeth schwirrten immer noch Gerüchte über sie und Alexandre durchs Dorf. Marianne hoffte inständig, dass der Tratsch nun, da Alexandre fort war, bald ein Ende finden würde.

Der Großvater räusperte sich. Sein Blick ruhte nachdenklich auf ihrer Hand, die reglos das Schnitzmesser hielt. Marianne hatte gar nicht wahrgenommen, dass sie aufgehört hatte zu arbeiten. Und wann hatte sie die hässliche tiefe Kerbe ins Holz gehauen?

Schnell legte sie Holz und Messer auf der Werkbank ab.

»Schau, die Idee ist mir heute gekommen«, sagte sie, um den Großvater abzulenken, und zeigte ihm die Skizze für eine neue Puppenkommode.

Jede der kleinen Schubladen besaß oben in der Mitte eine halbovale Ausbuchtung.

»Was hältst du davon? Denkst du, es funktioniert, die Schubladen so herauszuziehen, ohne jeden Griff oder Knopf?«

Der Großvater betrachtete verwirrt ihre Zeichnung. Vermutlich fragte er sich, was sie dazu bewogen hatte.

»Erinnerst du dich an das Mädchen aus dem Kinderdorf, von dem ich dir erzählt habe? Die kleine Luise? Sie hatte sich die Finger eingeklemmt. Ich denke, so ließe sich das vermeiden.«

Sie weihte den Großvater auch in ihre Überlegungen ein, die Puppenmöbel nach Altersgruppen zu gestalten. Ruth war von der Idee sofort begeistert gewesen.

»Weil Dreijährige anders spielen als Zehnjährige. Verstehst du?«

Er nickte und schnitzte weiter. Der Lampenschein war nicht hell genug, um genau zu erkennen, was er machte.

»Wird das eine Eule?« Marianne kniff die Augen zusammen.

Ja, es sah aus wie das Gefieder einer Eule, das da zwischen seinen gekrümmten Fingern entstand.

»Die Kinder lieben deine Figuren«, sagte sie leise.

Vielleicht waren es ja wirklich Glücksbringer, die er da schuf? Marianne war jedenfalls froh, dass sie das kleine Eichhörnchen bei ihrer letzten Begegnung heimlich in Alexandres Tasche geschmuggelt hatte. Er hatte kein Andenken mitnehmen wollen, hatte ihr versichert, er brauche keines, um sich an sie zu erinnern. Aber darum war es ihr gar nicht gegangen. Das Eichhörnchen hatte ihr Glück gebracht, als sie es Ludwig zur Bank mitgegeben hatte. Dank des Kredits konnte sie ihren großen Traum in die Tat umsetzen. Daher sollte das Eichhörnchen von nun an Alexandre begleiten und beschützen.

Ein lautes Pochen an der Tür ließ sie den Kopf drehen.

»Tomasz?«, fragte Marianne verwundert. »Seit wann klopfst du, statt einfach hereinzukommen?«

»Ich wollte dich nicht stören.« Verlegen kratzte er sich am Kinn. »Aber wir haben gerade etwas gefunden …«

Das Etwas schien aus Papier zu sein. Er versteckte es hinter seinem Rücken, als er näherkam.

»Was ist das?«

Er reichte ihr wortlos das Blatt und stellte sich dabei so vor Marianne, dass er ihrem Großvater die Sicht versperrte.

Marianne starrte das angefangene Porträt an. Es war eine Frauengestalt, liegend im Moos, die Umrisse nur schemenhaft zu erkennen. Lediglich das geflochtene Haar deutete an, dass sie damit gemeint sein könnte. Das Gesicht der Frau lag im Schatten und war vom Betrachter weg-, dem Wald im Hintergrund zugewandt.

»Wo habt ihr das gefunden?«

»Im Schuppen. Es klemmte hinter einem losen Brett.« Nervös trat er von einem Bein aufs andere. »Neben ... Alexandres Schlafstatt. Er hat es wohl übersehen, als er ging.«

»Sonst hat er nichts zurückgelassen?«

»Nein, er hat seine Bilder eigentlich immer verbrannt. Aber Szymon meinte, ich soll dieses lieber dir zeigen, bevor wir es verbrennen. Vielleicht willst du es behalten?«

Wollte sie das? Marianne zögerte. Das Papier war weich und zerknittert, als habe jemand viele Male radiert und dennoch mit dem Entwurf gehadert. Wenn Alexandre gewollt hätte, dass sie diese unfertige Zeichnung bekam, dann hätte er sie ihr doch bestimmt gegeben.

»Ich denke, ich habe kein Recht darauf«, sagte sie und gab Tomasz das Blatt zurück. »Werft es ins Feuer.«

Manchmal war es besser, Dinge nicht aufzubewahren, die das Vergessen erschwerten.

KAPITEL 34

Der Advent verlief in diesem Jahr wenig besinnlich. In der Schreinerei herrschte Hochbetrieb. Marianne wusste kaum, wie sie alle Aufträge, die vor Weihnachten noch erledigt werden mussten, bewältigen sollte. Ihre Puppenmöbelwerkstatt war inzwischen weithin in der Gegend bekannt.

»Dafür hast du gesorgt, stimmt's?«, fragte sie, als Ruth an einem Nachmittag hereinschneite, die Mütze gegen die Kälte tief über die Ohren gezogen. Der Witterung trotzend war sie weiterhin mit dem Moped unterwegs.

»Nein, das hast du ganz allein geschafft. Weil die Qualität stimmt.« Die Freundin lachte. »Deine Spielsachen sehen nicht nur reizend aus, sondern sind auch stabil. Für Kinder ist es wichtig, dass man die Puppenmöbel benutzen kann. Sie denken anders als wir Erwachsenen. Kinder wollen hübsche Sachen nicht nur anschauen und in eine Vitrine stellen, sie wollen damit spielen.«

Ruth trat einen Schritt beiseite, um Georg vorbeizulassen, der einen Stapel Kartons balancierte. Ludwig folgte ihm, um die Artikel, die gleich verpackt werden sollten, ein letztes Mal zu überprüfen.

»Die liefern wir heute noch aus«, rief er Marianne zu.

Sie nickte. »Danke!«

Ruth schaute ihm nach. »Wie praktisch, dass dein zukünftiger Schwager ausgerechnet ein Fuhrunternehmen leitet.«

»Was? Du denkst …? Nein!« An Mariannes Meinung, was

Theodor betraf, hatte sich nichts geändert. »Ich komme hier sehr gut ohne Theodors Hilfe zurecht.«

Sie erzählte Ruth, dass sie für die Vorweihnachtszeit mit dem alten Hartmann eine Vereinbarung getroffen hatte, gegen eine geringe Bezahlung kam einmal pro Woche der Fahrer des Holzhändlers vorbei und nahm sperrige Lieferungen mit. »Er versorgt Käthes Laden und die anderen Geschäfte in Hall, die meine Puppenmöbel verkaufen, mit Nachschub. Im Moment gehen die Sachen weg wie warme Semmeln.«

Sie warf einen Blick auf die Uhr über dem Eingang. »Gleich kommt außerdem ein Jeep der US Army, um die neue Bestellung für John Turner abzuholen. Er wollte jemanden herschicken, um sicherzugehen, dass alles noch rechtzeitig bei ihm zu Hause in Amerika eintrifft.«

»Im Ernst? Hat Herr Turner etwa noch mehr Töchter, die ein Puppenhaus bekommen sollen?«

Marianne lachte. »Nein, Violet hat nur ein paar spezielle Extrawünsche zu Weihnachten geäußert, die er ihr erfüllen wollte. Einen Reitstall für Ponys und weitere Gartenmöbel. Das ließ sich machen. Ich habe Elvira gezeigt, welches Dekor Alexandre verwendet hatte, und sie hat es exakt kopiert.«

»Ach ja, wegen Elvira bin ich übrigens auch hier.«

Mariannes Mutter hatte vor kurzem vorgeschlagen, dass das Mädchen doch zu ihnen auf den Lindenhof ziehen könne. Wenn Lottchen in Mariannes Kammer schliefe, wo immer noch Hennis verwaistes Bett stand, hätte sie sogar ein eigenes Zimmer. Sowohl Elvira als auch Lottchen fanden den Vorschlag prima. Lottchen war nicht gern allein, Elvira dagegen fühlte sich im Kinderdorf zwischen den anderen, viel jüngeren Kindern inzwischen nicht mehr richtig heimisch, zumal sie tagsüber viele Stunden woanders verbrachte.

»Ich denke, es spricht nichts dagegen, wenn das Mädchen im neuen Jahr zu euch zieht«, meinte Ruth und wischte sich eine zerdrückte Locke aus der Stirn. Die dicke Mütze hielt sie inzwischen in der Hand. »Wahrscheinlich ist es das beste Weihnachtsgeschenk, das ich ihr machen kann.«

Beim Stichwort Weihnachtsgeschenk fiel Marianne ein, dass sie Ruth noch etwas hatte fragen wollen. »Wie viele Kinder wohnen inzwischen bei dir?«

»Im Kinderdorf? Sechsundzwanzig. Noch sind ja leider nicht alle Häuser fertiggestellt. Aber warum fragst du?«

»Weihnachtsgeheimnis.« Marianne lächelte.

Von ihrer Idee, jedem Kind ein geschnitztes Engelchen zu Weihnachten zu schenken, wollte sie Ruth nichts verraten. Es sollte eine Überraschung für die Kinder werden. Ihre Mutter und Lottchen würden außerdem Quittenbrot und Gutsle backen und in Tüten stecken, damit jedes Kind auch eine süße Leckerei zu dem Holzengelchen bekam. Lisbeths Zwillinge wollte Marianne ebenfalls auf diese Weise beschenken.

Während Ruth ein paar Worte mit Elvira wechselte, lauschte Marianne nach draußen. Hatte sie gerade ein Motorengeräusch gehört? Das musste der Army Jeep sein. Zu ihrer Verblüffung steckte gleich darauf John Turner höchstpersönlich den Kopf in die Schreinerei.

»Mary-Ann«, begrüßte er sie erfreut. »How are you?«

Sie schüttelte ihm die Hand und versuchte ihre spärlichen Englischkenntnisse für eine Antwort zusammenzukratzen. Zum Glück tauchte Turners Dolmetscher hinter dem Kommandanten auf und erlöste sie aus der Not.

Sie zeigte Turner die einzelnen Teile seiner Bestellung, die bereits in einem stabilen Versandkarton verstaut waren, der nur noch nicht verschlossen war. Wie erhofft, reagierte er genauso begeistert wie beim letzten Mal.

»Seine Gattin plant demnächst einen Wohltätigkeitsbasar«, sagte der Dolmetscher. »Die Amerikaner sammeln dabei immer Spenden für soziale Projekte, und es werden Preise verlost, um die Leute zum Spenden anzuregen. Frau Turner würde gern ein Puppenhaus erwerben, um es als Preis anzubieten.«

»Ein komplettes Puppenhaus?«

»Yes«, bekräftigte Turner und ließ seine blendend weißen Zähne blitzen. Obwohl er bereits graue Schläfen hatte, war der US-Kommandant ein attraktiver Mann.

»Muss es noch vor Weihnachten fertigwerden?«

Der Dolmetscher schüttelte den Kopf. »Die Veranstaltung findet erst im Frühjahr statt. Es eilt also nicht.«

»Gut.« Marianne atmete auf. Sie hätte wirklich nicht gewusst, wie sie das im Advent noch hätte schaffen sollen, aber mit einem wichtigen Kunden wie Turner wollte sie es sich keinesfalls verderben.

Auch heute besserte er den Preis, den sie ihm genannt hatte, großzügig mit einigen Dollarscheinen auf. Außerdem reichte er ihr ein Päckchen. Es war so groß wie ein Ziegelstein und auch ungefähr genauso schwer.

»Für mich?« Sie starrte das bunte Weihnachtspapier an, auf dem ein Weihnachtsmann in einem Rentierschlitten saß.

»Especially for you.« Turner lachte.

»Es ist ein Englisch-Wörterbuch«, raunte der Dolmetscher ihr augenzwinkernd zu. »Zum Üben …«

»Oh, danke«, stammelte Marianne und presste das unerwartete Geschenk gegen die Brust. »Ich meine … thank you!«

»Merry Christmas, Mary-Ann!«

Das Weihnachtsfest war schneller heran, als Marianne es für möglich gehalten hätte. Pünktlich zum Heiligabend fielen sogar ein paar Schneeflocken vom Himmel und verwandelten die Landschaft in eine zartweiße Winterwunderwelt.

Beim Krippenspiel in der Dorfkirche dachte Marianne an den Tag zurück, als Lottchen stolz den Engel mit dem Sternenstab gespielt hatte. Damals hatte noch das große Loch im Dach der Schreinerei geklafft. Zwei Jahre war das erst her, doch wie viel hatte sich seitdem verändert!

Im letzten Jahr hatte Alexandre noch mit Tomasz und Szymon im Schuppen neben der Schreinerei gewohnt. Er hatte ihr nachmittags ein frohes Fest gewünscht und sie mit seinem liebevollen Lächeln beglückt. Wie sehr sie ihn vermisste! Marianne schloss ihn in ihr Gebet ein und hoffte, dass er gesund war. Dass es ihm gut ging im fernen Paris oder wo auch immer er heute Weihnachten feiern mochte.

Auf dem Heimweg war sie zunächst schweigsam. Doch Lottchen ließ nicht zu, dass sie lange Trübsal blies. Ausgelassen hüpfte sie neben Marianne her.

»Freust du dich auch so auf Weihnachten?«

Wer hätte da nein sagen können?

Die Vorfreude ihrer quirligen kleinen Schwester steckte Marianne an. Daheim auf dem Lindenhof half sie ihrer Mutter, das Essen vorzubereiten, während Lottchen wie ein Derwisch zwischen der festlich geschmückten Stube und der Tür hin und her sauste. Immer wieder spähte sie zur Hofeinfahrt.

»Wann kommt unser Besuch denn endlich?«

»Lieselotte!« Die Mutter verlor schließlich die Geduld. »Wenn du nicht endlich aufhörst, dauernd die Tür aufzureißen und Schneematsch ins Haus zu tragen, kannst du Heiligabend in der Schlafkammer verbringen. Verstanden?«

Murrend fügte Lottchen sich. Sie postierte sich am Fenster und drückte ihr Gesicht an die Scheibe, um die Ankunft der erwarteten Besucher ja nicht zu verpassen.

Marianne verbiss sich das Lachen. Sonst hatte ihre kleine Schwester immer sehnsüchtig auf die Bescherung gewartet, nun wartete sie auf die Festgäste.

Als Henriette und Theodor in Begleitung von Tante Käthe und bepackt mit Tüten und Geschenken eintrafen, gab es für Lottchen kein Halten mehr. »Fröhliche Weihnachten«, jauchzte sie und umarmte die Tante. »Wie schön, dass ihr da seid.« Strahlend tanzte sie herum, bis Marianne sie aus der Küche scheuchte und ihr auftrug, den Tisch zu decken.

»Das hab ich doch schon längst erledigt!«

»Dann schau nochmal, ob auch wirklich alles fertig ist.«

»Nur die Geschenke fehlen noch unter dem Baum. Die müssen wir noch darunterlegen.«

»So, so.« Tante Käthe lachte. »Ans Christkind glaubst du wohl nicht mehr?«

»Nein«, sagte Lottchen und legte leicht gekränkt die Stirn in Falten. »Dafür bin ich schon zu groß!«

»Na, dann komm mal mit in die Stube und hilf mir.«

Der Tannenbaum, den Rudi geschlagen hatte, erfüllte den ganzen Raum mit seinem Duft. Tante Käthe öffnete vorsichtig ein Kästchen, das sie mitgebracht hatte und zauberte daraus ein paar wunderschöne Glaskugeln hervor.

»Ich finde, die sollten nicht bei mir daheim im Schrank verstauben«, meinte sie und reichte Lottchen eine davon. »Dafür sind sie zu schade, nicht wahr? Hier kommen sie doch viel besser zur Geltung, und wir alle haben Freude daran.«

»Oh.« Ehrfürchtig hängte Lottchen die Kugel an einen Zweig, dann nahm sie die nächste. Ganz unten im Kästchen fand sich noch ein silbern schimmerndes Vögelchen mit langem Schweif. Behutsam wickelte sie es aus dem Seidenpapier, in das es eingeschlagen war. »Ist das auch aus Glas?«

Käthe nickte. »Ja, gib acht damit.«

Lottchen hängte das silberne Vögelchen unter die Baumspitze und freute sich, wie es im Kerzenschein funkelte. »So einen schönen Christbaum hatten wir noch nie.«

»So leckeres Essen auch nicht«, verkündete Henni und stellte eine Vorspeisenplatte auf den Tisch.

Sogar der Großvater, der das Eintreffen der Gäste bislang eher unbeteiligt von der Ofenbank aus verfolgt hatte, machte beim Anblick des Tisches große Augen. Marianne half ihm auf und führte ihn lächelnd zu seinem Platz. Wenn er lange gesessen hatte, war er manchmal etwas unsicher auf den Beinen.

»Schau, was es zu essen gibt, Großvater! Das ist Salami aus Italien, die musst du probieren.« Lottchen langte über den Tisch und häufte sich den Teller mit Vorspeisen voll, kaum dass sie auf ihrem Stuhl saß.

»Man könnte glauben, du hättest seit Tagen nichts mehr zu essen bekommen«, rügte Henni.

Nicht nur sie und Käthe hatten Delikatessen aus dem Laden mitgebracht, auch Theodors Haushälterin hatte ihm Schinken aus dem Schwarzwald und eingelegten Spargel mitgegeben.

Das traditionelle Weihnachtsessen, den gemischten Braten ihrer Mutter, gab es trotzdem. Schmunzelnd ließ Käthe ihren Blick über die gefüllten Schüsseln schweifen. »Also das nenne ich ein Festmahl!«

Die Reste würden vermutlich noch über die Feiertage reichen. So üppig war in Mariannes Elternhaus schon lange nicht mehr aufgetischt worden.

»Burgunder?« Theodor schenkte den Frauen Wein nach.

Die drei Flaschen erlesenen Schwarzrieslings hatte auch er beigesteuert, und obwohl Marianne nur an ihrem Glas nippte, stieg ihr die sanfte Schwere bald zu Kopf.

Aber es war ein wohltuendes Gefühl, inmitten ihrer Familie zu sitzen und zu genießen, was sie erreicht hatte. Theodor benahm sich zu ihrer Erleichterung heute zurückhaltend. Er wollte weder über geschäftliche Belange reden, noch drängte er sich sonst in den Vordergrund. Vielleicht war Weihnachten ja auch für ihn eine Zeit der Erinnerungen an all diejenigen, die er verloren hatte. Vielleicht gefiel es ihm, heute Teil ihrer Familie zu sein, statt allein in seinem großen leeren Haus zu sitzen.

Nach dem Essen drängte Lottchen auf die Bescherung. »Darf ich aufstehen, bitte?« Ihren Kinderglauben ans Christkind, das die Geschenke brachte, hatte sie verloren, nicht jedoch die Neugier aufs Auspacken.

Mit glänzenden Augen befreite sie ein kariertes Kleid, das ihre Mutter genäht hatte, aus der Verpackung. Für ihre Puppe lag exakt dasselbe Kleid aus warmem Winterstoff darin, nur viel, viel kleiner. Henni und Theodor hatten für Lottchen ein dickes Märchenbuch besorgt, und Käthe schenkte ihr bunte Wachsmalstifte. Zuletzt wickelte sie Mariannes Päckchen aus. »Ein Rechenschieber«, juchzte sie.

»Ich weiß doch, dass du an Zahlen mehr Spaß hast als an Buchstaben«, flüsterte Marianne ihr zu.

Als ihre Mutter später die Weihnachtsgeschichte vorlas, blieb Lottchen inmitten ihrer neuen Schätze vor dem Baum sitzen und lauschte selig, den Kopf auf die Knie gelegt.

Die Erwachsenen hatten sich an die Abmachung gehalten, einander nichts zu schenken, aber Marianne war sicher, dass Henni von Theodor trotzdem etwas bekommen würde.

Sie wünschte, Alexandre wäre jetzt auch hier.

Nicht weil sie ein Geschenk von ihm haben wollte, sondern weil er ihr immer noch so sehr fehlte.

Für die Tage zwischen den Jahren hatte Marianne ihren Mitarbeitern freigegeben. Sie hatten so fleißig gearbeitet, dass sie eine Erholungspause verdient hatten.

Sie selbst verbrachte jedoch gemeinsam mit ihrem Großvater ein paar friedliche Stunden in der Schreinerei – während er schnitzte, räumte Marianne auf und sortierte die Papiere auf ihrem Schreibtisch.

Dabei fielen ihr mehrere Überbleibsel von Alexandre in die Hände. Sie zog einen Stapel Zeichnungen hervor, der unter ihren Notizen begraben gewesen war. Es waren Vorschläge für Verzierungen, Skizzen von Dekoren für Puppenmöbel. Mit angehaltenem Atem blätterte sie die Seiten durch, aber es war nichts Persönliches darunter.

Kein Porträt von ihr, wie damals im Schuppen.

Dennoch schloss sie für einen Moment wehmütig die Augen.

Wenn er doch noch hier wäre!

Wenn sie einmal nur noch ihren Kopf an seine Brust lehnen, seinen Herzschlag hören könnte. Oder wenn sie wenigstens ein Lebenszeichen von ihm bekäme, einen Brief, eine Postkarte. Ein paar Zeilen, die ihr Herz beruhigten.

Doch sie musste sich damit abfinden – nichts würde ihn und diesen Sommer zurückbringen.

Vergangen war vergangen.

Aber vor ihr lag die Zukunft mit all ihren Verheißungen. Es war das Neue, auf das sie sich konzentrieren sollte. Die Voraussetzungen, dass es mit ihrer Puppenmöbelwerkstatt weiter bergauf ging, waren besser als je zuvor. Sie hatte eine tüchtige Mannschaft, die hinter ihr stand und sie nach Kräften unterstützte.

Nicht einmal für die Messeteilnahme brauchte sie Theodors Hilfe, sie hatte längst in Erfahrung gebracht, dass sie ihre Ausstellungsstücke per Frachtgut mit der Eisenbahn nach Nürnberg verschicken konnte. Den Preis dafür zahlte sie gern, wenn sie damit ihre Unabhängigkeit bewahren konnte.

Nach einem letzten Blick auf Alexandres Skizzen schob sie den Stapel Blätter zusammen und legte ihn auf Elviras Tisch. Das Mädchen konnte entscheiden, was damit geschehen sollte. Wenn Elvira die Zeichnungen nicht benötigte, gab es keinen Grund sie aufzubewahren. Dann konnten sie weg.

Marianne richtete sich auf und straffte entschlossen die Schultern.

Es galt, den Blick nach vorn zu richten, nicht zurück.

Das neue Jahr würde sie hoffentlich in jeder Hinsicht zu neuen Ufern tragen.

KAPITEL 35

Aschermittwoch 1956

Früh am Morgen wurde Marianne jäh aus dem Schlaf gerissen. Ihre Mutter, noch im Nachthemd, polterte mit ihren Holzpantinen in die zugige Dachkammer.

»Marianne, komm schnell! Tomasz wartet unten. Er sagt, es ist etwas Schreckliches passiert …«

Marianne fuhr hoch – und krachte mit dem Kopf gegen die Dachschräge über dem Bett. »Oh, verflixt!« Mit brummendem Schädel stolperte sie die Stiege hinunter.

Unten wurde sie schon von Tomasz erwartet.

»Was ist los?«

»Am Bahnhof … es brennt!« Er war so aufgeregt, dass er kaum einen klaren Satz herausbrachte. Zwischendurch stammelte er immer wieder etwas auf Polnisch.

»Es brennt?«, wiederholte Marianne verwirrt. Dann begriff sie endlich, wovon er sprach. »Um Gottes willen, doch nicht etwa bei den Güterschuppen?«

Sie hatten die in Kisten verpackten und mit Holzspänen gepolsterten Puppenmöbel dort vorgestern eingelagert. In wenigen Tagen sollten sie nach Nürnberg weitertransportiert werden.

Die Spielzeugmesse. Ihre ganze Hoffnung für die Zukunft.

Tomasz nickte heftig. »Genau, dort.«

Sie stürzte an ihm vorbei und schlüpfte in ihre Stiefel. Mit der anderen Hand griff sie nach dem Wintermantel.

»Hast du den Verstand verloren?«, rief ihre Mutter. »Warte, du kannst doch nicht im Nachthemd …«

Natürlich konnte sie! Sie war bereits draußen und rannte, so schnell ihre Beine sie trugen. Schon nach wenigen Schritten hatte Tomasz sie eingeholt.

»Woher weißt du …?«, keuchte sie, denn stehen bleiben wollte sie auf keinen Fall.

»Wir haben den Alarm gehört«, berichtete er, während sie den verschneiten Fußweg nach Waldenburg hinaufeilten. »Als die Feuerwehr ausrückte. Dann hat Szymon den Feuerschein nahe beim Bahnhof entdeckt und das Schlimmste befürchtet …«

Das Schlimmste, das jetzt eingetreten war. Obwohl sie noch ein ganzes Stück entfernt waren, roch die Luft bereits nach Rauch. Mariannes Herz hämmerte.

Schweiß rann ihr über die Stirn, trotz der beißenden Kälte dieses Februarmorgens. Wie spät mochte es sein? Höchstens fünf Uhr. Wie konnte es da zu einem Brand kommen?

»Szymon ist am Bahnhof. Er meinte, vielleicht kann er beim Löschen helfen.« Tomasz keuchte jetzt auch. Kein Wunder, er hatte die Strecke ja schon einmal zurückgelegt.

Marianne spürte, wie ihre Beine schwerer wurden. Es war höllisch anstrengend, in diesem Tempo bergauf zu laufen. Aber sie musste zum Bahnhof! Noch hoffte sie auf ein Wunder. Vielleicht brannte die Ladung eines Güterwaggons auf dem Gleis, nicht einer der Schuppen daneben.

Doch je näher sie kamen, umso mehr ahnte sie, dass diese Hoffnung vergeblich war.

Die Rauchsäule war deutlich zu sehen. Flammen loderten aus dem Güterschuppen, in dem ihre Puppenmöbel lagerten. Das Dach war bereits eingestürzt. Mehrere Feuerwehrmänner mühten sich mit Pumpen und Schläuchen ab, den Brand unter

Kontrolle zu bekommen. Die Hitze war gewaltig. Wie der Atem eines riesigen Tieres fauchte sie Marianne entgegen.

»Aus dem Weg!«, herrschte einer der Männer sie an.

Schluchzend presste sie die Hand vor der Mund. »Nein, ich …«

»Bleib weg da, es ist zu gefährlich.« Tomasz zerrte sie zurück.

Sie wehrte sich mit Händen und Füßen. »Aber ich muss doch …«

»Wir können nichts tun.«

Sie wusste, dass er recht hatte, aber sie wollte es nicht akzeptieren. »Meine Puppenmöbel …«

»Marianne!« Mit rußgeschwärztem Gesicht und versengten Hosen tauchte Szymon aus der Dunkelheit auf. Sogar sein Haar war schwarz und er stank entsetzlich nach Qualm. Hustend rang er nach Luft. »Ich bin zu spät gekommen. Das Feuer wurde zu spät entdeckt, ich konnte nichts mehr retten.« Er sah sie verzweifelt an. »Alles ist verbrannt …«

Alles. Verbrannt. Alles vernichtet.

Marianne hörte die Worte, sah das Feuer – und konnte es doch nicht glauben.

Fassungslos starrte sie auf die Szenerie vor sich.

Das Wasser, das in einem dünnen Bogen aus den Schläuchen in die Flammen prasselte. Viel zu wenig schien es ausrichten zu können. Der Kommandant brüllte über den Platz, wies seinen Männern andere Positionen zu. »Weiter pumpen!«

Grelles Knistern, lautes Knacken.

Schlimmere Geräusche hatte Marianne nie vernommen.

Es waren ihre Puppenmöbel, die da verbrannten.

Das Feuer machte ihre monatelange Arbeit zunichte. Zerstörte auf einen Schlag alles, was sie aufgebaut hatte.

»Marianne …« Tomasz wollte sie wegziehen.

»Lass mich«, flüsterte sie.

Funken stoben zwischen den berstenden Balken in die Nacht. Eine Schuppenwand brach ein. Für einen kurzen Moment erhaschte Marianne einen Blick ins Innere, auf eine orange glühende Masse. Nichts erinnerte mehr an die hoch aufgestapelten Kisten, in denen sie ihre Puppenmöbel sorgsam verpackt und verstaut hatte. Alles war den Flammen zum Opfer gefallen. Das Löschwasser zischte. Der aufsteigende Qualm trübte erneut ihre Sicht.

Sie konnte nichts tun. Nur zusehen, wie ein grausames Schauspiel all ihre Zukunftsträume in Rauch aufgehen ließ.

Ein Hustenanfall schüttelte Szymon. Es klang, als würde er gleich ersticken.

»Bring ihn weg«, sagte sie zu Tomasz.

»Aber …«

»Geht schon!«

Niemand konnte mehr etwas tun, auch die Feuerwehr nicht. Die Männer mussten sich darauf beschränken, ein Übergreifen des Feuers auf die Nachbargebäude des Bahnhofs zu verhindern. Der brennende Güterschuppen war nicht zu retten.

Die polnischen Brüder entfernten sich ein paar Schritte. Dann blieben sie wieder stehen, und Marianne hörte Tomasz' Stimme. »Wir können sie nicht allein lassen«, sagte er zu Szymon. »Setz dich da drüben hin, und pass auf. Ich gehe und hole Ludwig.«

Natürlich konnte Ludwig, der kurz darauf zum Bahnhof gerannt kam, die Katastrophe auch nicht aufhalten.

Ebenso erschüttert wie Marianne starrte er auf den Schuppen, der mittlerweile fast niedergebrannt war. Ein Haufen Asche – mehr war von ihrer Arbeit nicht übrig geblieben. Und je heller es wurde, umso deutlicher sah man die Rauchfahne in die Luft steigen.

»Sag mir, dass das ein Albtraum ist«, flüsterte sie.

Er drückte ihre Schulter. »Es tut mir so leid.«

»Wie konnte das passieren?«

»Ich weiß es nicht.«

Von hinten näherte sich Tomasz. Seit der Dorfbüttel und ein Bahnpolizist aufgetaucht waren, hielt er sich unauffällig im Hintergrund. »Die Feuerwehr vermutet, dass es Brandstiftung war«, sagte er halblaut.

»Brandstiftung?« Der Boden unter Mariannes Füßen geriet ins Wanken. »Jemand hat das Feuer absichtlich gelegt?«

»Das sagen die Männer, ja.«

In Ludwigs Miene spiegelte sich Ungläubigkeit. »Wie kommen sie darauf?«

Tomasz zuckte die Achseln. »Hab ich nicht verstanden.«

Inzwischen trafen immer mehr Schaulustige ein. Sie begafften die Löscharbeiten, als seien die ein großes Spektakel rein zu ihrem Vergnügen.

Marianne klammerte sich an Ludwig, der auf den Büttel zuging und ihn ausfragte. Aber die lapidaren Antworten des älteren Mannes rauschten an ihr vorbei. »Keine Beweise«, drang nur zu ihr durch.

Ludwig erkundigte sich, bei wem sie eine Schadensmeldung abgeben konnten, und dann entschied er, Marianne nach Hause zu bringen, obwohl sie sich sträubte.

»Du kannst dich doch kaum noch auf den Beinen halten«, sagte er. »Dein Gesicht ist ganz weiß, und du zitterst, als hättest du Schüttelfrost. Ist dir kalt?«

Ob sie schwitzte oder fror, spielte doch keine Rolle! Für Marianne war nur eines wichtig.

»Wer hat das getan?«, flüsterte sie. »Ich muss wissen, wer das getan hat.«

Unvermittelt war ihr vorhin Theodor in den Sinn gekommen, und der Gedanke an ihn ließ sie nicht mehr los. Theodor traute sie inzwischen jede Schlechtigkeit zu. Aber würde er wirklich so weit gehen, um ihr zu schaden?

»Der Büttel meint, es war ein Unglück. Im Schuppen lagerte außer deinen Möbeln noch anderes Frachtgut. Das Feuer galt bestimmt nicht dir.«

»Aber Tomasz sagte doch ...«

»Die Feuerwehr schließt Brandstiftung nicht aus, weil das Feuer so schnell wütete. Angeblich wurden nachts ein paar angetrunkene GIs am Bahnhof gesichtet, die von irgendeiner Faschingsfeier kamen. Sie sollen geraucht haben.« Ludwig blickte sie hilflos an. »Ehrlich, ich sehe da keinen Zusammenhang.«

Mariannes Augen tränten, vom Rauch und vor Verzweiflung.

War dieser Brand, der alle ihre Pläne ruinierte, wirklich nur ein zufälliges Unglück gewesen?

Und warum musste es ausgerechnet sie treffen?

An diesem Vormittag arbeitete in der Schreinerei niemand. Alle standen herum und tauschten sich über die Ereignisse der Nacht aus. Die meisten wirkten verstört. Szymon hatte sich gründlich gewaschen und umgezogen, aber ein leichter Rauchgeruch haftete ihm immer noch an. Er war blass und hustete, sobald er den Mund aufmachte.

Ludwig, der am Morgen noch Mariannes Fels in der Brandung gewesen war, trat neben sie.

»Wie geht es jetzt weiter?«, fragte er.

»Ich weiß es nicht.« Marianne fühlte sich müde und schwach. Aber sie musste mit ihren Mitarbeitern reden.

»Hört zu …« Obwohl ihre Stimme nur leise war, verstummten die Gespräche sofort. Sämtliche Gesichter wandten sich ihr zu. »Wir haben … alles verloren. Die komplette Ausstattung für die Messe. Ich fürchte, wir stehen vor dem Aus.«

»Was heißt das?« Bernd verschränkte die Arme vor der Brust. »Dass du pleite bist?«

»Wird die Schreinerei jetzt geschlossen?« Georg guckte sie erschrocken an. »Musst du uns entlassen?«

Elvira begann zu weinen. Marianne hätte es ihr am liebsten gleichgetan. Aber Tränen nützten ja nichts.

»Ich kann den Betrieb nicht fortführen«, gestand sie. »Der Kredit, den ich für die Messe zur Verfügung hatte, ist aufgebraucht. Das Geld ist weg.« Sie stockte, um sich zu sammeln, ehe ihr die Stimme versagte. »Anders als geplant, werden wir das Geld nicht wieder reinholen können. Aufgrund des Brandes gibt es keine Verkäufe, keine Werbung, gar nichts. Ich stehe mit leeren Händen da und …«

Nun überwältigten ihre Gefühle sie doch. Sie schluchzte.

»Die Messe ist aber nicht alles.« Ludwig stellte sich an ihre Seite und legte ihr tröstend die Hand auf die Schulter.

Allein, dass er da war, gab ihr neue Kraft.

»Wir haben doch noch Material im Holzlager, oder?«

Sie wischte sich hastig über die Wange und nickte. »Von Hartmanns letzter Lieferung, ja.«

»Dann können wir damit vorerst weitermachen.«

»Aber die Messe …«

»Findet nächstes Jahr auch wieder statt.«

»Genau«, rief Rudi. »In einem Jahr kann viel passieren.«

So kämpferisch hätte Marianne ihn gar nicht eingeschätzt, aber ihm fiel sogar noch etwas ein. »Vielleicht kommt eine Versicherung für den Schaden auf?«

Sie schüttelte den Kopf. »Ich habe keine abgeschlossen.«

»Ja, aber die Möbel lagerten doch als Frachtgut auf dem Bahngelände. Wenn also die Bahn ...«

»Ich glaube nicht, dass uns jemand den Schaden ersetzen wird. Die Ermittlungen werden dauern, und solange man keinen Schuldigen findet, dem man eine Brandstiftung nachweisen kann, bleibe ich bestimmt auf dem Verlust sitzen. Ich kann versuchen, das Geld für unsere Fahrkarten zurückzubekommen, das ist leider vorerst alles.«

Die Fahrkarten würden sie ja nun nicht mehr brauchen. Aber selbst, wenn Marianne dieses Geld erstattet bekam, half ihr das kaum weiter.

Doch ihre Mitarbeiter sahen das offensichtlich anders.

»Ich bin dafür, dass wir weitermachen«, sagte Georg.

»Genau! Solange noch Holz da ist, fertigen wir Puppenmöbel an, und wenn du sie verkaufst, hast du Geld für die nächste Lieferung von Hartmann«, sagte Ludwig. »So kommen wir langsam wieder auf die Beine.«

Tomasz und Szymon nickten entschlossen, Bernd nach kurzem Zögern auch. Sogar Willi brummte zustimmend.

Elviras Gesicht glänzte tränenfeucht, als sie beteuerte, ihre Anstellung unbedingt behalten zu wollen. »Bitte schick mich nicht weg! Ich möchte weiterhin Puppenmöbel bemalen, das ist die schönste Arbeit, die ich mir vorstellen kann.«

»Niemand schickt dich weg, Elvchen.« Beruhigend wandte Tomasz sich ihr zu. »Wir bleiben alle hier.«

»Du hast doch auch ohne Messe schon viele Kunden«, sagte Rudi. »Wir müssen uns einfach in nächster Zeit richtig reinhängen!«

»Lass uns mit der Bank reden«, meinte Ludwig. »Vielleicht verlängert Stresemann den Kredit, wenn er von dem Unglück erfährt, und du zahlst das Geld eben ein Jahr später zurück. Und ich könnte mir vorstellen, dass der alte Hartmann auch mit sich reden lässt. Wenn du die Holzlieferungen nicht mehr vorab, sondern rückwirkend bezahlst, könnten wir erstmal für zwei oder sogar drei Monate weiterarbeiten.«

Wieder stiegen Marianne Tränen in die Augen, dieses Mal vor Rührung. Es war großartig, so viel Unterstützung von ihren Mitarbeitern zu erfahren.

»Gut, einverstanden.« Sie blinzelte die Tränen weg. »Ich bin wirklich sehr froh, dass ihr nicht aufgeben wollt. Solange wir noch genügend Material haben, arbeiten wir weiter.«

Nie würde sie diesen unseligen Aschermittwoch vergessen, der seinem Namen alle Ehre gemacht hatte. Durch den Brand hatte sie einen heftigen Rückschlag erlitten, mit dem sie niemals gerechnet hätte.

Aber wie es aussah, musste der nicht gleich das Ende bedeuten.

KAPITEL 36

Wie immer hielt Marianne den Blick auf den Boden gerichtet, als sie am Abend die Schreinerei verließ. Es war schon wieder dunkel, und die Batterie der kleinen Taschenlampe, die Ludwig ihr besorgt hatte, längst leer, aber sie wollte kein Geld für eine neue verschwenden, auch wenn sie dann ihren Weg um einiges besser gesehen hätte. Das ganze letzte halbe Jahr hatte sie den Weg zur Werkstatt nur im Dunkeln zurückgelegt – in den frühen Morgenstunden und am späten Abend. Die Zeit dazwischen hatte sie in der Werkstatt verbracht.

In den kalten Februartagen nach dem Feuer hatte sie beim Arbeiten ihre Finger manchmal kaum mehr gespürt, so kalt war es gewesen. Aber sie mussten in der Werkstatt an den Heizkosten sparen. Jetzt, im Sommer, war sie froh darüber, dass es in der Schreinerei immer kühl und schattig war, auch wenn sie es manchmal vermisste, die Sonne auf ihrem Gesicht zu spüren.

Sie hatten es geschafft – alle Bestellungen waren rechtzeitig rausgegangen. Marianne hatte zudem neue Vorlagen und Musterstücke entwickelt. Besonders stolz war sie auf ihre Zubehörsets für Puppenstuben – winzige Blumenkästen, Töpfe und Geschirr, die aus Holzresten gemacht waren, und die Elvira mit einem filigranen Blumenmuster versehen hatte. So hatten sie selbst für die Randstücke, die für alles andere zu klein gewesen wären, eine Verwendung. Jedes bisschen Holz musste nach Möglichkeit zu etwas verarbeitet werden, das sich verkaufen ließ. Nur so hatten sie eine Chance, die nächste Holzlieferung zu bezahlen.

Marianne holte tief Luft, verlangsamte ihre Schritte ein wenig auf dem Weg zum Haus. Sie erlaubte sich, die laue Luft zu genießen, die nach frisch gemähtem Gras und der Hitze des vergangenen Tages roch.

Sie hatten inzwischen nicht nur den Winter überstanden, sondern auch die Hälfte des Sommers. Wenn sie bis nächstes Jahr so weitermachten, wenn sie weiter sparsam blieben, würden sie vielleicht tatsächlich auf die Spielzeugmesse gehen können.

Die Blätter der Linde raschelten hinter ihr, als Marianne die Haustür aufschob. Elvira und Lottchen lagen bestimmt schon in ihren Betten. Leise streifte sie die Schuhe ab und schlich auf Zehenspitzen in die Stube. Am Tisch saß noch die Mutter mit ihrem Nähzeug neben einer Lampe. Sie sah erschöpft aus, doch ihre Finger bewegten sich unermüdlich, während sie Laufmaschen mit einer Zungennadel ausbesserte.

»Es steht noch Suppe auf dem Herd. Und Großvater hat einen Brief bekommen. Möchtest du ihn öffnen? Ich bin noch nicht dazu gekommen, und er wollte ihn gar nicht erst in die Hand nehmen. Aber das Schreiben sieht wichtig aus.«

»Danke.« Marianne plagten Gewissensbisse, seit Wochen hatte sie nichts mehr im Haushalt getan. Das blieb alles an ihrer Mutter und Lottchen hängen. Doch wenn sie mit den Puppenmöbeln erfolgreich genug wäre, würde die Mutter mit den schlecht bezahlten Stopf- und Flickarbeiten aufhören können. Dann konnte sie richtige Kleidung nähen, was ihr viel mehr Freude bereitete, oder Puppenwäsche und andere hübsche Kleinigkeiten. Wäre es das nicht wert?

Eilig holte sie sich einen Teller Suppe. Als sie sich damit an den Tisch setzte, schob ihre Mutter ihr den ungeöffneten Brief hin.

Zwischen zwei Löffeln riss Marianne den Umschlag auf. Mit einer Hand zog sie das Papier heraus und faltete es umständlich auseinander.

Einen Augenblick später hörte sie wie aus weiter Ferne das Klappern, mit dem ihr Löffel in den Teller fiel. Suppe spritzte über den Tisch.

»Marianne?«, rief ihre Mutter erschrocken.

Marianne packte das Papier mit beiden Händen und las den Text darauf noch einmal. Das konnte doch nur ein dummer Scherz sein!

»Sind es schlechte Neuigkeiten?«, fragte die Mutter.

Marianne hatte in der letzten Zeit viel zu viel gearbeitet, um sich für politische Ereignisse interessieren zu können. Nun bereute sie das. »Hast du mitbekommen, dass sie die KPD verboten haben?«

»Die kommunistische Partei?« Die Mutter nickte. »Ja, Frau Weingärtner hat sich sehr darüber gefreut. Sie wurde für verfassungswidrig erklärt.«

»Und Großvater war da mal Mitglied?« Marianne versuchte immer noch, dem Inhalt des Briefes irgendeine Art von Sinn abzugewinnen.

Nun sah die Mutter alarmiert auf. Sie legte die Nadel und die beschädigte Strumpfhose beiseite. »Wie kommst du denn darauf?«

Mariannes Hoffnung sank. Womöglich war es doch kein Scherz. Sie schob den Brief zu ihrer Mutter hinüber. »Sie schreiben, dass er seine Entschädigung zurückzahlen muss. Weil er ein Kommunist war und damit ein Verfassungsfeind, weshalb ihm keine Entschädigung zusteht. Das ist ein Irrtum, oder? Der Großvater war doch damals wegen etwas anderem in Buchenwald?«

Doch die Mutter senkte den Blick auf das Schriftstück, das Marianne ihr hingeschoben hatte. »Ich hätte damit rechnen müssen.«

»Womit?« Marianne beugte sich über den Tisch. »Warum schreiben sie, Großvater sei ein Verfassungsfeind? Was hat er denn Schlimmes getan?«

Langsam legte die Mutter den Brief auf den Tisch zurück. »Er hat … Seine Familie in Hall war politisch stark engagiert, sein Vater war Drucker beim Tagblatt, und seine Brüder haben vor dem Krieg noch Flugblätter gegen die Nazis verteilt. Ich weiß nicht, ob er ihnen geholfen hat. Von seiner Familie lebt ja außer ihm keiner mehr. Aber ich weiß, dass er sich zurückgehalten hat, seit er mit deiner Großmutter zu ihrer Familie hier ins Dorf gezogen ist. Er blieb nur weiterhin Mitglied in der KPD.«

»Also hat er nichts getan«, brauste Marianne auf. Selbst wenn er auch Flugblätter verteilt hätte – inzwischen waren sich doch alle einig, dass die Nazis böse gewesen waren.

Ihre Mutter seufzte. »Der Großteil der Leute in den Lagern hat nichts getan, Marianne. Der Fehler deines Großvaters war einfach, auch nach der Machtergreifung der NSDAP noch Mitglied bei der KPD geblieben zu sein. Ich habe ihn und deinen Vater einmal darüber streiten hören. Er solle doch austreten, hat dein Vater gesagt, weil die Nazis die Partei eh bald verbieten und dann gegen jeden vorgehen würden, der noch Mitglied sei.«

»Deshalb ist er also nach Buchenwald gekommen«, sagte Marianne leise.

Barbara lächelte traurig. »Dein Großvater war schon immer sehr stur. Er sagte, dass die Nazis sich Sozialisten nennen würden, sei purer Hohn, und dass der Tag, an dem er aufhöre, zumindest mit seinem Mitgliedsbeitrag für die Arbeiterklasse einzustehen, der Tag sei, an dem er sterben würde.«

Marianne schluckte. Sie bewunderte den Mut ihres Großvaters, zu seinen Überzeugungen zu stehen, aber all das erklärte nicht, wieso er deswegen jetzt noch einmal Ärger bekam.

»Das war damals«, beharrte sie. »Aber was hat das mit heute zu tun? Großvater war doch nach dem Krieg nicht mal mehr Mitglied der KPD, oder? Also, nachdem sie neu gegründet wurde. Er hat doch nicht mehr gesprochen, seitdem er aus Buchenwald zurück ist!« Sie versuchte sich vorzustellen, wie ihr stummer Großvater einen Mitgliedsantrag für eine Partei ausfüllte. Es war absurd. »Was interessiert es uns jetzt, dass die Kommunistische Partei wieder verboten wird?«

Anstatt direkt zu antworten, studierte ihre Mutter erneut den Brief. »Wenn ich es richtig verstehe, geht es um den Grund, weshalb er damals inhaftiert wurde. Nicht darum, wie er heute zu seinen Überzeugungen von damals steht.«

»Aber wir können die Entschädigung nicht zurückzahlen! Wir haben davon die Reparaturen bezahlt!« Marianne spürte Verzweiflung in sich hochsteigen. Es lief doch gerade wieder halbwegs gut. Konnte es nicht einmal so bleiben?

»Ich fürchte«, sagte ihre Mutter leise, »wir werden es müssen.«

KAPITEL 37

Seit dem Brand im Frühjahr war Marianne immer so ernst, wenn sie in Tante Käthes Laden kam. Henriette hatte schon gar keine Lust mehr, mit ihr zu reden, weil es ja doch immer nur ums Geschäft ging. Wie viele Puppenmöbel hatte Tante Käthe in letzter Zeit verkauft? Das war immer Mariannes erste Frage. Es war, als lebte ihre Schwester für gar nichts anderes mehr.

Also tat Henni so, als sei sie voll und ganz damit beschäftigt, die Bonbongläser am hinteren Ende der Ladentheke aufzufüllen. Nur kurz drehte sie sich um und winkte Marianne zu.

Der Laden war ansonsten leer, und so wehten Fetzen des Gesprächs, das Marianne mit Käthe führte, dennoch zu Henni hinüber. Ein kleiner Stapel Scheine wechselte die Besitzerin, als Käthe die Einnahmen vom Verkauf der Puppenmöbel des letzten Monats aus der Kasse holte.

»Warum ziehst du so ein langes Gesicht, Mädchen? So gut wie zuletzt lief das Geschäft sonst höchstens im Advent. Deine Puppenmöbel sind gefragt wie noch nie.«

Marianne seufzte. »Die Ausgaben sind leider auch so hoch wie noch nie. Ich muss nicht nur die Arbeiter bezahlen und die nächste Holzlieferung, sondern vor allem Geld für die Spielzeugmesse nächstes Jahr zurücklegen. Ansonsten werden wir den Kredit von der Bank niemals abzahlen können. Und nun sollen wir auch noch Großvaters Entschädigung zurückgeben.«

»Was?« Der Ausruf von Tante Käthe war so laut, dass Henni

beinahe das Glas mit den Karamellbonbons fallen ließ, das sie gerade in der Hand hielt.

Sie lauschte, während Marianne davon erzählte, dass der Großvater ein Kommunist wäre. So ganz verstand Henni nicht, was daran ein Problem sein sollte. Er war deswegen unter den Nationalsozialisten im Konzentrationslager gewesen. Sicher würde er jetzt deswegen kein zweites Mal bestraft werden, oder? Aber warum forderte das Amt das Geld zurück?

»Wir haben eine Ratenzahlung beantragt, und ich hoffe, sie wird bewilligt«, fuhr Marianne fort. »Aber trotzdem ist es eine enorme zusätzliche Belastung, mit der niemand gerechnet hat. Ich weiß gerade nicht, ob ich mir die nächste Holzlieferung noch leisten kann. Oder die übernächste.«

»Ach Kind.« Tante Käthe nahm Marianne in den Arm. »Du schaffst das schon. Du hast schon so viel geschafft, das wird dir jetzt auch noch gelingen. Lass dir von den Schlipsträgern in den Behörden bloß nicht den Schneid abkaufen.«

Natürlich, Käthe war wieder einmal auf Mariannes Seite. Henni rümpfte die Nase. Manchmal wünschte sie, es wäre alles wieder wie früher, wo sie noch als Familie zusammengehalten hatten und sich nicht alles bloß um Marianne gedreht hatte. Tante Käthe schwärmte in letzter Zeit dauernd davon, wie viel Extrakundschaft die Puppenmöbel in den Laden brachten. Und was tat sie mit dem Geld, das sie zusätzlich verdiente? Eine modernere Kasse wollte sie sich davon anschaffen. Tante Käthe wusste selbst dann nicht, wie man sich etwas gönnte, wenn man ihr neue schicke Schuhe oder ein teures Parfüm direkt vor die Nase stellte. Stattdessen wälzte sie Prospekte mit Ladeninventar! Und Marianne wurde genauso wie sie.

Henni war froh, dass zumindest sie die Fähigkeit, schöne Dinge wertzuschätzen, nicht verlernt hatte. Denn heute Abend wollte Theodor sie zum Essen nach Heilbronn ausführen. In ein Lokal, in dem auch Prominente aßen. Am Wochenende dort einen Tisch zu bekommen, war nahezu unmöglich. Deshalb fuhren sie heute dorthin. Henni war es egal, ob am Donnerstag oder Samstag, sie freute sich einfach nur riesig darauf, auszugehen.

Nervös strich Henni einige Stunden später das cremefarbene Kostüm glatt, das Theodor ihr spendiert hatte. Er hatte es von einer Geschäftsreise mitgebracht, aus einem Modehaus in Frankfurt am Main. Das ärmellose, knielange Etuikleid mit dem passenden Jäckchen war ein Traum. Nie hatte sie etwas Eleganteres getragen und besessen. Aber angesichts der Umgebung wurde ihr nun doch ein bisschen mulmig. Sie kam sich vor wie eine Hochstaplerin.

Weißes, gestärktes Leinen lag auf jedem Tisch des Restaurants, und darüber glitzerten die unzähligen Facetten der Kronleuchter. Gespräche wurden nur in gedämpftem Tonfall geführt, begleitet von den Klängen klassischer Klaviermusik.

Der Pianist, von dem die Musik stammte, saß auf einem etwas erhöhten Podest am anderen Ende des Raums. Und am Eingang, wo Henni und Theodor standen, gab es eine Art Pult, hinter dem ein Kellner auf Neuankömmlinge wartete. Er fragte gerade das Paar vor ihnen, auf welchen Namen sie reserviert hatten.

Henni hielt sich dicht neben Theodor. »Bist du sicher, dass keiner merkt, dass ich hier nicht hergehöre?«

Beruhigend drückte Theodor ihre Hand. »Du bist meine Verlobte. Wo sonst sollte dein Platz sein, wenn nicht an meiner Seite? Natürlich gehörst du hierher.«

Die Worte ließen Hennis Herz höherschlagen, auch wenn sie sie nicht ganz überzeugten. Das Kostüm, das sie gerade trug, hätte sie sich niemals selbst leisten können. Ganz zu schweigen von den edlen Pumps, die Theodor ebenfalls bezahlt hatte. Aber er hatte darauf bestanden, dass sie einmal richtig fein essen gingen. Er wollte sie verwöhnen. Wie hätte sie da nein sagen können? Hoffentlich erinnerte sie sich daran, welches Gericht man mit welchem Besteck aß. Immer von außen nach innen, dann konnte sie nichts falsch machen, hatte Jutta versichert und Henni geraten, sie sollte sich einfach abgucken, was Theodor tat, und es ihm nachmachen.

Das Gespräch, das Theodor mit dem Kellner führte, ging fast vollständig an Henni vorbei, weil sie viel zu sehr damit beschäftigt war, sich umzusehen. Selbst die Gläser hatten einen Goldrand! Und weiter hinten entfachte ein Kellner Flammen auf einer Speise, bevor er sie servierte. Henni war vollkommen fasziniert. Ein brennendes Dessert, unglaublich!

Schließlich wurden sie zu einem Tisch für zwei Personen geführt. Während Theodor ihr den Stuhl zurechtrückte, zündete der Kellner eine Kerze an, die auf dem Tisch stand.

»Bitte sag mir, dass das kein Traum ist.«

Theodor beugte sich zu ihr hinunter, und sie spürte seine Lippen an ihrem Haar. »Das ist kein Traum.«

Ein wohliger Schauer lief Henni über den Rücken.

Auf der Speisekarte wimmelte es nur so von französischen Begriffen, die Henni nichts sagten, und sie überließ Theodor die Auswahl des Menüs. Er musste ihr nur versprechen, keine Schnecken oder Froschschenkel zu bestellen.

»Wer hat dir denn erzählt, dass es hier so etwas gibt?«, fragte er amüsiert.

»Jutta …« Henni sah ihn unsicher an. »Stimmt es nicht? Hat sie mich nur veralbert?« Plötzlich kam sie sich dumm vor, dass sie der Freundin geglaubt hatte.

»Doch, es stimmt.« Theodor nickte. »Ich wäre nur nie auf die Idee gekommen, solche speziellen Delikatessen für dich zu bestellen. Selbst meine Mutter, die die französische Küche überaus schätzte, verweigerte sich da.« Er lachte. »Als Vorspeise habe ich uns eine harmlose Suppe ausgewählt.«

»Oh gut. Danke.«

»Und übrigens am Ende auch das flambierte Dessert.« Er zwinkerte ihr zu. »Mir ist nämlich aufgefallen, wie hingerissen du den Tisch dort drüben beobachtet hast.«

Beim Essen entspannte Henni sich allmählich. Das servierte Menü war vorzüglich und Theodor bester Laune. Schließlich saßen sie einander bei einem Glas Wein gegenüber.

»Wie war eigentlich dein Tag?«, fragte sie.

Henni liebte es, wenn Theodor ihr Details aus seinem Alltag erzählte. Hin und wieder erwähnte er kleine Dinge, die ihn an sie erinnert hatten, und sie liebte diese Momente, sammelte sie wie kostbare Schätze.

»Ich musste einige sehr langwierige und anstrengende Vertragsverhandlungen führen«, begann Theodor nun allerdings. »Aber ich glaube, das Geschäft ist jetzt in trockenen Tüchern.«

Nicht er auch noch! Als Henni das Gesicht verzog, lächelte ihr Verlobter sie an. »Ich sehe, das wolltest du nicht hören. Dann erzähl mir doch von deinem Tag.«

Ertappt senkte Henni den Blick auf ihr Glas. Sie wollte nicht undankbar und unaufmerksam erscheinen. »Es tut mir leid, dass du einen harten Tag hattest«, sagte sie deshalb. »Ich habe nur heute schon so viel Geschäftsgerede gehört. Marianne hat im Laden vorbeigeschaut.«

»Ach, und mit dir redet sie über Geschäftliches?« Theodor zog die Brauen hoch.

Henni lachte. »Natürlich nicht! Aber wenn sie sich bei Tante

Käthe darüber beklagt, dass der Großvater seine Entschädigung zurückzahlen muss, dann kann ich das schlecht überhören.«

»Die Entschädigung, die er dafür bekommen hat, dass er im Lager war?« Theodor lehnte sich interessiert vor, und Henni bereute sogleich, das Thema angeschnitten zu haben. Sie wollte einen netten Abend verbringen, ohne über schlimme Dinge zu reden, doch nun war die Gelegenheit dahin, etwas Erfreulicheres über ihren Tag zu erzählen.

Also nickte sie nur und versuchte rasch, das Thema zu wechseln. »Der Wein ist übrigens sehr …«

Ihr fiel kein passendes Wort ein. Wein schmeckte immer ein bisschen sauer und nach Trauben. Der Weißwein, den Theodor ihr bestellt hatte, war zum Glück lieblich, aber das festzustellen, würde sie dumm klingen lassen.

Theodor unterbrach sie, bevor sie sich etwas überlegen konnte.

»Weißt du, warum er sie zurückzahlen muss?«

Henni seufzte, aber aus Erfahrung wusste sie, dass sie am schnellsten wieder auf angenehmere Themen zu sprechen kommen konnten, wenn sie die Frage einfach beantwortete.

»Ich glaube, weil er Kommunist war oder so.«

»Sag so etwas bitte nicht laut! In der Öffentlichkeit schon gar nicht.« Theodor lehnte sich noch weiter vor und senkte die Stimme. Er wirkte plötzlich sehr besorgt.

Henni sah sich hastig um, ob jemand auf sie aufmerksam geworden war, und zog dann den Kopf ein. »Tut mir leid.«

Ihr Verlobter ging nicht einmal auf die Entschuldigung ein. »Bist du dir sicher, dass Marianne das gesagt hat?«

»Ja, ich habe es genau gehört.« Henni nickte, noch immer eingeschüchtert von seiner heftigen Reaktion. »Deswegen war Großvater in Buchenwald.« Nun flüsterte sie auch.

Theodor stieß etwas aus, das fast wie ein Fluch klang, aber er sprach zu leise, als dass Henni es hätte verstehen können. Dann ergriff er über den Tisch Hennis Hand. Sofort fühlte sie sich besser. Er war ihr also nicht böse wegen ihres Versprechers.

»Hör zu«, beschwor er sie, »behalte das auf jeden Fall für dich. Der Konflikt mit der Sowjetunion kocht im Augenblick immer weiter hoch, und die KPD wurde unter anderem deshalb für verfassungsfeindlich erklärt, weil sie eine Angliederung Westdeutschlands an die sowjetisch besetzte Zone befürwortet.«

Henni hörte nicht gerne Nachrichten. Wenn Tante Käthe sie ließ, dann schaltete sie das Radio in der Küche immer auf einen Musiksender um. Am liebsten hörte sie heimlich AFN. Aber auch die GIs, mit denen Jutta so gerne schäkerte, äußerten sich abfällig über die Russen. Sie nickte.

»Natürlich. Ich rede mit niemandem darüber, versprochen.«

»Gut.« Theodor drückte ihre Hand. »Wir müssen deinen Ruf schützen. Ich werde sehen, wer in der örtlichen Verwaltung davon weiß, und sicherstellen, dass das nicht die Runde macht. Mariannes Geldprobleme sind das Eine. Dass sie als Frau allein nicht zurechtkommt und am Ende doch auf meine Unterstützung angewiesen ist, damit habe ich schon länger gerechnet. Aber die kommunistische Vergangenheit deines Großvaters ist etwas anderes. Mit solchen Geschichten solltest du besser nicht in Verbindung gebracht werden. Deine ganze Familie nicht.«

Henni lächelte. Sie konnte sich wirklich keinen aufmerksameren und liebevolleren Mann an ihrer Seite wünschen. »Danke. Auf dich ist immer Verlass.«

Theodor erwiderte das Lächeln und legte auch seine zweite Hand auf ihre. »Nur das Beste für meine zukünftige Frau.«

KAPITEL 38

Paris, August 1956

Die Gässchen Montmartres waren genauso malerisch, wie Alexandre sie sich vorgestellt hatte. Sie wanden sich sanft den Hang hinauf, gesäumt von alten Häusern, die den Krieg überstanden hatten.

Gefehlt hatte in Alexandres Vorstellung allerdings der Gestank der Automobile und Pferdefuhrwerke. Die Straßen waren gerade breit genug für einen Karren, trotzdem wurden sie rege genutzt. Alexandre hustete, als eine Abgaswolke in seine Richtung wehte, drückte sich dann noch dichter an die Hauswand, vor der er stand, um das Efeu zu zeichnen, das gegenüber über ein Gebäude wucherte.

Ohne den vielen Verkehr wäre es hier wunderschön gewesen. So musste Alexandre immer wieder innehalten, auch weil sich Passanten in sein Sichtfeld schoben.

Die Striche der Skizze waren hastig und nicht allzu genau. Er würde sie später aus dem Gedächtnis verbessern. Es kam ohnehin immer gut an, wenn er an seinem kleinen Verkaufsstand etwas malte, während er auf Kundschaft wartete.

Bald wurde es dafür wieder Zeit. Alexandre packte Stifte und Papier in seinen Rucksack, dann schob er sich durch die Menschenmenge in Richtung der Basilika Sacré-Cœur.

Auf dem Platz vor dem Gebäude mit den weißen Kuppeldächern tummelten sich die Künstler. Alexandre ging an Porträtzeichnern, an Pantomimen, einem Violinisten, einem Jongleur und anderen Malern vorbei.

Bei der Stelle angekommen, die er sich nun schon seit ein paar Monaten gesichert hatte, nickte Alexandre Jacques zu. Der bezog seinen Posten ebenfalls seit geraumer Zeit hier und war gerade dabei, zwei junge Mädchen zu skizzieren. Die beiden kicherten, während er sie mit Komplimenten überhäufte.

Jacques zwinkerte Alexandre vergnügt zu. So schöne Modelle hatte der Franzose tatsächlich selten.

Alexandre breitete ein mitgebrachtes Tuch auf der Straße aus, dann zog er die Mappe mit seinen Bildern hervor. Sorgfältig legte er die Bilder aus, die er gemalt hatte. Den Eiffelturm, den Arc de Triomphe, Notre-Dame und natürlich die Kirche, vor der sie sich befanden. Hinzu kamen Werke mit Ansichten von malerischen Gässchen und versteckten Winkeln von Paris, die er zu gerne Marianne gezeigt hätte.

Vorsichtig beschwerte Alexandre die Bilder mit Kieselsteinen, damit ein plötzlicher Windstoß sie nicht davonwehte. Danach setzte er sich im Schneidersitz auf den Boden hinter das Tuch und holte die zuvor angefangene Skizze wieder hervor.

Es dauerte nicht lange, bis Jacques mit seinem Bild fertig war. Er überreichte es den beiden Mädchen lächelnd, und nahm im Gegenzug Geld entgegen. Während er seiner zufriedenen Kundschaft nachschaute, lehnte er sich zu Alexandre hinüber.

»Sie wollen mich ihren Freundinnen empfehlen«, sagte er in dem langsamen und betont deutlichen Französisch, das er sich inzwischen für die Kommunikation mit Alexandre angewöhnt hatte. Alexandre war ihm dankbar dafür, denn obwohl er in einer französisch sprechenden Umgebung aufgewachsen war, konnte er Jacques' schnellem Dialekt meistens nur schwer folgen.

»Du hast einen guten Start in den Tag, wie ich sehe.«

Der Franzose hatte es verdient. Als Alexandre in Paris angekommen war, hatte Jacques ihn unter seine Fittiche genommen, hatte ihm erklärt, wie man hier als Straßenkünstler arbeitete und ihm sämtliche Künstlerlokale von Saint-Germain gezeigt.

Jacques nickte grinsend. Dann spähte er zu Alexandres Auslage hinüber. »Du hast noch ein paar von deinen Ladenhütern gemalt«, stellte er fest.

Alexandre schnaubte und ließ den Blick über seine Bilder von den Gässchen und den versteckten Ecken schweifen. »Ich male sie gerne.«

Amüsiert schüttelte Jacques den Kopf. »Mon ami, ich habe es dir doch erklärt. Die Leute wollen Bilder, die sie mit nach Hause nehmen können, um ihren Liebsten zu zeigen, dass sie in Paris waren. Ich sehe, dass du dir viel mehr Mühe gibst mit den anderen Bildern. Das Licht hier …« Er deutete auf das Bild einer Gasse, über die sich Wäscheleinen spannten, und küsste dann seine Fingerspitzen. »Exzellent. Das könnte im Louvre hängen. Aber die Leute, die hier vorbeilaufen, haben nicht den blassesten Schimmer von Kunst. Die sehen nur hübsche Farben, und wenn du ihnen hübsche Farben in der Form von etwas anbietest, das sie wiedererkennen, dann sind sie glücklich.«

Dieser Zynismus war etwas, das Alexandre anfangs sehr an Jacques gestört hatte. Jeder Mensch hatte einen Sinn für Kunst, wenn man ihm den Raum dafür ließ! Davon war Alexandre überzeugt. Er wollte gerade – wie immer – widersprechen, als ein Passant ihn ansprach.

»Dieses Bild vom Eiffelturm«, sagte er auf Englisch, »wie viel kostet es?«

Dem Akzent nach war der Mann Amerikaner. Das waren meistens auch die Einzigen, die sich nicht die Mühe machten,

Französisch zu sprechen. Alexandre nannte seinen Preis und wurde in Dollar ausgezahlt. Immerhin, der Tag begann auch für ihn nicht ganz schlecht.

Als der Amerikaner fort war, spürte Alexandre, schon bevor er sich wieder zu seinem Freund umdrehte, dessen Grinsen im Nacken.

»Was wolltest du gerade darüber sagen, dass die Menschen den Wert von Kunst ganz sicher erkennen?«, fragte Jacques. »Wie viele Bilder vom Eiffelturm hast du diese Woche schon verkauft? Ich wette, du bist es langsam leid, ihn zu malen.«

»Ach, sei ruhig«, brummte Alexandre. Gleichzeitig blätterte er zu einem leeren Blatt seines Blocks vor und begann, den Eiffelturm zu skizzieren. Inzwischen konnte er das Eisenfachwerk aus dem Gedächtnis malen. Und tatsächlich war er dessen überdrüssig.

»Du solltest Menschen zeichnen«, sagte Jacques. »Das bietet viel mehr Abwechslung.«

»Ich kann keine Menschen zeichnen.« Alexandre blickte nicht einmal von seinem neuesten Werk auf.

»Ach komm schon, ich habe doch gesehen, wie du immer und immer wieder dasselbe Mädchen skizzierst. Du bist ein deutlich besserer Künstler als ich. Und meine Kunden sind schon immer zufrieden.«

Nun sah Alexandre doch von seinem Bild auf. Er hatte keine Lust, Jacques das Problem zu erklären, das er immer noch hatte, sobald er Gesichter malte. Aber vielleicht konnte er es einfach demonstrieren. Dann würde sein Freund endgültig Ruhe geben.

»In Ordnung«, sagte er. »Ich zeichne dich. Und wenn du mir sagst, dass du Geld für das Ergebnis bezahlen würdest, dann bin ich dazu bereit.«

»Einverstanden.« Jacques grinste wieder. »Wenn ich recht behalte, musst du mich am Gewinn der ersten fünf Bilder beteiligen.«

Darauf schlug Alexandre ein.

Während er Jacques zeichnete, musste er seine Arbeit immer wieder unterbrechen, weil entweder er oder sein Freund Kundschaft hatten. Zusätzlich radierte er ständig. Der Schwung des Kinns war nicht richtig. Ja, Jacques hatte ein sehr spitzes Kinn, aber war das nicht ein wenig zu übertrieben?

Zu lange hatte er immer und immer wieder Marianne gemalt, nun schien es ihm schwer vorstellbar, dass irgendein Gesicht anders geformt sein könnte als das ihre. Und mit jedem Bild, das er von ihr malte, wuchs die Trauer und die Sehnsucht in ihrem Blick. So sehr, dass es ihm im Herzen weh tat, seine eigenen Bilder anzusehen.

Hätte er doch bleiben sollen? Nein, das hätte ihr mehr geschadet als genützt.

Aber wie zeichnete man noch mal lachende Augen? Die von Jacques funkelten lebendig. Der Blick eines Mannes, der seinen Platz in der Welt gefunden hatte, auch wenn er diese manchmal nur mit einem Kopfschütteln betrachten konnte. Gerade summte er ein Chanson von Juliette Gréco, die er verehrte, seit er ihr einmal persönlich in einer Bar begegnet war. Marianne hätte Jacques bestimmt gemocht. Wahrscheinlich hätte sie auch irgendeine Arbeit in der Schreinerei für ihn gefunden.

Leise lächelte Alexandre in sich hinein. Marianne wusste immer das Beste aus jeder Situation zu machen. Sicher hätte sie auch gewusst, wie er seinen Platz hier in Paris finden konnte.

Andererseits, mit ihr an seiner Seite, war sein Platz überall.

Als die Sonne langsam hinter den Dächern von Paris verschwand, näherte sich Alexandres Arbeit ihrem Ende. Doch je mehr er Schatten schraffierte, den Lippen einen letzten Schwung gab, desto deutlicher wurde, dass nicht Jacques ihn von dem Papier aus anblickte.

»Und?«, fragte der Franzose. »Willst du es mir zeigen?«

Eilig klappte Alexandre den Skizzenblock zu. »Es ist nichts geworden.«

»Das muss immer noch ich entscheiden.« Jacques langte nach dem Block, aber Alexandre zog ihn weg.

Ein Räuspern unterbrach sie. Ein junges Paar stand vor der Decke, die Alexandre auf dem Boden ausgebreitet hatte.

»Verzeihung«, sagte der Mann. »Auf dem Bild von der Basilika, denken Sie, Sie könnten uns dort noch einfügen?«

Alexandre wünschte, er könnte. Mit einem Seufzer legte er den Block ab. »Ich zeichne keine Menschen, aber Sie können das Bild gerne kaufen und sich von meinem Kollegen hineinzeichnen lassen.« Er deutete auf Jacques und bemerkte dabei, dass der Franzose sich den Block geschnappt hatte.

Alexandre presste die Lippen aufeinander, aber vor der Kundschaft wollte er keine Szene machen.

»Oh, das ist eine wunderbare Idee!« Die Frau strahlte ihren Begleiter an. »Können wir das machen? Es wäre so ein schönes Andenken!«

Der Mann brummte etwas, das nach »Das wird sicher teuer« klang, zog jedoch seine Geldbörse hervor. Derweil reichte Jacques Alexandre seinen Block zurück.

»Einen Rat geb ich dir«, sagte der Franzose leise. »Wenn du eine Frau so sehr vermisst, dass sie ständig in deinen Gedanken und in deinen Bildern ist, dann solltest du alles daransetzen, sie zurückzubekommen. Koste es, was es wolle.«

Im nächsten Moment wandte er sich dem Pärchen zu, um

ihre Wünsche zu besprechen. Alexandre blieb mit dem Geld, das der Mann ihm in die Hand gedrückt hatte, und dem Block an der Seite zurück.

Langsam steckte er das Geld ein und blätterte dann bis zu dem Bild, das eigentlich Jacques hätte darstellen sollen, vor.

Marianne lächelte ihn vom Papier aus an. Er hatte daran gedacht, wie es wohl wäre, wenn sie einander wiedersähen, und das war alles gewesen, was es gebraucht hatte, um die Trauer aus ihren Augen zu vertreiben.

Vielleicht sollte er wirklich zurückkehren.

Vielleicht war Paris doch nicht der richtige Ort für ihn.

An diesem Abend ging Alexandre all seine Habseligkeiten durch. Er hatte ein kleines Zimmer in Saint-Germain gemietet, und nach fast einem Jahr Aufenthalt stapelten sich hier angefangene Bilder und Malutensilien. Nur für den Fall, dass er gehen wollte, würde er entscheiden müssen, was er mitnahm und was hierblieb.

Andererseits, Paris war sein Traum. Konnte er ihn so einfach aufgeben?

Alexandre schob seinen Mantel, den er über einen Haufen Bilder geworfen hatte, beiseite, um an ein paar seiner alten Skizzen heranzukommen. Irgendetwas fiel klackernd zu Boden und kullerte unter den Tisch.

Alexandre stutzte. War ein Knopf abgegangen? Oder war irgendetwas aus einer Tasche des Mantels gefallen?

Noch bevor er sich danach bückte, fiel ihm wieder ein, was es war. Er hob die kleine Figur vom Boden auf.

Das Eichhörnchen aus Lindenholz.

Er erinnerte sich noch gut an jenen Tag, an dem Karl-Otto es geschnitzt hatte. Was er nicht wusste, war, wie es später in seine

Tasche geraten war. Marianne musste es damals beim Abschied unbemerkt hineingesteckt haben.

Die Skizzen, die er eben noch gesucht hatte, waren vergessen. Er setzte sich aufs Bett, hielt das Eichhörnchen in beiden Händen. Es kam ihm vor wie ein Überbleibsel aus einer anderen Welt. Aus einem anderen Leben.

Und die Sehnsucht nach diesem Leben schnürte ihm die Brust zu.

Bis zum nächsten Morgen hatte Alexandre kaum geschlafen, dafür aber eine Entscheidung getroffen. Er packte eine Mappe mit all seinen Bildern von den Pariser Sehenswürdigkeiten und wartete an der Basilika Sacré-Cœur, bis Jacques erschien. Es war noch viel zu früh, die morgendliche Kälte biss durch Alexandres Kleidung. Um diese Zeit war noch kaum jemand hier.

Es gab Alexandre mehr als genug Zeit, seine Entscheidung noch einmal zu überdenken. Aber es gab nichts daran zu rütteln. Paris war nicht, was er sich erhofft hatte. Es hielt ihn hier nichts mehr.

Als der Franzose schließlich über den Platz herangeschlendert kam, wirkte er verwirrt. »Du bist früh hier. Aber warum hast du noch nicht aufgebaut?«

Alexandre hielt ihm die Mappe entgegen. »Hier, falls dich mal wieder jemand fragt, ob du ihn vor einem Gebäude malen kannst.«

Mit verwirrtem Blick nahm Jacques die Mappe entgegen. »Danke.«

»Ich muss dir danken für alles, was du für mich getan hast«, sagte Alexandre. »Und ich wünsche dir alles Gute für die Zukunft.«

»Du gehst?«, fragte Jacques.

Alexandre nickte. »Du hattest gestern recht.«

Nun grinste der Franzose wieder. »Ich wusste es! Und ich wünsche dir ganz viel Glück.«

Alexandre nickte noch einmal, dann wandte er sich ab. Dass es so einfach war, einem Traum den Rücken zu kehren, hätte er nicht gedacht. Vielleicht war es nicht der richtige Traum gewesen.

KAPITEL 39

»Wir müssen reden.« Marianne bemühte sich um eine aufrechte Haltung und blickte den versammelten Arbeitern entgegen. Alle waren anwesend. Marianne wusste, dass sie erschöpft und übernächtigt wirkte, aber darauf konnte sie keine Rücksicht nehmen. Es war höchste Zeit, reinen Tisch zu machen. »Tut mir leid, euch das sagen zu müssen, aber ich weiß mir keinen Rat mehr. Wir können nicht weitermachen.«

So. Die Wahrheit war ausgesprochen.

»Du willst aufgeben?« Ludwig war erschüttert.

»Ich will nicht, ich muss.«

Sie schilderte die finanzielle Situation, ohne irgendetwas zu beschönigen. Es gab auch nichts mehr, was zu beschönigen gewesen wäre. Die Kasse war leer. Zwar hatte man ihr für die Rückzahlung von Großvaters Entschädigung nach quälend langer Zeit endlich Raten bewilligt, aber die waren zu hoch, um sie dauerhaft stemmen zu können. Die erste Rate hatte sie bezahlt, nun stand für September die zweite an, und Marianne hatte nicht genügend Reserven, um sie zu begleichen. Zur Bank brauchte sie gar nicht erst zu gehen. Es war schwierig genug gewesen, Stresemann dazu zu bewegen, die Kreditrückzahlung für ein Jahr auszusetzen – er würde ihr weder eine höhere Summe noch einen weiteren Aufschub gewähren.

»Was ist mit dem alten Hartmann?«, fragte Ludwig. »Hast du mit dem schon geredet?«

Sie nickte. »Natürlich, aber wir bezahlen seine Lieferungen

doch schon im Nachhinein. Umsonst kann er ja auch nicht liefern. Genauso wenig wie ihr umsonst arbeiten könnt. Wenn wir das Holz im Lager aufgebraucht haben, ist Schluss.«

»Nein«, rief Tomasz.

Auch Ludwig starrte sie an. »Das kannst du nicht wirklich ernst meinen.«

»Was soll ich denn machen?« Er kannte ihre Lage doch am besten, wieso fragte er überhaupt? Sein Widerspruch machte alles nur noch schwerer, als es ohnehin schon war.

Elvira schob sich mit blassem Gesicht nach vorn. »Heißt das, wir verlieren jetzt alle unsere Arbeit?«

»Ja. Es tut mir leid …« Marianne versagte die Stimme.

»Was ist mit deinem zukünftigen Schwager?«, fragte Willi und verschränkte die Arme vor der Brust. »Der Fatzke ist doch oft genug hier aufgetaucht und hat mit seinem Geld geprotzt. Warum greift er uns nicht unter die Arme?«

»Nein«, fuhr Ludwig ihn an. »Wir müssen eine andere Lösung finden. Niemand hier kann wollen, dass ein Wichtigtuer wie Theodor Werwinkel das Kommando übernimmt, oder?«

Geraune entstand. Zum größten Teil waren die Mitarbeiter sich einig. Es musste doch eine Möglichkeit geben, wenigstens bis zur Messe durchzuhalten! Darauf, Theodor um Hilfe zu bitten, legte glücklicherweise niemand Wert. Auch Willi nicht, der die Frage in den Raum gestellt hatte.

Marianne schüttelte den Kopf. »Glaubt mir, ich habe alles durchgerechnet. Mehrfach! Wir schaffen es nicht. Das Geld reicht nicht bis zum Frühjahr.«

»Vielleicht nicht, wenn wir so weitermachen wie bisher«, sagte Ludwig. »Aber was ist, wenn wir uns einschränken? Dann sieht die Rechnung doch anders aus.«

»Wie meinst du das?«

»Na, ich zum Beispiel kann problemlos für ein paar Monate auf meinen Lohn verzichten, wenn es dem Betrieb hilft. Meine Schwester lässt mich schon nicht verhungern, und Miete zahlen muss ich daheim auf unserem Hof auch nicht.«

»Wir schon«, sagte Tomasz. Wie Szymon schaute er bedrückt drein. »Wenn wir die Miete nicht pünktlich zahlen, verlieren wir unsere Wohnung. Aber vielleicht können wir stundenweise woanders etwas dazuverdienen. Und hier arbeiten wir eine Zeitlang für weniger Geld.«

»Das könnt ihr doch nicht machen …« Marianne wusste nicht, was sie sagen sollte.

»Natürlich«, rief Rudi. »Georg und ich könnten das auch! Auf dem Bau suchen sie überall dringend Leute. Dann arbeiten wir eben wieder als Maurergehilfen und verdienen damit unseren Lohn. Und bei dir helfen wir nach Feierabend oder samstags aus, so wie am Anfang. So musst du uns bis zur Messe nichts bezahlen.«

»Also, ich mache da nicht mit. Tut mir leid, aber ich habe eine Familie, die ich versorgen muss.« Bernds Miene drückte Bedauern aus. »Wenn ich hier keinen Lohn bekomme, muss ich mir eine andere Stelle suchen.«

Das verstand Marianne nur zu gut. Als Drechsler mit seinen Fähigkeiten würde er wohl keine Schwierigkeiten haben, eine andere Anstellung zu finden.

»Geht es noch jemandem so?«, fragte Ludwig.

Willi nickte. »Ich kann es mir auch nicht leisten, umsonst zu arbeiten.«

Marianne konnte die Verzweiflung, die in ihr hochschwappte, kaum noch bändigen. »Ich will doch gar nicht, dass jemand umsonst für mich arbeitet«, rief sie.

»Ich denke, das wissen wir alle.« Ludwig legte ihr die Hand

auf den Arm, eine gleichermaßen beruhigende wie mitfühlende Geste, die ihr guttat. »Aber du hast selbst einmal gesagt, dass wir hier alle an einem Strang ziehen. Dann lass uns doch gemeinsam überlegen, wie es trotz der Schwierigkeiten weitergehen kann.«

»Gewiss nicht, indem ihr auf euren Lohn verzichtet!«

»Warum nicht? Es wäre ja nur vorübergehend.«

»Mir musst du jedenfalls nichts ausbezahlen«, sagte Elvira. »Ich wohne in deinem Elternhaus und esse bei deiner Mutter, das ist genug.«

»Stimmt, das können wir abziehen«, warf Tomasz ein. »Szymon und ich essen mittags bei dir mit und arbeiten dafür. Eine gute Idee, Elvchen!«

Das Mädchen lächelte ihn scheu von der Seite an.

»Ja, die Idee finden wir auch gut.« Rudi und Georg hoben die Hand. »Damit wären wir ebenfalls einverstanden.«

Marianne wusste nicht, was sie davon halten sollte. »Eine warme Mahlzeit am Tag hat doch nicht denselben Wert wie der Stundenlohn, den ihr bisher bekommen habt.«

»Es geht doch nur darum, die Zeit bis zur Messe im Frühjahr zu überbrücken«, sagte Ludwig. Er wirkte fest entschlossen, sie zu überzeugen.

Marianne war den Tränen nah. »Es bedeutet mir viel, dass ihr mir auf diese Weise helfen wollt, aber damit weiß ich immer noch nicht, wie ich die verflixte Rate begleichen soll. Die ist in wenigen Tagen fällig.«

»Den Betrag kann ich dir leihen«, sagte Ludwig ruhig. »Und wenn es sein muss, das Geld für die nächste Rate auch. Ich habe meinen Lohn bisher fast vollständig gespart.«

»Ich auch«, rief Elvira. Als alle sie anstarrten, wurde ihr Gesicht flammend rot. »Ich meine, ich habe meinen Lohn auch gespart. Es ist bloß wenig, weil ich noch nicht so lange hier bin …«

Marianne musste sich setzen. Ihr schwirrte der Kopf. Diese Versammlung lief ganz anders ab, als sie sich vorgestellt hatte. Wie sollte sie reagieren? Offenbar waren die meisten ihrer Mitarbeiter der Ansicht, dass die Puppenmöbelwerkstatt unbedingt erhalten werden sollte.

»Denk bis morgen über unsere Ideen nach«, schlug Ludwig vor. »Falls noch jemandem etwas einfällt, das helfen könnte, den Betrieb zu retten, der meldet sich. Und dann entscheiden wir morgen, wie es weitergeht. Einverstanden?«

Keiner erhob Einwände. Auch Willi und Bernd nicht.

»Einverstanden«, flüsterte Marianne.

Ludwig nickte ihr aufmunternd zu. »Gemeinsam schaffen wir das, du wirst sehen!«

Am nächsten Morgen ging es in der Schreinerei hoch her. Die meisten hatten sich über Nacht Gedanken gemacht, und bis auf Willi und Bernd waren alle fest entschlossen, auch weiterhin für Marianne zu arbeiten.

Sie teilte ihnen mit, unter welchen Voraussetzungen sie sich eine Aufrechterhaltung des Betriebs vorstellen konnte. »Die Verantwortung behalte ich, das muss klar sein. Es war immer ein Familienunternehmen und es wird auch in meiner Hand bleiben. Aber wenn ich euch vorübergehend schon nicht die Löhne bezahlen kann, die ihr verdient, dann räume ich euch ab sofort ein Mitspracherecht ein, und ihr bekommt eine Beteiligung.«

Bis auf Ludwig, dem ihre sprunghaften Gedanken nie fremd zu sein schienen, blickten die meisten sie verständnislos an.

Marianne erläuterte, was sie meinte. »Ich werde zukünftig nicht mehr alle Entscheidungen allein treffen. Wenn es darum geht, welche neuen Puppenmöbel wir ins Sortiment aufnehmen oder darum, welche Aufträge wir annehmen, dann sollt ihr mitreden dürfen. Wir diskutieren darüber und stimmen jeweils am Ende ab.«

Die Sache mit der Beteiligung war da schon schwieriger zu erklären. Betriebsanteile, die nur auf Papier existierten, hatten für viele zunächst scheinbar keinen Wert.

Tomasz kratzte sich verwirrt am Kopf. »Also, wenn du keine Schulden mehr hast und wir viele Puppenmöbel verkaufen, dann bekommen wir irgendwann mehr Geld? Zusätzlich zum Lohn?«

»Ja, dann zahle ich euch Anteile vom Gewinn aus.« Das fand sie absolut angemessen, auch wenn sie wusste, dass Theodor sie dafür verdammen würde. Es war genau das, wovor er sie immer gewarnt hatte. Nun, sollte er seinen Betrieb so führen, wie er wollte. Dafür würden seine Mitarbeiter sicher nicht dann auch noch zu ihm halten, wenn ihm mal das Geld ausgehen sollte.

»Es bedeutet übrigens auch, dass Marianne den Betrieb ohne unsere Zustimmung nicht aufgeben oder verkaufen darf.« Für Ludwig war dies das wichtigste Argument.

Gestern hatte sie noch vermutet, dass er vielleicht einfach nur Angst hatte, keine andere Anstellung zu finden. Aufgrund des fehlenden rechten Arms tat er sich mit einem beruflichen Neuanfang natürlich viel schwerer als die anderen. Aber über Nacht war ihr klargeworden, dass das nicht stimmte. Er hatte sie von Anfang an unterstützt, noch bevor das Dach repariert worden war. Er hatte ihre allerersten Schritte begleitet und sie für keinen ihrer Fehlversuche und Patzer ausgelacht.

Ludwig war der, der immer an sie geglaubt hatte.

Genau wie ihr Großvater.

Theodor redete die ganze Zeit von Respekt, aber Marianne

kam langsam der Verdacht, dass er damit etwas ganz anderes meinte als sie. Das, was sie hier erfuhr, das war wahrer Respekt.

Sie war es nicht nur sich selbst, sondern auch diesen beiden Männern schuldig, weiter für den Erhalt ihres Unternehmens zu kämpfen. Solange es noch irgendeinen Hoffnungsschimmer am Horizont gab, musste sie weitermachen. Und die Nürnberger Messe im Frühjahr war genau das – ein hoffnungsvolles Ziel.

Sie schlug vor, einen Wochenplan zu erstellen. »Dort trägt jeder die Stunden ein, die er tatsächlich gearbeitet hat. Das ist vor allem für die wichtig, die nicht mehr durchgängig hier sein können. So behalte ich trotzdem den Überblick.«

Rudi und Georg nickten eifrig.

»Außerdem möchte ich, dass mindestens einmal pro Woche eine gemeinsame Besprechung stattfindet. Dort können wir Bilanz ziehen, Ideen sammeln und klären, was anliegt.«

»Vielleicht freitags?«, schlug Tomasz vor. »Direkt nach dem Mittagessen?«

Ludwig nickte. »Falls jemand nicht anwesend sein kann, muss er sich eben bei den anderen erkundigen, was wir besprochen haben.«

»Oder ich hänge einen Zettel ans schwarze Brett«, schlug Marianne vor.

Er stutzte. »An welches schwarze Brett?«

»An das, das du bitte heute noch aufhängst.« Sie lachte. »Dort, neben der Tür, damit niemand es übersehen kann.«

»Geht klar.« Er stimmte in ihr Lachen mit ein.

Plötzlich herrschte im Raum eine Aufbruchstimmung, die sich auf sämtliche Anwesenden übertrug. Die Ideen sprudelten nur so, und alle redeten sich die Köpfe heiß.

»Müssen wir eigentlich immer feine deutsche Häuser und Möbel machen?«, fragte Szymon. »Wie wäre es mit Zirkuswagen?«

Sein Bruder lachte. »Du willst doch nur selbst damit spielen.«

Während Szymon noch damit beschäftigt war, sich herauszureden, griffen andere Mitglieder der Gruppe die Idee begeistert auf.

»Ich könnte ein Zelt nähen«, rief Elvira.

»Ich mag die Idee«, sagte auch Marianne. »Damit könnten vielleicht Jungen und Mädchen gemeinsam spielen.«

Erst als Willi und Bernd sich später verabschiedeten, wurde klar, dass die anstehenden Veränderungen nicht nur positive Seiten hatten. Die beiden würden fehlen. Vor allem Bernd war eigentlich unersetzbar. Seine Kenntnisse als Drechsler würden sie fortan schmerzlich vermissen.

»Ich habe den jungen Burschen schon einiges beigebracht«, meinte er zu Marianne, als er ihr die Hand gab.

»Ich weiß nicht, ob das ein Trost ist.« Sie seufzte.

Er erinnerte sie daran, dass sie auch früher schon ohne ihn zurechtgekommen war. Schließlich war er noch gar nicht lange im Betrieb.

Willi tat sich schwerer zu gehen. »Gib mir Bescheid, wenn es wieder besser aussieht«, brummte er. »Ich bin zwar doppelt so alt wie du, aber ich hab gern hier gearbeitet.«

Sie versprach es ihm.

Mit ihren verbliebenen Mitarbeitern machte sie anschließend einen Kassensturz. Dank Ludwigs Ersparnissen war die nächste Rückzahlungsrate von Karl-Ottos Entschädigung abgesichert, und beim alten Hartmann konnten sie eine neue Holzlieferung bestellen.

Außerdem beschlossen sie, ab sofort verstärkt Reklame für die Puppenmöbel zu machen. In Hall verkauften sie sich gut, warum sollte sich der Erfolg nicht auf andere Orte ausweiten lassen? Das würde möglicherweise bedeuten, dass Marianne mit weniger Männern mehr Aufträge schultern musste, aber wenn alle sich ins Zeug legten, würde es hoffentlich zu schaffen sein. Notfalls schlief sie eben noch weniger und arbeitete stattdessen noch mehr. Es würde ja nicht für immer sein.

Als Marianne wenige Tage später Ruth im Kinderdorf aufsuchte, um ihr von den neuesten Entwicklungen zu berichten, erwartete sie dort eine Überraschung.

Auf pummeligen Beinchen lief ihr die kleine Luise entgegen und streckte juchzend die Arme aus. »Die Dame vom Puppenhof ist da!«

»Oh, hallo«, begrüßte Marianne sie. »Bequemst du dich endlich zu sprechen? Und das sogar in ganzen Sätzen.«

»Ja, da staunst du, was?« Ruth lachte und umarmte Marianne herzlich. »Den lieben langen Tag rattert das Mundwerk. Du glaubst nicht, was dem Kind alles einfällt.«

»Wie hat sie mich eben genannt?«

»Die Dame vom Puppenhof, so heißt du bei uns.«

»Das klingt viel zu vornehm für mich.« Marianne beugte sich zu Luise hinunter. »Ich bin doch keine Dame …«

Das kleine Mädchen ließ sich nicht beirren. »Hast du uns was mitgebracht?«, fragte sie. »Spielsachen?«

»Leider nicht.« Marianne bereute, nicht wenigstens eine Kleinigkeit eingesteckt zu haben. »Aber ich schicke nächste Woche den Ludwig vorbei, der bringt euch was.«

»Wirklich?« Luise zog die Nase kraus. »Vergisst er es auch nicht?«

»Du kannst dich auf mich verlassen. Und auf den Ludwig auch.«

»Na gut.« Luise trottete halbwegs zufrieden davon.

Während des folgenden Gesprächs mit Ruth wuchs in Marianne immer stärker das Gefühl, auf etwas Besonderes gestoßen zu sein, nämlich ein Markenzeichen. Etwas, das ihrer Puppenmöbelwerkstatt noch fehlte.

Marianne konnte es kaum erwarten, wieder nach Hause zu eilen und Ludwig davon zu erzählen. Zum Glück war er auch an diesem Abend noch in der Schreinerei anzutreffen.

»Was meinst du mit Markenzeichen?«, fragte er.

»Wir brauchen ein Bild, verstehst du? Unser Markenzeichen. Ein kleines Puppenhaus unter einem Lindenbaum. Oder ein stilisiertes Lindenblatt. Schau, so!«

Mit wenigen Strichen hatte sie ihre Vorstellungen auf einem Zettel skizziert. »Was hältst du davon?«

Nachdenklich musterte er die Zeichnung. »Das Haus mit der Linde gefällt mir.«

»Wir könnten es auf unsere Verpackungen drucken oder auch direkt auf die Unterseite der größeren Möbel. Auf den Boden der Puppenhäuser. Auf Prospekte oder Visitenkarten. So ein Bild kann man sich besser einprägen als nur meinen langweiligen Allerweltsnamen. Den merkt sich alleine keiner.«

Jetzt schmunzelte er. »Dein Name ist nicht langweilig.«

»Doch, ist er.«

»Was ist mit dem Emblem, das Alexandre entworfen hat? Die fein verwobenen Buchstaben, das M und das W. Ich dachte, du wolltest das gern verwenden.«

»Wollte ich, ja.« Marianne blickte ihn an. »Aber ich finde, das Bild passt besser. M und W steht nur für mich, aber das Lindenhofzeichen steht für uns alle.«

Der Lindenhof würde für die Gemeinschaft der Mitarbeiter stehen, ohne die sie ihren Traum hätte aufgeben müssen, die schufteten bis zum Umfallen und auf Lohn verzichteten, damit sie weitermachen konnte.

»Der Lindenhof vereint uns alle in einem Bild.«

»Du hast recht.« Ludwig stapfte hinüber zur Werkbank, wo auch noch gearbeitet wurde. Tomasz und Szymon schliffen an Teilen einer Wohnzimmereinrichtung. »Helft mir mal bitte, das große Eichenbrett zuzusägen, das noch hinten im Lager liegt.«

»Klar.« Szymon flitzte los, um es zu holen.

Marianne schaute Ludwig verdutzt an. »Was hast du denn damit vor?«

Er grinste. »Ich fertige ein Lindenhofschild an. Mit dem Bild, das du entworfen hast. Wir gravieren es ein und dann hängen wir das Schild draußen über dem Tor auf oder am Zaun neben der Zufahrt. Dann kann es jeder, der vorbeikommt, sehen.«

KAPITEL 40

Hohenlohe, Oktober 1956

Alexandre lief langsam den abschüssigen Weg hinunter.

Die Riemen des Rucksacks drückten in seine Schultern und es würde eine Wohltat sein, das schwere Gepäck endlich absetzen zu können. Dennoch verspürte er keine Eile.

Es war so viel Zeit vergangen, seit er zuletzt hier gewesen war. Fast ein Jahr. Was mochte ihn erwarten?

Der Nachmittag war sonnig, der Himmel über den Baumwipfeln leuchtete in ungetrübtem Blau, und die Luft war herrlich frisch. An einem Strauch hingen verdorrte Brombeeren, die beim Pflücken übersehen worden waren. Vielleicht wurde der steile Pfad auch zu selten benutzt.

Alexandre versuchte sich zu orientieren. Weit konnte es bis zum nächsten Weiler nicht mehr sein. Sobald der Wald sich für ein kurzes Stück lichtete, surrten Insekten um seinen Kopf. Von irgendwoher erklang das Hämmern eines Spechts.

Wie anders waren diese Geräusche, wie anders die Umgebung!

Alexandre kam es vor wie Balsam für seine Seele und sein Herz. Es war so wohltuend ruhig hier. Er füllte die Lungen mit Luft, die nicht vernebelt war vom Qualm der Automobile. Hier stolperte er nicht ständig über Unrat, sondern höchstens hin und wieder über einen Stein.

Marianne …

Seine Gedanken flogen ihm voraus. Marianne wusste nicht, dass er kam. So lange hatten sie nichts voneinander gehört. Würde sie sich überhaupt freuen, ihn wiederzusehen?

Kinderstimmen drangen an sein Ohr. Dort, wo die Waldweiden lagen, glaubte er braunes Fell zwischen den Baumstämmen zu entdecken. Waren Lisbeths Zwillinge inzwischen alt genug, um die Kühe allein nach Hause zu treiben?

Jetzt wusste Alexandre genau, wo er war. Gleich darauf bog er nach links ab, auf den schmalen, fast zugewucherten Weg, der ihn direkt zum Lindenhof führen würde.

Tatsächlich dauerte es nicht mehr lang, bis er das Gelände der Schreinerei erkannte. Vorwitzige Brennnesseln ragten in einer Ecke über den Zaun, aber sonst sah der Platz sauber und aufgeräumt aus. Am Tor hing ein großes Schild, an das er sich nicht erinnerte. Der Schuppen, in dem er damals mit Tomasz und Szymon gewohnt hatte, schien verwaist zu sein – die Tür war verriegelt, keine Wäsche hing daneben, und die alte Feuerstelle sah aus, als sei dort schon lange nicht mehr gekocht worden.

Alexandre blieb stehen. Was würde sich während seiner langen Abwesenheit noch verändert haben?

Er setzte den Rucksack ab. Zögerte.

War es wirklich eine gute Idee gewesen, herzukommen?

Hatte Marianne es nicht eher verdient, dass er sein Wort hielt, und sie sich darauf verlassen konnte, dass ihr Abschied auch wirklich ein Abschied gewesen war?

Wahrscheinlich lag es an diesen Zweifeln, dass die ersten Worte, die ihm in den Sinn kamen, als Marianne völlig unerwartet aus dem Holzlager trat, »Verzeih mir« waren.

»Alexandre?« Ungläubig starrte sie ihn an.

Dann ließ sie das Holz fallen, das sie trug. Krachend schlug es auf dem Boden auf, während sie ihm um den Hals fiel – lachend und weinend zugleich.

»Du bist wieder da? Oh, ich kann es nicht fassen.«

Er konnte es auch nicht fassen, sie wieder in den Armen zu halten. Ihre Wärme zu spüren, ihr weiches Haar an seiner Wange. Es war fast zu viel. Zu viel Glück. Er fühlte sich vollkommen überwältigt davon.

»Du kratzt!« Marianne rieb sich das Kinn.

Gleichzeitig strahlten ihre Augen und verrieten, dass ihr nichts gleichgültiger war als die Frage, wann er sich zum letzten Mal rasiert hatte.

»Ich verspreche dir, der Bart kommt heute noch ab.«

»Das hoffe ich.« Sie quietschte, als er sie in die Luft hob und herumwirbelte.

Dabei trat er auf das Holzbrett, das ihr zuvor aus der Hand geglitten war und beinahe wären sie beide gestürzt. Lachend klammerten sie sich aneinander fest.

»He, was ist da draußen los?«, rief eine Männerstimme. »Wo bleibst du denn, Marianne?«

»Ludwig!« Sie zerrte Alexandre mit sich. »Du glaubst nicht, wer zurückgekommen ist, schau nur!«

Ludwig reagierte spürbar reservierter auf seine Ankunft als Marianne. Nachdem Alexandre einen ersten Überblick von dem erhalten hatte, was in den vergangenen Monaten passiert war, konnte er das gut verstehen. Den Vorwurf, die Frau, die er liebte, im Stich gelassen zu haben, musste er sich gefallen lassen.

Marianne wollte davon natürlich nichts wissen. »Du hättest doch nichts daran ändern können.«

Er wünschte sich trotzdem, er wäre im Frühjahr da gewesen, um ihr beizustehen – nach dem Feuer, das ihre Puppenmöbel vernichtet und die Teilnahme an der Messe vereitelt hatte, auf die sie so lange hingearbeitet hatte. Oder um bei der Bewältigung ihrer finanziellen Probleme mit anzupacken.

»Jetzt bist du ja da.« Sie lächelte ihn an.

Dass sie immer noch so voller Vertrauen ihm gegenüber war, dass sie ihn auf diese Weise ansehen konnte, offen und voller Liebe, das verschlug ihm den Atem. Er hatte es nicht verdient.

»Doch, das hast du«, sagte sie.

Alexandre schluckte hart.

»Ich möchte, dass du eines weißt«, sagte er rau. »Ich habe dich jeden einzelnen Tag vermisst, den ich weg war.«

»Wirst du irgendwann wieder fortgehen?«

Er lauschte in sich hinein. Die Sehnsucht, die ihn in die Ferne gezogen hatte, war erloschen. Er hatte seinem Drang nach Freiheit nachgegeben und keine Erfüllung gefunden.

»Nein«, sagte er. »Ich möchte hier sein, bei dir. Nirgendwo sonst. Wenn du willst, bleibe ich.«

»Für immer?«

Zwei einfache Worte. So klein. So allumfassend.

Nie hätte er geglaubt, jemals ein solches Versprechen geben zu können. Sesshaft zu werden. Aber es war ihm ernst damit.

»Für immer.«

Er würde bleiben – und das Leuchten in Mariannes Augen war den Preis dafür allemal wert.

Vorläufig zog er wieder in den Schuppen ein. Es war die einfachste Lösung. Tomasz und Szymon halfen ihm dabei, den gröbsten Dreck hinauszukehren und Dach und Wände wetterfest zu machen.

»Ich wusste, dass du wiederkommst«, triumphierte Szymon.

»Ja, wegen dir hab ich eine Wette verloren.« Tomasz grinste ihn an. »Du schuldest mir was, alter Mann.«

»Alter Mann? Werd ja nicht frech.« Alexandre drohte ihm spaßhaft mit der Faust.

»Na ja, bei deinem weißen Haar.« Lachend griff Tomasz nach seinem Kopf und zog einen Schleier Spinnweben herunter. »Wie war es in Paris? Warum bist du nicht dort geblieben?«

»Es war nicht der richtige Ort für mich.«

»Das hätte ich dir gleich sagen können.« Szymon lächelte verschmitzt. Er mochte der stillere der beiden Brüder sein, aber vielleicht besaß er genau deshalb ein feineres Gespür für das, was in anderen Menschen vorging.

»Ich hätte nicht auf dich gehört«, gab Alexandre zu.

»Wissen wir.« Tomasz rüttelte prüfend an den Latten neben der Bettstatt. »Die solltest du noch auswechseln, die sind morsch. Und wenn der Schuppen nicht hält, musst du eben bei uns einziehen, bis du was Besseres findest.«

»Danke.« Das Angebot rührte Alexandre. Aber bevor der Schuppen nicht über ihm zusammenbrach, würde er es nicht annehmen. Er brauchte es nicht warm und bequem.

Wenig später schaute Marianne herein und schlug vor, abends am Lagerfeuer zusammenzusitzen. »Wir alle! Um deine Rückkehr zu feiern. Was haltet ihr davon?«

Tomasz und Szymon waren sofort einverstanden. »Sollen wir Rudi und Georg Bescheid geben?«

»Ja, unbedingt. Ludwig kommt auch, und Elvira hat ebenfalls zugesagt.« Sie strahlte. »Und sobald Lottchen erfährt, dass du zurück bist, kennt sie bestimmt kein Halten mehr.«

Es wurde ein fröhlicher Abend. Zwischendurch kam es Alexandre so vor, als sei er nie weg gewesen.

Das Feuer knackte und knisterte, Marianne verbrannte sich die Finger am heißen Stockbrot, und Lottchen hing wie eine

Klette an Alexandres Arm und bestürmte ihn mit Fragen. Wie viel sie gewachsen war in einem Jahr! Aber sonst hatte sie sich kaum verändert.

Szymon spielte Mundharmonika, und seine Fortschritte waren nicht zu überhören.

Tomasz feixte. »Ja, er hat geübt. Klingt nicht mehr wie eine kranke Katze …«

Elvira wirkte erwachsener. Sie war immer noch schüchtern, wagte aber, ihn direkt zu fragen, ob sie den Platz nun wieder für ihn räumen müsste.

»Um Himmels willen, nein!«, mischte Marianne sich ein. »Du leistest gute Arbeit, niemand nimmt dir deinen Platz weg. Für Alexandre findet sich trotzdem genug zu tun.«

Nachdem er das bestätigt hatte, entspannten sich ihre Züge. Sie scherzte mit den anderen, und Alexandre war froh darum. Ihm war es im Grunde egal, welche Aufgaben er zukünftig übernahm oder wo er mit anpackte; Hauptsache, er konnte Marianne in der Werkstatt helfen.

Auch Ludwig gab ihm gegenüber allmählich seine Zurückhaltung auf, und nachdem sie zusammen ein Bier getrunken hatten, war es, als wäre Alexandre nie weg gewesen. Rudi und Georg hatten mehrere Flaschen Löwenbräu mitgebracht und schilderten die Ereignisse, die er verpasst hatte. Je mehr Alexandre erfuhr, umso klarer wurde ihm, wie dramatisch die Lage für Marianne noch immer war.

Sie wollte jedoch erst mit ihm darüber reden, als Lottchen müde ins Bett getaumelt war. Die anderen packten die leeren Flaschen ein und verabschiedeten sich.

»Gute Nacht, Marianne! Bis morgen, Alexandre.«

Sie lauschten, bis die letzten Schritte und das Lachen in der Dunkelheit verklungen waren.

»Endlich sind wir allein.« Alexandre hatte sich so oft vorgestellt, wie es sein würde. Und jetzt war es ganz anders. So viel besser.

Ihr Körper fühlte sich weich und lebendig an, als sie sich an ihn schmiegte. »Ich möchte, dass wir aus unseren Gefühlen kein Geheimnis mehr machen«, flüsterte sie.

Das wünschte er sich auch. Aber wie sollte das gehen?

»Sie wissen es eh alle.« Marianne wandte ihm ihr Gesicht zu. Im schwachen Schein des glimmenden Feuers sah sie unglaublich schön aus. »Sogar Lottchen ahnt die Wahrheit, glaube ich.«

Er erinnerte sich an die Gerüchte, die ihn damals vertrieben hatten. Es würde nicht lange dauern, bis sich herumsprach, dass er zurückgekehrt war. Dann würde das Gerede im Dorf von neuem losgehen.

»Dein Ruf wird darunter leiden. Außer du bestehst darauf, dass ich meine Herkunft enthülle. Aber das würde ich nur sehr ungern tun.«

»Das will ich auch nicht. Aber wen kümmert mein Ruf?« Sie lachte trocken. »Der war noch nie der Beste, egal, wie sehr ich mich angestrengt habe. Wenn die Leute reden wollen, reden sie.«

»Aber …«

»Ich brauche keine Erlaubnis, um dich zu lieben.« Jetzt sah sie ihn direkt an. Da war kein Zögern in ihrem Blick, kein Zweifel. »Ich lasse mir von niemandem vorschreiben, mit wem ich zusammen sein darf und mit wem nicht.«

»Hast du gar keine Angst?«

»Nicht wirklich. Die Menschen, die mir wichtig sind, kennen und mögen dich. Das hast du doch heute selbst gesehen. Sie werden auch weiter zu mir stehen.« Ihre Hand strich zärtlich über sein Kinn. »Zu uns.«

Er küsste sie.

Tauchte ein in einen Kokon aus Glück und Wärme, aus dem er am liebsten nie wieder aufgetaucht wäre. Aber irgendwann mussten sie beide wieder Atem schöpfen.

»Es gibt noch so vieles, das ich dich fragen will.« Ihre Stimme klang trunken vor Müdigkeit. »So vieles, das ich wissen will. Wie es dir ergangen ist in Paris …«

»Ich erzähle es dir.« Er streichelte ihren Nacken, spürte, wie sie unter der zarten Berührung erschauerte. Das Feuer glomm nur noch schwach, vielleicht war ihr kalt. »Morgen, übermorgen. Wir haben alle Zeit der Welt.«

»Ich möchte nie wieder von dir getrennt sein«, flüsterte sie.

Wieder küssten sie sich, und es war, als würden sich ihre Lippen ein Versprechen geben, den Bund zwischen ihnen besiegeln.

Als er Marianne später den kurzen, dunklen Weg nach Hause begleitete, hielten sie einander fest an der Hand.

»Bald ist Erntedankfest, da kommen alle zusammen. Es wäre ein passender Anlass, um die Wahrheit zu sagen. Dich meiner Familie vorzustellen. Darf ich?«

Alexandre lächelte, obwohl sie das in der Finsternis gar nicht sehen konnte. »Deine Familie kennt mich doch schon.«

»Du weißt, wie ich es meine.«

Ja, das wusste er. Der Gedanke erfüllte ihn mit Angst und Stolz, aber vor allem mit Liebe.

Mit Liebe zu dieser mutigen Frau, die ihn an ihrer Seite haben wollte, obwohl er ihr nichts geben konnte als sich selbst. Er hatte kein Geld, keinen Besitz.

Nicht einmal seinen echten Namen könnte er ihr bieten. Falls er sie jemals heiraten sollte, dann mit falschen Papieren. Doch das alles war für Marianne vollkommen unwichtig. Sie wollte ihn.

Und wenn er ehrlich war, hatte es für ihn nur einen einzigen Grund gegeben, zurückzukommen.

Er wollte sie.

KAPITEL 41

»Wir werden nachher übrigens noch einen weiteren Gast zum Essen haben«, sagte Marianne zu ihrer Mutter. »Ich hoffe, du hast nichts dagegen?«

Sie waren auf dem Heimweg vom Erntedankgottesdienst. Lottchen war noch in der Kirche geblieben, um dem Pfarrer beim Verteilen der vielen Gaben zu helfen. Das gespendete Gemüse und Obst sowie die hübschen Getreidegarben wurden jeweils an die bedürftigsten Familien im Ort verteilt.

»Ach, hast du Ludwig eingeladen?« Ihre Mutter spannte den Schirm auf. Anfangs hatte es nur ein bisschen genieselt, doch jetzt wurde der Regen ungemütlich.

»Nein, nicht Ludwig.« Marianne hängte sich bei ihrer Mutter ein und schlüpfte rasch mit unter den Schirm. »Der verbringt den Abend bei Lisbeths Familie.«

»Wer kommt dann?«

»Alexandre.«

Falls ihre Mutter von dieser Ankündigung überrascht war, so verbarg sie es recht gut. Marianne war dankbar für die Enge und das gedämpfte Licht unter dem Schirm. So nahe waren sie einander lange nicht gewesen, und hier fiel es ihr leichter, ihre Mutter einzuweihen.

»Wir sind ein Paar. Das waren wir schon im letzten Sommer, bevor Alexandre nach Paris gegangen ist. Damals haben wir es allen verschwiegen.« Sie holte tief Luft. »Aber das möchten wir jetzt nicht mehr.«

»Ihr beide?«

»Ja.«

»Wollt ihr heiraten?«

Das war die Frage, die Marianne befürchtet hatte. Noch gab es keine klare Antwort darauf. »Ich denke schon. Aber nicht sofort. Er ist erst seit ein paar Tagen wieder hier und …«

Sie verstummte.

Würde ihre Mutter sie verstehen – oder verurteilen?

Die Stille dehnte sich aus. Für Sekunden waren nur ihre Schritte auf dem Weg und das Prasseln des Regens zu hören.

»Es wäre eine Lüge zu behaupten, dass ich davon begeistert bin«, sagte ihre Mutter schließlich. »Andererseits bist du alt genug, um selbst zu wissen, was du tust.«

»Also darf er heute Abend mit uns essen?«

»Er gehört nicht zur Familie. Käthe wird sich wundern, warum er am Tisch sitzt. Vermutlich wird sie Fragen stellen.«

»Dann werde ich ihre Fragen beantworten.«

»Das wird wohl das Beste sein.« Ihre Mutter seufzte. »Wenn es ohnehin bald die Runde macht …«

Zu Mariannes großer Erleichterung reagierte Tante Käthe ähnlich gelassen wie ihre Mutter, als sie ihr Alexandre vorstellen wollte. »Nicht nötig, ich erinnere mich gut an ihn! Er hat doch bei deinem Einweihungsfest damals die Leute durch die Schreinerei geführt.«

Offenbar hatte Alexandre seinerzeit einen guten Eindruck bei ihr hinterlassen, denn sie nickte ihm wohlwollend zu, als er ihr die Hand reichte und ihr dann aus dem Mantel half.

Henriette, die hinter Käthe das Haus betrat, machte große Augen. »Sie sind wieder da? Hat es Ihnen in Paris nicht gefallen?«

»Doch, aber es ist nun mal eine Großstadt. Das Leben dort ist nicht zu vergleichen mit dem Leben hier.« Er fügte eine lobende Erwähnung über ihr Kleid und ihre Frisur hinzu und schon hatte er Hennis Herz für sich gewonnen. Keine Minute hatte er dafür benötigt. Henni strahlte über beide Wangen und Marianne hatte Mühe, sich das Schmunzeln zu verkneifen. Ihre Schwester war aber auch zu berechenbar!

Ebenso wie Theodor.

Dass Alexandres Anwesenheit dem Fuhrunternehmer ein Dorn im Auge sein würde, darauf hätte Marianne gewettet. Jedoch nicht darauf, wie fassungslos er tatsächlich reagierte. Theodor starrte Alexandre an, als sei er vom Blitz getroffen worden.

»Guten Abend, Herr Werwinkel«, sagte Alexandre ruhig.

Marianne hatte das Gefühl, Theodor zuvorkommen zu müssen, ehe er die Stimmung mit einer unschönen Bemerkung verdarb. »Ich finde, ihr solltet euch duzen«, warf sie hastig ein. »Wir alle natürlich.«

»Oh gern«, rief Henni und wandte sich um. »Ich weiß sowieso nicht, wie ich ihn sonst nennen soll.« Sie kicherte. »Herr Alexandre kann ich ja schlecht sagen …«

Im Gegensatz zu ihr, begriff Theodor sofort, was sich hinter Mariannes Ansinnen verbarg. Er zog sie beiseite. »Heißt das, er gehört ab sofort zur Familie?«

»Genau wie du.« Sie erwiderte seinen durchdringenden Blick mit erhobenem Kopf. Die Zeiten, da sie sich von ihm hatte einschüchtern lassen, waren vorbei.

Theodors Gesichtsfarbe wechselte kurz von Weiß zu Rot, dann hatte er sich wieder unter Kontrolle. »So ist das also.«

»Ja, so ist das.«

»Marianne, kannst du mir helfen?«

Sie ließ ihn stehen, um mit ihrer Mutter den Tisch zu decken und das Essen in der Stube aufzutragen. Eigentlich hätte Lottchen das übernehmen sollen, aber die war zu aufgedreht wegen des Besuchs. Am Ende warf sie noch einen der guten Teller hinunter. Das musste nicht sein.

Käthe hatte außerdem wieder allerhand Köstlichkeiten aus dem Laden mitgebracht. »Der ganze Kofferraum ist voller Tüten und Schachteln«, teilte sie mit.

Alexandre bot an, beim Ausladen zu helfen.

Bevor Theodor ablehnen konnte, rief Henni bereits: »Das ist aber nett, danke!«

Er folgte ihr und Lottchen nach draußen, während Theodor zähneknirschend hinterherstapfte. Marianne verbiss sich das Schmunzeln. Tja, daran würde er sich gewöhnen müssen, dass er nun nicht mehr der einzige Mann im Haus der Wagners war. Leicht würde ihm das sicher nicht fallen.

Wenig später saßen sie alle um den Tisch. Marianne hatte Alexandre zwischen sich und ihren Großvater platziert, und zu ihrer Überraschung schien der sich darüber zu freuen. Mit wachen Augen musterte er den großgewachsenen Gast mit dem dunklen Haar neben sich, als sei Alexandre ihm bestens vertraut. Vielleicht bekam er trotz seines Alters und seiner Wortlosigkeit viel mehr mit, als alle dachten?

»Ich habe dich lange nicht mehr so fröhlich gesehen«, sagte Käthe und prostete Marianne zu. »Wie läuft das Geschäft auf dem Lindenhof? Sind deine Sorgen ausgeräumt?«

»Nicht alle, aber … ja, es läuft ganz gut.«

Sie beobachtete Theodor, der die Gabel zum Mund führte und ein Gesicht zog, als gäbe es Zitronen zu essen.

»Puh, müsst ihr ständig über Geschäftliches reden?«, fragte

Henni. »Ich würde viel lieber etwas über Paris erfahren.« Sie wandte sich mit glänzenden Augen an Alexandre. »Bitte erzähl doch von deiner Reise. Warst du im Louvre? Auf dem Eiffelturm?«

Er tat ihr den Gefallen und schilderte seine Eindrücke der französischen Metropole. Er sprach von den schönen Ecken, die er dort überall gesehen und gezeichnet hatte. Marianne hatte dazu schon die Bilder gesehen und lächelte in sich hinein. Sie erinnerte sich, wie er gesagt hatte, dass er jedes dieser Bilder gezeichnet hatte, weil er gehofft hatte, sie irgendwann ihr zeigen zu können.

Mit Vergnügen lauschte auch Mariannes Familie seinen Geschichten. Es war schwer, ihm zu widerstehen, wenn er lachte oder lebhaft gestikulierte, um seine Darstellungen zu unterstreichen. Er verstellte sogar die Stimme, um der Beschreibung seines französischen Freunds Jacques Leben einzuhauchen, während er von dem Dasein als Straßenkünstler berichtete. Marianne fiel wieder einmal auf, was für ein begnadeter Erzähler Alexandre war – es gelang ihm mühelos, andere in seinen Bann zu ziehen.

Henni hing förmlich an seinen Lippen, sogar Lottchen vergaß zeitweise das Essen auf ihrem Teller, und ihre Mutter und Tante Käthe überschütteten ihn mit Fragen.

Nur Theodor beteiligte sich kaum am Gespräch und wirkte ungewöhnlich wortkarg. Fast so, als sei er der Stumme und nicht ihr Großvater.

Als Marianne aufstand, um die Schüssel mit Bratensauce in der Küche noch einmal aufzufüllen, folgte Theodor ihr.

»Verstehe ich das richtig?«, begann er steif. »Du gedenkst, dich dauerhaft an diesen Vagabunden zu binden?«

»Ob es dir passt oder nicht, er wird bleiben.«

»Dass du dich nicht schämst! Man wird sich das Maul über euch zerreißen.«

»Man?«, fragte sie. »Oder du?«

Theodor nestelte an seinem Hemdkragen. Er sah aus, als würde er gleich platzen vor Wut. Ob es da half, wenn er nur seinen Kragen lockerte?

»Du hast keine Ahnung, was ich alles für dich getan habe«, zischte er. »Die Vergangenheit deines Großvaters hätte dir fast das Genick gebrochen. Mit Kommunisten macht doch keiner Geschäfte! Ich musste eine Menge Strippen ziehen, bevor die Sache aus der Welt war. Und wem, glaubst du, hast du die verdammte Ratenzahlung zu verdanken? Deinem Bettelbrief an die Behörde jedenfalls nicht.«

Marianne erstarrte. Sie hatte von Henni ein paar Andeutungen gehört, dass Theodor sich wegen Großvaters Brief eingemischt habe, aber ernst genommen hatte sie das bisher nicht.

»Worum geht es hier eigentlich?«, fragte sie.

»Darum, dass du dich mit losem Gesindel abgibst und deine Zukunft ruinierst!«

»Was interessiert dich meine Zukunft?«

»Weil du deine ganze Familie und euren Betrieb mit in den Dreck ziehst.«

In dem Moment erkannte Marianne, worum es ihm ging. Es war nicht ihre Person, um die Theodor sich sorgte. Er scherte sich nicht um sie oder ihre Wünsche, das hatte er noch nie getan. Aber der Familienbetrieb, den sie führte, der hatte ihn schon immer interessiert. Er schien es nicht ertragen zu können, wenn es irgendetwas in seinem Umfeld gab, das er nicht kontrollieren konnte. Vielleicht hatte er heimlich gehofft, dass sie irgendwann aufgab und er dann das Zepter auf dem Lindenhof übernehmen konnte. Spätestens nach seiner Heirat mit

Henni. Doch jetzt war Alexandre aufgetaucht. Es wäre typisch für Theodor, nun anzunehmen, dass Alexandre ihm den angestrebten Platz als zukünftiges Familienoberhaupt streitig machen wollte. Was für ein Irrsinn!

Aber vermutlich ging genau das in seinem Kopf vor.

Marianne drückte ihm die frisch gefüllte Saucenschüssel in die Hand und schob ihn aus der Küche. »Bring das zurück in die Stube, bevor Henni sich fragt, wo wir bleiben. Ich komme gleich nach.«

Sie musste noch eine Minute allein sein, um zu überlegen, wie sie Theodor ein für alle Mal in seine Schranken weisen konnte.

Am Ende wählte sie die naheliegendste Lösung. Sie erzählte bei Tisch, wie sehr sie sich freute, dass Alexandre zurück war und davon, wann und wie ihre Beziehung begonnen hatte.

Henriette bekam feuchte Augen vor Rührung. »Ihr habt ein Jahr getrennt voneinander verbracht, obwohl ihr bereits wusstet, dass ihr euch liebt?«

»Herrje, wie romantisch!« Auch Käthe tupfte sich verstohlen die Augen. »Aber ich muss sagen, leicht ist es nicht, sich gegen die Konventionen zu stellen. In Hall verlieben sich manche Mädchen in die netten jungen GIs, die ihnen große Versprechungen machen. Wenn die dann zurück in die Heimat fliegen und nichts mehr von sich hören lassen, ist der Kummer gewaltig …«

»Ich fürchte, diesen Kummer habe ich Marianne auch nicht erspart«, gestand Alexandre zerknirscht.

»Nein, so war es nicht«, widersprach sie sofort. »Du hast mir nichts versprochen.«

»Nein?«, fragte Lottchen enttäuscht, die dem Gespräch der Erwachsenen inhaltlich nicht ganz folgen konnte.

Marianne gab ihr lachend einen Nasenstüber. »Wir reden vom letzten Jahr, bevor Alexandre nach Paris gegangen ist. Da hat er mir noch kein Versprechen gegeben.«

»Aber dafür hat Marianne mir etwas mitgegeben, ohne dass ich es wusste.« Er lächelte sie zärtlich an, bevor er in seine Hosentasche griff und das kleine Eichhörnchen auf den Tisch legte, das Karl-Otto damals geschnitzt hatte. »Ich habe es erst unterwegs entdeckt.«

»Oh, du hast es noch?«

»Selbstverständlich! Ich habe es wie einen Schatz gehütet und mit meinem Leben gegen Ratten und Diebe verteidigt.«

Lottchen fiel fast vom Stuhl. »Es gibt Ratten und Diebe in Paris?«

»Nein, das war bestimmt nur ein Spaß«, beruhigte Barbara ihre Jüngste.

Mariannes Großvater streckte die Hand aus und griff mit gekrümmten Fingern nach dem Eichhörnchen. Andächtig strich er über das leicht abgewetzte Lindenholz. Sein Daumen verharrte an der Stelle, wo die Schnitzfigur eine Kerbe aufwies.

»Erkennst du es wieder?«, fragte Marianne. »Es ist der Glücksbringer, den du mir geschenkt hast, bevor Ludwig zur Bank gegangen ist. Ich hoffe, du bist mir nicht böse, weil ich ihn Alexandre in die Tasche gesteckt habe.«

Der Großvater schüttelte langsam den Kopf. Dann legte er das Eichhörnchen wieder vor Alexandre hin. Ein Lächeln erhellte sein faltiges Gesicht, als sei er mit dem, was Marianne getan hatte, einverstanden.

»Hat dir das Eichhörnchen Glück gebracht?«, wollte Lottchen wissen.

»Ja, das hat es«, bestätigte Alexandre.

»Wie denn?

»Es hat mich am Ende wieder zu Marianne geführt.«

»Darauf müssen wir anstoßen!« Tante Käthe hob ihr Glas und forderte Barbara auf, sich ebenfalls noch etwas von dem Wein einschenken zu lassen. »Na los! Das ist ein wirklich guter Tropfen, den Theodor da mitgebracht hat. Und wenn das heute kein Grund zum Feiern ist …«

Theodor war höflich genug, ihrer Bitte nachzukommen und sich nicht anmerken zu lassen, was er dachte. Marianne glaubte, es trotzdem zu wissen. Unbeirrt stieß sie ihr Glas gegen seines. »Danke. Zum Wohl!«

Alexandre tat es ihr nach. »Prost, Theodor!«

»Prost, alle miteinander«, rief Käthe. »Auf das Glück und die junge Liebe!«

Theodor trank sein Glas mit einem Schluck aus. Dann fuhr er sich durch das schüttere blonde Haar. »Ich glaube, mir ist nach frischer Luft. Wollen wir noch einen Spaziergang zum See machen, Henriette?«

»Was, jetzt?«, fragte Henni überrascht.

»Der Regen hat aufgehört.«

»Aber es ist doch schon dunkel …«

»Ein bisschen Bewegung wird uns guttun. Außerdem scheint der Mond, da ist es hell genug. Komm!« Er erhob sich und ließ Henni gar keine andere Wahl, als mitzugehen, wenn sie ihn nicht brüskieren wollte.

»Bis nachher«, sagte sie und stand eilig auf. »Ich hoffe, du erzählst uns später noch mehr von Paris, Alexandre.«

KAPITEL 42

»Warum bist du so schnell aus dem Haus gerannt? Ich hätte meinen Mantel anziehen sollen.« Fröstelnd zog Henni die Schultern hoch. »Es ist zu kalt, um spazieren zu gehen. Wollen wir wieder umkehren?«

»Nein.« Theodor stieß ein Schnauben aus. Sein Gesicht war gerötet. Vor Zorn? »Wenn du so empfindlich bist, hättest du dich eben wärmer anziehen müssen. Aber so weit denkt ihr Frauen ja nie!«

»Bitte?« Henni verschlug es die Sprache. Dass Theodor so mit ihr umging, war sie nicht gewohnt. Normalerweise verfügte er über exzellente Manieren.

»Geh schneller, dann wird dir warm.« Wie um seine Worte zu unterstreichen, beschleunigte er das Tempo und stapfte mit großen Schritten in Richtung Seeufer davon.

Henni kam auf ihren Schuhen mit den glatten Sohlen fast nicht hinterher. Der volle Mond am Himmel spendete zwar ausreichend Licht, so dass sie den Weg vor sich sah, aber ständig geriet sie ins Rutschen. Das hohe Gras am Wegrand war noch nass vom Regen des Tages, und sie erschauerte, wenn die Halme ihre Waden streiften. Die dünnen Nylons, die sie trug, hielten die Feuchtigkeit nicht ab.

»Theodor, warte! Das ist doch kein Spaziergang …«

Sie war den Tränen nahe. Überhaupt schien der ganze Abend verkorkst, schon beim Essen hatte Theodor sich kaum am Gespräch beteiligt. »Warum bist du so wütend?«

Ruckartig blieb er stehen. »Das fragst du mich? Ich habe es satt, ständig gute Miene zum bösen Spiel zu machen. Marianne lässt nichts unversucht, sich selbst und die ganze Familie in Verruf zu bringen. Jetzt soll ich mich mit dem Gesindel noch an einen Tisch setzen und dazu schweigen, während er euch alle um den Finger wickelt? Das ist zu viel verlangt. Das geht zu weit!«

Henni starrte ihn an. Meinte er Alexandre? Sie fand den Künstler charmant und überaus nett. »Du kannst Alexandre doch nicht als Gesindel bezeichnen!«

»Wie soll ich ihn sonst nennen? Abschaum? Gesindel ist genau die richtige Bezeichnung für Kerle wie ihn. Kommt zurück, um sich hier ins gemachte Nest zu setzen ...«

Henni sog erschrocken die Luft ein. So aufgebracht hatte sie Theodor noch nie erlebt. Was war bloß in ihn gefahren?

Majestätisch zog ein Schwanenpaar im Mondlicht an ihnen vorüber, aber Theodor hatte keinen Blick für das, was auf dem Wasser geschah.

»Deine Schwester macht sich lächerlich«, zischte er. »Und mich gleich dazu! Seit wir uns kennen, versuche ich, ihr zu helfen, aber sie hat jedes meiner Angebote abgelehnt. Jedes einzelne! Jeden Rat, den ich ihr gebe, schlägt sie sofort in den Wind. Stattdessen tut sie seit einiger Zeit alles dafür, dass eure Familie gesellschaftlich geächtet wird. Nicht dein Großvater ist der Kommunist in eurem Haus, sie ist die Kommunistin!«

»Marianne ist doch keine ...«

Er trat mit dem Fuß so heftig gegen die flache Uferböschung, dass ein Batzen Erde hochgeschleudert wurde. Dreck regnete auf seine Schuhe nieder. Theodor achtete nicht darauf.

»Natürlich ist sie eine«, brüllte er.

Seine Stimme hallte weit über den See, und Henriette hoffte, dass niemand in der Nähe war, der ihren Streit hören konnte. Mittlerweile standen ihr Tränen in den Augen. Wenn sie nur wüsste, warum Theodor so zornig war.

»Reicht es nicht, dass Marianne mir ständig widerspricht? Und ich mich von anderen fragen lassen muss, warum es mir nicht gelingt, ihr Einhalt zu gebieten? Willst du jetzt auch noch damit anfangen? Das kannst du vergessen, ich lasse mir nicht länger auf der Nase herumtanzen. Von ihr nicht und von dir erst recht nicht!«

Unter seinem flammenden Blick wurde Henni immer unbehaglicher zumute. Zaghaft lenkte sie ein. »Bitte, lass uns nicht zanken.«

»Ich zanke nicht, ich sage nur die Wahrheit!«

In Hennis Gedanken formierte sich Protest. Nein, Marianne war keine Kommunistin und Alexandre kein übler Kerl. Sie fand die Liebesgeschichte der beiden überaus romantisch und freute sich für ihre Schwester, dass Alexandre zurückgekehrt war. So glücklich hatte sie Marianne selten erlebt. Wie sie lächelte, wenn sie ihn ansah …

»Ich weiß, du magst Marianne nicht, weil sie dir gegenüber so stur ist. Aber du denkst immer nur ans Geschäft. Gönnst du ihr das Glück nicht, das sie in Alexandre gefunden hat? Ich meine …«

»Wen interessiert, was du meinst?« Jetzt klang er regelrecht höhnisch. »Du bist ein kleines Ladenmädchen, wovon willst du schon Ahnung haben?«

Henni merkte, wie sie zu zittern begann. Das lag weniger an der Kälte als daran, wie verächtlich Theodor sie musterte.

»Dass die beiden einander von Herzen zugetan sind, sieht jeder außer dir«, erwiderte sie.

»Darum geht es nicht! Eine solche Verbindung widerspricht

allen gesellschaftlichen Konventionen. Wenn du das nicht begreifst, bist du dümmer, als ich dachte!«

Die Kränkung traf Henni tief. Ihre Lippen bebten, aber sie schaffte es einfach nicht zu schweigen. Theodor hatte unrecht. »Mag sein, aber mir gefällt es, dass die beiden sich am Gerede nicht stören. Das ist doch der Beweis, wie sehr sie sich lieben.«

»Nein, es ist der Beweis, wie verrückt es ist, Frauen wie deiner Schwester einen Betrieb anzuvertrauen.« Er spie die Worte vor sie hin. »Statt einem erfahrenen Geschäftsmann wie mir die Führung zu überlassen, wirft Marianne sich lieber diesem Hallodri an den Hals! Und was sie damit anrichtet, ist ihr völlig egal.«

»Sie liebt ihn eben ...«

»Schweig!«, brüllte er. »Du bist auch nicht besser! Lässt dich von diesem dahergelaufenen Gauner einwickeln, nur weil er dir ein paar Komplimente macht. Denk nicht, mir wäre das nicht aufgefallen. Also halt endlich den Mund!«

Henni hätte ihm den Gefallen gern getan. Sie ahnte, dass es besser wäre zu schweigen. Aber sie konnte nicht. Die Sätze sprudelten einfach aus ihr heraus. »Würdest du mich nicht so lieben? Würdest du das Geschäftliche und das, was die Leute denken, über unsere Liebe stellen?«

»Ja, weil es genau darauf ankommt, wenn man im Leben etwas erreichen will.«

»Nein, es kommt auf die Lie...«

Ansatzlos schlug er zu. Hennis Kopf schleuderte zur Seite. Ihr Nacken knackte und sie schrie auf, als seine Hand ihre Lippe traf. Der Geschmack von Blut erfüllte ihren Mund. In ihren Ohren dröhnte es, als sie zurückstolperte. Weg von ihm. Hätte Theodor sie nicht fest an beiden Armen gepackt, wäre sie wohl gestürzt.

»Schluss jetzt!«, sagte er gefährlich leise. »Es reicht.«

Henni versuchte zu begreifen, was gerade passiert war. Er hatte sie geschlagen? Wie konnte er nur? Blut tropfte von ihrer Lippe, als sie den Mund öffnete. Oh Gott, die Flecken würde sie nie wieder rausbekommen!

Ihre Handtasche war bei dem Schlag ins Gras gefallen. Henni machte sich von Theodor los und bückte sich. Verzweifelt suchte sie nach einem Taschentuch. Endlich fand sie eines und presste es gegen die blutende Lippe.

»Das ist ganz allein deine Schuld.« In seinen Augen loderte es immer noch.

»Meine …?«, flüsterte sie mit erstickter Stimme.

»Ja, deine!« Wieder packte er sie an beiden Oberarmen. Seine Finger gruben sich tief in ihr Fleisch.

»Au«, entfuhr es ihr.

Doch Theodor ignorierte es völlig. »Ich habe dich monatelang auf Händen getragen, dir jeden Wunsch erfüllt. Sogar als du dich unbedingt verloben wolltest, habe ich mich überreden lassen – obwohl du so jung bist und es klar war, dass ich meine Bedürfnisse noch viele Monate hinten anstellen muss. Und wie dankst du es mir? Mit frechen Widerworten!« Er schüttelte sie grob. »Das lasse ich mir nicht bieten, klar?«

Henni kam es vor, als würde sie ihn nicht kennen. Als hätte sie ihn niemals wirklich gekannt. Der Mann, der da vor ihr stand und sie zusammenstauchte, erinnerte sie kaum mehr an Theodor. So ein Verhalten hatte er nie zuvor gezeigt. Waren das Züge seines tyrannischen Vaters, die da bei ihm durchbrachen?

Was es auch war, es jagte ihr eine Heidenangst ein.

»Lass mich los.«

»Du hast mir überhaupt nichts zu sagen.« Seine Hände waren

wie zwei Schraubstöcke, die sie umklammerten. »Ich lasse mir von dir keine Anweisungen geben.«

Henni schluchzte. »Wenn du das so siehst, ist es vielleicht besser, wir trennen uns.«

»Ha, das würde dir so passen. Aber dafür habe ich viel zu viel in dich investiert!« Jetzt schüttelte Theodor Henni so heftig, dass sie wie eine Lumpenpuppe zwischen seinen Armen hin und her schlackerte.

Verzweifelt versuchte sie sich dagegen zu stemmen, aber sie konnte kaum mehr tun, als den Kopf zwischen die Schultern zu ziehen und abzuwarten, bis es aufhörte.

»Ich lasse mich doch nicht zum Narren machen! Ein Ladenmädchen, das die Heirat mit mir ausschlägt und mich sitzenlässt? Was sollen die Leute davon halten?«

Spucketröpfchen streiften ihr Gesicht, als er sie ganz dicht an sich heranzog. Sie drehte verzweifelt den Kopf weg.

»Theodor, ich …«

»Wir werden sogar schon sehr bald heiraten. Dann kommen wir Marianne und ihrem dahergelaufenen Streuner zuvor.« Jetzt brüllte er nicht mehr. Stattdessen zischte er ihr wie eine bösartige Schlange ins Ohr. »Glaub mir, du wirst mir noch dankbar sein, dass ich dich heirate. Dann, wenn du nämlich ein Kind bekommst …«

Bevor Henni den Sinn seiner Drohung richtig begriff, fuhr er mit einer Hand bereits unter ihr Kleid. Griff nach dem, was noch nie ein Mann berührt hatte, und riss ihr den Schlüpfer herunter. Sie schrie gellend auf. »Hör auf!«

Brutal stieß er sie ins Ufergras. »Sei still«, knurrte er und nestelte an seinem Hosenlatz.

Henni wehrte sich mit Händen und Füßen. Panik schnürte ihr die Kehle zu. Sie rang nach Luft. »Theodor, nein …«

Er hörte nicht auf sie, war wie von Sinnen. Sie vernahm das Ratschen von Stoff, als ihr Kleid riss. Spürte das Brennen der Haut, wo Schmutz und Kiesel ihre Beine aufschürften. Und endlich bekam sie einen Augenblick lang genügend Luft, um zu schreien. »Hilfe! Hiii…«

Er schlug mit der Faust zu. Sie strampelte, schüttelte ihn ab. Versuchte, auf allen vieren von ihm weg zu kommen. Theodor zerrte sie an den Haaren zurück.

Todesangst erfasste Henni.

Sie kreischte. Ihre Schreie gellten durch die Nacht.

Und dann – endlich – waren da Rufe und Schritte.

Jemand, der Theodor von ihr wegriss und ihm einen dumpfen Fausthieb verpasste. Jemand anders, der ihr aufhalf.

»Henni? Ist alles in Ordnung?« Mariannes Stimme. »Was hat dieser Mistkerl dir angetan?«

Sie hörte Theodor fluchend davonstapfen. Jemand beschimpfte ihn auf Französisch, warf ihm Steine hinterher.

»Geht es ihr gut?« Das war Alexandre.

Und seltsamerweise waren auch Tomasz und Szymon da, die wohl noch in der Werkstatt gearbeitet hatten. »Wir haben Schreie gehört und sind sofort losgerannt …«

»Wenn ich geahnt hätte, dass Theodor zu so etwas fähig ist, hätte ich dich nie allein mit ihm nach draußen gehen lassen.« Marianne schloss Henni fest in die Arme.

»Das konntest du doch nicht wissen.« Henni schniefte. Ihre Beine fühlten sich an wie Pudding. Sie zitterte, Schreck und Entsetzen saßen ihr in allen Gliedern. »Er ist nie grob zu mir gewesen. Ich weiß wirklich nicht, was in ihn gefahren ist …«

Sie schluchzte haltlos an Mariannes Schulter, während diese ihr liebevoll über das zerraufte Haar strich.

»Wo ist er hin?«

»Abgehauen.«

In der Ferne wurde ein Motor angelassen. Das konnte nur der Mercedes vor dem Lindenhof sein.

»Ich will ihn nie wiedersehen.« Henni schniefte.

»Das musst du auch nicht«, sagte Marianne. »Wenn der feige Kerl sich noch einmal etwas herausnimmt oder sich in deine Nähe wagt, kann er was erleben. Dann machen wir ihn fertig.«

Tomasz und Szymon nickten.

Alexandres Augen schimmerten dunkel und hart wie Kohlen. »Verlass dich drauf.«

»Danke.« Henni schluckte.

Es tat ihr gut, den Rückhalt zu spüren. Nach allem, was Theodor ihr heute Abend an den Kopf geworfen hatte, fühlte sie sich innerlich wund und wie zerschlagen. Die äußerlichen Blessuren waren da fast weniger schlimm.

Bebend streifte sie den Verlobungsring von ihrem Finger. Den wollte sie keinen Tag länger tragen.

»Soll ich ihn für dich ins Wasser werfen?«

Henni lächelte Marianne unter Tränen an. »Das schaffe ich auch allein, denke ich.«

Ohne weiter nachzudenken, holte sie aus und schleuderte das Schmuckstück davon. Sie meinte zu hören, wie der Ring mit einem leisen Platschen aufkam, bevor er im See versank. Seltsamerweise bedauerte sie das fast. Vielleicht weil ihr Traum von der großen Liebe mit Theodor damit endgültig ausgeträumt war.

Aber er war es gewesen, der alles kaputtgemacht hatte.

Nicht sie.

KAPITEL 43

Marianne tat sich schwer damit, die Ereignisse jenes Abends zu vergessen und einfach zum Alltag überzugehen.

Auf Hennis Wunsch hin hatten sie vereinbart, den Rest der Familie nicht in die Einzelheiten einzuweihen, was am See vorgefallen war. Sie hatten nur vage Andeutungen gemacht, damit ihre Mutter und Tante Käthe wegen der geplatzten Verlobung keine Fragen stellten. Falls sie überrascht waren, hatten sie sich das nicht anmerken lassen.

Tomasz und Szymon hatten Käthe und Henni am nächsten Tag nach Hall zurückbegleitet, wo Henni eine heftige Erkältung vortäuschte und ein paar Tage im Bett blieb, bis der Schock überwunden und die schlimmsten blauen Flecken verblasst waren. Draußen war es inzwischen herbstlich kühl, so dass es niemanden wunderte, dass Henni eine langärmelige Bluse unter dem Ladenkittel trug oder dicke Strumpfhosen, um ihre aufgeschürften Beine zu verstecken. Die kleine Wunde an der Lippe war kaum zu sehen und rasch abgeheilt.

»Ich finde es trotzdem nicht richtig, dass Theodor einfach so davonkommt.« Das erzürnte Marianne immer noch, auch wenn sie versprochen hatte, die Entscheidung ihrer Schwester zu respektieren. Mit verschränkten Armen lehnte sie an ihrem Arbeitstisch in der Schreinerei und sah Alexandre an. »Henni will kein Aufheben um die Sache machen, aber …«

»Ich bin immer auf deiner Seite, das weißt du.« Alexandre nickte. »Aber in diesem Fall solltest du dich ihrem Wunsch fügen.«

Sie seufzte. »Das fällt mir außerordentlich schwer.«

»Ja, ich weiß.« Ein Lächeln zuckte um die winzigen Fältchen in seinen Augenwinkeln. »Aber vermutlich ist es sogar die beste Lösung. Er wird ihr aus dem Weg gehen, da bin ich sicher. Und dir erst recht.«

»Glaubst du?« Sie seufzte. »Inzwischen bin ich überzeugt, dass er ein schlechter Mensch ist. Nach dem, was er Henni angetan hat, traue ich ihm alles zu.«

»Woran denkst du?«

»Vielleicht hatte er damals doch etwas mit dem Feuer zu tun, bei dem meine Puppenmöbel verbrannt sind ...«

»Wenn es damals keine Beweise gab, wirst du jetzt auch keine mehr finden«, meinte Alexandre. »Und selbst wenn es wirklich Theodor gewesen sein sollte, der dir in der Vergangenheit so oft das Leben schwer gemacht hat, wird er spätestens jetzt damit aufhören. Weil er garantiert kein Interesse daran hat, dass du im Gegenzug sein Verhalten bekanntmachst.«

»Ja, sein Ruf geht ihm über alles.«

»Eben.«

»Dass ausgerechnet er so brutal sein kann ...« Marianne schauderte bei der Erinnerung an Theodors wutverzerrtes Gesicht. »Sonst war er immer so übertrieben höflich.«

»Ich fürchte, solche Wesenszüge stecken in vielen Menschen. Vielleicht sogar in den meisten von uns. Unsere Väter waren manchmal Monster, und was ich im Krieg gesehen habe ... Es ist schwer, solche Erfahrungen abzuschütteln. Wirklich frei ist davon wohl niemand.«

Alexandre sprach nicht weiter.

Das war auch nicht nötig. Marianne beharrte nicht darauf, dass er ihr von den Erlebnissen erzählte, die ihm manchmal Albträume bescherten. Außerdem waren Marianne und er einer

Meinung, selbst wenn sich Theodors Gewaltausbruch irgendwie erklären ließ, entschuldigen ließ er sich nicht.

Niemand war gezwungen, einen anderen zu misshandeln, schon gar nicht die Frau, die man heiraten wollte.

Theodor hatte es verdient, dass Henni ihm den Laufpass gegeben hatte. Marianne hätte ihm am liebsten noch eine gehörige Abreibung dazu verpasst. Damit er sein Handeln am eigenen Leib nachfühlen konnte! Aber das wäre eine billige Rache gewesen – und vermutlich auch nicht besser als das, was er Henriette angetan hatte.

»Na gut.« Sie rieb sich über den verspannten Nacken. »Lass uns Feierabend machen.«

Während sie die Lieferscheine zusammenschob, fiel ihr ein, dass das ganze Drama am Ende doch auch etwas Gutes hatte. »Mit Henni verstehe ich mich übrigens wieder viel besser, seit sie sich von Theodor getrennt hat. Eigentlich besser als je zuvor.«

Alexandre lächelte. »Das freut mich für euch.«

In der folgenden Zeit war so viel zu tun, dass Marianne kaum zum Nachdenken kam. Das bevorstehende Weihnachtsgeschäft war in diesem Jahr wichtiger denn je, sie musste so viel Umsatz wie möglich machen. Andererseits galt es, darauf zu achten, was sie mit der geringeren Zahl an Mitarbeitern überhaupt leisten konnte, damit sie sich beim Materialeinkauf nicht verkalkulierte.

Zum Glück war auf Ludwig Verlass, der stets den Überblick behielt, und Marianne auch in dieser Hinsicht gut beraten konnte.

Als Marianne darüber nachgrübelte, ob sie es sich leisten konnte, Ruths Kindern auch in diesem Jahr eine kleine Weihnachtsfreude ins Kinderdorf zu bringen, hatte Elvira eine schöne Idee. »Deine Mutter und ich nähen für jedes Kind ein Säckchen, das wir mit Nüssen und Süßigkeiten füllen. Ruth schenken wir außerdem eine Krippe mit Figuren. Die kann sie unter den Christbaum stellen, dann haben alle Kinder etwas davon. Und spielen können sie damit auch.«

Marianne stimmte sofort zu. »Prima, so machen wir es.«

Andere Entscheidungen traf sie ähnlich spontan. Abends waren ihre Augen rotgerändert vor Müdigkeit, Rücken und Schultern schmerzten, aber es ging stetig voran. Dass Alexandre wieder da war und überall dort mit anpackte, wo er gerade gebraucht wurde, war natürlich die größte Hilfe.

Die langen, einsamen Abende lagen hinter Marianne. Jetzt war sie nicht allein, wenn sie bis spät in die Nacht noch in der Schreinerei arbeitete. Der alte Schuppen auf dem Gelände war nicht länger verwaist.

»Falls es diesen Winter richtig kalt wird, müssen wir aber eine andere Unterkunft für dich finden«, murmelte sie, den Kopf an Alexandres Brust geschmiegt. »Du sollst hier nicht krank werden.«

»Notfalls ziehe ich in die Schreinerei um.« Er lachte leise und strich ihr zärtlich übers Haar. »Oder lässt du mich dann Tag und Nacht arbeiten?«

»Nein! Natürlich nicht.«

»Hm, also bei dir wäre ich mir da nicht so sicher«, neckte er sie. »Dich zu einer Pause zu überreden, ist gar nicht so leicht.«

Lächelnd hob sie den Kopf, um ihn zu küssen. »Bis jetzt hast du es noch immer geschafft, oder?«

Es war aber auch nicht allzu schwer.

KAPITEL 44

»Schön, dass du heute Abend mitkommst.« Jutta hängte sich bei Henni ein. »Wir waren schon viel zu lange nicht mehr im Kino, findest du nicht?«

»Doch, das stimmt.« Henni nickte.

Sie standen in der Schlange vor dem Eingang des Gloria Filmtheaters und warteten darauf, dass es endlich voranging. Irgendjemand diskutierte weiter vorne mit dem Angestellten im Kassenhäuschen.

»Können die sich nicht beeilen? Bestimmt fängt es gleich wieder an zu nieseln.« Mit der freien Hand zog Jutta ihr Schaltuch übers Haar. »Ich hab mir doch nicht so viel Mühe mit meiner Frisur gegeben, damit der Regen mir jetzt alles ruiniert. Ehrlich, ich hasse den November!«

Henni lachte. »Ich auch.«

Sie war froh, zugesagt zu haben. Nach der Auseinandersetzung mit Theodor und der geplatzten Verlobung hatte sie sich eine Weile zurückgezogen. Sie hatte erst einmal Zeit gebraucht, um das schreckliche Erlebnis zu verarbeiten. Einer Freundin wie Jutta hätte sie da nichts vormachen können.

Tante Käthes Kundschaft war dagegen kein Problem, im Laden hatte man ihr die vorgeschobene Erkältung sofort abgekauft. Und dass die Beziehung mit dem Fuhrunternehmer gescheitert war, daran war nach Ansicht von Käthes Kundinnen nur Hennis jugendliches Alter schuld. »So früh sollte man sich eben nicht schon fest binden.«

Jutta war sie jedoch noch eine Antwort schuldig. Geheimnisse sollte es unter besten Freundinnen nicht geben, fand Henni, und eigentlich wunderte sie sich, dass Jutta bisher noch nicht nachgebohrt hatte. Sonst nahm Jutta auf persönliche Befindlichkeiten wenig Rücksicht, wenn es galt, ihre Neugier zu befriedigen. Daher war es seltsam, dass sie sich dieses Mal so geduldig zeigte. Ob sie eigene Sorgen hatte?

Unauffällig musterte Henni die Freundin aus den Augenwinkeln, während sie zwei Schritte vorrückten. Nun standen sie direkt vor dem Aushang mit den Kinoplakaten. Für Dezember wurde *Giganten*, ein neuer Film mit James Dean angekündigt. Zu Hennis Erstaunen schien es ein Western zu sein.

Jutta seufzte tief. »Wie traurig, dass er die Premiere nicht mehr erlebt hat. So ein toller Schauspieler!«

»Ja, mit James Dean würde ich mir vielleicht sogar einen Western anschauen«, stimmte Henni zu.

Aber sie war erleichtert, dass es heute eine Liebeskomödie war, für die sie Karten kauften. Kein Drama, keine Tränen. Nur leichte Unterhaltung, untermalt mit netter Musik. Und der Kartenabreißer vor dem Saaleingang schenkte ihr ein so nettes Lächeln, dass sie es gern erwiderte.

»Na, das ging ja schnell.« Jutta kicherte, während sie in ihren Kinosessel sank. »Ich dachte, du brauchst länger, um über die Trennung von Theodor wegzukommen. Aber anscheinend hast du das Flirten nicht verlernt.«

»Ich habe nicht geflirtet«, widersprach Henni, doch das Brennen ihrer Wangen verriet sie. Da konnte sie noch so lange das Gegenteil behaupten.

Jutta war jedoch nicht in der Stimmung, sie aufzuziehen, wie sie es sonst häufig tat. »Ist jedenfalls nicht verboten«, sagte sie nur und wandte das Gesicht rasch ab.

War sie gerade auch rot geworden?

Irgendetwas an Juttas Verhalten kam Henni komisch vor. Sie wusste nur nicht genau, was. Aber sie nahm sich fest vor, die Freundin nach Ende des Films genauer zu befragen.

»Also, dann erzähl mal«, sagte Jutta, als sie später nach dem Film in ihrem Zimmer auf der Couch saßen, gemütlich die Beine anwinkelten und heiße Schokolade tranken. »Was ist denn vorgefallen zwischen dir und Theodor?«

»Na ja …« Henni nippte an ihrer dampfenden Tasse. Der süße Kakaogeschmack half, die bitteren Erinnerungen auszuhalten und der Freundin die Wahrheit zu schildern. Dennoch schaffte sie es nicht, allzu sehr ins Detail zu gehen. Sie stockte viel, schluckte gegen die Tränen an, die ihr in die Augen traten.

Jutta reagierte erschüttert. »Das hat er getan?«

Henni nickte stumm. Wenn sie jetzt etwas sagte, würde sie garantiert weinen. Das durfte nicht passieren. Die Wimperntusche, die sie vor dem Kinobesuch aufgetragen hatte, würde ihr sonst in schwarzen Bächen über die Wangen laufen. Außerdem hatte sie in letzter Zeit wegen Theodor schon genug geweint.

»So etwas hätte ich ihm niemals zugetraut.«

»Tja, das hätte wohl niemand …«

Juttas Gesicht war ungewöhnlich blass. Sie wirkte wie ein Schatten ihrer selbst. Oder so, als müsste sie sich jeden Moment übergeben.

»Ist dir nicht gut?«, fragte Henni.

»Doch, doch.« Jutta wandte sich hastig ab, um eine neue Schallplatte aufzulegen. Dabei hatten sie die erste Platte noch gar nicht zu Ende gehört. Der Tonarm kratzte über die Rillen, als Jutta ihn mit zitternden Fingern aufsetzte. Bill Haley und die Comets fetzten los. Die Musik passte überhaupt nicht zur gedrückten Stimmung im Raum.

Henni musterte die Freundin mit gerunzelter Stirn.

»Es tut mir leid«, flüsterte Jutta plötzlich und sah sie mit aufgerissenen Augen an. »Wirklich, es tut mir so leid!«

»Was tut dir leid?«

»Wenn ich das geahnt hätte …«

Henni verstand nach wie vor nicht, was Jutta meinte. »Wovon redest du?«

»Dass ich …« Jutta brach in Schluchzen aus. »Ich habe ihm geglaubt, als er sagte, dass er dich so sehr liebt, dass er deine Unberührtheit unbedingt bewahren will.«

Henni traute ihren Ohren nicht. »Du hast mit Theodor über mich geredet? Über meine … *Unberührtheit*?«

Wie in aller Welt war es dazu gekommen?

Jutta stammelte unter Schluchzen weiter. Henni hatte Mühe, ihren verworrenen Ausführungen zu folgen.

»Ich bin Theodor doch manchmal bei gesellschaftlichen Anlässen begegnet. Mein Vater ist im Stadtrat, wie du weißt, und er war früher mit Theodors Vater gut befreundet. Unsere Familien kennen sich schon ewig, und mein Vater meinte auch oft, Theodor wäre eine gute Partie für mich. Aber du kennst mich ja! Theodor hat sich nie für mich interessiert, ich war ihm nicht fein genug.«

»Worauf willst du hinaus?«, flüsterte Henni.

»Ich hab mich von ihm überreden lassen«, heulte Jutta und griff nach einem Taschentuch, um sich zu schnäuzen.

»Überreden? Wozu?«

»Seine männlichen Bedürfnisse zu erfüllen! Er meinte, die hätte ein Mann eben. Das wüsste ich doch selbst am besten, ich sei ja nun kein Kind von Traurigkeit. Und ehe er in ein Etablissement ginge, um seine Bedürfnisse zu befriedigen, könnte ich dir doch diesen Freundschaftsdienst erweisen. Mit so einem Arrangement wäre uns allen geholfen.«

»Du hast …?« Henni verschlug es die Sprache.

Sie konnte es einfach nicht glauben, dass Jutta das getan hatte. Auch dass Theodor sie auf diese Weise hintergangen und über seine Bedürfnisse belogen hatte, schien ihr fast unvorstellbar. Aber nur fast. Das Verhalten, das er neulich gezeigt hatte, passte dazu.

»Ich dachte, ich tu dir einen Gefallen damit.« Jutta vergrub ihr Gesicht in den Händen. Nur die Spitzen ihres zerknüllten weißen Taschentuchs lugten zwischen den Fingern hervor.

»Hattest du gar kein schlechtes Gewissen?«

»Doch, natürlich«, klang es erstickt hinter den Händen und dem Taschentuch hervor. »Die ganze Zeit.«

»Die ganze Zeit?« Henni sprang auf. »Wir lange ging das denn schon hinter meinem Rücken?« Freundschaftsdienst wollte sie diese ungeheuerliche Abmachung wirklich nicht nennen.

»Eine Weile … Ich weiß es nicht mehr genau.«

Henni fragte sich, ob Jutta die Wahrheit sagte. Allerdings trank sie bei gesellschaftlichen Anlässen häufig Alkohol und schlug dann gern über die Stränge. Vielleicht stimmte es also, dass sie sich an den genauen Beginn dieses schäbigen Verrats nicht mehr erinnerte.

»Wie oft habt ihr euch getroffen?«

»Alle paar Wochen, so wie es sich ergeben hat. Immer wenn seine Haushälterin ihren freien Tag hatte.«

»Du warst in Theodors Haus? In seinem Schlafzimmer?«

»Ja, wo denn sonst? Meinst du, er käme mich hier in meinem Zimmer besuchen? Oder er wäre je das Risiko eingegangen, mit mir in einem Hotel gesehen zu werden? Da kennst du ihn aber schlecht.«

Wenn sie ehrlich war, dachte Henni inzwischen, dass sie Theodor überhaupt nicht kannte. Ihn vielleicht nie gekannt hatte – so, wie er wirklich war.

Er hatte ihr ein Trugbild von sich vorgegaukelt, und sie hatte es ihm geglaubt. Ihr edler Ritter, ihr Traumprinz. Stets höflich, kultiviert und vermögend. Und in Wahrheit kein bisschen besser als andere Männer.

Vielleicht sogar viel schlimmer als andere Männer.

Denn dass beispielsweise ihr Großvater oder auch Mariannes Alexandre sich jemals so benehmen würden, konnte Henni sich nicht vorstellen. Auch den netten polnischen Brüdern, die bei Marianne arbeiteten, traute sie so etwas nicht zu.

»Ihr habt mich beide getäuscht«, sagte sie zu Jutta.

Die Freundin hob den Kopf, ihre Augen schwammen in Tränen. »Ich weiß, ich hätte das nicht tun dürfen.« Sie wischte sich mit dem Handrücken übers Gesicht. »Ich wünschte, ich hätte Theodors Vorschlag zurückgewiesen und ihn ausgelacht, statt darauf einzugehen …«

»Warum hast du's nicht getan?« Henni hätte sie am liebsten geschüttelt. »Es fällt mir wirklich schwer zu glauben, dass du mir damit nur einen Gefallen tun wolltest. War es nicht eher so, dass du heimlich neidisch auf mich warst? Dass du Theodor für dich haben wolltest? Du hast gesagt, dein Vater hielt ihn für eine gute Partie.«

»Selbst wenn es so gewesen wäre, was spielt das für eine Rolle? Er wollte mich nie. Ich war nie gut genug für ihn.«

»Außer für das eine.«

»Außer dafür, ja.«

Sie starrten sich an. Bitter enttäuscht, alle beide. Henni hätte

Theodor in die Hölle schicken mögen für das, was er ihr angetan hatte. Sollte sie zulassen, dass er ihr jetzt auch noch die beste Freundin nahm? Oder war die Freundschaft zu Jutta ohnehin nichts mehr wert nach dem, was vorgefallen war? Sie schwankte zwischen Verzweiflung und Wut.

»Glaubst du, du kannst mir verzeihen, wenn ich dich darum bitte?« Flehentlich blickte Jutta zu ihr auf.

»Ich weiß nicht«, sagte Henni langsam.

»Bitte, setz dich wenigstens wieder hin.« Jutta legte ihre Hand auf die Couch neben sich. »Bitte, Henni!«

Zögernd nahm Henni Platz. Mit zitternden Fingern griff sie nach ihrer Tasse, um ihre Hände beschäftigt zu halten. Auf dem Kakaorest hatte sich eine Haut gebildet. Beinahe würgte es sie in der Kehle, und sie schob die Tasse hastig weg.

»Ich muss dir noch etwas sagen.« Juttas Finger krampften sich um das Taschentuch.

»Was denn noch?«, fragte Henni alarmiert. Hatte sie das Schlimmste nicht schon gehört?

Statt einer Antwort begann Jutta wieder zu schluchzen. Ihre Schultern bebten, als sie stockend berichtete, dass ihre Periode wieder einmal ausgeblieben war. »Ich warte schon fast sechs Wochen darauf …«

»Um Himmels willen!« Henni war fassungslos. »Willst du mir erzählen, dass du von Theodor ein Kind bekommst?«

»Nein! Oder vielleicht doch, ich weiß es nicht.« Gequält rang Jutta die Hände. »Ich müsste zum Arzt gehen, um es herauszufinden, aber ich traue mich nicht. Was, wenn es stimmt? Wenn es mich dieses Mal erwischt hat?«

»Dann hast du es allein deinem Leichtsinn zuzuschreiben«, sagte Henni.

»Theodor hat gesagt, er passt auf …«

»Ja, und mir hat er gesagt, dass er mich liebt! Darauf war auch kein Verlass, wie du siehst.«

»Du hast ja recht«, flüsterte Jutta. »Ich weiß trotzdem nicht, was ich tun soll.«

»Du musst zum Arzt gehen.«

»Und dann? Was, wenn ich wirklich schwanger bin?« Sie rupfte das nassgeweinte Taschentuch in winzige Fetzen. »Theodor würde mich niemals heiraten. Er würde mich überall in der Stadt schlechtmachen und behaupten, das Kind sei nicht von ihm, sondern von irgendeinem GI.«

»Kannst du das ausschließen?«

Jutta nickte sofort. »Der letzte GI, mit dem ich ausgegangen bin, war Anthony. Seine Dienstzeit endete im Sommer.«

»Ach ja, stimmt.« Henni erinnerte sich, dass Jutta dem schlaksigen GI mit der Haartolle damals tatsächlich eine Weile nachgetrauert hatte.

»Seitdem habe ich mich mit niemandem sonst eingelassen. Es kommt also nur Theodor in Frage.« Sie hickste, ihr Schluchzen ging in Schluckauf über. »Aber Theodor wird trotzdem abstreiten, dass er etwas damit zu tun hat. Er wird mich hängenlassen.«

Da musste Henni ihr recht geben.

Und trotz ihrer Wut und Enttäuschung über Juttas Verrat, kam es ihr plötzlich schäbig vor, auf sie herabzuschauen.

Theodor hatte ihnen beiden etwas vorgemacht.

Er hatte sie getäuscht und manipuliert, herumgeschoben wie Spielfiguren auf einem Schachbrett. Er hatte ihre Naivität für seine egoistischen Zwecke ausgenutzt.

»Ich halte zu dir«, versprach Henni.

»Wirklich?« Jutta schniefte. Sie saß wie ein Häufchen Elend auf der Couch, ganz in sich zusammengesunken. Mit verweinten Augen blickte sie Henni an. Hoffnung schimmerte darin.

»Ja, wirklich. Ich komme mit zum Arzt, so wie beim letzten Mal. Vielleicht stellt sich ja dann wieder heraus, dass es einen ganz harmlosen Grund für die Verzögerung gibt.«

»Ich hoffe es«, flüsterte Jutta. »Ich hoffe es so sehr …«

Henni hoffte es auch.

Denn was es bedeutete, wenn sich stattdessen herausstellte, dass Jutta ein Kind von Theodor bekam, mochte sie sich gar nicht ausmalen. Sicher war nur, dass das ihre Freundschaft erneut auf die Probe stellen würde. Nach Juttas heutigem Geständnis war das Vertrauen beschädigt und damit das Fundament brüchig.

»Henni?«

»Ja?«

»Danke für deine Unterstützung.« Jutta legte ihr die Hand auf den Arm. »Ich weiß nicht, wie ich es ohne dich schaffen soll …« Da flossen die Tränen schon wieder.

»Wir stehen das zusammen durch.« Henni kramte in ihrer Handtasche nach weiteren Taschentüchern. »Wir lassen uns unsere Freundschaft von Theodor nicht kaputtmachen.«

KAPITEL 45

Marianne begutachtete den Baum, den Tomasz und Szymon zuvor von draußen hereingebracht hatten. Sie wollte gar nicht so genau wissen, wo die beiden die schöne Tanne herhatten. Das Fällen von Bäumen im Wald ringsum war unter normalen Umständen nämlich nicht erlaubt.

Nun aber stand die Tanne mitten in der Werkstatt. Alle Werkbänke hatten sie an die Wände geschoben, das Werkzeug sorgfältig verstaut, und Elvira, Lottchen und sie hatten den Boden einmal gründlich gewischt. Der Baum machte sich gut in der Mitte. Der Duft des frischen Tannengrüns harmonierte herrlich mit dem Holzgeruch der Schreinerei. Jetzt brauchte es nur noch …

»Vorsicht!«

Marianne trat eilig zur Seite, als Alexandre den ersten Tapeziertisch hereintrug. Hinter ihm folgte Rudi mit einem zweiten. An den zurückliegenden Adventswochenenden hatten sie diese Tische benutzt, um auf den Hohenloher Weihnachtsmärkten ihre Puppenmöbel und Großvaters Schnitzfiguren aus Lindenholz feilzubieten. Es war ein großer Erfolg gewesen, die hübschen Möbel hatten viel Anklang bei den Besuchern gefunden, und sie hatten eine Menge verkauft. Möglich gemacht hatte es der alte Hartmann, der ihnen auf Ludwigs Anfrage hin einen Transporter geliehen hatte. Gefahren war Bernd, der zwar einen Führerschein hatte, aber kein Auto besaß. Der nette Drechsler arbeitete ja nun leider nicht mehr bei Marianne, er hatte sich aber sofort bereit erklärt, an den Adventswochenenden in seiner Freizeit als Fahrer auszuhelfen. Sie war ihm sehr dankbar für seinen freundschaftlichen Einsatz.

»Stellt die Tische da neben dem Baum ab.« Marianne deutete an die Stelle, an der sie die große Tafel haben wollte. Ihre Mutter würde später zusammen mit dem Essen das gute Tischtuch aus dem Haus mitbringen. Hoffentlich überdeckte das die Tatsache ausreichend, dass die Tische darunter fleckig und zerkratzt waren. Marianne hatte lange überlegt, ob das Weihnachtsessen nicht besser im Anbau neben der Küche auf dem Lindenhof stattfinden sollte, aber am Ende hatte sie sich dagegen entschieden. Dort verbrachte sie mit den Mitarbeitern täglich die Mittagspause, das war daher nichts Besonderes, und der Raum war auch eher karg eingerichtet, was für betriebliche Besprechungen passte, aber weniger für eine Feier. Auch für einen richtigen Christbaum wäre dort kein Platz gewesen. Nein, die Schreinerei schien einfach der beste Ort, um gemeinsam mit denen zu feiern, die sich tagtäglich dafür einsetzten, dass ihre Puppenmöbelträume Wirklichkeit wurden.

Die Männer hatten die Tische noch kaum richtig aufgebaut, da entstand die nächste Unruhe am Eingang.

»Es heißt ›Dschingel bells‹«, ließ sich Lottchens Stimme vernehmen. »Nicht ›Dschungel bells‹.«

Mariannes jüngste Schwester trat zusammen mit Elvira in den Raum. Die beiden trugen die Kistchen mit den Strohsternen und dem selbstgebastelten Weihnachtsschmuck.

»Bist du sicher?« Elvira zog sich mit der freien Hand die schneebestäubte Kapuze vom Kopf. »Ruth hat den jüngeren Kindern im Heim in den letzten Wochen das Dschungelbuch vorgelesen, und ich weiß, dass es das Wort auch im Englischen gibt.«

Lottchen hob die Schultern. »Ja, aber Frank Sinatra singt das bestimmt richtig. Was soll das denn sonst heißen?« Sie strahlte Marianne kurz an, ging dann schnurstracks auf den Baum zu.

Elvira eilte ihr hinterher. »Keine Ahnung. Englisch ergibt irgendwie nicht so viel Sinn. Da kann es in einem Weihnachtslied auch um einen bellenden Dschungel gehen.«

»Na ja, aber Henni hat mir gesagt, dass es ›dschingel‹ heißt, und Henni kennt echt viele GIs.«

Darauf fiel Elvira kein Gegenargument mehr ein. Marianne schmunzelte in sich hinein, während sich das Gespräch der beiden Mädchen langsam der Frage zuwandte, welcher Weihnachtsschmuck an welcher Stelle im Baum seinen Platz finden sollte. Die kostbaren Glaskugeln würde Marianne später lieber selbst aufhängen, damit keine zu Bruch ging.

Alexandre trat neben sie. »Wir haben genug Stühle, oder?«

Marianne nickte. »Der von meinem Großvater muss sicher noch von Holzspänen befreit werden, aber ich hoffe, er legt spätestens zum Essen das Schnitzmesser aus der Hand. Ansonsten sollten es auf jeden Fall genug Sitzplätze sein. Außer du weißt noch von irgendwelchen Überraschungsgästen?«

Alexandre schmunzelte. »Nein, es sind nur die üblichen Verdächtigen. Ich hoffe, wir genügen dir.«

Mit einem Lächeln nahm Marianne seine Hand. »Ihr seid alles, was ich brauche.«

Das gute Tischtuch reichte nicht für die ganze Tafel, und so mussten sie ein zweites holen. Zum Glück hatte Barbara ein weißes Leinenbetttuch im Schrank, das sich als Ersatz anbot. Die beiden Tischdecken passten nicht so ganz zusammen, und an der Stelle, an der sie sich überlappten, konnte kein Teller gerade stehen. Aber die Weihnachtstafel sah trotzdem recht passabel aus, fand Marianne, auch wenn Henni, nachdem sie mit Tante Käthe zusammen angekommen war, sie eher skeptisch beäugt hatte. Nach und nach trudelten alle ein, die keine eigene Familie hatten, bei der sie eingeladen waren, oder die am ersten Weihnachtstag lieber mit ihnen zusammen feiern wollten. Szymon und Tomasz, Rudi und Georg, sogar Ludwig und Elvira. All die Arbeiter, die inzwischen fast bei den Wagners zur Familie gehörten. Georg schloss noch schnell ein Radio an, das er mitgebracht hatte, und suchte nach einem Sender, so dass sie sogar Musik hören konnten. Lottchen hob sofort den Kopf, aber leider war es nicht ›Dschingel bells‹, das gerade im Radio lief.

»Nehmt Platz«, sagte Marianne herzlich.

Der Großvater saß bereits neben Alexandre, wie er es fast immer tat. Er wirkte wach und aufmerksam und nickte jedem freundlich zu, der ihm zur Begrüßung die Hand drückte.

Käthe wandte sich an Marianne. »Hat er das Holzengelchen mit den schönen Flügeln gefertigt, das im Christbaum hängt?«

»Ja«, bestätigte Marianne. »Es ist unser Musterstück, das Einzige, das noch übrig ist. Alle anderen haben wir verkauft.«

»Im Kinderdorf hat Ruth welche aufgehängt, die der Nikolaus gebracht hat«, berichtete Tomasz und blinzelte Marianne verschmitzt zu.

Sein Auftritt als Nikolaus war Ruths Idee gewesen. Sie hatte ihm auch das Kostüm mit dem roten Mantel besorgt und den falschen Wattebart. Allenfalls an den abgewetzten Stiefeln hätte man ihn noch erkennen können. Begleitet von Georg als Knecht Ruprecht mit der Rute, hatte Tomasz einen Sack voll kleiner Gaben verteilt. Die Kinder waren begeistert gewesen. Manche hatten zum allerersten Mal Orangen oder Mandarinen gekostet. Zum Dank hatten sie für den Nikolaus Adventsverslein aufgesagt und Weihnachtslieder gesungen. Elvira, die Ruth geholfen hatte, den Kinderchor zu dirigieren, war eingeweiht gewesen und hatte sich nichts anmerken lassen.

Ein bisschen schade fand Marianne nur, dass Ruth heute nicht auch hier sein konnte, um mit ihnen zu feiern. Natürlich war sie an den Feiertagen im Kinderdorf unabkömmlich, sonst wäre sie sehr gerne gekommen.

»Sind jetzt alle da, die wir erwarten?«, fragte Barbara.

»Ich denke schon.« Marianne schaute in die Runde.

Nicht nur Ludwig und Alexandre schielten bereits begehrlich auf die Platten und Schüsseln, als hätten sie seit Tagen nichts zu essen bekommen.

Es gab nicht einfach nur den üblichen Braten, sondern alle hatten zusammengetragen, was sie finden konnten. Sie alle besaßen nicht viel, dennoch war die Sammlung an Speisen auf dem Tisch beachtlich.

»Die Maultaschen sehen aber ulkig aus. Oder was ist das?« Lottchen deutete auf eine Schüssel voller dampfender Teigtaschen, die Szymon soeben auf den Tisch stellte.

»Pierogi.« Der Pole senkte verlegen den Blick. »Kein Weihnachtsessen, aber wir hatten noch Kartoffeln übrig und Ludwig hat uns Hüttenkäse besorgt.«

»Ich bin sicher, polnische Maultaschen schmecken auch gut«, sagte Elvira höflich.

Henni und Käthe hatten so viele Leckereien aus dem Laden mitgebracht, wie sie tragen konnten. Alexandre steuerte Bratäpfel bei, die er über dem Lagerfeuer zubereitet hatte.

»Das ist ein Festmahl!«, rief Lottchen begeistert.

Henni lachte. »Sobald Marianne mit ihren Spielzeugen reich geworden ist, muss sie uns alle auf ein richtiges Festmahl einladen, damit du den Unterschied erkennst.«

Sie zwinkerte Marianne frech an, und diese konnte nicht anders, als das mit einem Lächeln zu erwidern. Es war so schön, wieder mit ihrer Schwester scherzen zu können, anstatt ständig zu streiten oder darauf zu achten, ja nichts Falsches zu sagen.

»Sollte ich je reich werden«, versprach Marianne, »lade ich euch alle nur allzu gerne auf ein Festmahl ein.«

»Dann auf Mariannes Reichtum!« Alexandre hob sein Glas. »Möge das nächste Jahr besser werden als das vergangene.«

»So schlecht war es am Ende doch gar nicht«, raunte sie ihm leise zu.

Immerhin war Alexandre zurückgekommen. Und obwohl die letzten Wochen und Monate anstrengend gewesen waren, fühlte Marianne längst wieder wachsenden Mut, wenn sie an die Zukunft dachte.

»Das nächste Jahr wird auf alle Fälle besser, denn dann fahren wir zur Messe!«

»Darauf trink ich!«, rief Tomasz aus.

Sein Bruder stieß ihn an. »Das ist der Sinn von einem Trinkspruch«, sagte er grinsend.

»Besserwisser.«

Gläser klirrten, als sie alle gemeinsam auf das baldige Ende des Jahres anstießen. Während ihre Mutter den Teller ihres Großvaters füllte, lehnte Marianne sich zufrieden in ihrem Stuhl zurück. Wenn sie in diese Runde schaute, dann war sie sehr zuversichtlich, was das nächste Jahr betraf.

KAPITEL 46

Nürnberg, März 1957

Hier zu sein, kam Marianne immer noch wie ein Traum vor. Seit sie gestern am Nürnberger Hauptbahnhof aus dem Zug gestiegen war, prasselten unentwegt neue Eindrücke auf sie ein. Die Stadt war so unglaublich groß und überall wimmelte es von Menschen. Straßenbahnen verkehrten auf den Gleisen inmitten der breiten Straßen, hupende Autos brausten an den zahlreichen Fußgängern vorbei, und ständig musste man aufpassen, um nicht unter die Räder eines Busses zu geraten.

Wenn sie daran dachte, wie überschaubar das kleine Städtchen Schwäbisch Hall im Vergleich dazu war, musste Marianne über sich selbst lachen. Und sie hatte Hall früher einmal für groß gehalten. Was für eine Fehleinschätzung!

In dem mehrstöckigen Messehaus am Stadtpark ging es zu wie in einem Bienenstock. Selbst Henni wirkte überwältigt. Sie blickte sich mit großen Augen um, aber je mehr Eindrücke sie in sich aufnahm, desto heller strahlte ihr Gesicht. Sie hatte sich extra von Tante Käthe freigeben lassen, um diese Reise unter keinen Umständen zu verpassen.

»Kneif mich mal«, flüsterte Marianne Rudi zu.

Der freche Bursche ließ sich nicht lange bitten und zwickte sie kräftig in den Arm.

»He! Geht's auch etwas sanfter?«

»Von sanft hast du nichts gesagt«, verteidigte er sich.

Alexandre schob ihn schmunzelnd aus dem Weg, um die letzte Transportkiste mit Puppenhausmöbeln neben dem aufgebauten Tapeziertisch abzustellen.

»Geh' und verteil ein paar von Mariannes Prospekten in der Stadt«, sagte er. »Am besten fragst du in den großen Hotels, wo die wichtigen Messebesucher abgestiegen sind. Vielleicht darfst du sie dort auslegen. Wir machen solange den Stand fertig.«

»Ich komme mit«, rief Henni begeistert. Natürlich ließ sie sich die Gelegenheit, die große Stadt zu sehen, nicht entgehen.

»Meinst du, wir schaffen es, alles unterzubringen?« Besorgt musterte Marianne die kleine Fläche, die ihr zur Verfügung stand und auf der es aussah wie Kraut und Rüben.

Alexandre beruhigte sie. Überhaupt war er wie ein Fels in der Brandung. »Was keinen Platz findet, lassen wir in einer offenen Kiste, die wir unter den Tisch schieben. Dann kannst du jedes Stück immer noch schnell hervorholen, wenn jemand Interesse bekundet.«

»Ja, das ist eine gute Idee.«

Morgen öffneten die Messehallen für die Besucher ihre Tore. Zur Eröffnung hatte sich Wirtschaftsminister Ludwig Erhard angekündigt, um eine Rede zu halten. Bereits jetzt wuselten zahlreiche Aussteller und ihre Helfer umher, dekorierten die Stände und inspizierten die der jeweiligen Nachbarn, ob man sich auch keine Konkurrenz machte.

Direkt neben Mariannes Puppenmöbeln gab es einen Stand mit wichtigem Zubehör für kleine Puppenmamas: Kehrschaufel und Besen, Töpfe und Kannen aus Blech, sogar ein Bügeleisen gab es im Angebot. Die Besitzer, ein freundliches Ehepaar aus Franken, waren auch schon im letzten Jahr dabei gewesen und beantworteten Mariannes zahlreiche Fragen gern.

»Die Messe wächst unaufhörlich. Jedes Jahr werden es mehr

Aussteller und mehr Besucher. Wir haben gehört, dass die Firmen aus Österreich dieses Mal ausgelagert wurden, sie sind im Rot-Kreuz-Haus am Berliner Platz zu finden. Dafür mussten die armen Rot-Kreuz-Schwestern weichen.« Der Mann befestigte schmunzelnd sein Firmenschild am Stand.

Hammerschläge dröhnten durch den Saal. Irgendwo klirrte es laut, als etwas zu Bruch ging. Eine schimpfende Männerstimme übertönte das allgemeine Stimmengewirr.

Nachdem sie alles ausgepackt und aufgebaut hatten, wischte Marianne sich den Schweiß von der Stirn. »Puh, fertig …«

»Sehr ansehnlich«, lobte Alexandre.

Sie schubste ihn ein Stück zur Seite, um ein Himmelbettchen gerade zu rücken. »Dem Publikum muss es gefallen, nicht dir. Und natürlich den Fachverkäufern!« Auf deren Bestelllaune kam es vor allem an, und dafür musste ihr Angebot überzeugend wirken.

»Machen Sie sich mal keine Sorgen, Fräulein.« Der behäbige Franke vom Nachbarstand nickte ihr wohlwollend zu. »Was Sie da anbieten, hat doch Format.«

»Ja, die Sachen sind reizend«, pflichtete seine Frau ihm bei.

»Siehst du«, raunte Alexandre. »Alles läuft bestens! Und sobald Rudi und Henriette aus der Stadt zurückkommen, sollen sie hier aufpassen, dass uns nichts geklaut wird, und wir beide gehen was essen. Ich bin am Verhungern!«

Eine Stunde später saßen sie sich in einer urigen Maxfelder Gaststätte gegenüber und ließen sich das fränkische Schäufele schmecken.

»Und?«, fragte Alexandre. »Wie schmeckt dir die Empfehlung unserer Standnachbarn?«

»Wunderbar«, schwärmte Marianne. Das Fleisch war außen

knusprig und innen ganz zart. »Was haben sie gesagt, ist das? Schweineschulter?«

Alexandre nickte. Er hatte seinen Teller schon leergegessen, dabei waren die Portionen nicht gerade klein.

Marianne spießte ein Stück Kartoffelkloß auf. »Glaub nicht, dass ich meine Portion nicht schaffe und du den Rest davon bekommst.«

»Schade.« Er lachte. »Was ist mit deinem Bier?«

»Das kannst du gerne haben.«

Aus Bier machte sie sich nicht allzu viel, außerdem wollte sie einen klaren Kopf behalten. Der morgige Tag war wichtig für sie. Überhaupt die nächsten Tage. Vielleicht wichtiger als je etwas zuvor in ihrem Leben.

Abgesehen von dem Mann, der mit ihr hier war. Im letzten Jahr wäre Alexandre nicht mit dabei gewesen. Vielleicht war es also doch eine Fügung des Schicksals, dass ihre Messeteilnahme durch den Brand vereitelt worden war.

»Woran denkst du?«, fragte er. »Du siehst so nachdenklich aus.«

Sie lächelte ihn an. »Ich habe gerade gedacht, dass ich froh bin, mit dir hier zu sein.«

»Ich hoffe, nicht nur weil ich vorhabe, das Essen zu bezahlen.« Er grinste.

Sie warf ihre Serviette nach ihm. »Natürlich nicht!«

Nach dem Essen schlenderten sie langsam durch den Stadtpark zum Messehaus zurück.

Die Märzluft war so kalt, dass sie auf der Haut prickelte, aber Marianne fühlte sich von der Aufregung des Tages immer noch erhitzt.

»Ich bin so gespannt, wie es morgen wird«, flüsterte sie. »Hoffentlich läuft alles glatt.«

»Das wird es, ganz bestimmt.« Alexandre blieb stehen, nahm ihr Gesicht in beide Hände und küsste sie. »Du wirst sehen, alles wird großartig laufen.«

Sie lehnte sich gegen ihn und schloss die Augen.

Ach, es tat so gut, dass er fest an sie glaubte!

Die Eröffnungsrede von Wirtschaftsminister Erhard erwies sich als Paukenschlag. Er rügte die Veranstalter und teilte mit, dass sie in Zukunft auf seine Teilnahme verzichten müssten, wenn sie sich weiterhin gegen eine Öffnung der Spielwarenmesse für internationale Unternehmen sträubten.

Rudi war verblüfft, als er davon hörte. »Hat er wirklich gesagt, dass er das Wort Deutsch im Zusammenhang mit der Messe nicht mehr hören will?«

»Hat er«, bestätigte Alexandre.

»Tja, die Dinge ändern sich.« Das fränkische Ehepaar vom Nachbarstand nahm die Ankündigung gelassen auf. »Die Firmen aus dem Ausland sind doch schon seit Jahren zu Messezeiten hier. Die mieten sich in private Hallen oder Hotelräume ein, um ihre Waren vorzustellen. Das ist kein Geheimnis.«

Je mehr Besucher hereinströmten, umso mehr Sicherheit im Umgang gewann Marianne. Mit jedem Lob, das sie bekam, mit jedem anerkennenden Blick, den sie einheimste, nahm ihre Nervosität ab.

Es war ein tolles Gefühl, diese Verwandlung an sich selbst festzustellen. Ihr war bisher nie klar gewesen, wie viel Spaß es ihr machte, mit Menschen zu reden, die sich für ihre Puppenmöbel interessierten. Wie gern sie fachkundige Fragen beantwortete, die die Herstellung betrafen, oder mit Leuten, die sich auskannten, über besondere Details wie winzige Scharniere fachsimpelte.

Nun zahlte es sich aus, dass sie dank der Bekanntschaft mit

John Turner und dem Wörterbuch, das er ihr geschenkt hatte, in der Lage war, sich halbwegs auf Englisch zu verständigen. Alexandre, der von Natur aus über ein größeres Sprachtalent verfügte, stand ihr bei, wenn sie mitunter doch einmal nicht weiterwusste, aber meist kam sie gut allein zurecht.

Und Henni entpuppte sich als Reklametalent. Mit Lächeln und scheuem Flirten brachte sie den einen oder anderen männlichen Besucher dazu, die Puppenmöbel als Geschenk für die Familie in Betracht zu ziehen.

Als durchschlagender Erfolg erwies sich das Gespräch mit einem eher unscheinbar wirkenden Mann, den Henni zu Marianne gebracht hatte. Mit seiner Hornbrille und dem Seitenscheitel sah er wie ein Buchhalter aus. Oder war er von der Zeitung?

»Der Herr hat Fragen, die du besser beantworten kannst.« Damit schwirrte Henni auch schon wieder davon, um den nächsten Besucher zu begrüßen.

»Wenn Sie gestatten?« Prüfend hob der Herr einige ihrer Puppenmöbel an und hielt sie dicht vor seine Augen.

»Sicher, was möchten Sie denn wissen?« Marianne strahlte ihn an. Sie hatte inzwischen schon ein paar Aufträge angenommen und Kontakte geknüpft, von denen sie sich weitere erhoffte. Ihre Laune war bestens.

»Mein Name ist Mayer, ich komme aus Fürth.«

Das sagte ihr zunächst nichts, aber gleich darauf schnellte ihr Puls in die Höhe – als Herr Mayer hinzufügte, dass er im Auftrag des Versandhauses Quelle auf der Messe unterwegs war.

»Sie meinen … den Quelle-Katalog?«

»Genau. Unser Hauptsitz ist in Fürth.«

Herr Mayer zeigte sich sehr angetan von den verschiedenen Sets für Puppenstuben. »Ihre bemalten Möbel sind wirklich hübsch.« Bewundernd drehte er ein Schränkchen in den Fingern und begutachtete, wie das Holz verarbeitet war. »Schlicht, aber absolut überzeugend. Dieses Gänseblümchendekor gefällt mir ausgezeichnet.«

Doch die mögliche Bestellmenge, von der Herr Mayer ausging, trieb Marianne Sorgenfalten auf die Stirn. Das Versandhaus Quelle gab zweimal jährlich seinen Hauptkatalog heraus, in dem auch Spielsachen präsentiert wurden. Da der Katalog an zigtausende Haushalte in ganz Deutschland verschickt wurde, müsste sie entsprechend rasch große Mengen liefern können, wenn Bestellungen eintrafen.

War das zu schaffen?

»Ich würde wohl einen längeren Vorlauf für die Produktion brauchen«, sagte sie zögernd.

»Dagegen spricht nichts.« Herr Mayer nickte. »Ich würde mir sowieso gern noch Ihren Betrieb vor Ort ansehen, Waldenburg liegt ja nicht am Ende der Welt. Ich könnte Sie demnächst einmal dort aufsuchen, und dann können wir ganz in Ruhe eine mögliche Zusammenarbeit besprechen. Die Details müssen wir ja nicht hier und heute im Messetrubel klären.«

Er reichte ihr seine Karte und steckte ihren Prospekt ein. Außerdem einigten sie sich darauf, dass er am letzten Tag der Messe noch einmal bei ihr vorbeikam, um einige Möbel auszuwählen, die er mit nach Fürth nehmen wollte, um sie dort seinen Vorgesetzten und Kollegen zu zeigen.

»Ich entscheide nicht allein, was in unser Katalogangebot aufgenommen wird«, sagte er. »Was die Spielzeugauswahl betrifft, habe ich allerdings ein wichtiges Wörtchen mitzureden.«

Marianne sank auf einen Hocker, nachdem sein Seitenscheitel in der Menge zwischen den Ausstellungsständen verschwunden war. Ihr Herz klopfte so rasend schnell, dass es ihr beinahe Angst machte. Konnte man vor Freude ohnmächtig werden?

»Ist das zu fassen?«, fragte sie Alexandre. »Dass unsere Puppenmöbel vielleicht bald im Quelle-Katalog angeboten und so deutschlandweit bekannt werden?«

»Juttas Eltern bekommen den Quelle-Katalog auch«, steuerte Henni bei. »Jeder bekommt den!«

»Das ist deine Chance.« Der Ausdruck in Alexandres Augen war voll inniger Zärtlichkeit. »Ergreif sie, du hast sie dir verdient! Wir schaffen es schon, die Produktionsmenge zu steigern, wenn es notwendig ist.«

Auch Rudi reagierte euphorisch. »Das bedeutet doch, dass du uns alle wieder ganztags beschäftigen kannst, oder?« Vor Aufregung stieß er versehentlich ein Puppenbettchen vom Tisch. Es gelang ihm gerade noch, es aufzufangen.

Alexandre nahm es ihm aus der Hand und stellte es behutsam wieder an seinen Platz.

»Ich arbeite viel lieber bei dir in der Schreinerei als auf dem Bau«, beteuerte Rudi. »Georg geht es genauso. Bestimmt kommen auch Bernd und Willi zurück, wenn du ihnen richtigen Lohn bezahlen kannst.«

»Ja, vielleicht. Wenn wirklich was draus wird …«

Marianne versuchte, ihre Gedanken zu bändigen, die wild durcheinander stoben. Wenn sie sich mit Herrn Mayer einig wurde, würde sie den Kredit bei der Bank zurückzahlen und Ludwig das Geld geben können, das er ihr geliehen hatte. Auch die Beteiligung, die sie den Mitarbeitern versprochen hatte, würde nicht länger ein bloßes Versprechen bleiben, sondern möglich sein.

Es war fast zu schön, um es zu glauben.

Rudi feixte. »Soll ich dich noch mal kneifen?«

»Untersteh dich!«, warnte sie.

Die Woche in Nürnberg verging wie im Flug. Tagsüber waren die Stunden so angefüllt mit Fachgesprächen, dass Marianne abends heiser war vom vielen Reden. Sie nahm Bestellungen von Spielwarenhändlern entgegen und knüpfte unzählige neue Kontakte. Bald besaß sie keinen Überblick mehr.

»Hoffentlich vergesse ich niemanden, dem ich eine Lieferung zugesagt habe.« Sorgenvoll blickte sie auf den Zettelstapel mit rasch hingekritzelten Adressen. Nicht jeder besaß eine Karte, die er ihr hatte dalassen können.

»Hauptsache, es geht nichts verloren. Sortieren können wir das alles, wenn wir wieder zu Hause sind«, beruhigte Alexandre sie.

Die Art, wie er zu Hause sagte, ließ Marianne aufhorchen. Die Bemerkung hatte so selbstverständlich gewirkt. Als wäre der Ort, an dem sie geboren war, inzwischen tatsächlich auch zu einem Zuhause für ihn geworden.

Der Satz, den Alexandre als Nächstes sagte, bestätigte ihren Eindruck. »Wir müssen noch ein Geschenk für Lottchen finden«, meinte er beiläufig.

»Wieso das denn?«, fragte sie überrascht. »Lottchens Geburtstag ist doch längst vorüber.«

Er wirkte ein bisschen verlegen. »Ich habe ihr versprochen, dass wir ihr etwas mitbringen.«

Rudi grinste. »Sie hat ihm angedroht, sich sonst als blinder Passagier in den Zug zu schleichen.« Jetzt knurrte sein Magen, und er blickte Marianne schuldbewusst an. »Kann ich eine Pause machen und mir etwas zu essen holen?«

»Geht nur, Henni und ich kommen eine Weile ohne euch zurecht.« Sie stemmte die Hände in die Hüften und sah den beiden kopfschüttelnd hinterher.

Gegen Mittag begannen die ersten Aussteller ihre Sachen zusammenzupacken und die Stände abzubauen. Manche kamen von weit her und hatten eine lange Rückfahrt vor sich. Einigen sah man die Anstrengung und Müdigkeit an. Auch Marianne spürte ihre Knochen. Gegen das Kratzen im Hals hatten die Salbeibonbons jedoch hervorragend geholfen, und sie bedankte sich noch einmal bei dem fränkischen Ehepaar nebenan für den guten Tipp.

»Ich singe im Chor«, verriet die Frau und verstaute ihre verbliebenen Kehrbleche und Puppenbesen in einem großen Karton. »Da lernt man, auf seine Stimme zu achten und was bei Anzeichen von Heiserkeit hilft.«

Als Alexandre zurückkam, hatte er eine wunderschöne Dose dabei. Eine Tänzerin war darauf abgebildet und wenn man seitlich an der kleinen Kurbel drehte, ertönte die Melodie eines Walzers. Marianne, die schon zu bedenken geben wollte, dass Lottchen vielleicht ein bisschen zu alt für eine Spieldose war, hielt inne, als sie den Schlitz auf dem Dosendeckel bemerkte. »Oh, ist das eine Spardose?«

»Ja.« Alexandre hielt sie ihr hin. »Ich fand das Motiv hübsch. Meinst du, sie gefällt Lottchen?«

»Ganz bestimmt«, rief Henriette. Es gab sogar einen kleinen Schlüssel dazu, mit dem man den Boden der Spardose öffnen konnte, um die Groschen und Pfennige wieder herauszunehmen, ohne die Dose zu beschädigen.

Marianne bewunderte die kunstvolle Verarbeitung. »Wo hast du sie her?«

»Von einem Stand im obersten Stock. Eigentlich dürfen die Aussteller ja nichts verkaufen, aber ich konnte den Mann, der die Spardosen herstellt, beschwatzen, mir eine davon zu überlassen.«

»So, wie Lottchen dich beschwatzt hat! Wie viel Geld hast du dafür bezahlt?«

»Frag lieber nicht.«

»Ach, herrje …« Lachend wandte Marianne sich von Alexandre ab und einem höflich wartenden Japaner zu, der sie auf Englisch ansprach. Er erkundigte sich nach den Gartenmöbeln. Die Verandaschaukel, die sie ursprünglich für John Turners Tochter entworfen hatte, hatte in den letzten Tagen häufig Interesse erregt. Vielleicht, weil sie etwas Besonderes und Neues war. Darauf kam es bei der Messe offenbar an.

Das würde Marianne sich merken.

»Im nächsten Jahr müssen wir unbedingt wieder hinfahren«, sagte Marianne, als sie schließlich todmüde und erschöpft im Zug nach Heilbronn saßen. Sie lehnte den Kopf gegen die beschlagene Scheibe und lauschte dem eintönigen Rattern des Zuges. »Weckt mich jemand, wenn wir da sind?«

»Hm, also …« Rudi gähnte. »Ich weiß nicht, ob ich so lange wach bleiben kann. Und deine Schwester ist dir wohl zuvorgekommen.«

Henni hatte sich bereits unter ihrem Mantel auf dem Sitz zusammengerollt. Auch sie hatte auf der Messe einige Händler beschwatzen können und aus ihrer übervollen Tasche ragte unter anderem ein Mobile, das Fische und andere Meereslebewesen zeigte. »Für Juttas Baby«, hatte sie gesagt.

»Dann bleibt es wohl an mir hängen.« Alexandre betrachtete sie schmunzelnd. »Schlaft nur, ihr zwei! Wenn der Schaffner kommt, zeige ich unsere Fahrkarten. Und dann wecke ich euch rechtzeitig vor der Ankunft.«

»Danke.« Marianne schloss die Augen.

Eine unglaublich erfolgreiche Woche lag hinter ihr. So viele ihrer Hoffnungen waren in Erfüllung gegangen. Sie konnte es kaum erwarten, ihren Mitarbeitern und ihrer Familie davon zu erzählen. Vor allem Ludwig.

Seit dem Vorabend wusste sie, dass Alexandre ebenfalls eine Überraschung für Ludwig parat hatte. Er hatte vor, ihn zu fragen, ob er sein Trauzeuge sein wollte, wenn sie im Sommer heirateten. Marianne war sehr gespannt auf die Antwort.

Ihr selbst war ein Ja nie leichter gefallen als gestern.

Und der schmale Ring an ihrem Finger, den Alexandre heimlich in Nürnberg gekauft hatte, war traumhaft schön.

EPILOG

Sommer, 1957

Marianne ging zu ihrem Großvater hinüber, der auf der alten Gartenbank unter der Linde saß. Er hatte die Hände in den Schoß gelegt und die Augen geschlossen. Fast sah es so aus, als schliefe er. Um seine Mundwinkel lag jedoch ein Lächeln und Marianne wusste, dass er die Wärme der Sonne genoss. Seine faltige Haut leuchtete in ihrem Schein.

»Großvater?«, fragte sie leise.

Er öffnete die Augen, und sie setzte sich neben ihn.

»War es dir zu stickig während der Versammlung?«

Er antwortete nicht, aber Marianne ging davon aus, dass ihre Vermutung richtig war. Die wöchentliche Versammlung der Mitarbeiter überforderte ihn; so viele Menschen mochte er nicht um sich haben, auch wenn er sich für die Schreinerei und ihre wachsende Puppenmöbelmanufaktur nach wie vor sehr interessierte.

»Alles läuft prächtig.« Sie blinzelte in die Sonne.

Die letzte Rate seiner Entschädigung hatte sie gleich nach der Messe im Frühjahr beglichen, auch sonst war ihr Betrieb mittlerweile schuldenfrei. Alle Mitarbeiter waren stolz auf das, was sie gemeinsam erreicht hatten, und schmiedeten große Pläne.

»Vielleicht bauen wir bald die Scheune zu einer weiteren Produktionshalle aus«, erzählte sie. »Aber erst nach der Hochzeit.«

Das Lächeln ihres Großvaters vertiefte sich. Als sie verkündet hatten, dass sie heiraten würden, hatte er Alexandre wohlwollend auf die Schulter geklopft. Er hatte ihn von Anfang an gemocht. Und das Bild von Marianne am Nürnberger Messestand, das Alexandre ihm geschenkt hatte, hatte er sofort gerahmt und aufgehängt.

»Manchmal muss ich an Vater denken«, sagte Marianne. »Es ist so schade, dass er all das nicht mehr miterlebt …«

Sie verstummte.

Ein Schmetterling flatterte vorbei. Im Sonnenlicht schimmerten seine dunklen Flügel samtweich. Für Marianne schien er wie ein Sinnbild des Lebens – so schön und vergänglich, kostbar und zerbrechlich zugleich.

»Meinst du, Vater wäre stolz auf mich?«

Der Großvater räusperte sich. Seine Hand legte sich warm und fest auf ihre. Und dann hörte Marianne zum ersten Mal seit Jahren wieder seine Stimme.

»Ich bin stolz auf dich«, sagte er.

Und so geht es weiter:

KATHARINA OSWALD

Die Frauen vom Lindenhof

Zusammen können wir träumen

ROMAN

Exklusive Leseprobe

KAPITEL 1

Westberlin, Oktober 1980

»Corinna! Post für dich!«

Corinna blickte von der Schüssel mit Frühstücksflocken auf, die sie gerade in sich hineinschlang. Sie war mal wieder viel zu spät aufgestanden, und nun blieb ihr bis zur ersten Vorlesung des Tages kaum mehr Zeit für das Nötigste.

Ulrike, die das WG-Zimmer neben ihrem hatte, war natürlich schon längst wach und, so wie es aussah, im nahegelegenen Park bereits joggen gewesen. Ihr Haar war zu einem Pferdeschwanz zurückgebunden und an ihren Handgelenken trug sie Schweißbänder. Während sie ihre Turnschuhe abstreifte, wedelte sie mit einem Brief, den sie kurz darauf neben Corinna auf den Küchentisch legte.

»Ist vom Berliner Senat. Ich habe gehört, das Amt für Kulturförderung würde die Absagen immer zuerst verschicken, deshalb kommt dein Brief wahrscheinlich vor meinem.«

Corinna presste die Lippen aufeinander. Ulrike war bisher eigentlich eine sehr angenehme Mitbewohnerin gewesen, aber seit sie sich beide auf dasselbe Stipendium beworben hatten, hatte sie sich als ziemlich unausstehlich entpuppt.

Corinna griff nach dem Brief. Vielleicht sollte sie ihn einfach später öffnen, wenn sie allein in ihrem Zimmer war und niemand mitansehen konnte, wie sehr ihr eine Absage zusetzte. Aber Ulrike blieb erwartungsvoll neben dem Tisch stehen.

»Na, bist du nicht gespannt?«

Corinna seufzte, schluckte den letzten Löffel Frühstücksflocken mit Milch hinunter. Um eine Diskussion zu vermeiden, riss sie den Brief auf.

»Sehr geehrte Frau Wagner, hiermit bedanken wir uns für Ihre Einsendung zum …« Rasch überflog sie den Text. Irgendwo musste doch stehen, ob sie das Stipendium bekam oder nicht. Aber nach dem, was Ulrike gesagt hatte, waren ihre Hoffnungen nicht sehr groß.

»Hiermit möchten wir Ihnen mitteilen, dass Sie mit Ihrem Werk ›Patroklos' Fall‹ für das literarische Projektstipendium der Stadt Berlin …« Corinna stockte, rechnete fest mit einem ›nicht‹, fand aber keines. Aufregung machte sich in ihr breit. »… zur Förderung ausgewählt wurden!« Sie blickte auf, ihre Mundwinkel verzogen sich zu einem Grinsen. »Ich hab's geschafft! Ulrike, ich hab's geschafft!«

Ulrikes Lächeln wirkte dünn. »Schön für dich.« Damit drehte sie sich um und verschwand türenknallend in ihrem Zimmer.

Corinna blinzelte, den Brief immer noch in der Hand.

Schade. Es wäre schön gewesen, jemanden zu haben, der sich mit ihr freuen konnte. Ulrikes Reaktion dämpfte ihr spontanes Glücksgefühl. Aber davon würde sie sich den Erfolg nicht vermiesen lassen. Später musste sie unbedingt ihren Vater anrufen. Er würde ganz sicher stolz auf sie sein.

Corinna las den Brief noch einmal und konnte nicht anders, als sich zu freuen und breit zu grinsen. Sie hatte das begehrte Stipendium ergattert! Ein Jahr lang würde sie Geld vom Senat dafür bekommen, sich voll und ganz auf das Schreiben ihres Romans zu konzentrieren.

Nun ja, neben ihrem Studium – aber vielleicht konnte sie sich dafür ja ein Freisemester nehmen. Wenn ihre literarische Karriere jetzt schon Fahrt aufnahm, musste sie ja vielleicht nicht einmal fertig studieren. Nach zwei Semestern Literaturwissenschaft an der Freien Universität fand sie es aufregender, selbst zu schreiben und schöpferisch tätig zu sein, statt bloß über Versmaße und Literaturgattungen oder angestaubte Texte aus vergangenen Jahrhunderten zu diskutieren.

Ihre Vorlesung musste sie natürlich trotzdem besuchen. Ein Blick auf die Küchenuhr sagte ihr, dass sie nun endgültig zu spät kam. Aber das ließ sich verschmerzen.

Eilig packte Corinna den Brief ein und ließ das benutzte Frühstücksgeschirr auf dem Tisch stehen. Falls Ulrike sich ärgerte, dass sie es nicht gespült und weggeräumt hatte, war ihr das egal. Der Tag versprach gut zu werden.

Corinna liebte Westberlin. Wenn sie daran dachte, dass sie Hall früher für eine große Stadt gehalten hatte, musste sie lachen. In Hall klappte man die Bürgersteige abends um zehn Uhr hoch. Aber hier, in der ehemaligen Hauptstadt, war tatsächlich rund um die Uhr etwas los und eine Sperrstunde gab es auch nicht.

Die Sechs-Zimmer-Altbauwohnung mit den hohen Decken gehörte Ulrikes Eltern, die in einer Villa im Grunewald lebten. Derzeit wohnten sie zu fünft in der WG – neben Juan, dem nickelbebrillten Philosophiestudenten aus Nicaragua, hinter dessen Tür es oft verdächtig nach Gras roch, gab es noch Berit, die Theaterwissenschaft studierte und sich für Kunst begeisterte. Sie trug meist Latzhosen und hatte Corinna im Sommer mehrmals in den neu eröffneten Kulturzirkus »Tempodrom« auf dem Potsdamer Platz mitgeschleppt. Das Zimmer am Ende des Flurs bewohnte Angie, die eigentlich Angelika hieß, und von der Corinna nicht wusste, ob sie überhaupt noch studierte. In letzter Zeit war Angie selten hier, sie übernachtete meistens bei ihrem

Freund, der in einem besetzten Haus in Kreuzberg untergekommen war. Die Szene, in der Angie verkehrte, war Corinna nicht ganz geheuer. Politische Diskussionen mied sie, weil sie Sorge hatte, man würde ihr sonst allzu schnell anmerken, wie brav sie insgeheim war oder dass sie aus der Provinz stammte. Und genau deshalb war sie doch nach Berlin gekommen – um das Provinzielle, was ihr anhaftete, abzustreifen. Sie tat auch ihr Bestes, was das anging, zumindest in kultureller Hinsicht hatte sie sich gut eingelebt. Tagsüber musste sie nur einmal durch das Dahlemer Unigebäude, die Rost- und Silberlaube, laufen, um neue Ankündigungen für Lesungen, Workshops, Konzerte oder Podiumsgespräche zu entdecken, die sie interessierten.

Heute allerdings blieb sie nach der Vorlesung nur kurz vor einem Plakat für eine Ausstellung afrikanischer Masken stehen. Zu Hause wartete ihr Roman auf sie. Der Roman, für den sie seit neuestem ein Stipendium bekam!

»Hey, Corinna!« Schnelle Schritte erklangen hinter ihr, als sie den Weg zur Bushaltestelle einschlug. Als sie sich umdrehte, hatte Martin sie gerade eingeholt. Im vergangenen Semester hatten sie mehrere Seminare gemeinsam belegt, in diesem leider nur eines. Er war groß und schlank, fast schlaksig, und das Kassengestell seiner Brille wirkte riesig in seinem Gesicht. Ein wenig außer Puste ging er neben ihr her. »Ich war gerade auf dem Weg zur Mensa. Falls du auch zu Mittag essen willst, könnten wir zusammen …«

Der Satz hing unvollendet in der Luft, während er offensichtlich nach Worten suchte, die ein gemeinsames Essen in der Mensa zu etwas Besonderem machen würden. »… also, zusammen essen halt.«

Corinna zögerte. Martin mochte ein wenig schüchtern und nicht gerade ein Adonis sein, aber man konnte bis spät in die

Nacht mit ihm über Bücher reden, zum Beispiel über Hermann Hesses *Siddharta*.

Doch dann schüttelte sie den Kopf. »Mich zieht es zurück zu meiner Schreibmaschine. Erinnerst du dich, dass ich dir von meiner Bewerbung für das Stipendium erzählt habe?«

»Klar.«

»Ich habe heute die Zusage bekommen.«

Martins Miene hellte sich auf. »Ehrlich? Du kriegst das Stipendium? Das ist ja toll, herzlichen Glückwunsch!«

»Danke.« Ungeduldig trat Corinna von einem Fuß auf den anderen. Ihr Bus würde bald kommen.

Doch Martin fuhr fort. »Vielleicht können wir das gemeinsam feiern. Bei … einem Abendessen eventuell?«

Fragte er sie nach einer Verabredung? Für einen Moment vergaß Corinna ihren Bus. An der Schule hatte es nicht viele Jungs gegeben, die sie interessierten. Und die wenigen, die es gegeben hatte, fanden es seltsam, dass sie ständig mit der Nase in einem Buch steckte.

Martin war zwar nicht unbedingt der Mann, der Schmetterlinge in Corinnas Bauch flattern ließ, aber er war nett und belesen. Warum sollte sie nicht mit ihm ausgehen? Es konnte nicht schaden, es zu versuchen, oder? Zumindest würde sie sich mit ihm nicht langweilen.

»Gerne.«

Martins Lächeln vertiefte sich. »Morgen Abend? Ich habe gehört, es gibt ein neues arabisches Restaurant, gar nicht weit von dir entfernt. Man sitzt da, wie es dort traditionell üblich ist, auf dem Boden und isst mit den Händen ganz ohne Besteck. Was meinst du, wollen wir das ausprobieren?«

»Ja, das klingt großartig!« Auch das mochte Corinna an Berlin, dass es fast an jeder Ecke kulinarische Köstlichkeiten aus aller Welt zum kleinen Preis gab. Arabisch essen zu gehen versprach ein besonderes Erlebnis zu werden. Sie hoffte nur, dass die Gerichte nicht ganz so scharf gewürzt waren wie bei dem indischen Imbiss, von dem Berit geschwärmt hatte. Corinna hatten schon nach dem ersten Bissen die Augen getränt, und sie hatte unmöglich weiteressen können, war somit gar nicht satt geworden.

»Dann bis morgen!« Martin winkte, beeilte sich, seinen Freunden, die gerade an ihnen vorbeigekommen waren, zur Mensa zu folgen.

»Bis morgen!« Beschwingt lief Corinna bis zur Haltestelle.

Schon im Bus holte sie ihr Notizbuch hervor und ordnete zuerst einmal ihre Gedanken. In ihrem Roman verwendete sie den Patroklos aus der griechischen Mythologie als eine Metapher. Verschiedene Charaktere, eigentlich alle Charaktere in der Geschichte waren Patroklos, allein gelassen mit einer Bürde, die eigentlich für jemand Stärkeren gedacht war.

Die ersten fünfzig Seiten des Romans hatte sie schon geschrieben. Der Rest existierte in Versatzstücken und noch unausgereiften Notizen.

Der nächste Abschnitt, den sie schreiben wollte, war der mit der alten Frau, deren Tochter gestorben war und ihr ein kleines Kind hinterlassen hatte, dessen einzige Verwandte sie nun war.

Eifrig schrieb Corinna Stichworte zur Einstiegsszene auf, zog Kreise um die wichtigsten Punkte, verband Elemente mit Pfeilen. Nach und nach wurde ihre Vorstellung davon klarer. Beim Aussteigen und auf dem Heimweg blickte sie kaum von ihrem Notizbuch auf.

Sie schob den Durchsteckschlüssel in die Wohnungstür und

stieß sie mit dem Ellenbogen auf, während sie noch eilig eine neue Idee unten auf die volle Seite kritzelte.

Das Klingeln des Telefons begrüßte sie. Corinna klappte das Notizbuch zu, doch bevor sie ihre Sachen ablegen konnte, stürmte Ulrike schon aus ihrem Zimmer und hob den Hörer von der Gabel.

»Bei Doberg?«, meldete sie sich – ihr üblicher dezenter Hinweis darauf, wer in dieser WG die wichtigste Person war und das Sagen hatte. Alle anderen meldeten sich einfach mit Hallo, wenn sie ans Telefon gingen.

Während Ulrike lauschte, was auf der anderen Seite der Leitung gesagt wurde, schob Corinna die Tür zu und streifte ihre Schuhe ab.

»Ja, die ist gerade heimgekommen, Moment.« Ulrike hielt ihr den Hörer hin. »Dein Onkel, oder so.«

»Wer?« Noch während Corinna sich wunderte, drückte ihre Mitbewohnerin ihr schon den Hörer in die Hand. Corinna trat einen Schritt näher an das Schränkchen neben der Garderobe, auf dem der Telefonapparat stand, damit sich das Kabel des Hörers nicht durch den halben Flur spannte. »Ja?«

»Corinna?«

»Ludwig, bist du das?« Corinna lachte. »Stell dir vor, meine Mitbewohnerin hat dich gerade für Onkel Herbert gehalten.«

Ludwig lachte nicht mit ihr. »Corinna, es tut mir schrecklich leid, aber du solltest heimkommen. So schnell wie möglich.«

Kälte kroch in Corinnas Glieder. Irgendetwas stimmte nicht. »Ist was passiert?«

Sie hörte Ludwig auf der anderen Seite der Leitung schlucken. »Es gab einen Unfall in der Schreinerei. Deine Mutter liegt im Krankenhaus, die Ärzte können noch nichts Genaues sagen.«

»Meine Mutter ist verletzt?«

»Ja, und dein Vater …« Die Pause dehnte sich endlos.

»Was ist mit meinem Vater?«

»Er ist … Die Kreissäge … Ich weiß nicht, wie ich dir das sagen soll. Er hat den Unfall nicht überlebt.«

Eisige Kälte ergriff von Corinnas ganzem Körper Besitz. Alles fühlte sich taub an. Wie aus weiter Ferne hörte sie das dumpfe Geräusch, mit dem ihr Notizbuch zu Boden fiel.

»Mein Vater ist tot?« Sie würgte an dem Kloß in ihrer Kehle. Zu unvorstellbar war es, diese Worte auszusprechen.

»Ja, und deine Mutter … sie braucht dich jetzt. Kannst du nach Hause kommen, Corinna?«

»Natürlich.« Sie räusperte sich, das Kratzen in ihrem Hals wurde stärker. Gleich würde sie anfangen zu weinen. So viele Fragen wollte sie stellen, aber keine davon kam heraus. Es war, als hätte der Schock alles in ihr gelähmt.

»Ich nehme den nächsten Zug.« Der Eisenbahnerstreik hatte mehrere Berliner S-Bahn-Linien lahmgelegt, aber soweit sie wusste, waren der Fernverkehr und die Transitzüge nicht betroffen. »Bis morgen sollte ich es wohl schaffen.«

»Sag Lotte Bescheid, wann genau du ankommst, dann kann sie dich am Bahnhof abholen.«

»In Ordnung.«

»Sie ist gerade im Krankenhaus und kümmert sich um deine Mutter. Es tut mir leid, dass du die schlimme Nachricht von mir erfahren musst, aber wir dachten, du solltest es wissen. Ich muss mich hier um alles kümmern. In Kürze kommt eine große Holzlieferung. Eigentlich hätte dein Vater …« Ludwigs Stimme erstarb.

»Danke, dass du mich angerufen hast«, sagte sie. »Ich komme, so schnell ich kann.«

»Bis bald, Corinna.«

Ein Knacken, dann ertönte das Freizeichen. Sie versuchte, den Telefonhörer auf die Gabel zurückzulegen, aber ihre Finger zitterten zu stark. Der Hörer rutschte zur Seite, fiel herunter und baumelte an seinem Kabel.

Es war ihr egal. Sollte er doch dort hängen bleiben. Langsam bückte Corinna sich nach ihrem Notizbuch, umklammerte es, als könne sie bei ihm Halt finden. Sie musste ihre Sachen packen und dann zum Bahnhof. Herausfinden, wann am Fernbahnsteig der nächste Zug in die gewünschte Richtung fuhr. Hoffentlich reichte ihr Bargeld für die Fahrkarte, sonst musste sie Ulrike anpumpen.

So viel gab es zu organisieren, sie hatte jetzt keine Zeit für Gefühle.

Dennoch flossen die ersten Tränen, noch bevor sie ihre Zimmertür erreichte.

KAPITEL 2

Es war über ein Jahr her, dass Corinna ihre Tante zum letzten Mal gesehen hatte. Die Person, die ihr zuwinkte, als sie am Waldenburger Bahnhof erschöpft und zerschlagen aus dem Zug kletterte, erkannte sie kaum als Lotte wieder.

Bisher hatte Corinna immer das Gefühl gehabt, dass es bei ihrer Oma und der älteren Landbevölkerung noch nicht wirklich angekommen war, dass Frauen inzwischen auch Hosen tragen durften. Doch ihre Tante trug heute eine Tischlerhose mit weitem Schlag, die über bequem aussehende Stiefel fiel. Ihr Hemd hing zur Hälfte aus der Hose heraus, und das kinnlange Haar hatte sie unter einer Schirmmütze versteckt. Die Mütze verrutschte, als sie Corinna fest an sich drückte. »Es tut mir so leid.«

Corinna vergrub das Gesicht an Lottes Schulter und kämpfte wie so oft auf dieser Fahrt schon wieder mit den Tränen. »Du kannst ja nichts dafür.«

»Ach, ich hätte ihnen früher helfen müssen.« Mit einem tiefen Seufzer ließ Lotte Corinna wieder los. »Marianne hat mich letztes Jahr schon gefragt, ob ich die Buchführung übernehme. Wahrscheinlich hätte sie mich dringender gebraucht als Henni im Laden. Aber um ehrlich zu sein, wollte ich nicht aus der Stadt weg und aufs Dorf zurück.«

»Glaub mir, das kann ich gut verstehen.«

Corinna war von ihrer Mutter früher auch bedrängt worden, sich mehr ins Familienunternehmen einzubringen. Aber ein Studium in Berlin und die Aussicht, ihre literarischen Ambitionen in die Tat umzusetzen, waren ihr immer viel reizvoller erschienen.

Gemeinsam verließen sie den Bahnsteig und gingen zum Parkplatz. Lotte deutete auf einen schon etwas in die Jahre gekommenen VW-Golf. »Henni hat mir ihren Wagen geliehen. Sie war heute Morgen kurz im Krankenhaus bei Marianne, aber sie kann den Laden und die Mädchen nicht so lange allein lassen.«

Corinna nickte. Tante Henni war nett, aber auch laut und nicht allzu feinfühlig. Lottes Gesellschaft war ihr derzeit deutlich lieber. Die jüngste der drei Schwestern konnte am besten zuhören.

So saßen sie eine Weile schweigend im Wagen, während Lotte ihn vom Parkplatz lenkte und dann in Richtung Hall steuerte. »Wir können allerdings auch erst zum Lindenhof fahren und du besuchst Marianne morgen? Wär dir das lieber?«

Zuerst einmal daheim anzukommen, etwas zu essen und in ihrem ehemaligen Kinderzimmer auszuschlafen, klang verlockend. Andererseits, wer wusste schon, welche unschönen Streiche ihr das Schicksal als Nächstes spielen würde. Dass ihr Vater nicht mehr lebte, dass er ihr nie wieder entgegenkommen würde, mit seinem warmen Lachen und den Händen voller Farbe, wollte ihr einfach nicht in den Kopf. Nein, sie musste auf schnellstem Weg ins Krankenhaus und sich davon überzeugen, dass ihre Mutter wieder genesen würde.

»Erzähl mir, was genau passiert ist«, bat sie. »Wie geht es Mama?«

Lotte seufzte. »Das Sägeblatt hat wohl Splitter losgeschlagen, als es sich gelöst hat, und sie hat ein paar davon ins Gesicht bekommen. Das eine Auge ist nicht mehr zu retten. Das andere wird wohl wieder, sagen die Ärzte. Da ist die Sicht nur durch oberflächliche Verletzungen getrübt.«

Das war eine beängstigende Vorstellung. Corinnas Mutter ohne ihren sonst so scharfen und aufmerksamen Blick.

»Ich muss sie sehen.« Vielleicht machte es das erträglicher. Vielleicht malte sie sich die Situation schlimmer aus, als sie war. Marianne war eine Kämpferin, das war sie immer gewesen. Sie würde wieder auf die Beine kommen.

Lotte nickte. »Wenn du irgendetwas brauchst«, sagte sie. »Ich bin für dich da.«

Schon wieder drohten die Tränen zu fließen. Corinna schluckte. »Denkst du wirklich«, fragte sie schließlich, »du hättest etwas ändern können, wenn du ihnen schon vorher mit der Buchhaltung geholfen hättest?«

Lotte hob die Schultern. »Ich weiß nur, dass sie große Möbel bauen wollten, weil sich die Puppenmöbel nicht mehr gut genug verkaufen. Vielleicht wäre mir eine sinnvolle Lösung eingefallen. Zumindest hätte ich irgendwo das Geld für einen Fachmann auftreiben können, der die Säge repariert und instand setzt.«

Die verdammte Kreissäge. Sie stand schon in der Schreinerei seit Corinna denken konnte, und hatte dort nur Staub gefangen. Sie hätte schon längst auf den Schrott gehört. »Sie würden nie jemanden dafür bezahlen, solange das Geld knapp ist. Sie wollten schon immer alles allein machen.«

»Wahrscheinlich hast du recht.« Lotte seufzte. »Sie sind solche Sturköpfe!«

Corinna konnte nicht anders, als zu denken, dass »sind« nicht mehr ganz korrekt war. Sie spürte, wie sich ihr Magen zusammenzog.

Corinna hatte ihre Mutter nie als alt wahrgenommen und mit ihren 47 Jahren war Marianne das auch gewiss nicht. Doch zwischen den gestärkten Laken des Krankenhausbetts wirkte sie gebrechlich. Über dem rechten Auge trug sie einen Verband, das andere Auge wirkte gerötet und tränte. Als Lotte mit einem aufgesetzt fröhlichen »Hallo!« an ihr Bett trat, streckte sie die Hände aus, auf denen unzählige kleine Schnitte und Brandwunden zu sehen waren.

»Lottchen! Du hast Henni verpasst.«

»Ich weiß.« Lotte lächelte. »Aber ich musste noch deine Tochter vom Bahnhof abholen.«

Nun erst richtete sich Mariannes Blick auf Corinna. Sie blinzelte, schien sich anzustrengen, etwas zu erkennen. »Du bist extra aus Berlin gekommen?«

Die Ungläubigkeit in der Stimme ihrer Mutter machte sie betroffen. Ja, Corinna hatte bei ihrem Weggang kein Blatt vor den Mund genommen, was ihren Unwillen betraf, sich mit Holzspielzeug zu befassen. Aber das hieß doch nicht, dass sie nicht heimkam, wenn ihr Vater starb und es einen Notfall in der Familie gab.

»Natürlich bin ich hier.« Sie trat näher an das Krankenbett, wagte aber nicht, die geschundenen Hände ihrer Mutter zu berühren, also legte sie ihr die Hand auf die Schulter.

»Natürlich bin ich hier«, wiederholte sie. Ihre Stimme klang selbst in ihren eigenen Ohren erstickt. Und dann konnte sie die Tränen nicht mehr zurückhalten. Sie strömten ihr über die Wangen.

Unbeholfen tätschelte Marianne ihr die Hand. Sie war nie sonderlich gut im Trösten gewesen. Es war eher Alexandre gewesen, der sich um Corinna gekümmert hatte, wenn sie sich weh getan oder es etwas gegeben hatte, das ihre kleine Welt erschütterte. Dann war sie immer zu ihm gelaufen. Der Gedanke, dass er sie nie wieder in den Arm nehmen würde, ließ Corinna aufschluchzen.

»Keine Zeit zum Trauern«, sagte ihre Mutter. »Du und Lotte, ihr müsst die Schreinerei führen. Ich bin sicher, du kannst das besser, als du denkst. Du bist eine Wagner-Frau, wir lernen schnell.«

Corinnas Tränen versiegten abrupt. Konnte ihre Mutter wirklich an nichts anderes denken als an ihre Firma? Schlagartig war der Anlass wieder präsent, aus dem sie sich eigentlich geschworen hatte, mehr Distanz zu ihrer Mutter zu wahren. Die kleine Lesung, organisiert von der Schreibgruppe in Hall, zu der sie hin und wieder ging. Ihre erste Lesung. Sie war so stolz gewesen.

Ihr Vater war dort gewesen, aber Marianne … Sie hatte in der Schreinerei Überstunden gemacht – begleitet von Corinnas damals bester Freundin Petra. Sie hatte ihre Tochter einfach durch eine andere ersetzt, die sich mehr für das interessierte, was sie für wichtig befand. Und nun besaß Marianne die Unverschämtheit, trotzdem von ihr zu verlangen, dass Corinna den Weg einschlug, den sie für sie vorgesehen hatte.

Es kostete Corinna ihre gesamte Willenskraft, um nicht wütend aufzufahren. Sie schniefte, wischte sich mit dem Ärmel über die Augen. »Erst einmal ist es wichtig, dass du wieder gesund wirst.«

Marianne schnaubte. »Ich werde nicht jünger und habe gerade meinen Mann und ein Auge verloren. Es wird Zeit, dass wir über meine Nachfolge reden.«

»Was?« Das war nicht fair. Corinna hatte auch gerade ihren Vater verloren. Und sie hatte ein eigenes Leben in Berlin! Aber wieder einmal wurde sie nicht gefragt, was sie eigentlich wollte. Das war typisch für ihre Mutter … Doch wenn sie die gebrochene Gestalt im Krankenbett sah, brachte sie es nicht fertig, sich zu widersetzen und einen Streit anzufangen.

»Jetzt warte doch erst mal ab«, versuchte sie es erneut. »Du brauchst vor allem Ruhe, und dann …«

»Ich brauche keine Ruhe!«, brauste Marianne auf. »Ich brauche Alexandre zurück!«

Erschrocken machte Corinna einen Schritt vom Bett weg. Im nächsten Moment sackte ihre Mutter in sich zusammen, als hätte dieser Ausbruch sie ihre letzte Kraft gekostet. Schluchzer schüttelten sie. »Ich kann nicht glauben, dass er nicht mehr bei mir ist. Oh, Alexandre …«

Sofort fühlte sich Corinna schlecht, weil sie Marianne dafür verurteilt hatte, zuallererst an die Firma zu denken. Nun wurde ihr klar, dass ihre Mutter das nicht tat. Sie versuchte nur, von den Dingen, die ihr am Herzen lagen, die zu retten, die noch zu retten waren.

Mit zugeschnürter Kehle trat Corinna wieder an das Krankenbett. Während sie die Arme um ihre Mutter legte, spürte sie, wie Lotte neben sie trat und ebenfalls Mariannes Hände ergriff.

»Mach dir keine Sorgen«, sagte sie mit rauer Stimme. »Wir kümmern uns um die Schreinerei, bis es dir besser geht.«

»Das tun wir«, bekräftigte Lotte.

Ihre Tante an ihrer Seite zu haben, war ein beruhigendes Gefühl. Dennoch fühlte sich Corinna ein bisschen wie eine Figur aus ihrem Roman. Sie fühlte sich allein gelassen mit einer Bürde, die für sie eigentlich viel zu schwer war.

Clara Langenbach

Die Senfblütensaga - Zeit für Träume

Roman

Der Geschmack von Freiheit, die Sehnsucht nach Liebe, eine junge Frau zwischen Pflicht und Gefühl

Metz, Elsaß-Lothringen, 1908: Emma möchte mehr im Leben erreichen, als Ehefrau und Mutter zu sein. Am liebsten würde sie in Straßburg studieren. Stattdessen soll sie mit dem Sohn des Fuhrunternehmers Seidel verkuppelt werden. Emma und Carl sind einander – zu ihrer eigenen Überraschung – sofort sympathisch. Emma ist von Carls Leidenschaft für Aromen und Düfte begeistert und ermutigt ihn, seine eigene Senffabrik zu gründen. Und auch Emmas Unternehmerinnengeist ist geweckt.

Aber was ist mit ihren eigenen Träumen?

528 Seiten, Klappenbroschur

Weitere Informationen finden Sie auf

www.fischerverlage.de

AZ 596-70083/1

Susanne Popp

Die Teehändlerin

Die Ronnefeldt-Saga

Frankfurt 1838: Als Kaufmannstochter und Ehefrau des Teehändlers Tobias Ronnefeldt genießt Friederike es sehr, ab und an hinter der Theke ihres Geschäfts zu stehen – sie liebt den blumigen Duft der dunklen Teeblätter. Doch tiefere Einblicke in den Handel bleiben ihr verwehrt. Das ändert sich, als Tobias 1838 nach China aufbricht. Ausgerechnet jetzt, wo sie schwanger ist. Bald merkt sie, dass sie dem neuen Prokuristen nicht trauen kann. Das ganze Unternehmen ist in Gefahr. So bleibt Friederike nichts anderes übrig, als die Geschicke des Hauses selbst in die Hand zu nehmen. Um diese Herausforderung zu bestehen, muss sie neue Kräfte entwickeln – und den Mut, sich zu behaupten.

560 Seiten, Klappenbroschur

Weitere Informationen finden Sie auf
www.fischerverlage.de

AZ 596-70603/1

Inhaltswarnung:
Dieser Roman enthält Beschreibungen von Gewalt und Tod sowie von Nachwirkungen des 2. Weltkrieges in Form von Verletzungen und Traumata. Einen versuchten sexuellen Übergriff. Eine teils manipulative, ungesunde Beziehung. Ein Feuer. Zeittypischen Sexismus.
Für Fragen nach spezifischen weiteren potenziellen Triggern können gerne die Autor*innen auf Instagram unter @AutorinKatharinaOswald kontaktiert werden.